KB038100

미운 노새 이야기

Tales of
the ugly mule

대삶 장편소설

미운 노새 이야기 3

초판 1쇄 인쇄 2023년 8월 11일
초판 1쇄 발행 2023년 8월 31일

지은이 대삶
발행인 오광백
편집 편집부
표지·내지디자인 우물
지도·본문편집 오정인
제작 조하늬

펴낸 곳 (주)삼양출판사 · 피오렛
주소 서울시 강북구 솔샘로159
대표 전화 02-980-2112 **팩스** 02-983-0660
블로그 blog.naver.com/dreambookss
출판등록 1999년 3월 11일 제9-00046호

ISBN 979-11-283-9680-9 (04810) / 979-11-283-9677-9 (세트)

+ 지은이와 협의하에 인지는 생략합니다. 잘못된 책은 구입한 곳에서 바꾸어 드립니다.
+ 이 도서의 국립중앙도서관 출판시도서목록(CIP)은 서지정보유통지원시스템홈페이지(http://seoji.nl.go.kr)와 국가자료종합목록 구축시스템(http://kolis-net.nl.go.kr)에서 이용하실 수 있습니다.

fiøret 은 (주)삼양출판사의 로맨스 판타지 문학 브랜드입니다.

III

미운 노새 이야기

대삶 장편소설

fio ret

Tales of the ugly mule

Contents

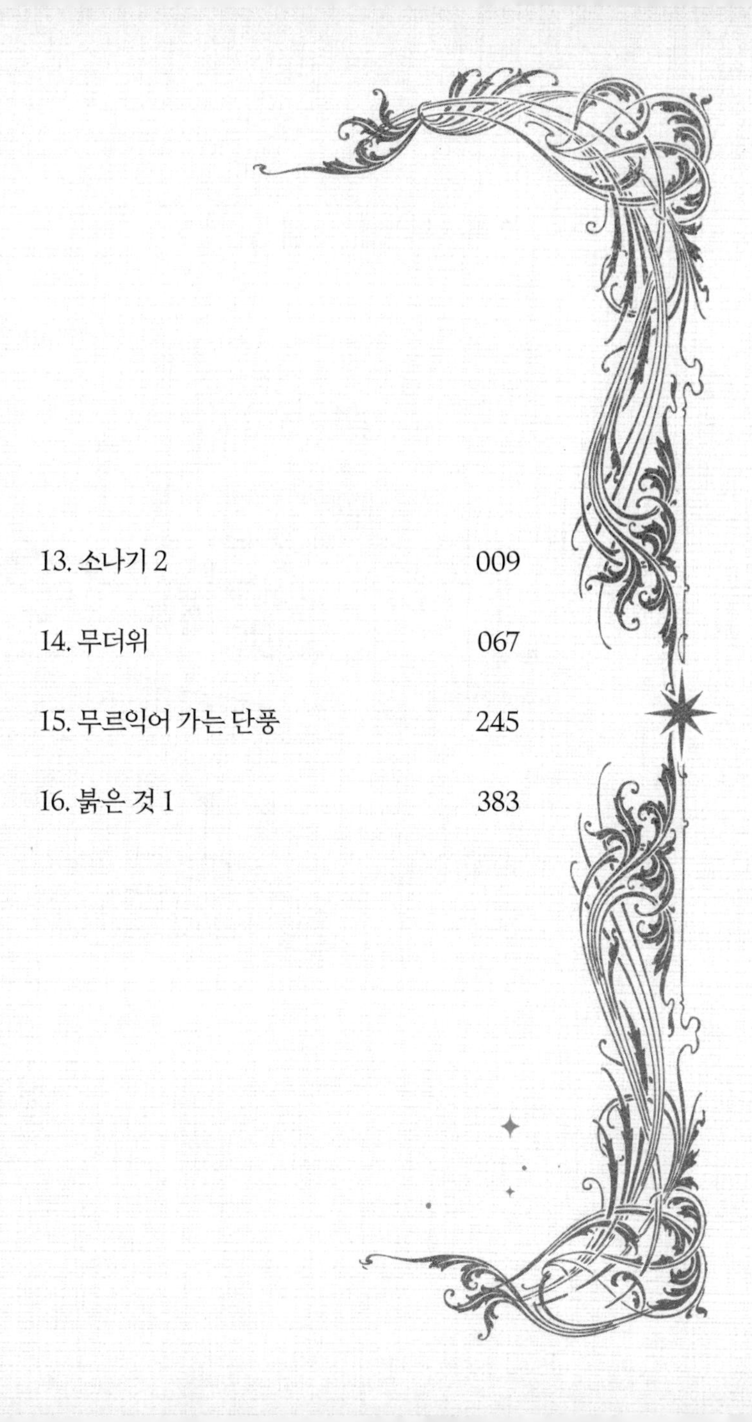

『 율리아의 세계 』
사자좌
그라나텐 강
오섭숲
west 벨벳성
황무지
죽은 마법사의 탑

North Pole
하얀새 공주의 탑
안개의 바다
칼나덴 산맥
겨울성
Eastern
황금성
겨울의 도로
황금 평야
호수
여름의 땅
North
West
East
South
에반젤린 해협

13

소나기 2

“아으으으…….”

이튿날 아침, 일어나자 콕콕 쪼아지는 듯한 띵한 두통이 엄습했다. 생전 처음 겪는 숙취는 그다지 좋은 기분은 못 되었다.

침대 위를 구르면서 끙끙거리는 그녀에게 수프 그릇과 토마토 주스, 반숙 계란을 은쟁반에 담아 온 이델이 끌끌 혀를 찼다. 오이와 양배추가 듬뿍 들어간 수프를 가득 떠먹고는 인상을 쓰는 하얀 이마를 꾹꾹 눌러 준 이델이 침대가에 앉으며 팔짱을 끼었다.

“살다 살다, 타라 님 해장 수프를 끓일 날이 올 줄은 몰랐네요.”

이제 다 컸다 이거죠? 응? 이델이 밉지 않게 흘겨 오니 어제의 쥬다에게 바락바락 대들던 패기는 어디 갔는지 타라가 쪼그라들어 쫑알거렸다.

"으, 미안해요."

"됐어요. 원래 애들은 사고도 치고, 토하기도 하면서 크는 거죠."

"……그건 아닌 것 같은데요."

"우리 아들들은 타라 님이 처음 이 성에 왔을 때보다 더 작았을 때부터 쌈박질을 해대고 말썽을 부렸어요. 남의 집 애들 코피 터뜨리는 건 기본이고 가끔은 뼈도 분지르고 왔죠. 장남 녀석은 표범 일족 아들네 갈비뼈를 박살 냈답니다. 갈랑은 순한 녀석인데 당시에는 힘 조절을 못 해서……."

"……."

이델이 아들의 옹알이 시절을 추억하듯 그리운 얼굴로 하는 말을 듣는 타라의 표정이 맹해졌다. 이렇게 아련하게 얘기할 만한 수위가 아닌 것 같은데.

"어…… 힘드셨겠어요."

"아니, 뭐, 맞고 오는 것보다는 나으니까요. 철딱서니가 없어서 그렇지. 애들 아빠도 제 아들이 이겼는지 졌는지에만 정신이 팔려 있더라니까요. 하여간 아비나 아들이나 똑같아 가지고."

타라는 입을 벌리며 그녀의 푸념을 들었다. 막연하게 '이상적인 가족'으로서 이델의 가족을 생각하고 있는 타라였지만 이따금씩 묘하게 이상한데, 싶을 때가 있기는 했다. 하긴 수족 가족들은 아무래도 또 다르겠지. 그럭저럭 납득하며 타라는 후루룩 수프를 마셨다.

역시 뛰어난 약제사인 이델의 만들어서인지 금방 속이 가라앉고, 약하게 띵하던 쑤심도 가셨다. 말랑한 계란 요리를 냠냠 맛있게 먹는 타라를 이델은 흐뭇하게 바라보았다.

"속은 괜찮으세요?"

"으응. 먹으니까 훨씬 낫네요. 왜 매일 이걸 드시는지 알 것 같아요."

"아니 뭐…… 몸에도 좋거든요."

찔끔한 이델이 하하 웃었지만 타라는 모른 척했다. 벨벳 성 식구들이 전부 술고래들이라는 걸 타라가 모를 것 같은가.

"점심에는 청어 요리를 해 드릴게요. 숙취 해소에는 청어가 제일이죠."

식사를 마치고 나자 쟁반을 치운 이델이 타라의 헝클어진 머리를 빗질하며 웃었다. 타라는 여전히 조금은 낯선 제 얼굴을 만지작거리며 고개를 끄덕였다.

타라는 콧노래를 부르다가 가장 중요한 걸 묻지 않았다는 걸 깨달았다.

"누가 더 예쁘냐고 안 물어봤어."

어머니랑 나 둘 중 누가 더 예뻐요? 믿기 힘들게 유치하기도 하고, 질 게 뻔한 말이었지만 그래도 쥬다의 특혜를 빌어 그의 입으로 듣고 싶었다. 왜 그런 충동이 드는지 자신도 의문이었다. 아마 타라가 아는 가장 아름다운 여자가 아델하이트이기에 그런 게 아닐까.

최근 브리지트도 급부상 중이긴 했지만 역시…… 어린 시절에 머릿속에 박힌 강렬한 인상은 쉬이 사라지지 않았다.

"네? 무슨 말인가요?"

"아니에요."

타라는 고개를 붕붕 저으며 웃었다.

어제저녁만 해도 땅으로 파고들어 갈 듯 우울해 보였는데 오늘은 날아갈 듯 가벼워 보인다. 그 급격한 기분 변화를 게슴츠레 뜬 눈으로 바라보던 이델이 약하게 혀를 찼다.

"그래, 쥬다 님과는 화해하신 겁니까?"

"헤헤헤."

타라는 절로 바보 같은 웃음이 새어 나왔다. 어딘가에 마구 자랑을 하고 싶었다. 상대가 이델이니까 더 주저도 없이 말하게 되었다.

"쥬다가요, 내가 중요하대요. 그것도 엄청 많이."

—내게 유일한 단 한 가지가 있다면 그건 너야.

그녀를 돌보아 온 이래 어여뻐하며 유독 귀히 대하기는 했지만 쥬다가 직접 말로 너 하나뿐이다, 한 적은 처음이었다. 아, 아닌가. 쥬다라는 걸 생각하면 정말 놀라울 만큼 그는 여러 차례 그녀가 저에게 귀하다는 걸 표현했다.

그렇게 차곡차곡 쌓인 기억이 몇 년인데, 왜 그리 이따금 작아지는지 모를 일이다. 타라는 거울 속의 붉은 눈을 빤히 응시했다.

그를 더 알고 싶고, 알면서도 궁금하고, 조급해지고, 조금이라도 더 보고 싶기 때문이다. 그리고…… 나만 그러는 것 같아서. 나는, 그 대단한 쥬다에 비하면 별 볼 일 없는 사람 같고.

결국, 내가 욕심이 많아서일까? 하지만 어떡해. 확인받고 싶은 걸. 그녀는 뾰로통하게 입술을 삐죽거렸다. 그래, 나 소심해. 자신감도 없고, 왕소심쟁이야. 하지만 쥬다한테도 잘못이 있어. 쥬다가 날 그렇게 만드는걸.

속으로 꿍얼거린 타라는 다시 그의 어처구니없다는 듯 애틋함이 적나라한 얼굴이 생각나자 배시시 미소가 나왔다.

그래, 그녀는 분명 귀한 사람이었다. 최소한 쥬다에게만큼은 유일하게. 게다가 그녀는 고왕국에서도 유일무이했다는 언령사다. 그녀도 그렇게 뒤떨어지는 이는 아니었다. 얼떨떨하고 그렇게 대단한 능력인지는 아직 실감이 안 나지만…… 쥬다나 프레야가 없는 사실을 말하지는 않을 테니까. 타라는 언령에 대해 조금 더 조사해 보고 바로 써먹어 보기로 마음먹었다.

"오래 살고 볼 일이네요. 저도 종복이긴 하지만 사실 그 양반 입에서 봄볕 같은 소리 하나 나오는 걸 못 봤거든요."

타라 님이 그를 변화시켰어요. 지금도 계속 말이죠, 대단하신 아가씨.

이델의 장난스러운 속삭임에 타라가 키득키득 웃었다.

이델이 정성껏 쫑쫑 땋아서 반 묶음 한 푸른 머리에 별꽃 무늬 진주를 장식했다. 물결치는 바다에 물빛이 산란하는 듯했다. 부쩍 늘은 장신구 중 타라가 좋아하는 것들 중 하나였다.

타라가 성장하자 쥬다는 당장 제단사와 금속 세공사 등을 성으로 불러들여 적당한 의복과 구두, 보석을 맞추게 했다.

최근 꾸미는 재미에 눈을 뜬 타라가 제 딴에는 매우 대단한 과소비를 했음에도 불구하고, 쥬다는 콧방귀도 뀌지 않고 거기다 안티오크가 보면 고양이 귀가 튀어나올 만큼 까무러칠 예산을 더 얹었다. 그까짓 것으로 양말이나 사겠냐면서.

물론 쥬다의 재산은 차고 넘치기에 그 정도야 티도 나지 않았지만 이델이 교육상 갑작스러운 큰돈은 좋지 않다며 절반에 가깝게 줄였다. 물론 그럼에도 풍족해서 금화로 탑을 쌓고 놀고, 다이아몬드로 공기놀이를 해도 족할 지경이었다.

실질적인 돈 관념이 없는 타라도 그게 억 소리가 날 만한 예산이란 것은 알고 있었다. 어쨌건 그것을 제 돈이라 생각해 본 적이 없기에 한편에 고이 모셔 두었다. 개미가 쌀알을 낑낑대며 쌓아 두듯이 말이다.

쥬다는 이따금 그런 타라의 행동을 바보스럽게 보는 듯했지만.

“자, 다 됐어요. 어디를 가세요?”

“쥬다한테요!”

눈을 뜨자마자 타라는 그가 떠올랐다. 잠들기 전에도 그의 잘 자라는 인사와 함께였으니 알고 보면 타라는 하루 종일 쥬다라는 이름의 둥그런 행성 안에서 쳇바퀴처럼 돌고 있는 토끼와 다를 바 없었다.

그는 잠이 없으니 아마 벌써 서재에 있을…… 문을 열자마자 마주친 은청안에 타라가 우뚝 멈춰 섰다.

놀라 굳은 타라에게 쥬다가 태연하게 물었다.

“아침은.”

“어…… 아까 먹었어요.”

자연스레 내뻗어 온 손이 타라의 손을 가만히 쥐었다. 어어, 하는 사이 그의 옆에 서게 된 타라는, 당황도 잠시 금세 활짝 웃었다.

“잘 잤어요?”

“그럭저럭.”

다소 느리게 대꾸한 그는 가만가만 밤사이 새로 피어난 목련 같은 그녀의 뺨과 귀밑머리를 만지작거렸다. 여상스러운 손길임에도 타라는 일순 묘한 뜨끈함을 느꼈다. 닿은 살갗만 예민하게 일어나 흐물흐물해지는 기분이었다.

마냥 좋은 게 좋은 거라서 타라는 생글생글 웃으며 그에게 달라붙어 비비적거렸다. 이 또한 지난 5년여의 일상과 다를 바가 없었다. 하지만 그의 반응이 달랐다.

"타라."

지긋하고 나른한 부름에 타라는 저도 모르게 움찔하며 그를 올려다보았다. 짙고 읽기 힘든 표정이 거기에 있었다.

"네?"

덩치 작은 새가 좁쌀만 한 부리를 열듯이 대답이 늘어졌다. 보통 타라가 이렇듯 어리광을 부리면 쥬다는 혀를 차며 새끼 여우라고 중얼거리거나 애교 부리는 꼬맹이라고 놀리곤 했다.

그건 그들의 대화와 행동의 흐름 중에서 습관처럼 내딛는 한 걸음이었다. 분명 바람 빠진 듯 다정하게 머리를 만져 주는 게 그다웠다.

그러나 쥬다는 그녀의 깃든 바람과는 달리 입술에 묻은 머리카락을 떼어 주었다. 긴 손끝이 말랑한 붉은 살을 스쳤다. 타라는 무심히 그것을 제 입가로 가져가는 그를 멍청히 올려다보았다.

"복숭아를 먹었나?"

희미한 향과 즙 약간일 텐데 그걸 알았는지 덤덤히 묻는다. 잘 익은 과육을 찍어 별 의미 없이 맛보는 것처럼 평온한 낯이었다. 하지만 타라는 조금 멍해졌다. 어쩐지 기분이 이상했다. 매우.

"어, 입가심으로 조금."

저가 무슨 말을 하고 있는지도 잘 모르겠다. 그런 그녀를 금속성의 푸른 눈으로 내려다보던 쥬다가 그제야 토닥토닥 머리칼을 쓰다듬었다.

"잘했어."

잘했다고? 뭘? 가벼운 칭찬에 착실히 볼을 붉히면서도 타라는 속으로 중얼거렸다. 연신 힐끔대는 그녀와 눈이 마주치자 쥬다는 픽 가늘게 웃었다.

희미하고 짙은 눈웃음이 수려하고 싸늘한 낯에 성에꽃처럼 번진다. 아무래도 깜박 잊고 있었던 것 같다. 갈 곳 없는 계집아이가 바들바들 떨면서도 매혹당할 만큼 그가 마력적인 미인이라는 것을 말이다.

"머리 아프지는 않고?"

쥬다가 뒤늦게 생각났다는 듯 물었다. 제 이마를 짚어 보는 그를 곁눈질하면서 타라는 고개를 끄덕였다. 어이없다는 듯 그가 쯧 혀를 찼다.

"술은 잘 마시는구나."

누구를 닮은 건지. 쥬다는 제 시선을 피하는 그녀에게 나직하지만 자르듯 말했다.

"앞으로 나 없이 어디서 과음하지 마."

"으응. 알았어요."

고분고분 고개를 끄덕이는 이 타라가 어제 그렇게 쏘아붙이고 대들었다는 게 믿어지겠는가. 쥬다는 그녀가 수십 가지 가면을 가진 무희라도 되는 것처럼 빤히 뜯어보았다.

"쥬다?"

쭈뼛 기시감이 든다. 오늘의 낯선 쥬다는 어디선가 본 것만 같았다. 타라가 고개를 갸웃거릴 찰나 그가 말했다.

"갖고 싶은 것 있어?"

"뭘요?"

"갖고 싶은 것. 곧 네 생일이잖아."

아.

기억났다. 쥬다는 그 밤, 지하 정원에서의 그들만의 생일을 축하했을 때와 꼭 같은 눈을 하고 있었다. 비록 지금은 환한 아침이고, 당시의 그가 지었던 얼굴과는 분명 달랐음에도…… 이상스레 교묘하게 겹치는 점이 있었다. 어쨌건 타라는 고개를 흔들었다.

"그건 전번에도 축하해 주셨잖아요. 전 그걸로 충분해요."

이번의 스무살 생일을 제외하면 벨벳 성에서 한 축하 파티는 기록상의 생일에 맞춰 치러졌다. 모두가 그녀가 태어난 날을 축복하고 기뻐해 주는 건 언제나 즐거운 일이었지만 올해는 이미 차고 넘쳐서 따로 더 뭔가를 원하거나 바라지 않았다. 쥬다가 고개를 삐딱하게 기울였다.

"전번에?"

"정원에서 저한테……"

축하한다고, 네 성장한 모습은 예쁠 거라고…… 타라는 눈을 굴리다 돌연 얼굴을 붉혔다. 그날의 기억은 마치 각인처럼 박혀서 떠오를 때마다 그녀를 화끈거리게 만들었다. 그녀는 그냥 화제를 돌리기로 했다.

"그냥 원래 하던 대로 맛있는 음식 다 같이 먹으면서 촛불 불어요."

"네 성년식인데 그게 다라고?"

쥬다가 못마땅하게 미간을 모았다. 타라는 헤헤 웃으며 그의 손을 잡고 흔들었다.

"왜요? 난 좋은데."

그가 그녀에게 새끼 여우라는 말 외에 자주 하는 게 있다면 욕심 없는 건 착한 게 아니라 바보라고 핀잔을 주는 거였다. 역시나 이번에도 탐탁지 않아 할 줄 알았다. 그녀의 예상과 달리, 쥬다는 물끄러미 그녀를 보다가 이리 되물었다.

"왜 좋은데."

"네?"

"왜 좋냐고."

뜻밖의 진지한 눈에 타라는 당황했지만 어쨌건 그녀답게 성실하게 대답했다.

"그야 당연히……."

항상 하던 말인데도 재촉하는 저 눈빛 앞에서 하자니 새삼스레 민망했다. 타라가 눈을 데굴데굴 굴렸다.

하지만 쥬다는 아침하늘처럼 점점 붉어지는 볼, 얇게 들썩이는 속눈썹 따위를 느긋하고 집요할 만치 바라보았다. 말 없는 채근이었다. 천장을 맴돌던 타라의 시선은 제 구두코로 향했다.

"그야 쥬다가 나랑 같이 있으니까……."

기어가듯 말하던 타라는 돌연 저가 왜 이리 창피해하나 억울했다. 이번엔 고개를 번쩍 들고 말했다.

"좋을 수밖에 없잖아요. 당연히."

일순 일렁이듯 멎는 그의 눈을 시간의 흐름도 잊은 채 홀린 듯 바라보았다. 사계절의 무상함이 아련하게 심장 한 귀퉁이를 긁는 듯하다. 타라는 그가 저런 표정을 지을 수 있을 거라고는 상상조차 하지 못했다.

하지만 언제나 황홀한 순간은 지독히 짧다. 쥬다가 입꼬리를 말아 올렸다. 달큰하고 부드러운 목소리가 귓바퀴를 핥았다.

"내가 좋아?"

타라가 멍하게 눈을 깜박이는 사이 어느덧 바짝 고개를 기울인 그가 재차 물었다.

"다시 말해 봐."

내가 좋다고.

갸름하게 접힌 푸르스름한 눈이 야살스럽다. 사나운 맹수가 먹이를 유혹하듯 느릿느릿 꼬리를 살랑거리는 것만 같았다. 얼굴이 새빨개져서 어쩔 줄 몰라 하는 그녀를 그가 채근했다.

"말해 보라니까."

물의 요정은 알고 보면 비제가 아니라 쥬다 아닐까. 타라는 바짝 붙은 그의 얼굴을 피하면서 괜히 한소리 했다. 왜, 왜 그래요. 부끄럽게.

"잘만 해 왔으면서 갑자기 왜 빼지. 내가 좋냐니까."

"그, 그, 왜 알면서 물어요."

"네 입으로 말해."

슬금슬금 물러나려던 손목을 잡아챈 그가 가만가만 살결을 어루만졌다. 언제든 놔줄 듯 헐렁하지만 당장이라도 수렁으로 밀어 버릴 듯 위태로운 옭아맴이었다.

그러면서도 시종 그녀를 향한 시선, 눈빛, 걸어오는 말들은 애틋하다 못해 녹을 듯하다. 숫제 녹여서 죽이기라도 할 것처럼.

그조차도 저가 어떻게 그녀를 대하는지 모르고 있는 것만 같았다. 그는 그냥 타라의 입에서 저가 좋다는 말을 듣기 위해 안달이었다.

"내가 좋다며. 왜 좋은데."

"왜냐니요. 쥬다는 내 후견인이고, 나를 잘 챙겨 주고, 강하고, 현명하고, 다정하고……."

생전 안 그러던 이가 집요하게 나오니 벼랑 끝에 몰린 타라는 횡설수설 여과도 거치지 않고 저가 느끼는 모든 걸 다 까발렸다. 그런 그녀를 쥬다는 가만히 지켜보고 있었다. 세상에, 내가 뭘 하고 있는 거지.

마치 앞을 가로막은 용에게 열심히 밤이고 도토리고 주워다가 바치는 멍청한 다람쥐가 된 기분이었다. 하지만 한시도 저에게서 떨어지지 않는 저 눈을 보고 있으면 못 할 말이 없을 것 같았다.

온전히 그녀에게만 기울은 깊고 섬세한 눈동자를 마주하자 짜릿한 희열감이 들었다. 아, 좋아. 그가 계속 저렇게 나를 봐 주었으면 좋겠다. 그러기 위해서라면 정말 뭐든 할 텐데.

"놀랄 만큼 아는 것도 많고, 마법도 잘하고……."

세상 그 무엇보다 내게 중요하다고 말할까. 당신만큼 내 안에서 빛나는 이는 없다고.

어느덧 길게 길게 이어지던 칭찬도 줄어들었고, 타라는 물끄러미 그를 올려다보았다. 둘의 시선이 서로를 향했다.

"나 쥬다가 정말 좋아요."

타라는 싱긋 웃었다.

"내가 무언가를 좋아해 본 첫 번째거든요."

마음이 가고, 움찔움찔 눈치를 보면서도 관심이 가다가, 그를 좋아하고 싶다고, 그가 좋다고 생각했었고, 결국 그를 좋아하게 되었다.

남들은 '좋다'라는 한 가지 단어로 그 모든 과정들이 생략되어 끝나겠지만 타라는 아니었다. 그녀가 무언가에 조심스러운 진심을 실을 때는 속에서 수차례 망설임과 조심스러운 접근이 있고 나서야 가능했다. 타라에게 마음이란 건 그리 무섭고 중요했다.

쥬다가 처음 보잘것없는 타라에게 냉하게 대하기는 했으나 어떤 면에서는 그래서 오히려 더 신뢰가 갔다. 본능적으로 깨달은 것이다. 아, 이 사람은 내게 악랄한 속임수를 쓰거나 괴롭히지 않겠구나. 그가 자신을 싫어한다면 굳이 애써 숨겨서 번거롭게 그녀를 상대할 것 같지는 않았다.

쥬다는 칼이면 칼, 죽음이면 죽음인 자였으니.

그 냉정한 단단함에 이상스레 눈길이 갔고, 조금이라도 주의를 끌고 말을 걸고 싶었다. 아마 본능적으로 알지 않았을까. 아, 이 사람은 마음대로 좋아해도 돼. 어차피 그녀의 마음 따위는 그에게 큰 의미도 없을 테니까.

쥬다의 말대로 그는 이때껏 그녀가 알아 왔던 누구와도 달랐다. 제 영역을 침범하지 말라 했으나 제 망토 아래로 기어들어 온 조그만 아이를 내치지는 않았다. 그의 시큰둥하고 무심한 수용에 하늘을 날듯 들떴다.

이 대단한 사람은 나를 싫어하지 않아. 고작 그 정도도 그녀에게는 희열이었다. 조금씩 저에게 관심을 갖고 건성이나마 돌아보는 눈길을 받으려 애썼다. 절로 들뜨고 이때껏 부족했던 무언가가 채워지는 감각에 목마른 어린 양처럼 달려들었다.

그는 그런 계집아이를 이따금씩 흥미 있어 하고 재미있어 하는 듯했다. 가끔은 웃기도 했다. 한없이 저에게 매달리는 소녀가, 조금은, 귀엽기라도 한 것처럼.

점점 그녀를 안아 주는 횟수가 늘었고, 대화 시간도 길어졌으며, 밥을 먹을 때면 주의 깊게 살피는 눈길을 받았다.

한번 체한 이래로 쥬다는 그녀의 식사량과 음식들을 빼놓지 않고 주시했다. 한번 아픈 대가로는 퍽 달콤했다. 쥬다는 타라가 부족한 점이 있다면 본인이 직접 그것들을 채워 주었기에 타라는 저도 모르는 세에 조금 더 미숙한 아이가 되었을지도 모르겠다.

타라는 분명 똑똑했고, 본능적으로 어찌해야 쥬다의 주의를 끌어올 수 있을지 알고 있었다. 어느 정도 머리가 굵어지고 나서야 타라도 그런 저를 깨달았다. 괜한 죄책감이 들어 끙끙거렸지만 그게 싫지는 않았다. 쥬다가 그녀를 아껴 준다면 바보라도 좋았다.

"그러니 얼마나, 왜 좋아하냐고 묻지 마세요. 나에게 그건 너무 당연한 일이라서 어느 정도의 크기로 어떻게 이루어져 있는지도 모르거든요. 원리를 모르면서 설명할 수 있는 건 없어요."

타라가 말 없는 그를 조심스레 올려다보았다.

"어때요? 대답이 되었나요?"

그에 대한 답은 볼에 가만히 내려앉은 입맞춤이었다. 잘게 입술을 꾹 눌렀다가 얕게 깨물듯 비비고 난 뒤 고개를 든다. 타라는 다시 홍당무가 되었다. 쥬다가 예의 그 미소를 지었다. 보는 이를 무장해제시키는 화사한 웃음.

"충분히."

너무 과해서 오히려 더 엉망이 되었다. 쥬다는 픽 웃으며 그녀의 손을 깍지 껴 잡았다.

언뜻 내리깐 푸른 눈에 복잡한 감정이 스쳐지나갔다.

*　　*　　*

브리지트는 오랜만에 어머니인 요정 여왕 타니아에게 보낼 편지를 쓰고 있었다. 어머니와 각별한 것과는 또 별개로 처음으로 고향을 벗어나 새 친구를 사귀고 새로운 경험을 겪으며 노는 자식이란 부모에게 소홀해지는 것 아니겠는가.

통 감감무소식인 딸이 걱정되었는지 타니아는 답장이 뜸할 게 뻔한 서신을 커다란 푸른 호랑나비의 발에 묶어 보냈다.

브리지트는 하루의 일상을—빙자한 남편감 수색—묻는 어머니의 안부 편지에 건성으로 딴소리를 늘어놓거나 숙취 상태의 늘어진 글자들을 적어 보내 배로 긴 잔소리 서신을 받아야 했다.

또 제대로 읽지도 않고 답장을 보냈다간 혼쭐 날 줄 알라는 으름장을 받은 탓에 턱을 괴고 긴 두루마리 갈대 편지지를 넘기던 붉고 찬연한 긴 눈썹이 올라갔다.

사실 타니아가 가장 관심을 보인 건 딸의 혼사 문제만은 아니었다. 그녀는 브리지트가 사귄 인간 소녀 타라에게 지대한 흥미를 표현했다.

브리지트가 몇 번이나 쥬다의 유별난 애정에 대해 언급하고 나서야 딸이 자신을 놀리는 게 아니라는 걸 안 모양이다. 쥬다가 후견인으로서 나무랄 데 없는 행보를 보이고 있다는 것도 황망한데 남다른 애착까지 보인다니? 게다가 타라가 아델하이트 여왕의 딸이라는 사실까지 알고 난 뒤에는 경악을 금치 못했다.

다섯 맹주 중에서도 가장 장수한 요정 여왕은 쥬다와 아델하이트의 긴 악연에 대해서 잘 알고 있는 몇 안 되는 사람 중 하나였다. 타니아는 몇 번이고 지나가듯 반복해서 물었다. 정말 그 아이가 아델하이트의 친딸이 맞냐고.

친딸이냐고? 당연히 그렇겠지. 타라가 어머니에게 가진 복잡하고 미묘한 애증은 달리 표현할 수가 없었다.

어렴풋하게 쥬다와 겨울 여왕의 원수 관계에 대해 전해 들은 브리지트로서는 어머니가 그리 호들갑인 게 잘 이해가 가지 않았다.

어쨌건 결국 먼 옛날의 일이고 타라는 아델하이트의 딸일 뿐 그녀 자신이 아니었다.

그보다는 그래, 오늘 한번 진지하게 편지를 쓰려 했던 이유가 있었다.

"그 정원사…… 정말 이상했어."

요정은 자연물을 근원으로 태어난 종족이기에 기운에 민감했다. 기운이라 함은 대상 그 자체에서 우러나오는 고유의 분위기와 향을 말한다.

첫눈에 타라가 마음에 들었던 것도 브리지트가 느끼기에 그처럼 맑고 순수하면서도 풋풋한 향취는 익히 본 적이 없기 때문이었다. 한없이 여리면서도 고집스러운 들꽃 같은, 이상스레 수수한데 돌아보게 되는 매력이 타라에게는 있었다.

그런 그녀의 감이 '그것'은 정말 괴이하다고 말하고 있었다.

빈껍데기 나무 인형처럼 생기 없는 음산함. 그게 아무 이유 없는 우연일까? 뭔가 정확히 판단할 수 없는 불길함이 미심쩍게 발목을 붙잡았다.

하지만 그 정원사도 결국 서부 영주의 수하가 아닌가. 손님으로 와 있는 처지에 집주인의 식구가 수상하다는 꼴이었다. 하지만 이 찜찜한 기분은 뭔지.

곰곰이 생각에 잠겨 있던 브리지트는 역시 타니아에게 조언을 구해야겠다고 마음먹었다.

브리지트는 주르륵 제가 느낀 모든 것을 적고 난 뒤 요정족의 파피루스를 둘둘 말아서 봉했다. 그녀를 가만히 지켜보고 있던 호랑나비가 날아와 쭉 제 다리를 뻗는다. 조그만 통에 넣자 화려한 날개가 팔랑팔랑 창밖으로 날아올랐다.

브리지트는 손차양을 하고 점점 멀어지는 전령을 응시하다, 아래를 지나고 있는 다른 이를 발견했다.

소리 없이 지는 석양처럼 걸어가고 있는 청년을 충동적으로 소리쳐 불렀다.

"이봐!"

무시하고 갈 줄 알았다. 하지만 그는 일단 멈춰 섰고, 훽 고개를 들어 부른 당사자를 바라보았다. 희멀겋고 무감한 낯이 반가움과는 거리가 멀었지만 말이다. 브리지트는 삐딱하게 한쪽 손을 들어 올렸다.

"할 일 없으면 나랑 차나 할까?"

이건 정말 의외인지 비제는 본격적으로 우뚝 서서 그녀를 돌아보았다. 그제야 얄팍한 입가에 나른한 실소가 배어 나왔다.

"그렇게 달갑지 않다는 얼굴로 티타임 초대를 하는 건 처음 보는데."

"아, 티났나 보네."

브리지트는 딱히 부정도 하지 않았다. 비제 또한 늘 달고 다니던 은근한 미소 한 줌 없었다.

풀포기 하나 없는 샘처럼 맑지만 그게 다인 청년의 낯은 아름다운 거죽을 걸어 놓은 양 건조했다. 역시나. 저게 그의 본질에 가까우리라. 타라와 함께 있을 때는 그나마 얌전 떨던 거였다.

"타라 못 봤어? 오늘 구워진 고기 파이가 맛있던데."

"당신 친구를 왜 내게 묻는지 모르겠네."

비제는 싱긋 웃었다.

"둘이 제일 친하지 않나?"

"당신이랑도 친하잖아."

꼭 자기는 아니라는 듯이 얘기하네. 브리지트는 그가 뭐라 덧붙이기도 전에 가볍게 가시 있는 말을 던졌다.

"아니면 그런 척만 하는 건가?"

사실 지금껏 보아 왔던 비제의 이미지상 그는 브리지트의 태도에도 '무슨 말을 하는지 모르겠는데'라며 받아넘겼을 터다. 그는 물 위의 기름처럼 너무 깊이 들어오는 상대는 공격도 방어도 없이 유들유들 대하며 흘려보냈다.

그러나 비제는 그러지 않았다.

"하고 싶은 말이 뭔지 확실히 해 주지 않겠어?"

물빛 눈이 서늘하게 침잠한 게 꽤 떨어진 거리인 브리지트에게도 생생히 전달될 정도였다.

눈 하나 깜박이지 않는 벽안에 뒷덜미가 섬뜩한 브리지트가 미간을 찡그렸다가 폈다. 이거 재미있는 놈이네.

"아니면 말고. 왜 그렇게 과민 반응하는지 모르겠네."

붉은 머리의 요정이 예쁘게 샐쭉 웃으며 어깨를 으쓱거렸다. 비제는 입술을 흐리게 움직였다.

"멋대로 넘겨짚고 의뭉떨며 시비 거는 건 요정족 고유 예절인가?"

정말 화났군. 브리지트는 무념하게 속으로 평했다. 겉보기에는 미풍 부는 비췻빛 들판처럼 잔잔하기만 하였으나 색 없는 눈은 분명 화를 내고 있었다.

브리지트는 손을 들어 올리며 제 잘못을 인정했다.

"미안. 내가 무례하긴 했어. 사실 이 정도로 그쪽이 기분 나빠 할 거라고는 생각 못 했거든."

"됐어, 공주님. 내가 새삼스러웠지. 요정은 원래 제멋대로인 종족이니까."

"어이, 그쪽도 반은 요정이거든? 뒤끝 길다는 걸 숨길 생각도 안 하네."

방긋 웃으며 상냥하게 빈정거리는 수려한 낯에 어이없어진 브리지트가 혀를 찼다. 비제는 그녀가 뭐라고 하건 무시하며 입을 열었다.

"고기 파이라니. 별로 좋은 생각은 아닌데."

"어?"

"타라. 지금 속이 말이 아닐 거야."

평이하게 이어지는 말들은 별다른 특색이 없었지만 분명 염려였다. 어젯밤만 해도 술에 취해 인사불성이었으니 속이 아플 거라고. 출처 모르는 괴생물체를 이리저리 뜯어보듯 브리지트는 삐딱하게 고개를 기울였다.

요정 왕국에서 브리지트의 별명은 '붉은 고양이'였다. 그 별칭의 이유는 간단했다. 요정치고 차분한 편인 브리지트는 또래 장난꾸러기 요정들이 사고를 치며 시끌시끌하게 굴 때도 한편에서 있는 듯 없는 듯 방관자를 자처했기 때문이다. 방관자는 곧 관찰자라는 말도 되었다.

브리지트는 요정들 개개인의 자질구레한 사정들을 죄 꿰뚫고 있었고, 그만큼 사람을 잘 다루었다. 상대방이 원하는 걸 알아차리는 비범한 눈치가 매우 뛰어났으니까.

"이봐, 당신……."

뭐라 말하려던 브리지트는 저 멀리 후원에서 나란히 걸어오는 두 인영을 보고 입을 다물었다. 낮게 깔린 안개 같은 은발과 사랑스럽게 살랑이는 청발. 쥬다와 타라가 손을 잡고 오손도손 함께 산책하고 있었다.

타라가 무어라 재잘거리자 가만히 귀 기울여 듣던 쥬다가 보일 듯 말듯 입꼬리를 말아 올렸다. 볼 때마다 신기한 광경이었다. 사나운 야생 맹수가 토끼의 털을 정성스레 핥는 것처럼 현실감이 없다고나 할까.

브리지트는 피식 웃었다. 뭐야, 그리 끙끙거리더니 결국 하루도 못 가 화해했구만.

예쁘지 않아? 이제 식만 남았네, 라고 말하려 했던 것 같다. 브리지트는 꽤 의외의 것을 목격했다.

비제가 말없이 서서 화창한 오시의 햇볕 아래를 걷고 있는 그들을 바라보고 있었다. 정확히는 세상 찬연한 듯 스스럼없이 웃고 있는 타라를.

불그스름한 살굿빛 머리카락이 낮게 흐트러지고 투명하니 어떤 것도 떠올라 있지 않은 비스듬한 얼굴, 말간 직시. 저 위에 떠오른 건 뭘까. 아무리 요정의 시력이 뛰어나다 한들 그 이상을 알 수는 없었다. 그녀는 숨을 죽이고 집중했다.

그의 무상한 눈이 푸른 물결을 좇아 흘러가는 난파한 배의 파편처럼 뒤따라 움직이다 멎었다. 그들의 뒷모습이 완전히 멀어져 더는 보이지 않았다. 비제는 아무렇지 않게 브리지트를 돌아보았다. 찰나 저 안에 아무것도 없다고 착각할 뻔했다.

"차는 아쉽지만 다음에. 할 일이 생각나서."

브리지트는 별말 없이 끄덕였다. 고개를 까딱이고 바람처럼 자리를 뜨는 그를 보는 초록빛 눈이 가늘어졌다. 물어볼 걸 그랬나?

잠시 후회했다가 그녀는 곧 고개를 저었다.

착각일 수도 있지 않나? 그리고 무엇보다 샴페인은 가장 절정의 순간에 터뜨려야 하는 법이다.

확실히 그 말대로, 아쉽지만 다음에.

*　　*　　*

"너 무슨 일 있냐?"

레오니다스가 불쑥 들이닥친 친우가 술이나 내오라고 이르자 한참 눈을 요상하게 부라리다 꺼낸 첫마디였다.

그는 게으른 숫사자들이 으레 그러하듯 낮잠이나 자며 늘어져 있다가 갑작스러운 방문에 벌떡 잠이 달아난 상태였다. 이상하게 보든가 말든가 우두커니 앉아 잠시 말이 없던 쥬다는 성가신 듯 손사래 쳤다.

"술 말고, 차로."

"얼씨구."

누가 보면 지가 북부의 제왕인 줄 알겠다. 기가 막혔지만 레오니다스는 순순히 염소 수인이 가져온 풋내 나는 차를 따라 주었다. 왜 답지 않게 차냐고 물으니 가관인 대답이 돌아왔다.

"꼬맹이가 안 좋은 거 보고 배운 것 같아서."

"누구. 타라?"

허, 아주 훌륭한 양육자 다 되셨군. 끌끌 혀를 차면서도 썩 나쁘지 않은 기분으로 타라의 안부를 물었던 레오니다스는 그녀의 각성을 듣고 반색했다. 물론 가장 먼저 물은 건 이거였다.

"다 컸다고? 예쁘냐?"

동서고금 사내라면 성별이 여성인 자에게 가장 궁금한 건 이거 아니겠는가.

우아하게 차를 기울이던 쥬다는 서늘한 눈으로 친우를 응시했다. 하지만 대답이 돌아오기는 했다.

"예뻐."

짤막하지만 농축된 과일주처럼 뒷맛이 남는 대꾸였다. 다시 차로 관심을 돌리는 그에게 레오니다스가 호오, 휘파람을 불었다.

"엄청 미인인가 보네. 하기야 누구 딸인데. 그치?"

"……."

쥬다는 대답하지 않았다. 무표정한 낯에 일순 봄볕 아지랑이처럼 심란한 무언가가 스쳐 지나갔다. 찰나였지만, 이런 방면에서는 귀신같은 레오니다스의 눈이 가늘어졌다.

어라라, 이것 봐라. 갑자기 와서 답지 않게 술 마시자고 하는 것도 그렇고……. 신이 난 그는 일부러 더 보수적인 노친네가 훈수 두는 것처럼 느물거렸다.

"얼굴도 예쁘고, 착하고, 나이도 꽉 찼으니 이제 시집가야겠네?"

차를 기울이던 손이 우뚝 멈추고는 그를 노려본다. 진정 '노려봤다'가 맞을 것이다. 보통 이들이라면 간이 떨려서 주저앉을 텐데도 레오니다스는 싱글벙글 웃고 있었다.

아, 세상에. 재밌어라. 제 반응을 시시각각 관찰하는 그의 속셈을 모를 리가 없는 쥬다는 그의 기대를 쌀쌀맞게 잘랐다. 시집은 무슨.

"아직 어려."

"어리기는. 아가씨가 다 됐는데."

면박 줬던 것이 무색하게 쥬다는 선뜻 그 말에는 부정하지 못했다.

"신랑감 알아봐 줄까?"

불편한 기색이기는 해도 내내 무미건조하던 푸른 눈에 처음으로 불똥이 튀었다. 몇백 년간 보아 오며 부닥뜨린 레오니다스도 그 찰나에는 모공이 선연했다.

단순한 제 영역에 대한 소유욕과 질투라고 보기에는 거기에 서린 감정이 보통의 깊이가 아니었다. 타라를 막 성에 들였을 때와는 또 달랐다.

레오니다스는 기막힌 듯 입을 벌렸다. 방금 저 반응은 뻔했다. 저건 보호자라기보다는 사내의 그것이었다.

"야, 너……."

결국 그렇게 된 건가?

레오니다스는 멀거니 쥬다를 보다가 실실 헛웃음을 흘렸다. 바람 빠진 소리에도 별다른 답이 없는 걸 보아서는 긍정이나 다름없었다. 맙소사.

"진짜 이리 돼 버렸구나. 너 개 좋아해?"

"그 입 좀 닥쳐."

"세상에!"

지금 이 순간은 단박에 폭소하는 게 먼저였다. 낄낄거리며 탁자를 탕탕 쳐 대는 그의 경박스러운 행동에 이리저리 튄 찻물을, 쥬다는 손가락을 튕겨 증발시켜 버렸다.

물론 이 간이 용 머리만 한 사자 왕은 친우를 놀리기 바빴다.

"우와, 우와. 언제부터? 아니 걔는 알아? 타라도 네가 좋대?"

현명한 처자라면 너처럼 성격 더럽고 포악한 얼음덩어리 같은 자식을 좋아할 리가 없다만 타라야 워낙 순진하고 너만 보며 자랐잖아. 아무것도 모르고 덥석 네가 내민 손잡고 고개 끄덕인 거 아니야?

놀리는 것도 놀리는 거지만 도둑놈이라고 반쯤 욕하듯이 지껄여대는 레오니다스는 오랜만에 무척 흥분했다. 궁금한 것도 산더미였다. 생전 피만 묻힐 줄 알던 냉혈한이 아이를 키운다길래 이상하게 여겼더니 그 조그만 여자애에게 홀랑 빠져서 전부 내준 모양새였다.

귓가에 계속 앵앵거리는 파리 보듯 묵묵부답이던 쥬다가 짤막하게 입을 열었다.

"그 애는 아무것도 몰라."

어라. 이건 또 무슨 말이야.

"모른다니?"

"……."

"와우."

털썩 등받이에 몸을 기댄 레오니다스가 입만 움직여 감탄사를 내뱉었다. 잠깐 두 오랜 친구 사이에 침묵이 돌았다. 복잡하고 심란한 상념이었다.

그러니까, 저 차갑기 그지없는 놈이 말하는 바는…… 저 혼자 애끓는 짝사랑 중이란 거다.

이건 좀 불쌍한데. 레오니다스는 절로 심각해져서 두꺼운 검지로 얼굴 가죽을 밀다가 물었다.

"타라는 너한테 전혀 마음이 없다고?"

"당연한 거 아니냐. 그 애는 어려."

쥬다는 한결같이 타라가 어리다는 태도를 고수했다. 사실만 따지면 맞는 말이지만 동시에 틀리기도 하다.

그녀는 고귀족이고, 무릇 고귀한 혈통을 이어받은 고귀족이라면 머리가 트이고 각성을 했다는 전제하에 능히 전장에도 투입될 만큼 정당한 성인 자격이 있었다. 기실, 고귀족을 비롯 요정과 수족 같은 이들에게 나이란 그다지 의미 없는 나이테에 불과했다.

하긴, 그 아이를 돌봐 온 후견인이니 감상이 또 다르겠지. 아니 그 전에 어쩌다 그 소녀에게 홀려 버린 걸까. 우스갯소리로 짓궂게 놀리기는 했지만 정말 저리 빠질 줄은 몰랐다. 저건 정말 한 여자에게 제대로 포로로 잡힌 사내의 무기력한 인정이었다.

"타라에게 말해 볼 생각은 없냐?"

"안 돼."

대관절 그게 말이나 되나. 쥬다는 타라가 쥬다를 매우 따르고 좋아하기는 하지만 이성의 그것과 다르다고 생각했다.

—나 쥬다가 정말 좋아요.

내가 좋다고? 넌 정말 모르냐는 듯이 나를 보았지만 진짜 아무것도 모르는 건 너야.

—내가 무언가를 좋아해 본 첫 번째거든요.

그러니 그런 거겠지.

그는 그녀의 후견인이다. 일반적으로 그게 당연할 것이다. 음울하게 심장을 짓누르는 사실이었지만 부정할 수 없었다. 그래서 제 감정을 자각한 이후 그녀를 더 살뜰히 품에 안고 온기를 느꼈지만, 대놓고 다가가기는 힘들었다.

타는 갈증에 속이 화끈거리고 오장육부가 썩어 먹히는 기분이었으나 타라가 겁을 집어먹고 달아나는 것보다는 나았다. 1분 1초 피가 들끓다 말라 가는 듯했다.

복잡하고 혼란스러운 속을 끌어안고 묵묵히 앉아 있는 친우를 생경하고 답답한 눈으로 보던 레오니다스가 한숨을 섞어 물었다.

"그럼 어쩌려고."

"몰라."

그는 정말 아무 대책도, 혹은 그럴 겨를도 없어 보였다. 이런 날이 올 줄은 몰랐지만, 그 잘나빠진 자식이 참 안쓰러워서 레오니다스는 끌끌 혀를 찼다.

"하지만 네 마음이 그렇다면 언제까지 감출 수는 없잖아. 사람 감정이란 게 속인다고 그게 돼?"

얼음덩이로 산 세월이 길어서 잘 감이 안 오는 모양인데…….

"이봐, 쥬다. 난 아주 오랫동안 널 봐 왔어. 내가 봤을 때 너, 쉽게 꺼질 불 아니야. 알잖아. 타라는 특별해."

"내가 그걸 모를 것 같아?"

"그럼 그렇게 안절부절못하지 말고 매달려라도 보든가."

"레오니다스."

"왜."

"이 감정이, 과연 그 아이에게 해가 되지 않을까."

레오니다스는 말문이 막힌 표정을 지었다. 그들은 동시에 같은 것을 생각했고, 정확히 같은 순간에 참담함을 느꼈다.

이 순간 레오니다스는 진심으로 쥬다를 동정했다.

"그러게 내 말을 듣지 그랬냐."

타라가 쥬다와 일찌감치 떨어졌다면 상황이 나아졌을까? 쥬다는 고개를 저었다. 무의미한 가정이다.

"이대로면 족해."

그 모든 고뇌가 싹 사그라든 양 고요해진 얼굴로 쥬다는 뇌까렸다. 스스로 되뇌듯이.

이대로만, 지금처럼만 그녀의 평화와 행복이 유지만 된다면 그까짓 감정이 무어 그리 중요할까. 결국 그 아이가 가장 사랑하는 자는 그였다. 그거면 된다.

그러나 레오니다스는 과연 저 속까지 그럴까 의문이 들었다.

"차 잘 마셨다."

미련 없이 자리를 털고 일어나는 그의 뒷모습을 바라보던 레오니다스가 불쑥 물었다.

"만약 타라도 같은 걸 원한다면? 그때도 넌 이대로면 족하다고 할 테냐?"

우뚝 멈춰 선 쥬다가 느릿하게 그를 뒤돌아보았다. 저를 향한 감정이 아님에도 레오니다스는 찰나 오싹함을 느꼈다.

저 끓는 것을 숨기고 있는 게 몰이해할 지경이었다.

그 이상의 대답은 더 이상 필요 없었다. 쥬다가 푸른 불꽃과 함께 사라진 자리를 바라보던 레오니다스는 심각하게 미간을 찡그리고 있다가 앗차, 제 이마를 쳤다.

"그러고 보니 타라 성년식이 언제인지 물어보는 걸 까먹었네."

*　　*　　*

동부의 상징은 창과 방패, 말 머리를 형상화한 문장이다. 하지만 황금 성의 주인이 사용하는 직인에 들어가는 건 휘황한 불사조였다. 현재 율리아에서 마지막으로 남은 단 한 마리의 불사조가 동쪽 땅에 둥지를 튼 것은 분명 상징적인 일이기 때문이다.

그리고 언젠가부터 벨벳 성의 집무실에서 심심치 않게 볼 수 있게 된 문장이기도 했다. 몇 년 전, 동부와 중앙 왕국의 동맹이 단절되고 난 뒤 줄기차게.

본디 동부와 서부는 전통적으로 큰 연이 없었다. 일단 대륙의 끝과 끝이기도 했고, 동부의 외교 전선은 대다수 중앙 왕국의 움직임에 따라갔기 때문이다.

하지만 마치 대명사처럼 그리 오랜 역사 동안 이루어지던 동부의 충성은 돌연 몇 년 사이 급격하게 방향을 틀었다.

쥬다는 무심한 눈으로 몇 해째 비슷한 말을 다른 방식과 자세로 반복해 오는 서신을 훑었다. 아델하이트의 서신만큼 쓰레기 취급하지는 않았지만 그 눈은 충분히 싸늘하고 삭막했다. 잠시 째깍거리는 시계를 보며 생각에 잠긴다.

시계 침이 둔탁하게 쪼아 대듯 움직이는 성마름, 그 위를 장식한 붉은 석류알. 값싼 보석이었음에도 쥬다는 때때로 그것에서 타라를 떠올렸다.

그 아이가 벨벳 성에 발을 들였던 첫날, 작고 소박한 모양에서 그 애의 불안하게 흔들리던 눈망울이 그대로 연상되었으니까.

그건 분명 의미 있는 기억이었다.

왜냐하면 그 한 번의 떠올림, 변덕이 모든 것을 뒤바꾸었으니 말이다. 실로 지금 생각하면 아찔하기 짝이 없는 순간들이었다.

사실 쥬다는 타라를 총 세 번 죽일 뻔했었다. 첫 번째는, 아델하이트가 장난처럼 보낸 혈육이라기에 불쾌함과 성가심에 차라리 죽일까 했다. 그 여자의 딸 따위 뭐하러 돌보아 가며 신경을 축내나 싶어서 충동적으로 고심하다 마음을 돌렸다. 그저, 내키지 않았다. 따지고 보면 그것부터가 그답지 않았는데, 당시에는 몰랐다.

그러다 정신 차리고 보니 그 아이가 너무 귀해져서, 순전히 저에게 닥칠 결과가 아닌, 단순히 손에서 놓는 것조차 화가 나서 하마터면 끔찍하게 멍청한 짓을 저지를 뻔했다.

—네가 이 성의 주인인 이상 너는 파멸할 수밖에 없어. 그게 운명이라고.

—그 애는 널 파멸시킬 거야.

서부의 주인, 벨벳 성의 성주는 대대로 수명이 짧았다. 마치 비극을 주제로 하는 연극의 설정처럼, 그 굴레를 벗어난 자는 지금껏 없었다. 있다면 현재 해가 지는 땅을 통치하고 있는 쥬다, 그뿐일 터였다.

처음 피를 뒤집어쓴 채 이곳을 가지기로 했을 때도 먼 미래를 두려워한다거나, 언젠가 노도처럼 달려올 죽음을 걱정하지는 않았다.

아직 새빨갛게 펄떡이던 젊은 피의 패기일 수도, 이미 고갈되어 버린 영혼의 염세적인 방관일 수도 있다. 사실 당시의 그는 당장 죽어도 아쉽기만 할 뿐 그리 억울할 것 같지도 않았다. 의무를 빙자한 제 권태를 채우기 위해 더 많은 피를 뿌렸다.

대지가 매분 매시 해가 지는 것처럼 붉은빛으로 너울거렸다. 그 짓거리도 금방 질려서 그는 이 오래되고 낡은 성에 틀어박혔다.

어쩌면 그가 유례없이 전대 성주들보다 장수한 이유는 살인과 폭력을 즐기지 않았기 때문일지도 모른다. 무던하고 이성적으로 가라앉아 할 일만 하며 그리 굳어 가나 했다. 하지만 타라가 나타났고, 그의 모든 밑바닥을 들쑤셔 뒤집어엎었다. 소중한 것, 애착하는 상대의 존재는 삶의 가치, 생사에 관한 기준을 비튼다.

당연히 닥쳐올 결과로 그 아이를 잃을까 두려워 소리 없이 목숨을 거둬 소유하려 했던 미친 짓부터가 이미 쥬다가 변질했음을 의미했다.

만약 그때 멈추지 못했으면 어떻게 됐을까.

쥬다는 제 한계를 잘 알았다. 그는 감당하지 못했을 것이다.

그리고…… 마지막 세 번째. 그가 아직 그녀를 제대로 보지 못했을 시기, 참으로 고요한 칼날이 지나간 적이 있었다.

—처음 봤을 때 분명 마력은 쥐꼬리도 없었다. 이게 어떻게 된 일이지. 핏줄은 핏줄이라 이건가?

—그럴 리가. 넌 노새나 다름없어.

분명 고왕국의 광신(狂神)의 대물림은 완전히 끊겼다. 수맥이 고갈된 오염된 땅처럼 고대인들이 자행했던 미친 짓을 해 보았자 얻을 수 있는 건 없었다.

그런데, 그녀는 비틀린 땅에서도 봉오리를 맺었고, 꿋꿋이 잎사귀를 틔우고 있었다. 난 살아 있다고. 작고 보잘것없으나 분명 여기에 존재한다고 소곤거리는 것처럼.

불가능한 일이 벌어졌다. 예상대로라면 저 아이는 마력을 다룰 수 없어야 했다. 거기에 만약 그녀가 고대의 '그것'을 다룰 줄 안다면…….

신이자 악마이며 축복이자 재앙의 재림이 시작될지도 모른다. 하물며 그 아델하이트의 아이라?

쥬다는 영문 몰라 하는 무방비한 작은 소녀를 내려다보며 생각했다. 죽여야 하나? 기실 이 순간을 위해 그는 여태껏 살아온 것이다. 그는 '수문장'이니까. 코끝을 맴도는 달콤한 향기에 절로 이끌리는 걸 끊어 내고 냉정히 고려했다.

죽여야 했다, 그날. 분명히.

이것은 위험의 정도를 따지는 게 아닌, 생(生)으로서의 정당방위에 가까운 개념이었다.

지금도 쥬다는 왜 타라를 두고 보기로 했던 건지 완벽히 이해는 가지 않았다. 왜 그랬을까. 물론 죽여야 한다는 마음을 완전히 접은 건 아니었으니 보류한 것에 가까웠다. 변명을 해 보자면, 그녀는 역시 너무 약하고 마력 또한 보잘것없었으며 가장 중요한 '언령'의 힘이 아직 발견되지 않았다.

고대의 돌연변이 '노새'들 중에서는 이와 같은 경우도 가끔 있었다고 들었다. 완벽한 신도, 실패작도 되지 못한 어중간한 아이들. 비록 얼마 못 가 죽었다는 기록이 있으나 그들이 잠깐이나마 마력을 다루었던 건 사실이었다. 이 아이도 그런 노새인가.

그리 여기니 한결 쉬웠다. 마음 내키는 대로 하기가. 그가 굳이 손을 쓰지 않아도 얼마 못 갈 아이였다.

여자아이는 미련할 만치 순하고 여렸다. 이 생물이 자라 '어떤 것'이 된다는 게 말도 안 되는 거짓말로 느껴질 정도로. 설사 각성을 한다 해도 쥬다로서는 손가락 하나 접을 정도의 힘으로 손쉽게 그녀의 목숨을 취할 수 있었다. 그러니 저 애를 가르치건 좀 더 길러 보건 그건 제 마음이었다.

그러다 결국 그 아이가 천진한 낯으로 동물의 말이 들린다고 했을 때도, 쥬다는 여전히 그녀를 죽이기는커녕 하얗고 소담한 조그만 낯을 응시하며 그 애의 감기 따위나 신경 썼다. 이미 늦었다. 그리고 그게 크게 유감스럽지도 않았다.

그는 매우 오랜만에 하루의 일부분이 즐거웠다. 이렇게 흡족한데 내가 왜 케케묵은 의무 따위를 신경 써야 하는가? 어차피 세계가 뒤집어지건 부서지건 애초부터 관심도 없었는데. 죽음? 옛적부터 의미 없었던 것을.

대마법사는 미래가 아닌 색색의 찬란한 오늘을 사는 데에 집중했다. 혹자에게는 어리석을 수도, 긴 삶에 말라 죽어 가는 이에게는 다시없을 현명함이기도 했다. 전자든 후자든 알 바 아니었다. 쥬다는 언제나 저가 원하는 대로 행동했고, 선택했다. 그래서 족했다. 충분히. 후회도 없었다.

그저…… 기대와 욕심으로 아쉽고 두려울 뿐. 그것은 나날이 커져 가고 있었다.

쥬다는 예전과 달리 제 출생에 대해, 아비에 대해 궁금해하지 않는 타라를 생각했다. 타라는 분명 똑똑했다. 알고자 한다면 곧 알아낼지도 모르지. 그럴 의지가 있다면 말이다.

이미 쥬다는 본의이든 아니든 타라에게 많은 것을 말했다. 조각들은 던져졌다. 타라가 그것들을 모아서 그림을 완성하는 과정을 예견해 본다. 그리 어렵지 않았다. 그럴 기회도 많았다. 넌지시 던져진 단서들이 적지 않았음에도 그녀의 인식이 고착 상태에 있는 건, 타라가 그걸 원하지 않기 때문이었다.

타라는 지금의 상태에 더없이 만족하고 있으며, 어떤 변화로 이 상황이 변하거나 깨지는 걸 원치 않았다.

그건 그도 다를 바 없을지도 모른다. 또 무엇보다, 타라가 상처받는 게 싫었다.

이제 겁쟁이라고 누군가에게 혀를 찰 만한 주제도 못 될지도 모르겠어. 쥬다는 혀를 차며 불사조 낙인이 찍힌 서신을 벽난로에 던졌다. 순식간에 타들어 간다. 달아나 제 주인에게 날아갈 듯이.

긴 손가락을 튕기자 불꽃은 금방 싸늘하게 식었다. 정갈한 글자가 쓰인 종잇조각이 불새의 눈물처럼 재로 변했다.

—거듭된 그대의 거절은 매우 유감입니다, 쥬다.

하지만 죄스러운 부친이라 하나 이것 한 가지는 묻고자 합니다.

그 아이는 나의 존재를 알고 있습니까?

* * *

한 종족을 다스리는 여왕의 하루는 생각보다 거창하지 않았다. 적어도 요정들의 어머니 타니아에게는. 요정들이란 초원에 뛰노는 야생동물들처럼 자유분방하지만 오랜 세월 명맥을 유지하며 번창한 이유는 강력한 종족의 왕 덕분이었다.

요정들이란 여왕이 건재하기만 해도 천년만년 번영을 누릴 종족이었기에 오늘도 남부는 평화로웠다. 적어도, 오늘 아침까지는 그러했다.

"불길한 징조야."

타니아가 중얼거렸다. 그녀는 낙원이라는 명칭이 떠오르는 아름다운 풍경이 펼쳐진 테라스에 앉아 막 도착한 딸의 편지를 읽던 참이었다.

껍질을 벗은 듯 하얀 나무줄기가 기하학적으로 휘감겨 자라 아치형의 아름다운 곡선을 그리는 여름 궁전에 불길한 적막이 내려앉았다.

옥좌에 파릇하게 돋아난 이파리를 괜스레 쥐어뜯으며 타니아는 불안하게 손톱을 깨물었다.

브리지트의 서신이 말하는 것은 분명했다.

쥬다가 변했다.

예전의 쥬다를 모르는 그 아이는 그게 어떤 것을 뜻하는지 모르겠지만 타니아는 현재 율리아에서 가장 오랜 세월을 살아온 인물이었다.

즉, 대륙의 공포로 군림하고 있는 그 쥬다가 새파랗게 어린 애송이 시절이었을 무렵부터 — 기실 그런 귀여운 시절이 있었는지도 조금 의문이긴 하지만 — 보아 왔다는 뜻이었다.

그가 서부 영주의 자리를 계승했을 때의 첫 만남은 지금도 생생했다. 다섯 영주 중에서도 서부의 주인이란 단순히 땅덩어리를 차지했다는 뜻이 아니었다. '문지기'가, 즉 강력한 '열쇠'를 가진 이가 바뀐다는 의미니까.

타니아는 그 저주와 축복이 잠재된 대지의 새 주인을 보기 위해 친히 서부로 발걸음을 했다.

처음 젊고 어린 쥬다를 마주했을 때 타니아의 감상은 이러했다.

고놈 참, 곱상하게 미쳤네.

— 당신인가, 요정 여왕?

만년설처럼 차고 얼룩 한 점 없이 시린 낯이었다. 파르스름한 눈은 섬뜩할 만큼 무감동했다. 아마 그 서늘하기만 한 인영이 피를 뒤집어쓰고 있지 않았더라면 고왕국 시대의 얼음 화석이라고 착각했을지도 모르겠다.

새 영주는 인간적인 냄새가 극히 희박했다. 마레사 놈도 이 정도는 아니었는데. 채 피가 식지도 않은 옥좌에 앉아 권태스럽고 오만하게 그녀를 굽어보는 쥬다는 일견 피곤해 보였다.

질림 반, 호기심 반으로 삐뚜름하게 바라보는 여왕에게 쥬다는 나른하게 질문했다.

—그래, 문 지키는 새 개를 본 소감은 어떠한가.

삭막하게 뇌까린 목소리에 혈향이 짙게 배어 어두운 성안에 퇴폐적으로 울려 퍼졌다. 기실 살아 있는 자가 없어서 그러하리라. 여왕은 눈살을 찌푸렸다.

—골치 아플지 아닐지 헷갈리는 중인데.

—정 그리 걱정되면 네가 날 죽이든지.

거리낌 없이 저를 죽이라 말하는 자의 눈은 하늘에 뚫린 터널처럼 온기 없이 공허했다. 안개 같은 살기에 가려 흐릴 뿐 이 사내는 본디 버석하게 말라붙은 자였다.

태생적으로 금이 가 있는 그 균열이 오랜 세월 살아온 여왕의 눈에는 생생하게 보였다. 그녀는 경계를 거두고 끌끌 혀를 찼다.

—텅 빈 야망이구나. 무엇을 위해 그 자리에 앉은 게지?

—좀 더 흥미로운 자리처럼 보였거든.

쥬다는 제 손톱과 마디 할 것 없이 피딱지가 들러붙은 모양을 남의 것 구경하듯 둘러보며 중얼거렸다. 상대에게 하기보다는 저 스스로에게 읊조리는 것처럼 들렸다.

광기라 일컫기에는 너무도 깨끗하고 차가워서 저어되었으나 또한 정상도 아니었다. 이번 대의 영주는 거목 같은 여왕에게도 갈피를 잡기 힘든 인사였다.

—부숴 보고 싶었고, 나는 그럴 힘이 충분했다. 그래서 망가뜨렸을 뿐이야.

—그래서 즐겁더냐?

—그 순간에는.

그는 삐딱하게 고개를 기운 채 처음으로 미소 지었다.

—아주 잠깐은 괜찮았지. 오랜만에 살아 있는 것 같았으니.

—그런데 이제는 그마저도 없는 모양이구나.

요정 여왕은 상황에 맞지 않게, 찰나 이 젊고 앞으로 그보다 훨씬 긴 수명을 더 살아가야 할 존재를 동정했다. 긴 생은 그 자체로 이따금 숨통을 조이는 저주다. 벌써부터 생물로서의 기갈에 시달리다 결국 바닥을 드러내고 있는 이자가 살아갈 생은 얼마나 끔찍할까.

고통만이 모든 것을 파괴하고 죽일 수 있는 게 아니었다. 때로는 부드럽고 고운 모래바람보다 희미한 시간과 권태가, 유사와 같은 무료함이 영혼을 생채로 말려 죽이고 압사시킨다.

그리고 이 어린 영주는 그것을 이미 받아들이고 이해하고 있었다. 그럼에도 저리 무심하다. 자살조차 무료해질 폐허 같은 미래에도 불구하고.

그녀는 잠시 바닥에 낭자한 핏자국을 들여다보다가 천천히 손뼉을 쳤다. 무덤 같은 성안에 황폐한 환영의 소리가 일정 간격으로 울렸다.

—합격.

골치 아프지만 괜찮겠어. 그녀의 일방적인 합격 통지에 쥬다가 코웃음 쳤다. 차갑고 사납게.

—건방지기 짝이 없어. 이미 하나를 죽인 김에 너도 죽여 주랴?

—아니. 그건 싫은데. 마레사야 제정신이 아니었다는 변명이라도 할 수 있지만 나는 그마저도 없지 않니.

—내 알 바 아니지.

쥬다가 그녀를 비웃었다. 타니아는 생각했다. 감정 불구라도 성격은 더럽군. 너무 섣불리 합격을 줬나.

—아서라, 젊은이. 어차피 너와 나는 오랫동안 봐야 할 텐데 무어 그리 급하니. 네가 시간에 짓눌려 미치거나 고대의 힘을 억누르는 게 버거워지면 우리는 또 한 번 얼굴을 봐야 할 거야. 그때 가서는 분명 둘 중 하나는 죽어야겠지. 넌 그때가 되어도 살아남기를 바라니?

협박 아닌 협박이었다. 아마 바닥도 없이 추락한 허무에 먹혀 더 고달플지 모르는 먼 미래의 끝에 가서도 누구 하나 저를 죽여 주지 못해서 계속 살고 싶냐고. 아마 이 무서울 것 없는 자에게 두려움이란 게 있다면 그것이 아닐까.

역시나 그녀의 충고 같은 위협은 먹혔다. 쥬다의 온기 없는 얼굴이 무감하고 살벌하게 타니아를 내려다본다. 먹을지 말지 고민하는 뱀과 같은 눈이었다.

타니아는 내심 속으로 식은땀을 흘렸다. 미동 하나 없는데도 갈기갈기 찢어발길 듯 거칠고 야만적인 살기와 마력이었다. 그녀 나이의 반도 못 산 어린 인간의 것인데도 이미 요정 여왕을 압도하고 있었다.

절로 욕이 나왔다. 마레사 이 미친놈 같으니라고. 죽으려면 좀 정상인 놈에게 죽어야 할 것 아닌가. 아니면 적당히 강한 놈한테 죽든가.

이 살벌한 애송이는 너무 젊었고, 무척 오래 살 게 뻔했다. 또 그만큼 그녀의 신경줄을 갉아먹겠지. 그녀의 툴툴거림이 길어질 찰나에 쥬다는 머리를 옥좌에 기댔다. 다시 수려한 낯을 잠식한 건 헛된 무료함이었다.

—그래. 그 말도 일리가 있어.

—현명한 판단이야, 서부의 주인이여.

—다만 문제가 있어. 지금도 그렇게 약해 빠졌으면서 미래에 나를 어떻게 죽인다는 거지? 그때는 더 늙었을 것 아닌가.

느릿느릿 뇌까리는 목소리는 가위로 서걱서걱 잘라 내듯 시퍼런 빈정거림이었다. 타니아가 기가 막혀 소리쳤다.

—이놈이 보자 보자 하니까! 요정에게 노화 따위는 없어! 네놈이 호호 할배가 되어도 나는 젊디젊을 거라고!?

—그래 봤자 영혼은 썩어 문드러졌겠지.

나직한 중얼거림은 당장 내일의 혼탁한 하늘을 그리는 것 같았다. 잠깐 아무도 먼저 입을 열지 않았다. 그들은 찰나간 씁쓸한 공감의 침묵을 곱씹었다. 혹은 세상 무엇보다 가벼우나 언젠가는 저를 깔아뭉개 죽일 미래에게 각자의 방식으로 경의를 표했다.

—그게 언제가 될지는 모르겠으나, 그때가 된다면 부디 날 죽여라. 내가 설마 당신보다 오래 살지는 않겠지.

한창 창창한 나이의 청년이 잔먼지 날리는 뽀얀 허공을 응시하며 말했다. 뽀얗고 말간 뺨이 벌써부터 고단하다. 타니아는 말없이 그 흐린 푸른 눈을 바라보다 고개를 끄덕였다.

—약속하마.

내 종족은 종말이 온다 하더라도 살아남아야 하니까.

"그렇게 말하던 놈이, 애정을 가진 게 생겼다고?"

벌써 수세기가 지난 일이다. 타니아의 예견대로 쥬다는 변함없이 그대로였다. 지독히 가파르고 높은 바윗돌도 깨지고 갈라져 흙한 줌이 될 시간이 흘렀는데도 저주라도 걸린 듯이 변하지 않았다. 시간이 그 혼자만 비껴가는 것처럼.

설사 있다 하더라도 지독히 미세하고 느린 변이였다. 그런 쥬다가, 아끼는 존재가 생겼다니.

"지금껏 그리 고고하게 잘 살더니 왜 이제 와서?"

타니아는 타라라는 아이의 존재가, 그녀에 대한 쥬다의 끔찍한 애정이 꺼림칙했다. 시기도 그랬다. 동부와 중부는 오랜 유대를 깨고 독자 노선에 접어들었고, 북부와 중앙왕국은 다시 알력 다툼을 시작했으며, 아델하이트의 행보도 수상쩍기 그지없었다.

무엇보다 요정 정찰병에 의하면 마룡이 잠들어 있는 이티오팔에서도 한 달 전부터 이따금 불길과 연기가 치솟고 있었다. 강제적으로 긴 수면에 빠져 있던 바바로사가 조금씩 몸을 뒤틀고 있다는 뜻이었다. 잠꼬대라 하기에는 마그마가 들끓는 것이 심상치 않았다.

타니아는 그 소식을 듣고 요사이 제대로 잠도 못 자고 있었다. 긴 세월 축적되어 온 직감이 경고하고 있었다. 무언가 일이 생기려 한다. 발밑부터 서서히 몰려오는 지진을 시시각각 느끼듯이 온 감각이 소란스레 떠들어 댄다.

그녀는 신경을 곤두세우고 모든 요정들을 움직여 정보를 모으고 이 불길함의 진원지를 찾기 위해 고군분투했다.

어젯밤만 해도 새벽에 벌떡 일어나 브리지트에게 당장 남부로 돌아오라는 편지를 반절까지 쓰다가 내팽개쳤다. 천재지변을 감지한 대자연의 일부처럼 날이 갈수록 불안이 커졌지만 침착해야 한다. 서두른다고 일이 해결되지는 않음이니.

요정 여왕은 가늘게 뜬 눈으로 여왕의 방을 휘감고 있는 율리아의 지도를 바라보았다. 천장에는 각종 광석으로 별자리를 수놓은 천체도가, 바닥에는 대륙의 전신이 구불구불 똬리를 튼 뱀처럼 새겨져 있었다.

가장 중요한 요충지인 서부, 벨벳 성을 상징하는 보석이 어두운 보랏빛으로 반짝거렸다. 바바로사를 봉인시킨 것은 쥬다. 용의 움직임을 그도 감지했을 법하나, 그는 별달리 이상을 통보하지 않았다.

하긴 쥬다도 사람이니 누군가에게 사랑을 느끼고 흠뻑 빠질 수도 있었다. 지금껏 무생물처럼 살아온 게 기이한 거였지.

하지만 왜 하필 지금이야. 게다가 아델하이트의 딸이라니. 그 여자가 쥬다에게 가진 감정은 범상치 않았다. 타니아는 오래전 벨벳 성에서 벌어졌던 비극에 대해서 알고 있었다. 전전긍긍하던 타니아의 요란한 손장난이 멎은 것은 브리지트의 편지에서 믿을 수 없는 구절을 발견한 뒤였다. 그녀는 제 손이 뻣뻣하게 굳은 것도 잊은 채로 그 문장을 몇 번이고 주의 깊게 읽었다.

—타라의 푸른 머리에 어울리는 보석을 선물해 줄까 해요. 뭐가 좋을까요?

뭐라고?

푸른 머리라니.

그건 존재할 수 없는 색이었다. 적어도 고왕국이 역사의 뒤안길로 사라지고 난 뒤로는.

타니아는 벌떡 일어나 한자리를 빙빙 잠자리처럼 맴돌았다. 여왕은 차분하게 되짚어 본다. 타라라는 아이는 아델하이트의 유일한 딸, 그리고 푸른 머리카락을 가졌다고……? 무언가 대단히 잘못되어 가고 있었다.

타니아가 지끈거리는 머리를 싸매고 신음을 흘렸다.

"청발이라고…… 대체 어떻게? 클레멤논의 딸은 아닐 거야. 혹시 설마……?"

상상만 해도 비정상의 끝을 달리는 가설이었지만 아델하이트는 능히 그럴 만했다. 타니아는 욕지거리를 내뱉으며 이마를 감싸쥐었다. 붉고 화려한 머리카락이 엉망으로 구겨졌다. 미친년 같으니라고. 아니 미친년놈들이었다. '그것'을 만들어 낸 연놈들도 문제고, 그게 뭔지 뻔히 알면서 홀딱 마음을 내줬다는 쥬다가 제일 미친놈이다.

세상에, 그렇다! 그는 다 알고 있는 게 분명했다. 그러면서도……

미쳤어. 정말 돌은 거다. 이건 직무유기 수준을 넘어선 광인의 행동이었다. 정말 하다 하다 결국에는 미쳐 버렸구나.

고왕국이 어떻게 멸망했는지를 안다면 이럴 수는 없는 거다.

요정족은 기록의 종족. 천고의 현자인 쥬다의 머릿속에 든 것만은 못하겠지만 타니아는 초대 여왕 랑카 시절부터 전해지던 극비의 고대 문서들을 여럿 가지고 있었다.

개중에 가장 귀중한 자료는 '랑카의 일기'로 그녀는 생생하게 자신이 보고 듣고 느꼈던 일들, 그리고 그 아수라장의 지옥에서 살아남기 위해 본인이 했던 일들에 대해 고스란히 적어 두었다.

—살을 에는 듯한 추위가, 가시지 않는 불길이 화상을 남겼다.

태양은 사라졌고, 온 세상은 어둠뿐이다.

사계절이 뒤엉킨 하늘은 우박과 불덩이를 토해 냈다.

산 자는 잠들고, 죽은 자들이 다시 일어나 그림자에 먹혀가는 대지 위를 걸었다.

처절하게 공포스러운 가운데 신을 갈망하나 신은 듣지 않는다.

당연하다. 이미 그들은 영원한 영면에 들었거나, 그들이 선사한 재앙을 지켜보고 있을 테니.

두렵고 두렵다. 모든 것이 아득한 절망이다.

그것은 진실한 절규의 기도문이었다. 요정족의 수장에서 수장으로 이어지는 그 일기장의 내용은 수천 년이 지난 지금도 후대에 공포와 절망을 심어 주었다. 타니아는 선조인 옛 어머니가 경고하고자 하는 바를 잘 알고 있었다.

'그것'은 부활해서는 안 된다. 만약 고대의 것이, 벨벳 성 아래 잠든 게 깨어났다가는 요정족은 멸망할 것이다. 율리아 대륙의 수많은 종족 중 가장 첫 번째로.

타니아는 딱, 잇새를 짓이겼다.

"안돼. 내 대에서 그런 일이 일어나게 할 수는 없어."

초대 여왕 랑카의 치열한 종족 보호 본능은 혈관을 타고 그대로 타니아에게도 이어졌다. 그녀 또한 혈족을 지키기 위해서라면 수단 방법 가리지 않으리라. 설사 비인 외도의 길이라 할지라도.

밤새 뜬눈으로 지새우며 타니아는 방법을 모색했다. 우선 그녀가 정말 '그것'인지 제대로 알아봐야 했다. 확실해지기 전까지 타니아는 쥬다와의 충돌을 피하고 싶었다. 분하지만 예전이나 지금이나 그녀는 그를 제압할 수 없었다.

골몰하다 타니아는 현재 가장 적당하고 눈에 띄지 않게 상황을 파악할 수 있는 인물을 골랐다. 충성스럽고 현재 서부의 심장부에 있으며, 긴밀히 불러들이기에 용이한 유일한 사람.

이둔의 기사를 호출하는 유니콘 문장의 서신이 서쪽으로 급히 날아갔다.

*　*　*

어느덧 초여름에 접어든 날씨가 후덥지근한 기미가 보였다. 늦봄이 초하의 은근슬쩍 내민 고개에 쫓겨 고개를 젓는 모양새였다. 이리 엉거주춤하다 대뜸 소나기가 내리기 시작하는 게 서부에서의 여름의 시작이었다.

타라는 녹음이 짙어지는 게 괜스레 설레서 싱글벙글 웃었고, 쥬다는 그녀에게 여름은 음주가무의 계절이라 감언이설을 늘어놓는 브리지트에게 이제 슬슬 고향으로 돌아가야 하지 않겠느냐고 나직한 충고를 덧붙였다.

하나 브리지트 또한 낯짝이 소가죽처럼 질겼기에 뻔뻔히 아직 신랑을 찾지 못했다 대답하며 싱글벙글 웃으며 빠져나갔다.

"나는 브릿이 오래 있는 게 좋죠! 브릿의 신랑감이 되게 늦게 왔으면 좋겠어요."

타라가 생긋거리며 한 속없는 말에 브릿은 거보라는 듯 쥬다에게 눈을 흘겼다. 쥬다는 침묵했으나 아무것도 모르는 양 웃고 있는 타라를 보는 시선은 따가웠다. 하지만 타라는 모른 척 버텼다.

이제 타라도 친구와 가족, 지인의 차이에 대해 알았다. 막 성인이 된 그녀는 아직 노는 게 고팠다. 지금껏 얌전히 자라 오지 않았던가. 그러니까, 비교적 말이다.

"알아서 해."

타라의 애처로운 눈빛에 결국 쥬다가 짜증스럽게 툭 내뱉었다. 그러면서도 마지막 말을 잊지 않았다. 먹고 떨어지라는 듯이.

"누구라도 좋으니 아무나 데리고 가."

그리고 이 성에서 나가 주면 금상첨화고. 쥬다는 아직도 브리지트와 노느라 타라가 술을 떡이 되도록 마시고 유니콘 위에 올라타 하하 호호거렸던 일을 기억하고 있었다. 처음의 불길함 대로 저 괄괄한 공주는 문자 그대로 별 걸 다 가르치고 있었다.

브리지트가 재미있다는 듯 깔깔거렸다.

"그런데 누구를 데리고 가요? 수족 신랑은 엄마가 싫어할 텐데."

"그런 것까지 정해 줘야 되나?"

쥬다가 싸늘히 뇌까렸다. 그의 서슬 퍼런 시선에 브리지트는 얼른 타라에게 바싹 붙었다. 그것만으로도 기세가 어느 정도 누그러졌지만, 덕분에 더 못마땅함을 산 건 확실한 것 같았다. 브리지트는 전혀 애석하지 않게 쯧 혀를 찼다.

"집주인으로서 추천을 받을 수 있을까 해서……."

"몰라. 비제 놈이라도 데려가든가."

꽤 파격적인 말을 그는 아무렇지 않게 지껄였다. 비제의 옛 사정을 생각하면 막말에 가까웠다. 물론 그도 알았다. 단지 한마디 첨언했을 뿐이다.

"가정 파탄은 책임 못 진다."

"사양할게요. 남편한테 스삭당하는 건 안 내켜서."

브리지트 또한 눈 하나 깜짝하지 않고 거절했다. 그들의 대화에서 본의 아니게 안줏거리로 씹힌 비제만 피 봤다. 더구나 공교롭게도 이 둘은 당사자가 듣건 말건 신경도 쓰지 않았다.

홀연히 브런치를 먹고 있던 홀에 나타난 비제가 이델이 깎아 놓은 과일 한 조각을 집어 들며 와, 야유를 던졌다.

"내가 뭘 했다고 대차게 흉보시네, 둘 다. 너무한 거 아닙니까?"

"싫으면 말고."

쥬다는 곧장 빠졌다. 그러든지 말든지 관심도 없다는 듯이. 의자 하나를 빼서 훌쩍 테이블에 엉덩이를 붙이고 앉아 턱 하니 제 발을 올린 비제가 와삭 사과를 베어 물었다. 입가를 닦으며 싱긋 나른하니 눈가를 휘었다.

그는 브리지트 쪽은 쳐다도 보지 않았다.

"그래, 둘이 '대화'는 잘했나 봐."

"무슨 대화?"

쥬다가 곧장 차를 마시다 말고 눈썹을 올렸다. 사과를 오물거리면서 비제는 어깨를 으쓱했다. 그와 눈이 마주친 타라가 조금 쑥스럽고 어색하게 웃으며 달콤한 케이크를 톡톡 포크로 두드렸다.

오물오물 케이크를 잘라 먹는 그녀에게 쥬다가 조그만 과일 펀치 유리그릇을 밀어 주었다. 나비넥타이를 맨 고양이 안티오크가 크리스털 그릇에 국자로 펀치를 부어서 테이블에 앉은 모두에게 돌렸다.

쥬다의 성정상 벨벳 성에서 이런 화기애애한 자리는 퍽 어울리지 않을 것이나, 이곳에 타라가 있다면 얘기는 달라졌다. 지나가다 인사 한 마디만 해도 '파이 한 조각 드시고 가세요!'가 나왔고, 이 성에서 그녀의 호의를 거절할 사람은 없었다.

고로 이 자리에는 찻잎을 정리하러 가던 이델과 브리지트를 따라온 야센도 앉아 한쪽에서 북부와 남부의 약초에 대해 떠들고 있었다.

브리지트는 산딸기가 동동 뜬 펀치를 마시면서 집사의 우아한 움직임을 신기하다는 듯 구경했다. 그녀는 언젠가 저 보송한 발로 어떻게 차를 우리고 글도 쓰냐며 타라에게 속닥거린 적이 있었다.

"그런데 비제는 어떻게 기사가 된 거예요?"

민망한 타라가 아무거나 생각나는 주제로 화제를 돌렸다. 마침 그가 허리에 찬 검이 눈에 들어왔기 때문이었다. 비제는 고개를 기울였다.

"기억이 잘 안 나는데. 검을 잘 써서겠지."

"쓸 만한 게 그것밖에 없었으니까."

"가차 없는 평가 감사합니다, 주군."

비제는 빙긋 웃으며 거리낌 없는 감상에 대한 유감을 표했다. 팔짱을 낀 쥬다는 짧게 코웃음 쳤다. 하지만 타라가 갸웃거리며 다시 질문했다.

"비제도 마력이 있잖아요? 그러니까, 당연히 말이에요."

요정은 마법의 종족이라고도 불렸다. 가끔은 민간설화에서 종잡을 수 없는 초자연적인 존재로 등장하는 이유도 요정이 가진 특유의 신비스러운 분위기와 잔인할 만큼 변덕스러운 성격, 그리고 그에 따라 이따금 재앙이 되곤 하는 그들의 마법 때문이었다.

비제는 요정족 중에서도 가장 강력했던 바다의 마녀 코델리어의 아들이니 당연히 마력을 다룰 수 있을 거다. 하지만 타라는 그가 마법을 쓰는 걸 단 한 번도 보지 못했다.

순수한 궁금증이 섞인 그녀의 눈에 대고 비제는 별거 아니란 듯 대꾸했다.

"나는 마법을 못 써."

"정말요?"

전혀 예상하지 못했다. 타라는 놀랐다가 얼른 내색하지 않으려 노력했다. 어린 시절 못난 데다 마법 하나 쓸 줄 모른다고 얼마나 멸시를 받았던가. 같은 행동을 하고 싶지 않았다.

"하긴 비제는 아주 대단한 검사니까 마법 같은 건 필요 없을 거예요."

"어? 정말? 당신 마법 못 써?"

하지만 브리지트가 흥미로운 듯 끼어들어 화제를 원점으로 돌려놓았다.

이 아름다운 요정은 예의를 모르지 않았으나 이따금 필요에 따라서 그것을 손쉽게 모르쇠로 일관했다.

"왜 못 써? 암만 혼혈이라도 당신 피의 절반은 위대한 마녀의 것이라고."

타라가 안절부절못하는 사이 비제는 속 모를 말끔한 낯으로 눈을 반짝이는 공주의 호기심에 응수했다.

"글쎄. 살다 보니 그렇게 됐는데."

"살다 보니? 그럼 원래는 마력이 있었나?"

"저어, 브릿."

타라는 어떻게 해야 자연스럽게 말을 돌릴 수 있을지에 대해 고심했다. 자기도 모르게 힐끔 쥬다를 돌아보았지만 그는 제 머리칼을 느슨히 손 아래에서 굴리면서 타라를 지그시 바라보고만 있었다. 딴생각에 잠겼는지 테이블 위로 어떤 대화가 오가건 큰 관심도 없는 것 같다.

끄응, 앓는 소리가 나오려 했다. 다행히 그녀의 고충은 다른 곳에서 해결되었다.

"아무래도 검술사이시니만큼 검을 닦는 데 집중하시느라 상대적으로 그 부분은 퇴화하여 신체가 그에 맞게 적응되신 것이 아닐런지요? 몇몇 뛰어난 검의 명가와 기사 가문이 그런 경우가 있다 들었습니다. 그렇다고 그들이 고귀족이 아닌 것은 아니니까요."

언제나처럼 무뚝뚝하게 경청만 하고 있던 야센이 입을 열자 이목이 그쪽으로 쏠렸다. 타라가 감사해서 생긋 미소 짓자 그는 보일 듯 말듯 고개를 움직였다.

"하지만 그렇다고 있던 마력이 사라질 리가 없잖아?"

브리지트가 이해가 안 가서 콧등을 찡그렸다. 야센이 고개를 저었다.

"동부 황금 성의 군주인 기사 왕 이드도 고귀족이나, 강한 마력의 소유자는 아니라고 들었습니다."

"그 사람 가계야 고귀족 명부에 올라와 있다지만 몇 대 전부터 비실비실했다며? 전 성주가 결혼을 잘해서 그렇지. 하긴 그 사람도 요절했네."

"이드 공은 기사 중의 기사입니다, 공주님."

"누가 뭐래. 그냥 그렇다는 거지 뭐."

타라는 제 머리칼을 어루만지던 손길이 제 어깨를 감싸 안자 힐끔 고개를 돌렸다. 눈이 마주치자마자 쥬다는 그녀의 둥근 눈썹을 살살 문질렀다.

깃털이 스치는 듯한 느낌에 얕은 재채기처럼 키득거렸다. 그는 입술만 비스듬히 말아 올렸다.

"아 참, 그러고 보니 네 친족 얘기잖아. 미안해, 타라. 깜박 잊었어."

"응? 아니에요."

막 생각난 사실에 낭패했는지 브리지트가 눈치를 보며 사과했다. 중간부터 쥬다와 눈을 맞추느라 흘려 들었던 타라는 속눈썹을 깜박이며 살랑살랑 고개를 흔들었다.

"전 실제로 뵌 적도 없는걸요."

"그래? 하긴 암만 외숙부라도 안 보고 살면 남이지 뭐."

한시름 놨다는 말에 고개를 끄덕인 타라는 퍽 가깝고도 놀라운 사실을 깨달았다.

청년 왕 존이 아델하이트 여왕의 부친이자 타라의 외조부라면 현재 동부를 지배하고 있는 맹주, 기사 왕은 타라의 숙부였다. 어머니의 오라버니니까. 신기했다.

어떤 사람일까? 들려오는 평판은 나쁘지 않았다.

명예를 아는 고귀한 동쪽의 태양 왕, 태양의 기사, 강직한 성군. 하나뿐인 불사조의 주인이기도 하다.

사실 처음 겨울 성을 떠나왔을 때는 귀동냥으로 들었던 그에게 보내지는 줄 알고 쥬다더러 당신이 내 숙부냐고 물었었는데. 그것도 벌써 몇 년 전 일이지. 타라는 새삼스레 묘한 감상에 빠졌다.

"블루베리 타르트와 마들렌이 떨어졌네요. 더 드실 분?"

모두 너 나 할 것 없이 손을 들었다. 이델이 만든 음식들은 언제나 맛있었으니까. 극의 일 막을 내리는 연극 단원처럼 주위를 환기시킨 이델이 타라에게 눈을 떼지 않는 쥬다를 힐끗 스쳐보고 지나갔다.

"갑자기 생각났는데 말이야. 그럼 율리아에서 가장 강한 검사는 누굴까?"

핫초코를 스푼으로 휘휘 젓던 브리지트가 꺼낸 말이었다. 한자리에 있던 검사 두 명이 곧장 그녀를 돌아본다. 제법 재미를 끄는 주제라서 타라도 눈을 반짝이며 자세를 고쳐 앉았다. 어쩐지 쥬다가 약한 한숨을 쉬었다.

"그렇잖아. 뛰어난 검사니 전사니, 기사다 뭐다 해도 누가 최고라 하기에는 의견이 분분하던걸. 마법사 쪽은 서열이 확실한데 말이지."

브리지트가 스푼을 거꾸로 입에 물면서 쥬다 쪽을 곁눈질했다. 명실공히 율리아 최강 최악의 마도사라 정평이 나 있는 유일무이한 존재, 쥬다는 심드렁하게 타라의 머리카락 끝만 지분거렸다. 누가 보면 남 얘기하는 줄 알 것이다.

외려 타라가 뿌듯하게 헛기침을 하다가 손을 들었다.

"비제가 기사 왕님과 결투를 했는데 무승부가 났다고 들었어요."

"정확히 말하자면 결판낼 시간이 부족했어. 나도 바쁘고, 그 양반도 바빠서."

비제가 포도알을 따 먹으며 보충 설명을 곁들였다. 우화에 나오는 포도 좋아하는 여우 같았다. 타라는 호기심이 들었다.

"어쩌다가 검을 섞게 된 거예요? 그분은 무려 다섯 영주 중에 한 분이시잖아요."

율리아를 지배하는 다섯 명의 맹주 중 1인, 동부의 광활한 초원과 최강의 기마 부대를 가진 모든 기사들의 왕이라 칭송받는 이가, 서부 영주의 측근이라고는 해도 일개 기사인 비제와 결투를 하다니.

비제가 머리를 긁적거렸다. 글쎄. 어쩌다 그랬더라?

"뭐라고 해야 할까. 그 사람이나 나나 검에 미친 인간들이니 한 눈에 보자마자 검부터 뽑은 거지. 아, 이놈을 그냥 보내면 후회하겠다, 같은? 본능적으로 아는 거야. 그런 건."

"우와."

어쩐지 멋있다. 타라가 헤에, 입을 벌렸다. 머리카락이 약하게 잡아당겨졌다. 영문 몰라 하는 눈에 무심하기만 한 후견인의 얼굴이 들어왔다.

야센이 대화에 끼어들자 타라의 고개가 다시 돌아갔다.

"비제 경에 대한 소문도 유명합니다. 아무래도 오랜 기간 서부 검객의 지존으로 계셨으니……."

"소문은 원래 과장이 심하지."

비제가 빙그레 웃으며 칭찬을 일축했다. 겸양일 수도 있겠지만 타라가 보기에 그는 어떤 자리에서건 본인이 주제가 되는 걸 그리 내켜 하지 않았다.

역시나 예상대로 그는 말길을 상대방에게로 돌렸다.

"이둔의 기사들이 그렇게 강하다며? 여왕 직속 기사단이라니. 나이도 젊은데 대단하군."

"과찬이십니다."

"과찬은 무슨. 얘도 엄청 세. 몇 년만 지나면 당신을 능가할지도?"

"그건 아닙니다, 공주님."

브리지트가 콧대 높게 웃으며 호언장담하자 야센이 건조하게 부정했다. 하지만 놀리는 게 아니라 진심인지 브리지트가 눈살을 찌푸린다. 저가 더 기분 상한 것처럼.

"안 될 건 뭐야? 서부의 미친개니 살아 있는 전설이니 해도 결국 노땅이잖아. 네가 훨씬 젊으니까 더 낫지. 기사 왕도 그렇고, 이제 슬슬 세대교체가 필요하다고?"

"저희 같은 사람들이 젊은 게 큰 의미가 있습니까."

"있지, 그럼! 패기! 기백! 깡다구! 저 흐리멍덩한 눈깔을 봐! 네가 뭐가 부족한데?! 어깨 펴! 명색이 검사라면 저런 자식은 한 손으로 묻어 버린다는 각오로 임하라고!"

"젊은이들 무서워서 말도 못 하겠군."

브리지트가 바락바락 잔소리하며 언성을 높이자 벙찐 야센의 표정이 볼만했다. 감동이라기엔 뭣하고 감탄이라기에는 묘한 얼굴이었다.

그 희극을 남 일처럼 구경하며 '흐리멍덩한 눈'의 비제가 히죽 웃었다. 태평한 한량 같은 모양이 악명 높은 살인자라고는 보이지 않는다.

양손에 두 뺨을 괴고 있던 타라가 저도 모르게 중얼거렸다.

"그러고 보니 아저씨가 검 쓰는 거 한 번도 못 봤어요."

세 쌍의 눈이 저를 돌아보자 타라는 움찔 놀라다 어색하게 웃었다.

"그냥 궁금해서…… 야센 경도 그렇고요."

"그런 게 왜 궁금해."

쥬다가 핀잔을 줬다. 타라는 그의 못마땅한 눈을 보려 고개를 젖혔다. 푸르스름한 머리카락이 하늘하늘 하얀 얼굴을 타고 의자 등받이 뒤로 떨어져 내렸다.

쥬다는 말없이 저에게 기대 오는 그녀를 내려다보았다. 멋쩍은 지 헤헤 웃는다. 그냥요.

"결국 검술이 쓰일 상황이란 피가 따르는 게 뻔한 거 아니냐. 네가 봐서 좋을 것 없어."

까칠하게 들릴 법도 했지만 타라는 그런 것에 마음 쓰지 않고 외려 빙긋 웃었다.

"걱정해 주시는 거예요?"

"어."

"쿨럭!"

테이블을 닦고 있던 고양이 집사가 요란하게 기침을 해 댔다. 그는 풀풀 날려 대는 고양이 털을 자제하려 애쓰며 손수건으로 주둥이를 틀어막고 고개를 반대편으로 돌렸다.

홀에 모여 있는 사람들의 전반적인 상황도 그와 크게 다르지는 않았다.

야센은 대마도사의 인간적인 모습에 다시 놀랐고, 브리지트는 입가를 가리며 어머 어머를 연발했으며, 비제는…….

"그럼 대련은 어때?"

그림 같은 미소를 띤 채로 아무도 생각하지 못했던 제안을 했다. 대련이요? 라고 타라가 되묻자 그는 턱을 괴고 선이 둥근 칼처럼 눈웃음쳤다.

"응. 그럼 안전하잖아. 안 그런가?"

그치, 주군?

쥬다의 눈썹이 슬쩍 올라갔다. 그들이 묘하게 시선을 마주하고 있던 차에 브리지트가 끼어 물었다.

"대련? 누구랑?"

"그야 우리의 역전의 용사 야센 군이 나와 놀아 줘야 하지 않겠어?"

비제가 대뜸 자신을 지목하자 야센은 당황했는지 바로 대답하지 못하고 되물었다. 저, 말입니까?

"응. 여기서 그쪽 아니면 내가 여기서 누구랑 싸우겠어? 저기 공주님이랑 머리채 잡고 싸울 수는 없잖아?"

"뚫린 입이라고 지껄이는 것 좀 봐. 누가 잡혀 준대?"

어처구니없다는 듯 브리지트가 팔짱을 끼고 눈을 부라렸다. 서로 머리 쥐어뜯으며 싸우는 브릿과 비제라니.

웃음이 터진 타라가 킥킥거렸다.

"그럼 되겠네요! 안전하고. 그렇죠?"

그러고는 힐끗 눈치를 보며 뒤돌아본다. 그녀의 설레고 애처로워 보이기까지 하는 발그레한 눈매가 슬쩍 처져서 올려다보니 거절하는 것도 고역이었다. 최소한 쥬다한테는.

그는 나직하게 한숨을 쉬더니 그래라, 허락해 주었다.

만세! 타라가 환호하더니 쥬다의 목을 끌어안았다. 남들은 모를 찰나 흠칫 굳었던 손끝이 그녀의 머리칼을 쓰다듬었다.

그들의 맞은편에서 턱을 괴고 있던 비제의 벽안이 새벽달처럼 알 듯 모를 듯 빛났다.

14

무더위

노란 햇빛이 적당히 말라붙은 땅 위에 가득 부어져 있었다. 타라는 기대감과 흥분에 차서 저를 위해 쥬다가 가져다 놓은 긴 의자에 앉아 있었다.

타라가 생글거리며 다리를 흔드는 사이 옆자리에 앉아 부채질을 하고 있던 브리지트가 턱을 괴며 중얼거렸다.

"살다 살다 '그' 비제 미메시스의 검술을 보게 될 줄은 몰랐는데."

브리지트가 비제에 관해 긍정적인 평가를 내린 건 이번이 처음이었다. 아름다운 요정 공주는 하얀 이마를 조금 찡그리고 있었다.

"솔직히 아까는 야센 녀석 기죽이기 싫어서 그렇게 말했지만, 동부의 영주를 제외하면 저자와 검을 섞어서 목이 달아나지 않을 이가 없을 거야."

"그 정도에요?"

비제의 명성에 관해 어림짐작하고는 있었지만 평소 그를 무척 꺼려 하던 브리지트에게서 이런 말을 들을 줄은 몰랐다.

타라는 새삼스레 신기한 눈으로 느긋하다시피 검에 손을 올리는 비제를 바라보았다. 기이할 정도로 바람 한 점 불지 않는 장내에 연홍색 머리카락이 소리 없이 기울었다.

모든 것이 멈춘 세상에서 그 혼자만 움직이는 것만 같았다. 맞은편에서 이미 커다란 대검을 발검하고 있던 야센이 명백히 긴장한 굳은 낯으로 미간을 좁혔다.

머리칼 밑 목덜미부터 검을 쥔 손, 버티고 선 두 다리까지 아름답다 할 만큼 선이 유려한 청년과, 키 큰 떡갈나무처럼 크고 단단해 보이는 전사.

겉보기에는 가는 여우와 코뿔소의 대결처럼 일방적인 승패가 보이는데도 이상스레 기세의 흐름은 시야 한쪽을 구부린 양 반대 방향으로 기울어 있었다.

그들의 대치에서 어떤 것도 공감하거나 미리 감지할 수 없었으나 타라는 뜻 모를 긴장감에 침을 꿀꺽 삼켰다.

그리고 다음 순간 번뜩이는 섬광이 내달렸다. 강철이 찢어지는 소리가 났다. 덜컥 놀라 상체를 기우는 사이에도 몇 번의 공방이 오갔다.

타라에게는 그저 비제가 물 흐르듯 가볍게 검을 내지르고, 야센이 그것을 받아치는 것만 보인 것 같은데 검명은 그보다 더 여러 번 울렸다. 마치 은빛의 날벌레들이 경로도 없이 마구 날아오르는 듯하다.

어느덧 땀이 배어 나온 야센이 얕은 숨을 내쉬자 비교적 평온해 보이는 비제가 내지른 검을 손가락 구부리듯 회수해 밑으로 늘어뜨렸다. 타라는 숨 쉬는 것도 잊고 몰입해 있었다.

생전 처음 보는 검술이란, 뭐랄까. 파괴적이면서도 섬세하고, 규칙적이지만 변칙적인…… 그야말로 본능적이고 야생적인 춤사위에 가까웠다. 타라가 홀린 듯이 중얼거렸다.

"내가 훌륭한 검술사가 되는 일은 결단코 없을 거예요."

멍한 경탄에 브리지트가 킬킬 웃었다.

"왜? 그거야 해 보지 않고는 모를 일이지."

"내가 어떻게 저런 대단한 걸 하겠어요?"

그녀는 다시 검을 치켜든 비제가 땅을 박차고 덤벼들어 정면을 그었다가 즉각 측면을 베어드는 걸 반쯤 놓치면서 투덜거렸다.

까앙, 깡, 칼들이 날카롭게 울고 있었다. 야센이 흘린 구슬땀이 턱에 맺혔다가 떨어졌다.

"네 후견인이 들으면 매우 기뻐할 말이네."

"그러게 말이에요."

정작 대련 참관을 허락한 쥬다는, 돌연 심각한 기색으로 무어라 고하는 안티오크에게 귀를 기울이더니 집무실로 발길을 돌렸다. 그는 원래도 바쁜 사람이었으니 일상적인 일이기는 하였으나 타라는 그와 떨어질 때마다 쥬다의 뒷모습에서 눈을 떼지 못했다.

성장의 여파일까? 그와 한차례 다툰 후의 화해 때문일지도 모른다.

나, 쥬다를 너무 많이 좋아하는 것 같아. 하루 종일 이러는 건 좀 지나치지 않나?

브리지트가 살랑살랑 부치는 부채가 노을처럼 너울거린다. 저것을 보니 갑작스레 각성기를 맞았던 그날의 기억이 떠올랐다.

뻐꾸기, 그리고 다음 날 쥬다가 했던 의미심장한 말.

—네가 내 약점이니까.

아델하이트의 기습 탓에 아프기는 했으나 결국 그것은 각성기의 당연한 통각이었다. 즉, 그녀의 행동으로 타라에게 벌어진 일은 '성장' 외에는 아무것도 없었다.

이상할 만큼 깔끔하다.

마치 타라의 각성만이 목적이었던 것처럼.

정말 어머니가 노린 게 아무것도 없을까? 그 잔인한 사람이? 쥬다의 화를 살 게 뻔한데도 무의미하고 위험하기 짝이 없는 장난이 이해가 되지를 않았다.

게다가…… 그 뻐꾸기는 타라가 아닌 타라가 걸고 있던 목걸이를 쪼았다. 타라는 쥬다가 가지고 간 이후 횡한 목가를 더듬었다. 눈 가리고 허공을 헤매는 것만 같은 꺼림칙한 기분이었다.

"……라? 타라!"

"네?"

귓바퀴에 짧은 부름이 반토막 되어 멍한 청각을 찔렀다. 타라가 움찔 놀라자 브리지트가 고개를 갸웃거리며 물었다.

"뭘 그리 멍때리고 있어?"

"어어, 잠깐 딴생각을 하고 있었어요."

미안함을 담아 타라가 헤헤 웃었다.

어느덧 대련은 막바지에 달해 있었다. 그리고 승패가 완연히 정해져 있었다. 유하게 맞받아치다 서슬 퍼런 뱀처럼 휘감겨 올라가는 검격을 보며 타라는 그렇게 생각했다. 아마 저 다음에는 저 칼끝이 야센의 목을 겨누고 있을 것만 같았다.

마치 언젠가 한번 읽었던 그림책의 마지막 부분을 회상하듯이 무심코 단정지었다.

어라. 그런데…….

내가 이런 걸 어떻게 알지?

찰나 당황한 사이 이미 결판이 나 있었다. 그녀의 예상과 다르지 않게, 비제의 검이 요정 기사의 목덜미에 닿았다. 나뭇잎 한 장 올려놓은 듯 가볍고도 치명적인 위협이었다. 자신의 상상과 보고 그린 듯 똑같은 모양새에 타라는 눈을 깜박였다.

설명하기 힘든 기시감이 들었다. 오래전 본 적 있는 연극을 까맣게 잊고 있다 다시 보았을 때 드는 기묘한 익숙함, 석연찮음. 낯선 친근함이 당혹스러웠다.

꿈이라도 꿨나? 그렇지 않고서야 말이 안 되잖아. 난 오늘 검술 대련을 처음 보는걸?

아직 채 혼란이 가시지 않은 그녀를 가장 처음 발견한 건 착검하며 몸을 돌리던 비제였다. 타라? 비제가 심상치 않은 표정의 타라에게 다가올 때 브리지트도 타라의 어깨를 잡고 흔들었다.

"타라? 왜 그래?"

"아. 아무것도 아니에요."

타라가 한 박자 늦게 어색하게 웃으며 도리질 쳤다. 그녀의 변명에도 브리지트는 콧등을 찡그렸다.

"아까도 그러더니. 혹시 더위 먹었니? 몸 안 좋아?"

"아뇨. 괜찮아요."

"표정이 안 좋으십니다."

지쳐서 땀을 닦고 있던 야센도 덩달아 걱정했다. 이미 모두가 저를 살피고 있으니 타라의 얼굴이 붉어졌다. 정말 별거 아닌데. 빤히 그녀를 응시하던 비제가 물었다.

"혹시 칼부림하는 게 무서워서 그래?"

"네? 전혀요!"

오히려 멋있었다. 타라가 필사적으로 변명하기 시작하자 굳은 얼굴이 조금 풀리기는 했으나 빤한 물빛 시선은 그녀에게서 떨어지지 않았다. 그는 낯설 만큼 친절하고 부드럽게 권했다.

"들어가서 쉬도록 해. 각성한 지 얼마 되지 않아서 아직 신체가 적응하지 못한 걸 수도 있으니까."

"것도 그렇네. 가서 부엉이 의사랑 얘기 좀 해 봐."

정말 드물게 비제의 의견에 브리지트도 찬성했다. 아니, 모두 다 같은 생각인 것 같았다.

타라가 자리에서 일어나자 브리지트가 다가와 부축하듯 어깨를 감싸쥐었다. 그녀에게 이끌려 가려다 말고 불쑥 고개를 돌린 타라가 배시시 웃었다.

"오늘 두 분 다 멋졌어요. 다음에 또 봐도 되나요?"

"물론입니다."

흔쾌한 긍정이 들려온 한쪽과 달리 묵묵히 말이 없는 쪽으로 타라는 눈을 고정했다. 비제는 빙긋 흠 없이 예쁘게 웃었다.

"너 하는 거 봐서."

방긋거렸던 얼굴이 푸시시 사그라들었다. 타라는 입술을 삐죽이며 못마땅하게 그를 쏘아보다가 홱 몸을 돌려 브리지트와 함께 가버렸다. 그 뒷모습을 말없이 바라보던 푸른 눈매가 휘어졌다.

어릴 때나 커서나 저 표정은 그대로다. 귀엽게시리.

*　　*　　*

서재의 문이 닫히자마자 밖의 소리가 끊겼다. 말끔한 청년 모습인 안티오크가 바로 본론을 꺼냈다.

"국경에 침입자가 있습니다."

무심한 주인의 응시에 집사가 잠시 헛기침 하며 눈치를 보더니 빠르게 보고했다.

"처음에는 중앙 왕국의 간자인가 의심했습니다만, 아무래도…… 동부인들로 추측됩니다."

안티오크는 팔짱을 끼더니 미동이 없는 주인의 기색을 다시 살폈다. 일견 평온해 보였으나 보이는 그대로가 다가 아니라는 건 모를 수가 없다.

"도합 세 명, 국경선 근처에 서식하는 마수들도 쉽게 처리한 걸 보니 전원 실력자들입니다. 경기병에 의하면…… 그들의 검과 로브에서 불사조 문장을 보았다 합니다."

전 대륙에서 그 문장을 쓰는 기사는 채 서른 명이 넘지 않을 것이다. 이것이 의미하는 사실은 뻔했다. 쥬다는 분노도 거슬림도 드러내지 않았다. 푸른 시선이 찬 물줄기처럼 흘러 저에게 닿자 안티오크가 재빨리 말했다.

"율법대로 할까요?"

서부의 율법은 물론 침입자의 즉결 척살이다. 황량한 버려진 땅으로 알려진 서부가 율리아의 다른 어떤 곳보다 철두철미한 국경 수비로 요새와 같다는 건 일반인들에게 알려지지 않은 사실이었다. 그 방어선을 피해서 서부로 넘어왔다는 것 자체가 보통이 아니라는 걸 증명했다.

"현재 위치는?"

"사흘 전에 경계를 넘었으니 지금쯤 오섬 숲을 지났겠군요."

안경을 고쳐 쓴 안티오크가 미간을 찡그렸다.

"칸냐덴 산맥을 넘어왔을까요? 현재 겨울의 도로는 이용이 불가능할 텐데요."

고왕국의 유산 중 하나라고 알려진 겨울의 도로는 겨울 성을 중심으로 동서남북 방향으로 나 있는 길을 의미했다. 어느 시대건 물자의 유통이 곧 문명의 발달과 직결되는 만큼 도로는 중앙 왕국의 권력 중 하나였다.

중요한 건 중앙의 주인들인 국왕 부부가, 그들의 뒤통수를 친 동부의 주인에게 제 도로를 쓰라고 내줄 만큼 선량한 얼간이가 아니라는 거다.

대륙 중심에 떡하니 버티고 서서 길을 내주지 않는다면 동부와 서부 간에 왕복하는 건 대장정보다 어려워진다. 경로는 딱 두 가지.

남쪽으로 중부의 영토를 안으로 끼고 남하하는 것과 율리아 대륙의 심장부를 꿰뚫는 얼음산, 칸냐덴 산맥을 지나는 것이다. 대륙 초기부터 녹지 않은 만년설이 쌓여 있는 산맥을 횡단하기란 얼어 죽기 딱 좋은 험난한 길이었다.

그렇다고 전자로 가자니 그 또한 쉽지는 않다. 봉인된 마룡이 내뿜는 황산과 화염으로 활활 끓고 있는 산성 호수, 사해(死海)가 가로막고 있기 때문이다.

동물과 사람의 뼈, 화석이 널려 있다는 이티오팔은 사람이 갈 곳이 못 되었다.

"눈물겨운 정성이군."

빈정거림을 띤 치하의 말이었다. 쥬다는 짜증스럽게 손을 휘저었다. 그의 의지만으로 벽난로에 푸른 불이 화르륵 타올랐다.

웃긴 일이었다. 그동안 잠잠하더니 이제 와서?

어떤 사연이 있건 그가 제 딸의 고통스럽고 쓸쓸했던 유년 시절에 어떤 보호와 보살핌도 하지 않았고, 이때껏 방치하고 내버려 뒀다는 것은 달라지지 않는 사실이니까.

쥬다를 만나기 전의 타라는 신체적이든 정서적이든 반쪽만큼만 자라 덜렁거렸던 결핍된 아이였다. 만약 쥬다가 후견인이 되지 않았더라면 그녀는 분명 어떤 방식으로든 망가졌으리라.

그 애가 그런 눈을 할 동안, 행동 하나하나 적의를 살까 봐 덜덜 떠는 걸 당연시할 동안 그 작자는 뭘 했지? 그들의 성품과 관계를 어느 정도 알고 있기에 대략적으로 무슨 일이 있었을지 예상은 갔지만 타라가 겪었던 학대는 그것과는 또 별개의 일이었다.

병신 같은 새끼. 제깟 놈에게 자격이나 있나? 이미 늦었다.

"지금쯤 이티오팔을 통과하는 길목은 그 동부 바보들이 통과하기에는 어려울 거다. 산맥이 더 수월할 터."

"이티오팔이요? 무슨 문제라도?"

"괜찮다. 큰일은 아니야."

예상했던 일이라는 듯 쥬다는 시큰둥하게 대꾸했다. 사실 멍청한 마룡 따위야 그의 큰 주의를 끌지 못했다. 지금 그의 온 피를 끓게 하고 신경을 잡아채는 유일무이한 건 바로…….

갑작스레 칼 찢어지는 듯한 이명이 들린 건 그때였다.

'킥킥킥. 냄새가 나. 군침 도는 냄새가.'

달큰하고 거친 목소리가 속살거리며 그의 뇌리를 울렸다. 영혼에 대고 소리치듯 웅웅 울리나 알아듣는 자는 몇 없는 그 음성이 대낮의 벨벳 성에 짜랑하게 퍼지고 있었다. 밝은 이만 볼 수 있는 거대한 그림자처럼.

차게 식은 쥬다의 표정을 안티오크가 의아하게 살폈다.

"주인님?"

"갈랑에게 그들을 쫓으라고 해라."

아무 일도 없었던 것처럼 매끄러운 명령이 떨어졌다. 여전히 기분 나쁜 웃음소리는 계속되고 있었으나 이제 그것을 접하는 건 쥬다뿐이었다.

심약한 이라면 능히 미쳐 버릴 것 같은 소음 속에서도 쥬다는 눈썹 하나 꿈쩍하지 않는 견고한 낯으로 말을 이었다. 짐짓 빠르게.

"내 땅 밖으로 추방시켜."

안티오크는 진심으로 놀랬다.

"죽이지는 않으시고요?"

"국경 밖으로 유인하든, 물어다 던져 놓든 알아서 하도록."

답지 않은 관대한 처사였다. 하긴 중앙 왕국과 사이가 싸늘한 마당에 동부와 척을 질 필요는 없지. 충실한 집사는 고분고분 고개를 끄덕였다.

"알겠습니다. 갈랑 군이야 믿을 만하지요."

"최대한 빨리 서둘러라."

쥬다는 고개를 까딱여 축객령을 내렸다. 안티오크가 소리 없이 물러나자마자 그는 검은 마호가니 책상을 돌아가 서랍을 열었다. 새파란 보석이 영롱하게 반짝이고 있었다.

푸른 불꽃처럼 선연히 빛나는 그것을 망토 안에 넣고 뚜벅뚜벅 방을 가로지른다. 벽이 아가리처럼 입을 벌리더니 검은 통로를 내놓았다. 손쉽게 그는 원하는 곳에 서 있었다. 푸르른 들판이 물결치는 보름의 정원. 아, 이제는 완벽한 보름은 아닌가.

무미건조하게 검붉은 하늘에 걸린 달을 올려다보는 그에게 누군가 말을 걸었다.

'네 미래를 보고 있나?'

"남 이사."

쥬다는 흐드러진 달큰한 바람을 들이쉬며 천천히 시선을 내렸다. 아무도 없었음에도 그곳에 존재하는 어떤 것을 꿰뚫듯 싸늘하고 섬뜩한 눈이었다.

"날뛰지 마. 지옥 끝에 처박히기 싫으면."

'크크큭, 그건 오히려 너일 것 같은데. 달콤한 냄새가 진동하더군. 누구지? 누구야? 이토록 진한 것은 정말 오랜만에 맡아 봐.'

잔뜩 정신병자처럼 들뜨고 신이 난 그것이 쿵, 발을 굴리는 것만 같았다. 아니나 다를까 지면 아래서 뒤틀리는 흐름이 발바닥을 쿡쿡 찔러 댄다. 섬뜩하고 공포스러운 감각에도 쥬다는 눈 하나 깜짝하지 않고 냉소했다.

"상스럽기 그지없군. 착각하지 말고 입 다물고 있어. 지금이 고왕국 시대인 줄 아나?"

'하지만 내가 잘못 맡았을 리가 없어. 그건 진짜였다고. 아, 이 향기. 지독히 탐욕스러운 힘이 느껴져. 지금도 물씬 풍겨 대는걸?'

그러고는 헐떡이듯 날뛰더니 쉬이이 소곤소곤 안개처럼 되뇐다. 번들거리고 끔찍한 그것이 훤히 보이는 듯 쥬다는 냉한 입가를 싸늘하게 비틀었다.

"입 닥치라고 했을 텐데."

'크하하! 왜? 두려운가?'

곧장 쥬다는 어이가 없어서 웃었다.

"내가? 오랫동안 구석에 짐승처럼 갇혀 있더니 짜증과 공포도 구분을 못 하는군."

'그것'은 그를 비웃으려 했으나 그리하지 못했다. 쥬다의 손아귀 위로 맴도는 푸른 불꽃이, 아니 대해의 심장 같은 새파란 돌이 쨍하게 번뜩였기 때문이다.

돌연 침묵하는 게 우스운지 쥬다가 고개를 기울였다.

"왜, 두려운가?"

'나를 봉인하는 건 좋은 생각이 아닐걸.'

물론 맞는 말이다. '저것'의 존재로 다른 영주들조차 설설 기며 그의 눈치를 본 것도 상당 부분 크니까. 그러나 쥬다는 빙그레 웃었다.

"여러 번 말한 것 같은데. 식상하다고."

쥬다가 머리를 절레절레 흔들며 마력을 일으키자 사방이 푸르다 못해 희게 변해 갔다. 고대 왕국의 문장이 뱀처럼 꿈틀거리며 기어가고 온 대지를 빼곡히 수놓았다. 그것의 외침이 짓눌리듯 조여들었다가 짜랑짜랑 울렸다.

'그만해! 난 어차피 여기서 한 걸음도 못 나간다고!'

"알아."

하지만 시끄럽지 않은가? 그의 평온한 대꾸에 이를 갈며 화를 낸다.

'네놈의 마력과 생명력을 야금야금 잡아먹을 거야. 매일 밤 영혼을 들쑤셔서 미치광이로 만들 테다.'

"노력해 봐라."

단순한 협박만이 아님에도 쥬다는 별다른 동요가 없었다.

그것은 형체 없는 몸뚱어리를 뒤틀며 발광했다. 이내 발목이 잡혀 질질 끌려가듯 늘어지는 목소리로 음침하게 속닥거려 댄다.

'그 여자애 때문이지? 그러고 보니 이곳에 온 지 꽤 되었는데. 흐흐! 설마 그 애인가? 그렇지?! 오, 맙소사. 하하하! 이거 재미있는데?'

이게 무슨 짓이니, 문지기야. 네가 지금 하고 있는 일들이 어떤 결과를 초래할지 알고나 있는 건가?

허공에 녹아드는 질문에 대한 답은 짧았다. 물론.

명쾌한 그 두 글자가 끝나기도 전에 쇠를 짓이기듯 으르렁거렸다.

'이게 끝일 거라 착각하지 마라. 그게 정말 진짜라면, 이제 시작 일 테니.'

"그 말 그대로 되돌려 주마. 한 번만 더 네깟 게 그녀를 들먹이면 차라리 지옥으로 보내 달라 애걸하게 해 주지."

퍼석, 파열음과 함께 음산한 기척이 먼지 날리듯 사라졌다. 잔잔하고 아름다운 풍경만이 남았다.

쥬다는 무료하고 차게 적막한 그곳을 흘려 보다 고개를 들었다. 청보랏빛 하늘에 유일한 달은 비현실적으로 은은히 빛나고 있었다. 예술을 관장하는 신이 직접 그려 넣은 양 고아했다.

하지만 저것은 가짜가 아닌 살갗이 아리는 현실 속의 진짜다. 적어도 쥬다에게는 그러했다. 그가 오랜 시간 잠들어 있던 고대의 심장을 움켜쥔 순간부터.

* * *

타라는 울망울망한 눈으로 제 손등을 두드리는 보송한 날개를 쑥스럽게 붙잡았다. 점잔 빼는 상냥한 부엉이 의사 앙리펠은 그 조그맣던 허약한 소녀가 이렇게 장성한 것에 매우 감동받은 눈치였다. 도톰한 부리에서 부엉― 소리가 먼저 튀어나왔다.

"오, 세상에. 이리 무사히 크시다니. 정말 다행입니다. 암요."

"제가 아프다고 해서 또 급히 왕진 오셨다고 들었어요. 심려 끼쳐서 죄송해요."

쑥스럽기도 하고 그의 걱정이 기쁘기도 해서 타라는 생긋 웃었다. 앙리펠은 다시 부엉부엉거리며 인자한 할아버지처럼 뿌듯하게 웃었다.

"무슨 서운한 말씀입니까. 제가 당연히 와야지요. 이제 아픈 데는 없으십니까?"

"아까 더위를 먹었는지 영 맥을 못 추더라고."

타라가 미처 대답하기도 전에 브리지트가 끼어들었다. 그녀의 초록색 눈에는 수족 부엉이 의사에 대한 호기심이 가득했다. 영락없는 토실하고 동그란 부엉이인데 안경도 쓰고 넥타이도 맨데다가 똘똘하게 말도 잘한다.

실례만 아니라면 당장이라도 날개를 푹 찔러 보고 싶어 안달인 그녀를 조금 미심쩍게 보면서 앙리펠이 미간을 좁혔다.

"아직 신체와 마력이 융화되어 자리 잡히지 않았을 수도 있습니다. 그런 경우는 거의 없지만, 아무래도 타라 님은 어린 시절부터 몸이 약하시고 성장도 비교적 늦된 편이니 주의하셔서 나쁠 것은 없습니다."

게다가 타라는 부친의 혈통을 모르니 혼혈에 가깝다고 봐야 했다. 고귀족의 육체와 마력은, 9할은 혈맥에 좌우되는지라 그들을 진단하고자 할 때 가계에 대한 자료와 조사는 필수적이었다.

앙리펠은 잠시 고민하다 힐끗 말똥말똥 저를 구경하고 있는 요정 공주를 곁눈질하고는 말을 돌렸다.

"그래, 요즘은 잘 주무십니까?"

"네! 아침에 일어날 때 띵하면서 어지럽거나 가끔 미열이 나는 것도 없어요. 오히려 무척 말짱한걸요."

타라는 약한 빈혈 증세와 편두통, 잦은 감기 증상들을 심심치 않게 달고 다녔다.

각성 후 좋은 점은 그런 잔병치레들이 한 번에 사라졌다는 거다. 요사이 타라는 전에 없던 건강을 누리고 있었다. 창백한 혈색이 확연히 분홍빛으로 좋아진 그녀의 낯을 꼼꼼히 살핀 의사가 고개를 끄덕였다.

"몸 상태는 별달리 흠잡을 게 없을 정도로 좋으십니다. 하지만 혹시 모르니 당분간은 무리한 활동을 삼가시고 심신을 편히 하세요."

"알겠어요."

크든 작든 착한 환자인 타라가 얌전히 고개를 끄덕였다. 허허 웃으며 수염을 쓰다듬은 앙리펠이 다시 브리지트의 눈치를 살피더니 은근하게 물었다.

"예전에 아프셨던 것들은 어떤가요?"

그의 조심스러운 표정에서 바로 앙리펠이 걱정하는 게 무엇인지 눈치챘다. 타라는 아무렇지 않게 웃었다.

"좋아졌어요. 이제는 티끌 하나 없이 괜찮아요."

앙리펠이 말했던 대로 각성 이후 타라의 몸에서 오래된 흉터들은 말끔히 없어졌다.

앙리펠이 안도의 한숨을 쉬고는 싱글벙글 부엉거렸다.

"다행입니다. 그리고 이건 후견인께서 더 잘 아실 테지만…… 마력은 어떠합니까. 갑자기 증폭된다면 역시나 몸에 부담이 되니까요."

"으음, 잘 모르겠어요."

쥬다는 그녀가 마법에 큰 재능이 없다고 했다. 현대의 마법이란 마력의 수치와 좌표를 계산하고 구상하며 실체를 수치화한 것을 현실에 재현하는 것인데, 타라는 그런 쪽으로는 뛰어나지도 않았고 큰 관심도 없었다.

오히려 그녀는 공상 속의 것들을 상상하고 정확하지 않은 모호한 것들을 직감적으로 느끼는 감각이 훨씬 뛰어났다. 이를 두고 쥬다가 언젠가 흘러가듯 말한 적이 있었다.

—넌 현대의 마법사라기보다는 고대의 마법사에 더 가깝다.

마치 공기의 농도가 다른 행성의 주민을 보는 것 같은 시선이었다. 그는 타라에게 많은 것을 가르쳤지만 그녀의 성향과 재능을 파악한 뒤에는 흥미 없어 하는 것들을 더는 배우라 강요하지 않았다.

어차피 그것들은 네게 쓰레기나 다름없다면서.

—물고기가 노를 젓는 방법을 배울 필요는 없지.

알쏭달쏭한 말이었다. 어쨌건 타라는 이제까지 딱히 변화를 감지한 것이 없었다.

"그렇습니까?"

그녀의 대답에 앙리펠은 의외라는 듯 머리를 갸웃거렸다.

"보통은 큰 마력 증폭이 잇따르는 법인데…… 알겠습니다. 건강하시면 되었지요."

그렇게 이번 진료는 끝이 났다. 혹시 모르니 체력을 보하는 환약을 몇 개 두고 가겠다며 안경테를 고쳐 쓴 부엉이 의사가 제 왕진 가방을 챙겼다.

타라는 꾸벅 고개를 숙이고는 총총총 브리지트의 팔짱을 끼고 복도로 나왔다. 브리지트는 계속 문 쪽을 힐끔거리며 소곤거렸다.

"우와. 나 부엉이 수족 처음 봐. 거기다 의사라니. 무슨 인형이 진료하는 줄 알았네."

"안티오크도 많이 보셨잖아요?"

"그야 그렇지. 근데 그쪽은 깐깐하고 까칠해서 싫어."

난 멍멍이처럼 우직하고 순종적인 게 좋단 말이야. 그녀의 툴툴거림을 듣자니 누군가가 떠올랐지만 타라는 말을 아꼈다.

"그런데 너, 몸이 많이 약했나 봐. 의사가 하루가 멀다고 드나들었다는 걸 보면."

"어, 조금요. 막 많이 안 좋았던 건 아니에요."

아무래도 제대로 못 먹고 그런 환경에서 자랐으니 건강하면 더 놀라운 것 아니겠는가. 타라가 여상스럽게 대꾸하며 걱정하지 말라 고개를 도리도리 저었다.

브리지트가 잠시 생각하다 툭 던졌다.

"그래서 이름이 타라인가? 뜻이 딱 맞네."

"네?"

"타라. 고왕국 언어로 '고귀한 풀꽃', '작고 강인한 생명'이라는 뜻이잖아. 그 밖에 다른 뜻도 많지만……."

"잠깐만요. 제 이름이 고왕국 언어라고요?"

브리지트의 말을 끊으며 되물었다.

고왕국의 언어는 그 시대의 뚜렷한 계층구조에 따라 여러 언어가 존재했다.

쥬다에게 궁금해서 물으니 그는 흔쾌히 기본적인 언어 체계와 구조를 가르쳐 주었지만 타라에게는 그것을 읽고 쓰는 게 잘되지 않았다.

그녀가 끙끙거리자 쥬다는 그리 놀랍지 않다는 듯 툭 던졌다. 이것은 읽고 쓰고 외운다 해서 쓸 수 있는 게 아니니 언젠가 자연히 터득하게 될 거라고.

조금 골이 난 타라가 그럼 당신은 어떻게 배웠냐고 묻자 그는 짧은 침묵 후 대꾸했다.

—서부의 영주가 되면 자연히 배우게 된다.

그에게는 쉽다 못해 숨 쉬듯 당연한 것일 테니 설명하는 것도 고역일지 몰랐다. 타라는 납득하고 글자를 연습하던 깃펜을 내려놓았다. 머릿속으로 알고는 있는데 계속 물과 불처럼 겉도는 느낌이었다.

타라가 무릎을 끌어안고 툴툴거렸다.

—그럼 전 평생 못 배우겠네요.

—그건 모를 일이지.

뺨을 쓸어내리던 서늘한 검지가 지금 닿기라도 한 듯 선명하게 생각났다. 타라는 더워진 볼을 문지르다가 막 생각난 질문을 던졌다.

"브리지트는 고왕국 언어를 배웠어요? 그러니까 그거……"

"왕실 언어? 응."

"어떻게요?"

타라의 눈이 휘둥그렇게 떠졌다. 밤낮을 새서 배우려 용을 써도 안 되던데. 그에 브리지트는 오묘한 표정을 지었다. 지금 그녀의 얼굴은 어찌 보면 당시 쥬다의 것과 흡사했다.

"뭐라고 해야 할지 모르겠네. 그냥 자연스레?"

"그게 뭐예요."

어쩐지 약이 오른 타라가 입술을 삐죽거렸다. 하지만 브리지트는 억울해했다.

"아니 진짜라니까? 뭐라고 해야 할까. 사실 배웠다기보다는 전달받았다, 고 하는 게 맞지 않을까 싶어. 나는 실제로 그걸 배운 적이 없단 말이야."

"네? 그게 어떻게 가능해요?"

"나도 몰라. 엄마가 나한테 그걸 가르쳤거든. 아니, 전해 줬다고 하는 게 맞겠네."

"어떻게? 마법처럼요?"

"응, 그래. 마법처럼. 음…… 비유하자면 엄마가 나에게 굳이 사랑한다고 하지 않아도 나는 그녀가 날 얼마나 아끼고 귀하게 여기는지 그녀의 눈빛이나 행동, 목소리로도 충분히 느낄 수 있어. 그런 것들은 그냥 옆에만 있어도 전달되잖니? 그거랑 비슷해."

알쏭달쏭했다. 타라의 표정을 본 브리지트가 잠시 생각하다 말을 이었다.

"정말 가깝고 좋아하는 사람, 정말 친한 친구와 함께 있으면 그 사람의 습관이나 말투 같은 게 옮겨 와서 따라 할 때가 있잖아. 나도 몰랐는데 어느 순간 보니까 내가 예전 요정 왕들의 문서들을 줄줄 읽고 있더라고."

마치 그녀가 묘사하는 건 언어가 아니라 영혼에서 다른 영혼으로 흐르는 길고 끝나지 않는 강 같았다. 완전히 이해하기는 버거웠지만 배울 수 있는 게 아니다—라는 말은 이해가 갔다.

"처음에 네 이름을 들었을 때 정말 예쁘고 기묘한 이름이라고 생각했어. 누가 지었는지는 모르겠지만 공을 들인 것 같다고. 아마 네 어머니나 후견인인 서부 영주 둘 중에 하나겠지."

타라의 이름은 쥬다가 지은 것이 아니다. 타라는 쥬다를 만나기 이전부터 그냥 타라였다.

그러고 보니 이상하다. 그녀의 이름은 누가 지은 걸까? 고왕국의 언어를 알고 사용할 수 있는 자가 극히 제한되어 있다는 걸 생각해 보면 타라에게 이름을 줄 수 있는 사람은 몇 되지 않았다. 클레멤논 왕은 그녀를 거들떠보지도 않았으니…….

정말 어머니인가? 아마 그게 맞겠지. 공을 들였다는 건 말도 안 되고 그저 어쩌다 운 좋게 스친 단어가 '타라' 아니었을까. 조금 씁쓸했지만 브리지트가 알려 준 뜻이 예뻐서 타라는 마음에 들었다.

준이 가르쳐 준 대로 이름은 사물의 가치를 결정하지만 반대로 그 짤막한 언어의 파편에 어떤 감정이 실리느냐에 따라서 이름의 가치도 달라진다.

"그럼 브리지트는 무슨 뜻이에요?"

"나야 뭐…… 머리도 빨갛고, 불의 요정이니까 무슨 뜻이겠어. 정확하게는 '어둠을 가르는 불화살'이라던데. 여자애한테 불화살이 뭐니, 불화살이. 엄마도 참, 아마 내가 아들이라고 생각했을 게 분명해. 자기 이름처럼 멋있으면 좀 좋아. 타니아는 '불의 여왕'이라는 뜻이거든."

괜스레 투덜거리면서도 브리지트는 딱히 싫지는 않은 기색이었다. 타라가 고개를 저었다.

"멋진걸요? 어둠을 가르는 불빛이라는 건 어떤 거창한 것보다도 대단하고 희망적인 게 분명해요. 아무나 타인을 밝힐 빛이 될 수 있는 건 아니거든요."

"하여간 말은 예쁘게 잘해 가지고."

부끄러운지 머쓱하게 헛기침한 브리지트가 타라를 꼭 끌어안고 그녀의 머리칼에 제 옆얼굴을 비볐다. 간지러워서 까르르 웃음이 나온다.

그들은 재잘재잘 떠들며 걸었다. 딱히 목적지는 정해 두지 않았다. 평소같이 책을 읽던 서재도 좋고, 이야기하며 맛있는 걸 잔뜩 먹는 폭신한 방 안도 좋았다. 지금은 그냥 이렇게 대화하며 걷는 게 가장 좋다.

"언어를 아시니까 볼 수 있는 게 많아서 좋았겠어요. 저는 어려운 예전 고서는 번역문을 읽거나 쥬다에게 읽어 달라고 해야 하거든요."

"그냥 뭐, 탐험할 수 있는 게 많아서 좋긴 하지. 우리 어머니, 여왕 폐하의 보물 창고에는 요정족의 왕만이 볼 수 있는 오래된 고서들이 있거든. 어릴 적에는 몰래 숨어 들어가서 '랑카의 일기'를 훔쳐보다가 걸려서 혼났어."

"랑카의 일기? 그 초대 여왕 랑카요?"

타라는 흥분했다. 요정족의 첫 번째 어머니 랑카는 고왕국 말기부터 고왕국의 멸망, 그 이후 새 시대가 열리고 나서도 오랫동안 장수한……, 율리아의 격변기를 고스란히 겪은 거의 유일무이한 실존 인물이었다. 그녀 자체가 역사인 셈이다.

"거기에 뭐라고 쓰여 있는데요? 고왕국에 대해서, 요정족의 기원에 대해 나와 있나요?"

"음, 말 그대로 일기라서 별별 이야기가 다 있었어. 사실 진짜 재미있는 건 고왕국의 멸망에 대해서인데……."

랑카의 일기는 미스터리에 잠긴 고왕국 멸망에 대한 가장 생생하고 중요한 자료였다. 역대 많은 학자들이 그 고문서에 대한 열람을 요청했으나 타니아를 포함한 요정 왕들은 그 일기를 절대 세간에 공개하지 않았다.

긴장한 타라를 보며 브리지트가 어깨를 으쓱했다.

"그게 무척 끔찍하고, 지독한 일이라 요정족이 멸망할 뻔했다나. 지옥문이 열려서 죽었던 사람이 살아 돌아오고, 아비규환에 낮과 밤이 오락가락했대. 그녀는 계속 끔찍하다고 했어."

"세상에."

몇 마디 말을 나열하는 것에 불과했지만, 그것만으로도 세상이 통째로 뒤집힐 만한 횡액이 닥쳤다는 게 대략적으로 짐작이 갔다.

타라는 쥬다와 고왕국의 멸망에 대해서 나누었던 대화를 생각했다. 그런 일이 현재에도 일어날 수 있을까. 고개를 저었다. 이미 먼 옛날의 일이 아닌가. 고왕국은 사라졌고, 신과 같았다던 여제도 죽고 없었다. 야릇하고 막연한 안도감이 들었다.

"뭐, 다 오래된 이야기지."

브리지트가 오후에 접어든 찬연한 햇살이 쏟아지는 창가를 바라보며 중얼거렸다. 자작하니 낮게 들끓듯이 여름 매미 소리가 들려오고 있었다.

타라는 창문을 가득 채운 녹음 위로 도드라지게 떠오른 요정의 붉은 머리를 바라보았다.

녹색 눈이 그녀를 돌아보며 웃었다.

"너 거인과 꽃 이야기 들어 봤니?"

"아니요."

타라가 고개를 절레절레 흔들었다. 다시 그들은 천천히 걸었다.

"세상 어딘가에 모든 불행과 악이 감금된 커다란 문이 있었대. 옛날 옛날에 사람들이 그 문을 꼭꼭 걸어 잠그고 몸집이 산더미만 한 거인에게 지키게 했다나 봐. 그들은 신신당부했지. 절대 지나가는 구름 하나에도 한눈팔아선 안 되고, 목을 축이려 자리를 벗어나도 안 된다고. 조금이라도 이탈하는 순간 문 너머에서 악마가 튀어나올 거라고 했어. 그렇게 거인은 홀로 남겨졌단다. 정작 문을 닫아건 사람들도 문의 존재를 까맣게 잊어버릴 만큼 긴 세월이 지날 동안 거인은 그 앞에서 한 걸음도 움직이지 않았어."

잊힌 음유시인의 노랫가락 같은 잔잔한 울림이었다. 브리지트의 낭랑한 목소리는 기분 좋게 귀 기울이게 되는 마력이 있었다.

"그러던 어느 날, 봄바람에 조그만 씨앗이 흘러들어 왔어. 곧 거인의 발치 앞에는 새싹이 트고 조그만 꽃이 피었지. 거인은 처음에 그 꽃이 있는지도 몰랐대. 그건 너무도 작고 보잘것없었으니까. 하지만 빗물 한 방울이 톡, 그의 손등을 타고 그의 손톱보다 작은 잎사귀 위에 떨어졌고, 거인은 그 꽃을 발견하게 되었어. 비바람 하나 피할 구석 없는 작은 생명이 신경 쓰였는지도 몰라. 아니면 그저 긴 시간 동안 너무도 외로웠던지도 모르지. 처음에는 궂은 눈과 비를 안 맞게 손바닥을 드리우는 게 다였고, 그러다 차츰 눈이 가고, 여린 향기가 안쓰럽다가, 결국에는 거인은 그 꽃을 사랑하게 되었단다."

브리지트의 눈매가 깊어졌다.

"하지만 문을 지키느라고 그는 제 발등을 간질이는 꽃잎을 한 번이라도 자세히 들여다볼 수 없었어. 바로 곁에 있는데도 바닥없는 그리움이었지. 거인을 시기한 심술궂은 노파가 불을 질러서 살이 익어 가도 그는 꿈쩍 않고 문 앞을 지켰어. 한데 발꿈치가 절반은 타들어 가고 있는데 꽃이 무사할 리가 없잖아. 결국 거인은 꽃을 보호하기 위해 허리를 숙이고 말았지."

타라는 숨을 죽이고 듣고 있다가 다음으로 이어지는 말이 없자 보채듯 재촉했다.

"그래서요?"

"어떻긴, 문이 열렸어. 거인이 약속을 어겼잖아."

아. 감정이 이입된 탓에 안타까워서 절로 한숨이 나왔다. 너무

가혹하다. 딱 한 번 꽃 한 송이를 위해 허리를 숙인 게 그리 큰 잘못인가. 그에게 죄가 있다면 거인 한 명에게 모든 책임을 떠넘긴 채 고통스럽고 무서운 일은 싹 잊어버린 사람들의 잘못이 더 컸다.

그들은 비겁한 겁쟁이고 위선자다. 타인에게 무거운 책무를 강요한 주제에 저들은 나 몰라라 행복한 비열한 작자들. 타라가 속상하고 화난 얼굴을 하자 브리지트가 귀엽다는 듯 그녀의 머리를 마구 쓰다듬었다.

"그런데 나도 문이 열렸다는 것만 알지, 그 이후에는 어떻게 되었는지 몰라. 혹시 아니? 시간이 너무 많이 흘러서 악마니 뭐니 하는 것들도 삭아 없어졌을지."

"그랬으면 좋겠네요."

타라가 고개를 끄덕이며 부루퉁한 표정을 풀었다. 비극적인 구전동화를 듣는 이들마다 저가 내리고 싶은 결말을 덧붙이는 이유를 알 것 같았다. 어차피 상상은 자유고, 이야기는 입에서 입으로 전해지며 끝나지 않는 생명력을 가진다.

"요정족의 오랜 예언서에 나오는 설화야. 종족에게 닥칠 미래의 위기나 역경을 헤쳐 나가는 데 필요한 지혜와 점괴 같은 게 적혀 있는데 워낙 중구난방에 모호하고 은유적인 게 많아서 그것을 다 해석한 사람이 없어."

브리지트가 붉은 머리칼을 빙글빙글 돌렸다.

"언젠가 크나큰 위험이 닥치면 도움이 될 거라는데, 난 잘 모르겠더라고. 요정들이라는 게 천성적으로 겁이 많아서 아직 오지 않은 비극을 은연중에 두려워하거든. 바보같이 말이지."

타라의 친구인 불의 요정은 불꽃처럼 선명하고 단정하게 딱 잘라 말했다.

불행 같은 거에 지레 겁먹고 미리 걱정하는 건 멍청한 짓이야.

"차라리 눈앞에 닥친 문제부터 해결하는 게 낫지. 안 그러니?"

"하하. 그러네요."

두루뭉술 구름 만지듯 정확하지 않지만 이상스런 용기와 안정감이 들었다. 무어라 설명할 수 없지만 말이다. 타라는 그들의 발 앞에 그려진 나뭇잎 그림자 위를 걸으며 빙그레 웃었다. 물씬 여름 내가 풍기는 오후였다.

* * *

저녁을 먹고 난 뒤 타라는 쥬다를 찾아 그의 서재로 갔다. 똑똑똑 노크를 했으나 답이 없었다. 잠시 고민했다. 쥬다는 낮에 일 때문에 떨어진 이후 내내 보지 못했다. 바쁜가? 식사하러도 내려오지 않고.

타라가 조금 머뭇거리다 조심스레 문을 열고 들어갔다.

"쥬다?"

조용했다. 타라가 발소리를 조심조심 줄인 채 안으로 들어갔다. 직무를 보는 데 너무 집중해서 노크 소리도 못 들었나 싶었다. 하지만 이내 보게 된 장면은 매우 의외였다.

타라는 눈꽃 내려앉듯 멈춰 섰다. 안락의자에 앉은 쥬다가 곤히 잠들어 있었다.

천천히, 얕은 물웅덩이를 소리 없이 밟으려 애쓰듯 가까이 다가갔다. 그의 숨소리가 고스란히 들려올 거리까지.

내리깐 긴 속눈썹과 고아한 흰 눈덩이가 보였다. 다물린 입술도. 예전처럼 자는 척 그녀가 하는 양을 지켜보고 있는지도 모른다. 하지만 알 수 있었다. 그는 정말 자고 있었다. 이리 가까이서 내려다보고 있어도 모를 정도로.

타라는 의자를 끌어다 앉아서 물끄러미 그를 응시했다.

어린 타라가 처음 그를 보았을 때, 생전 처음 보는 차디찬 고귀함에 넋을 잃었었다. 지금 생각해 보면 당시에는 엄두도 못 내고 덜덜 떨고 있어야 어릴 적의 그녀다웠을 텐데, 겁도 없이 말을 걸고, 붙잡고, 질문했다.

아마 타라는 첫눈에 그가 좋았던 모양이다. 가까워지고 싶고, 보고 싶었으니까. 원래도 그녀는 싫어하는 건 티 내지 않고 잘 참았지만 좋아하는 건 참지 못했다.

흐뭇하게 턱을 괸 타라가 쥬다에게서 눈을 떼지 않다가 중얼거렸다. 그런데…… 왠지 피곤해 보여. 안 자던 낮잠까지 자고. 혹 어디 아픈 건 아니겠지?

조심스럽게 제 이마를 짚었다가 쥬다의 이마에 손을 올리고는 움찔 놀랐다. 열은커녕 서늘하다. 이쯤 되면 일어날 법도 한데 그는 도통 눈을 뜨지 않는다.

많이 피곤한가 봐.

걱정은 당연지사고 조금 속상하기까지 했다. 나는 쥬다가 무엇에 속상해하고 힘들어하는지 아는 게 없어. 이제 어른이 되었으니 성의 내정 일을 가르쳐 달라고 해 볼까? 별거 아닌 거라도 일손을 거들면…….

—내가 심혈을 기울여 바쁜 대상은 너 하나야.

갑자기 그 말이 떠오른 건 왜일까. 돌연 그를 쓰다듬고 있는 손가락이 찌릿거려서 흠칫 손을 뗐다. 여름이 뒤에서 입김을 분 것처럼 갑자기 더웠다.

타라는 헛기침을 하며 손부채질을 했다. 가볍게 계단을 뛰어 올라간 양 가슴이 두근거린다. 왜 이러지. 그녀는 이리저리 눈을 굴리다가 의자를 그에게 좀 더 가까이 당겼다. 의자 끄는 소리 탓인지 정갈한 눈매가 얕게 흔들렸다. 저도 모르게 숨을 죽이고 살피다가 이내 홀린 듯 빤히 시선을 고정한다.

사내가 이렇게 아름다워도 되는 걸까?

"쥬다."

작게 소리 내 불러 봤다. 바짝 붙은 거리만큼 나직한 숨소리와 싸한 체향이 흘러들어 왔다. 들숨 날숨에 그의 온기가 섞여 있는 듯하다.

그 평온하고도 짧은 몇 분 동안, 두 심장박동의 리듬이 엇비슷해지고 창가의 그림자가 시계 침처럼 기울었던 그때, 약한 신음이 정적을 깨뜨렸다.

쥬다? 반쯤 나른하게 잠이 들 뻔했던 타라가 고개를 번쩍 들었다. 업어 가도 모를 만큼 곤히 잠들어 있던 반듯한 미간이 와락 찡그려져 있었다. 익숙한 분노나 짜증은 아니다. 그러니까 마치, 고통스러운 것처럼.

심장이 덜컥 내려앉았다.

"쥬다! 왜 그래요?"

타라가 벌떡 일어나 그의 어깨를 붙잡았다. 하지만 뺨을 감싸도 그는 여전히 깰 기미가 없었다. 원래도 찬 편이던 체온이 얼음처럼 차고 어느덧 식은땀에 젖어 있었다.

쥬다가 아프다—라는 명제가 뜨자마자 타라는 공황 상태에 빠졌다. 그녀는 바보처럼 허덕이다가 가까스로 앙리펠을 불러와야 한다는 데 생각이 미쳤다.

"자, 잠깐만 기다려요. 앙리펠…… 아!"

다급히 돌아서려던 몸이 휙 당겨져 무너졌다. 타라는 눈을 휘둥그렇게 뜨고 낚아채진 제 손목을 보다가 저를 꽉 끌어안고 머리칼에 얼굴을 묻는 쥬다를 멍하게 바라보았다. 그는 여전히 눈을 뜨고 있지 않았다. 어쩔 줄 몰라 하다 조심스레 밀치니까 칭칭 감아 오는 악력이 강해졌다.

"가지 마."

모든 행동과 사고 과정을 멈추는 주문이었다. 우뚝 멈춰 선 그녀의 어깨에 제 이마를 댄 그가 목표 지점에 다다라 겨우 질주를 멈춘 이처럼 깊고 긴 숨을 내뱉었다. 그 숨결이 닿자 솜털이 곤두서고 아찔했다. 이 낯선 감각을 무어라 칭하는지 그녀는 알지 못했다.

타라가 조그맣게 불렀다. 쥬다?

왜 그래요? 아파요? 혹시 악몽 꿨나요?

그러한 질문들은 그가 저를 꼭 옭아매고 뺨을 비벼 오자 무용지물이 되었다. 생전 처음 보는 낯선 모습이었다. 길을 잃은 듯 초췌한 얼굴이 눈에 박혔다.

여전히 환몽 속에서 헤매는 듯 탁한 시선을 마주하고 있자니 연기라도 들이쉰 양 머리도 혼탁해진다.

"타라."

대답하는 것도 잊었다. 두근거림이 혈관을 타고 독처럼 퍼져 뇌수까지 뻗쳤다. 불현듯 너무 가깝다고 생각했다. 그리고 그런 자신이 이상했다. 너무 가깝다니. 쥬다와 타라가 가깝지 않은 적이 있기나 했나? 오히려 떨어져 있는 걸 싫어하던 건 타라가 아닌가. 심지어 지금 그래서 불편하고 싫냐고 물으면 고개를 끄덕일 건가? 타라는 그 대답을 너무도 잘 알고 있었다.

돌연 쥬다의 눈에 총기가 돌아왔다. 제 품에 안겨 있는 타라를 발견한 그의 표정은 짧은 시간 여러 색을 띠고 변질했다. 당혹, 의문…….

그러나 결국 탐욕스러운 만족감. 그가 삐딱하게 자세를 바로 하자 몽롱하던 그의 분위기가 바로 일변했다. 여전히 나른한 감이 있었지만 타라는 기민하게 그가 잠기운을 떨쳐 낸 것을 느꼈다.

민망함과 부끄러움이 새삼 벌 떼처럼 모여들었다. 애써 헤헤 웃으며 자신을 물끄러미 봐 오는 그에게 말을 걸었다.

"나쁜 꿈 꿨어요?"

슬그머니 무릎 위에서 내려가야 하나 고민하는데 큰 손이 허리를 휘감고 놓아주지 않았다. 쥬다는 짤막하게 대꾸했다.

"조금."

"무슨 꿈인데요?"

쥬다가 타라의 옆얼굴을 저에게 당겨 끌어안더니 이마에 촉 키스했다. 어쩐지 조금 얼어서는 그가 편안하게 눈을 감고 제 정수리에 머리를 기대는 걸 느꼈다. 그는 마치 느긋하게 오수를 즐기는 맹수 같았다. 정작 안겨 있는 타라는 아니었는데.

"네가 내게서 멀어지는 꿈."

"내가요?"

"그래."

"그럼 내가 아닌가 보죠. 개꿈이에요."

타라가 웅얼웅얼 딱딱거렸다. 언젠가 나누었던 대화가 다시 태엽처럼 되감기되는 것만 같다. 비슷하게 느꼈는지 쥬다가 낮게 웃었다.

은근하고 감미로운 울림이 몸을 맞댄 그녀에게도 옮겨 왔다. 아. 이 웃음소리. 아마도 타라가 가장 사랑하는 소리일 것이다. 너무 좋아. 어떡하지. 들어도 계속 듣고만 싶어서 바짝 귀를 기울였다.

하지만 어느새 뭉근히 흩어져 끊긴다. 아쉬움도 잠시 그의 긴 손가락들이 제 푸른 머리카락을 가만가만 쓸어내리는 게 느껴졌다.

고양이처럼 가르랑거리듯 눈을 내리깔았다. 다시 웃었으면 좋겠는데, 그는 조용히 그녀를 바라보며 다독이기만 할 뿐이었다. 쥬다를 힐끔거리던 타라가 걱정스레 말을 붙였다.

"쥬다, 피곤해 보여요."

"그런가."

"무슨 일 있어요?"

쥬다는 잠시 침묵했다. 타라는 답을 기대하지 않았다. 그는 항상 그녀에게 전부 말하지 않았으니까. 그래서 그가 긍정했을 때 깜짝 놀랐다.

"있긴 했지."

타라가 놀란 얼굴을 하자 쥬다가 눈썹을 올리며 비스듬히 입술을 휘었다.

"왜 그런 표정이야."

"그냥…… 쥬다가 나한테 이런 말 하는 거 처음이어서요."

"내가 너한테 뭘 숨기는 게 싫다며."

쥬다가 시큰둥하게 대꾸하니 타라의 볼이 달아올랐다. 자신의 말에 그가 오랜 습관 같은 태도를 버리고 솔직하게 말해 주는 게 너무 기뻤다.

타라는 헤헤헤거리며 그의 목에 팔을 둘렀다. 굴속으로 들어가는 여우처럼 품에 파고드느라 멈칫 턱에 힘이 들어가는 그를 보지 못하고.

"그게 뭔데요?"

"골치 아픈 걸 구석에 처박아 뒀어."

한 박자 늦게 그가 말했다. 타라가 어리광 부리듯 물었다.

"잘된 거예요?"

"일단은."

"쥬다."

쥬다가 고개를 당기며 눈을 맞춰 오자 타라는 얕게 웃으며 말했다.

"나 내정 관리하는 거 배우고 싶어요."

"벌써?"

"벌써라니요. 오히려 좀 늦은 거 아니에요?"

그는 잠시 생각하듯 턱을 괴다가 그녀를 응시했다.

"골치 아플 거다. 귀찮을 수도 있어."

"쥬다도 계속해 왔던 거잖아요. 할 수 있어요."

"나중에 힘들다고 울지나 마라."

"안 그런다니까요."

타라가 골난 눈을 했다. 하지만 도리어 귀엽다는 듯 가소로운 미소가 돌아왔다. 진짠데.

어쨌건 허락받았다. 이로써 쥬다와 나눌 대화의 폭이 더 늘어날 테지. 즐거운 일이었다. 타라가 헤실헤실 웃으며 쥬다의 뺨에 쪽 입맞췄다.

"고마워요. 내가 쥬다를 제일 좋아하는 거 알죠?"

한 번 둑이 터지니까 속마음이나 애정 표현도 더 솔직해졌다. 쥬다는 더 적극적으로 변한 타라가 딱히 싫은 눈치는 아니었지만, 아니 좋아하는 것 같았지만 — 은근히 입꼬리가 올라간다든가, 괜히 타라의 머리카락을 만지작거리고, 웃음을 못 참는 것처럼 시선을 피한다든가 — , 이따금 반응이 이상할 때도 있었다. 예컨대 지금처럼.

그녀를 내려다보던 푸른 눈이 벼락에 조각난 하늘처럼 흔들렸다. 말갛게 애정으로 빛나는 그녀의 얼굴, 반짝이는 붉은 별빛 나는 눈을 거쳐 사랑스러운 단어를 말할 때면 으레 꽃 모양처럼 하늘거리는 입술로, 이리저리 정처 없이 어지럽게 떠돌다가 심해처럼 깊게 가라앉는다.

저도 같이 밑바닥으로 내려앉는 착각이 일 만큼 짙은 시선이라 타라의 미소도 조금씩 가셨다. 그들은 잠시 서로에게 침몰하듯 바라보았다. 쥬다가 불쑥 말했다.

"그런 말 함부로 하는 거 아니야."

어조는 음울할 만큼 평온하면서도 내용은 꾸짖는 투라 타라는 삐죽 입술을 내밀었다. 괜히 심술부려 혼내는 것 같았다. 타라가 뾰로통하게 투덜거렸다.

"왜요? 이게 뭐 어때서."

"다 큰 여자애가 아무 데다 할 말은 아니지."

"쥬다잖아요. 새삼스럽게."

적막한 은청안이 툴툴거리는 그녀를 빤히 보아 왔다.

"나면 뭐."

"네?"

"대상이 나라면, 뭘 해도 괜찮나?"

지독히 낮아진 목소리가 마음 어디 한구석을 건드렸다. 타라는 눈을 깜박이며 속을 읽을 수 없는 쥬다를 살폈다. 어느덧 기가 죽은 타라가 중얼거렸다.

"그게 나빠요? 난…… 괜찮을 것 같은데."

무안해서 데굴데굴 구르던 눈이 올라왔다가 깜짝 놀랐다. 어느덧 가까이 다가온 숨결이 살결을 건드렸다.

코가 닿을 만한 거리에서 멈춰 선 쥬다가 느리게 그녀의 눈, 코, 입술까지 시선을 내리깔았다가 다시 토끼처럼 군은 붉은 눈을 비스듬히 응시했다. 그러고는 진하게 우린 커피처럼 씁쓸한 듯 짙은 음성이 속삭인다.

괜찮다고?

"그게 뭔지 알고."

타라는 당황해서 뒤로 물러났지만, 그만큼 그녀 뒤쪽으로 팔걸이를 짚은 그가 따라왔다. 절로 젖혀진 몸이 휘청거리자 단단한 팔이 감아올리듯 등을 받친다.

가느스름하게 접힌 그의 눈이 그녀를 그물에 잡힌 먹이처럼 내려다보고 있었다. 머리가 하얗게 비고 아무것도 생각나지 않았다.

"그야…… 어……."

말끝이 떨렸다. 타라는 어쩐지 그가 이런 자신을 지켜보면서 즐기고 있다는 느낌을 받았다. 아니, 당혹스러움에 약 올라서 더 그렇게 느꼈는지도 모른다. 오히려 지금의 그는 지나치게 그녀에게 몰입해 있었다. 넘치게 진지하고, 아주 약간은 초조해 보인다. 이 또한 착각일까.

더듬거리다가 타라는 외려 눈에 힘을 주고 그를 마주 보았다. 부끄럽다 못해 오기가 생겼다.

"그게 왜요? 그럼 쥬다는 싫어요?"

또렷하게 마주 보는 붉은 눈동자는 지워도 지워지지 않을 얼룩 같았다. 쥬다는 피에 취한 맹수처럼 그 눈을 내려다보다 천천히 그녀를 놓아주었다. 그러고는 대답했다.

"아니."

좋아.

……때론 미친놈처럼.

목 안으로 넘어가는 그 읊조림은 실루엣처럼 희미하게 흩어졌다.

*　*　*

변조를 느낀 것은 해가 채 지기 전이었다. 비제는 터벅터벅 한가롭게 벨벳 성의 숲을 가로질러 가다가 밟고 선 대지와 공기를 뒤흔드는, 안 보이는 이변에 붙박인 듯 정지했다.

무형의 동심원을 그리듯 퍼진 파문이 멎고 난 뒤, 언제 잠시 숨을 죽였냐는 양 일제히 생기 어린 소란이 일었다. 새가 지저귀고 나뭇가지는 기분 좋게 흔들렸으며, 파란 하늘에 번진 흰 구름은 유유자적 흘러갔다. 마치 조금 전에 아무 일도 없었다고 주장하고 싶은 것처럼.

무표정하게 굳은 입술이 뒤틀렸다. 겁먹은 쥐새끼들 같은 행태였다. 산 것들의 본능이란 게 원체 그런지는 모르겠지만.

물에 탄 희뿌연 붉은 머리칼이 평온을 가장하는 바람에 휩쓸려 이리저리 헝클어졌다. 그 아래 선연한 파란 눈이 창공을 올려다본다.

호주머니에 찔러 넣은 손목 옆에서 비스듬히 걸린 검이 덜커덕 흔들렸다. 방금 전 요란하게 부딪치고 홍청망청 울어 댔던 칼이었다.

퍽 오랜만에 검을 겨뤘음에도 사실 큰 흥미가 일지 않았다. 상대도 출중하긴 하나 너무 압도적으로 그에게 못 미쳤다. 그럴밖에. 쥬다가 미심쩍게 보던 시선이 이해가 갈 만큼 애들 장난 같은 검 놀이 따위는 그답지 않은 행동이었다. 사실 그가 나서서 대련하자고 했던 건 다분히 충동적이었으니까.

"……."

호기심으로 반짝이던 붉은 눈을 머릿속에서 지워 없앴다. 지금 시급하고 중요한 건 따로 있었다. 당연지사 제 주인에게로 향해 이게 어찌 된 일인가 캐물어야겠지만 비제는 몸을 돌려 다른 곳으로 향했다.

겉보기에는 마냥 평안했다. 가는 길에 마주친 성의 사용인들과도 평소처럼 인사를 나눴고, 한적한 후원의 산책길을 지나 어느 통로 안으로 들어섰을 때는 휘파람까지 불었다.

그가 이 성의 역사만큼이나 복잡한 미로를 지나 끝자락의 방에 들어서니 훅, 퀴퀴한 냄새가 났다. 비제는 문을 닫아걸었다.

"아직 살아 있어?"

그림자가 움직였다. 그것은 희미한 쪽 창문의 빛이 드리운 바로 앞까지 와서 멈췄다.

"아까 그것."

쉭쉭거리는 목소리가 물었다. 어찌 된 일이지.

"어찌 된 일은. 보이는 그대로겠지. 그걸 할 수 있는 자는 세상에 딱 하나밖에 없잖아?"

문가에 기댄 비제가 중얼거렸다. 유감도 낙관도 아닌, 건조하고 삭막한 얼굴로. 상대는 침묵으로 수긍했다. 하지만 의아하지 않은 건 아닌 모양이었다.

"왜 갑자기?"

그것도 이제 와서.

다 스러져 가는 의문에 비제는 무심하게 머리를 긁었다.

"모르지. 어쨌건 세상이 더 안전해졌어. 좋은 일이지."

경사라도 난 듯 지껄이는 낯은 텅 빈 유리처럼 무표정했다. 그 모양을 지켜보던 정원사가 고개를 저었다.

"그리 기뻐 보이지 않는구나."

"당신만 할까."

"그게 무슨 의미가 있지. 우린 이미 '진짜'를 오래전에 거쳤다, 비제. 썩은 낙엽이 비료가 돼야 새싹이 튼다. 보낼 건 보내고 묻을 건 묻어야 해."

"잔소리 안 해도 알아."

비제가 고개를 기울였다. 야광석처럼 반짝이는 푸른 눈이 어둠 속을 물끄러미 바라보았다.

"내게 좀 더 자주 그래 주지 그랬어요? 이제 와서 어른처럼 구는 꼴이 우습네."

"아쉬움 한 점 없으면서 말은 잘하는군."

"당신이야말로 아쉽지 않아? 생사보다 더 끔찍하게 갈망하는 걸 보기 위해 그 꼴로 긴 세월 버틴 거 아니었나."

떠보듯 살피는 눈에는 경멸 같은 장난기가 서려 있었다. 그림자 너머에서 한숨과 탄식이 터졌다.

"물론 그렇지. 동시에 아니기도 하다."

"수수께끼 같은 말이네."

"너는 내가 네가 알던 '나'일 거라고 생각했느냐?"

그는 고개를 저었다.

"생사의 강은 역행할 수 없다. 알 거라 생각했는데."

"……."

비제는 굳이 대꾸하지 않았다. 그 후로 한참 동안 무어라 쓸모없는 대화를 했던 것도 같고, 우두커니 시체 두 구처럼 말없이 각자 다른 곳을 보았던 것도 같다. 사실 기억나지 않는다. 시간만 정처 없이 흘려보냈다.

얼마를 그러고 있었을까. 뚜벅뚜벅 몸을 돌려 문고리를 잡은 비제는 잠시 멈춰 섰다. 방 안에는 어울리지 않게 라일락 화분이 가득했다. 그윽한 향이 시취(屍臭)와 섞여 역했다.

"……살아 있는 건 확인했으니 됐어."

문이 쾅 닫혔다.

벌써 밤이 깊었다. 달이 기운 것이 새벽으로 넘어가던 때일 수도 있다. 뭐든 의미가 없었다. 그저 피로했다. 그는 쥬다를 찾아가기로 한 건 내일로 미루기로 했다.

비제가 묵직한 눈으로 성큼성큼 미궁 같은 통로를 빠져나왔을 때였다.

"꼭 이 시각에 가야 해? 내일 날 밝고 가도 되잖아?"

쨍한 목소리가 한 박자 늦게 귓속으로 파고들어 왔다. 고양이처럼 소리 없이 그림자 속에 몸을 숨긴 비제는 희게 빛나는 유니콘을 발견했다.

색이 바랜 진주처럼 희끄무레한 짐승의 옆에서 두 요정이 이야기를 나누고 있었다. 고목 같은 사내야 낮에도 보았던 야센이고, 붉은 머리의 낭창한 여인은 요정족의 공주 브리지트다. 저들이 이 야심한 시각에 왜 나와 있는지는 모르겠으나 거슬리는 건 사실이었다.

요정족은 기감이 예민하다. 어둠도 큰 의미가 없다. 비제가 그러하듯이.

그는 짧게 혀를 차며 달이 걸린 하늘을 올려다보았다. 아직 해가 뜨려면 멀었다.

*　　*　　*

브리지트는 불만스러웠다. 사실 야센을 말려도 크게 바뀌는 게 없을 거라는 건 그녀도 알고 있었다. 요정들이란 어머니 여왕의 뜻에 지나치게 맹목적이니까.

"여왕께서 서신을 받는 대로 바로 달려오라 하셨습니다."

"누가 몰라? 밤에 가든 아침에 가든 무어 그리 다르다고."

하여간 융통성이 없다니까. 브리지트가 툴툴거리며 팔짱을 끼었다. 어둠 속에서 반질거리는 우묵한 눈이 잠옷 바람인 공주의 어깨를 살폈다.

"어서 들어가십시오. 밤바람이 찹니다."

"바람이 차 봤자 어쩌겠어. 나 불의 요정이라고."

"네. 그렇지요."

긍정은 긍정인데 수긍은 아닌 듯하다. 브리지트는 못마땅한 시선을 회피하며 말을 돌렸다.

"아니 그런데 엄마는 무슨 생각이신 거야? 남부에 널린 게 기사인데 왜 갑자기 너를 불러내시는 거지?"

그것도 이렇게 재촉해서. 평소 타니아의 행동과는 많이 다르기에 브리지트는 영 의아하게 여겼다. 그녀의 어머니는 전쟁을 제외하면 매사 느긋했다.

어지간히 급한 일이 아니고서야 난데없는 급서를 국경 너머까지 보낼 리가 없었다. 정말 전쟁이라도 났나? 대체 무슨 일이길래?

"글쎄요. 혹 공주님의 신랑감 때문이 아닐까 합니다."

"뭐? 그게 왜?"

좀 과하게 놀라며 그녀가 인상을 쓰자, 야센이 덤덤히 대꾸했다.

"서부에 온 지 한참이 지났는데도 아직껏 감감무소식이니 초조하셔서 그런 것 아니겠습니까. 기껏 귀한 따님을 여기까지 보냈는데."

"……."

확실히 그렇다면야 할 말이 궁했다. 저 때문에 남부와 서부의 먼 거리를 오가게 생긴 기사의 눈총을 피하며 브리지트는 툴툴거렸다.

"어쩌란 거야? 그렇다고 아무하고 짝을 지을 수는 없잖아?"

"전 아무 말 안 했습니다."

"누가 뭐래? 그냥 그렇다고!"

브리지트가 꿍얼거렸다. 잠시 둘은 아무 말도 하지 않았다. 그사이 풀벌레 소리와 유니콘 프레야의 조용한 투레질만 간간이 울렸다. 이름 모를 풀벌레의 울음이 잦아들 무렵 그녀가 헛기침했다.

"아무튼, 어서 가. 지금 출발해도 며칠은 걸릴 텐데."

"먼저 들어가십시오."

"바보야. 네가 떠나는 거잖아. 빨리 가."

두 요정은 고집스레 실랑이를 거듭하다가 서로를 지그시 노려보았다. 이럴 경우 지는 사람은 항상 야센 쪽이었다. 그는 한숨을 쉬며 훌쩍 말 위에 올라탔다. 차라리 빨리 가야 이 공주님을 빨리 안으로 들여보낼 수 있겠다 여겼을 것이다. 고삐를 잡은 기사가 말 머리를 돌리며 짧게 말했다.

"술 적당히 드십시오."

"아, 알았다고."

"서부 영주의 심기를 건드리지 마시고요. 경거망동하지 마십시오."

"너 해 뜨고 갈 거니?"

못 참고 딱딱거리는 그녀를 내려다보는 무뚝뚝한 낯에 설핏 웃음기가 번졌던 것도 같지만 어둠 탓에 확실하지 않았다. 그는 후드를 쓰고 꾸벅 고개를 숙였다.

"최대한 빨리 돌아오겠습니다."

이랴! 비 오는 날 달빛을 닮은 말이 쏜살같이 벨벳 성의 공터를 빠져나갔다. 추우니 빨리 가 버리라고 주절거렸던 것과는 달리 브리지트는 고개를 쭉 빼고 제 기사가 멀어지는 것까지 지켜보았다.

그러고 나서야 설익은 여름밤 싸늘함 탓에 얼얼한 코끝을 찡긋거리고는 팔짱을 끼고 서둘러 성 쪽으로 걸음을 옮겼다. 그리고 멈춰 섰다.

"이상하네."

마른 정적이었다. 브리지트는 다시 한 번 코를 훌쩍거렸다. 얼굴에 삐뚜름한 미소가 걸린다.

"어디서 맡아 본 냄새가 나."

썩은 냄새.

그녀의 삐딱하게 기울은 고개가 성의 으슥한 벽 한쪽을 응시하는 바로 다음 순간, 폭발 같은 화염과 검광이 번뜩였다. 찰나 낮이 되었나 싶을 만큼 강한 빛이 번뜩였다가 사그라들었다.

화르르, 일어난 불꽃을 손짓으로 물린 브리지트가 날카로운 눈으로 바닥에 널브러져 찢어진 불의 정령을 노려보았다.

마그마에서 태어난 강력한 님프가 맥을 못 추고 단번에 허리가 잘렸다. 분명 검상이었다. 이거, 제대로 열 받네. 브리지트가 목을 꺾더니 이를 드러냈다.

"나와."

손가락을 튕겨 님프를 자연으로 돌려보낸 브리지트가 불꽃으로 검을 만들어 내듯 붉고 가는 검을 소환했다. 초록색 눈동자가 살기등등하게 번뜩였다.

"아니면 내가 가?"

"공주님이 성격도 급하시군."

뒤로 휘두른 검이 깡, 큰 소리를 내며 맞부딪쳤다. 불티가 위협적으로 튀었다. 능히 도려내다 못해 불태워 버릴 위력이 담긴 한 수였는데도 상대는 손쉽게 막아섰다.

아니, 방금 전 처음 공격을 무위로 돌린 것부터가 그가 범상치 않다는 걸 증명했다. 요정 여왕의 직속 기사단인 이둔의 기사라 하더라도 브리지트의 공격을 버틸 자들은 거의 없었다. 브리지트는 오랜만에 온몸의 털이 곤두서는 걸 느끼며, 연기가 흩어지고 드러나는 상대방을 노려보았다. 그리고 잇새를 짓씹었다.

"비제 미메시스."

"밤중에는 성 밖으로 나오는 것 아니라고 타라가 알려 주지 않았나?"

끼기긱 쇠가 우는 소리에도 비제는 흐트러짐 없이 안부 인사 전하듯 말했다. 그 태연한 낯에 브리지트는 실소했다.

"그러는 댁이야말로 불의 요정의 성깔을 건드리면 어떤 결과가 따르는지 안 배웠나 보네."

"요정들이 뒤끝이 세다는 건 잘 알지."

당신 말대로, 내 집안 사정 덕에.

빙그레 웃는 수려한 얼굴이 침을 뱉어 주고 싶을 정도로 얄밉고 거슬렸다. 사실 이것은 여유가 없다는 방증도 되었다. 방금의 공방으로 알았다. 그는 위험했다. 남부의 후계자, 요정 여왕의 총애 받는 딸인 그녀가 완전한 승리를 장담할 수 없을 정도로.

마력을 끌어 올리며 검을 고쳐 쥐는 그녀의 입술이 냉랭하게 말려 올라갔다.

그렇다고 진다는 건 아니지만.

"손님한테 칼을 휘두르다니, 서부 영주의 손님 접대란 이런 건가?"

"뭐, 내 주군이 예절에 있어 영주들 중 최하위이긴 하지."

브리지트의 빈정거리는 어투에 비제가 느슨하게 대꾸했다.

"하지만 이건 영주의 뜻이 아니라 내 뜻이거든."

"지금 한번 해 보자는 거야?"

그녀가 이를 드러내자 그는 고개를 갸웃거렸다.

"먼저 공격한 건 그쪽인데."

"네놈이 고약하고 역겨운 냄새를 풍기면서 날 감시했잖아. 뭐지?

그 사기(死氣)는?"

의문 섞인 추궁에 내내 거슬릴 만큼 평온하던 비제의 안색이 변했다. 웃는 얼굴을 지우고 물끄러미 응시해 온다. 텅 빈 것 같은 그 눈동자에 브리지트는 오싹 소름이 돋았다. 늪의 괴물이 천천히 떠올라 적을 관찰하는 듯한 시선이었다.

"무슨 말인지 모르겠는데."

발뺌조차 그저 정해진 대사를 읊는 것처럼 성의가 없었다. 그 맹렬한 위험신호에 브리지트는 압도되지 않고 차갑게 맞받아쳤다.

"헛소리하지 마. 누구를 바보로 봐? 당신한테서 산 사람의 냄새가 안 나. 꼭……."

시체 더미 위에서 쉬다 온 사람처럼. 그 순간, 미심쩍었던 기억이 빠르게 뇌리를 스쳤다.

"그 정원사."

비제는 조용했다. 브리지트가 인상을 썼다.

"어쩐지 이상했어. 무슨 일을 꾸미는 거야? 서부 영주는 이 사실을 아나?"

"이런……."

돌연 어울리지 않게 피식 웃음을 터뜨리더니 하하하 이마를 문지른다. 그런 와중에도 공격해 들어갈 틈이 도저히 보이지 않았다.

낮의 대련에서 그가 실력을 숨겼음을 브리지트는 적나라하게 깨달았다. 웃음소리가 뚝 그치더니 기묘하게 빛나는 눈이 그녀를 빤히 쳐다봤다.

"하긴 그쪽은 요정 여왕의 딸이었지. 잠깐 잊고 있었군."

타라가 옆에 붙어 있으니 나도 모르게 방심한 모양이야. 그는 태연하게 중얼거렸고, 브리지트는 어이가 없어서 미간을 찡그렸다.

"순순히 털어놓지 그래? 네가 암만 강해도 나를 상대로 손쉽게 이길 수 있을 것 같아?"

"무섭네."

"아니면 맞고 말하든가!"

브리지트가 선명한 주홍색 불의 화살들을 만들어 그를 공격했다. 실력이 비등하다 하나 강력한 불의 요정이자 마법에 다재다능한 브리지트가 이길 수밖에 없는 게임이었다. 시간만 잘 끈다면.

얽혀 있던 검을 푼 비제가 방어 자세를 취했다. 브리지트는 좀 까다로울 순 있겠지만 승리를 점쳤다.

그러나.

"……!?"

금방이라도 그를 불태울 것처럼 맹렬하게 공격해 들어가던 마법의 불화살들이 돌연 재로 변했다. 보이지 않는 수증기에 쥐어 짜여 말라비틀어진 것처럼. 당혹감을 억누를 새도 없이 번뜩이는 살기가 목덜미를 노렸다.

브리지트가 빠르게 옆에서 찔러 오는 검을 막아선 순간, 맹수 같은 주먹이 복부에 내리꽂혔다. 직접적이고 물리적인 타격을 받아 본 적이 거의 전무한 그녀가 컥, 신음을 뱉었다. 잇따라 비틀거리는 그녀의 뒷덜미를 가격하며 비제가 나긋하게 설명을 덧붙였다.

"실례. 난 원래 거짓말쟁이거든."

"이 개자…… 식."

마법을 못 한다고 했던 건 순 거짓부렁이었다! 브리지트는 까무룩 정신을 놓았다.

브리지트가 기절하자 비제는 던져 두었던 검을 회수하려 허리를 숙이다 잠깐 미간을 찡그렸다. 점철된 피로가 굳은 진흙 덩이처럼 들러붙어 사지를 마비시켰다. 그는 한숨을 쉬며 마른세수를 하고는 요정 공주를 들쳐 엎었다.

"쥬다가 알면 뭐라 할 텐데."

일이 조금 귀찮게 됐다.

*　*　*

—타라.

낮고 단조로운 부름은 되직하게 잠긴 양잿물 같았다. 소녀는 그 사람이 자신을 부를 때만 목소리가 달라지는 것을 알았다. 낮은 음계를 실수로 누른 악기처럼 그 음성은 듣는 이의 마음을 묵직하게 내리누르는 힘이 있었다.

평소처럼 움츠러들고 죄스러워해야 되나 생각해 보았지만 그건 아닌 것 같았다. 그녀를 볼 때면 찌푸려지는 눈들과는 달리 그의 눈은 그저 슬펐기 때문이었다. 혐오보다 서글픔이 나은 건 당연한 일이었다.

황금빛 햇살이 남자의 등 뒤로 내리쬐고 있었다. 눈이 부셔 고사리손을 펴 막았음에도 잘되지 않았다. 플라타너스의 넓은 잎사귀가 하늘하늘 사방에서 춤을 추었다. 봄바람이었다.

그가 두 손을 뻗었고, 어린 계집아이는 까르르 웃었다. 겨울을 도망쳐 숨어든 민들레 씨앗처럼 부서져라, 그렇게.

지독히 그립고 그리운 기분…….

타라는 눈물과 함께 꿈에서 깨어났다.

타라는 말똥거리며 천장을 바라보았다. 한참 그러다가 햇살이 눈 부셔서 주섬주섬 일어났다.

"어?"

얼굴이 축축하다. 꼭 울기라도 했던 것처럼. 타라는 고개를 갸웃거리다가 소맷자락으로 문질러 닦고는 잊어버렸다. 밤새 무서운 꿈이라도 꾼 모양이었다.

얇아진 이불을 추스르며 늘어지라고 기지개를 켠 뒤 침대에서 내려왔다.

이제 넓은 침대도 가뿐했다. 그녀의 아침 일과는 정해진 듯 똑같았다. 우선 꼼꼼히 씻고 거울 앞에서 머리칼을 빗어 정리한 후 후다닥 옷을 갖춰 입은 뒤 쥬다와 아침 인사를 나누는 것.

문고리를 잡는데 가슴이 콩닥거렸다. 비 온 뒤 땅이 굳는다했던가. 그다음 날부터 쥬다는 꼬박꼬박 아침마다 그녀가 나올 시간에 딱 맞춰 문 앞에 서 있었다.

수고스러울까 봐 안 그래도 된다고 했더니 그는 시큰둥하게 대꾸했다.

—싫어.

—네? 왜…… 요?

—빨리 보고 싶으니까.

혼자 짧게 웃은 뒤 문고리를 돌렸다.

하지만 방 앞은 텅 비어 있었다.

순식간에 좋던 기분이 바닥을 쳤다. 눈을 깜박이다가 휙휙 사방을 둘러본다. 오른쪽, 왼쪽, 심지어 문짝 바깥쪽까지 힐끔거린 참이었다. 그러나 없었다.

굴 밖으로 내달리는 토끼처럼 콧방울을 움찔거린 타라가 종종종 쥬다의 집무실 앞으로 달려갔다. 노크하려다 말고 멈칫했다.

너도 그랬잖아. 안 나와도 된다고. 그래도……. 매일 보다 갑자기 못 보면 서운한걸. 혹시 너무 바빠서 못 나왔나? 그러면 괜히 방해하는 건 아닌가.

그러나 그 생쥐 같은 기척도 누군가에게는 들렸던 모양이었다.

돌연 눈앞에서 문이 벌컥 열리자 타라는 작게 비명을 지를 뻔했다. 안경을 낀 무표정한 쥬다가 빤히 그녀를 내려다본다. 무표정한 낯에 마음 한구석이 섬뜩할 찰나 그가 얕게 입술을 휘었다. 마치 찬 새벽 하늘에 따끈한 여명이 밝아 오는 듯했다.

금방 서운함이 풀린 타라가 헤헤 웃었다. 그녀의 손목을 잡고 끌어당긴 쥬다가 발그레한 뺨을 검지로 덧그렸다.

"잘 잤나."

"네."

쥬다는요? 하는 당연한 되물음이 없었던 건 약한 의문이 아직 남아 있기 때문이다. 그걸 모를 쥬다가 아니기에 물끄러미 보아 오는 그녀의 눈에 비스듬히 고개를 꺾었다.

"날 찾았나 보지."

"아니에요."

바로 대답했다가 입술을 깨물었다. 그러다 이마에 와 닿는 감촉에 와락 정신이 들었다. 화인 찍듯 멍한 타라의 이마를 문지른 그가 설핏 웃었다. 다 안다는 듯한 눈에 손가락을 움찔거렸다.

"어제 늦게 잤잖아. 피곤할 것 같았다."

"내가 늦게 잔 건 어떻게 알아요?"

막상 묻고 나니 벨벳 성의 성주에게 불필요한 걸 물었다 싶어 타라가 말을 이었다.

"그, 책, 책 읽다가……."

"그래. 노래는 안 부르는 것 같더군."

그는 시큰둥하게 대꾸하고는 그녀를 안락의자에 앉혔다. 쥬다가 집무실 책상으로 걸어가고, 알게 모르게 들뜬 채로 긴장해 있던 타라는 시야가 트이자마자, 서류를 정리하다 얼어붙은 고양이 집사를 발견했다.

"좋은 아침이에요, 안티오크!"

"네에…… 좋은 아침, 입니다. 타라 님."

고양이 동상 같았던 안티오크가 앞발로 외알 안경을 추어올리며 우아하게 절을 했다. 그가 폴짝 뛰어 타라에게 사뿐사뿐 오는 사이 쥬다는 읽고 있던 두루마리를 한쪽으로 밀어 두었다.

"아침을 가져올까요?"

"좋아요."

"예. 잠깐만 기다리시길."

안티오크가 가볍게 뛰어내려 문을 열고 나가는 걸 새삼스레 구경했다. 주황빛으로 달궈진 노란 햇살 아래 사근사근 걸어 다니는 고양이가 있는 풍경은 별거 아니어도 기분을 좋게 만든다. 지척에서 질문이 들렸다.

"뭘 그렇게 골똘히 봐."

"그냥…… 예쁘고 귀엽잖아요."

말끝을 흐렸다. 캐묻듯이 얄아진 눈매, 아침 햇빛을 역광으로 두른 찬 인상의 사내는 서리 낀 푸른 장미 잎을 한 장 한 장 얽어 쌓아 올린 섬세한 조형물 같았다. 그리고 그 고상하고 곧은 선을 가진 남자는 매섭게 짜증을 냈다.

"그렇다고 껴안고 다니지 마. 예전처럼."

"남자는 늑대니까요?"

"다행히 까먹지는 않았군."

쥬다가 심술궂게 말했다. 애정의 자각이란 것은 사람을 극도로 예민하고 감정이 널뛰는 파도처럼 종잡을 수 없게 만들었다. 온갖 것이 거슬려서 골병이 날 지경이었다.

아주 사소하고 별거 아닌 것까지 성이 나는 제 꼴이 우스웠으나 싫은 건 싫은 거였으니 뭐 어쩌라고 ― 하는 심경으로 자기 합리화했다.

그런 의미에서 타라가 무방비하게 사내새끼들에게 웃거나 안기는 건 매우 속이 뒤틀리는…….

쥬다는 험상궂게 이런저런 생각을 하다가 멍한 타라의 얼굴에 뒤늦게 눈썹을 올렸다.

"왜 그렇게 보지?"

"아니 그냥, 정말 아름다우…… 아니, 잘생기신 것 같아서요."

넋을 놔서 되는 대로 말했다가 타라는 앗, 입을 가렸다. 쥬다와 타라는 서로를 멀뚱히 바라보고 있었다. 묘한 정적이었다.

으아……. 생각만 하려던 걸 입 밖으로 말해 버렸다. 타라가 어찌할 줄 모르고 그의 눈치를 보는 순간 쥬다의 얼굴이 홱 다른 쪽으로 돌아갔다.

귀가 빨개. 그 정도로 화났나?

타라가 매우 반대쪽의 오해를 쌓아 가는 동안 여러 내재적 충동을 짓밟듯 달랜 쥬다가 마른세수를 하고는 얄팍한 손가락 사이로 타라를 빤히 쏘아보았다.

"여우 같으니라고."

거의 원한에 가까운 목소리였다.

"네? 왜, 왜요?"

보송한 귀를 세운 북극여우처럼 타라가 억울하게 눈을 떴다. 난데없이 골난 얼굴을 하는 그를 살피면서 내가 뭘 잘못했지, 하며 되짚어 본다. 그런 고민들이 뽀얀 얼굴 위로 훤히 들여다보여서 쥬다는 땅이 꺼지라고 한숨을 쉬었다. 생고문이 따로 없었다.

이걸 어떻게 하지.

"아야."

아득하고 지나치게 달콤한 고뇌는 안티오크가 아침 식사를 가져

오고 타라가 생글생글 맛나게 하얀 빵을 앙 베어 먹는 순간까지도 계속되었다.

언제나처럼 제 밥은 먹는 둥 마는 둥 턱을 괴고 타라를 바라보던 쥬다는 타라가 돌연 뺨을 감싸며 울상을 짓자 바로 자세를 달리했다.

"왜 그래."

"아니요오……. 얼마 전부터 여기가 아파요."

오른쪽 볼이 붓고 아렸다. 뭘 잘못 씹었나 뒤집어 봐도 그런 건 없는데. 뭐라고 해야 하지, 꼭 입 한쪽에 뭐가 생기는 듯한…….

"이리 보여 줘 봐."

순식간에 옆으로 다가온 쥬다가 눈물이 그렁한 그녀의 턱을 잡아 올렸다. 긴 손가락이 살짝 도톰하게 부은 감이 있는 볼을 만지작거리고 이리저리 살펴보더니 나직하게 말했다.

"입 벌려."

순순히 벌어진 입 안을 살피러 그가 몸을 바짝 붙였다. 타라는 욱신거리는 와중에 쥬다가 제 입속을 찡그린 눈으로 들여다보는 이 상황이 조금 부끄러웠다. 하지만 꼼지락거리면 그를 더 방해할 것 같아서 애써 눈만 굴리다가 돌연, 멈칫 굳었다.

희고, 단정하고, 무방비한 얼굴이었다. 그녀의 시선은 홀린 듯이 촘촘한 속눈썹 그림자가 드리운 푸르른 눈, 몰입하느라 얼핏 찡그려진 단정한 미간을 지나 약하게 벌어진 입술로 향했다.

입안이 말라붙는 기분이었다.

"잠깐만."

긴 손가락이 조심스럽게 그녀의 입술 사이로 들어왔다. 매끄럽게 전진해 내벽을 어루만지다 작은 이빨 하나하나를 건드린다. 아. 말랑한 연어빛 속살을 살피는 하얀 손끝이 간지러워 치맛단을 꼭 움켜쥐었다. 긴장한 어린 짐승의 땀처럼 축축하게 타액이 고였다. 그럼에도 목이 타는 게 이상할 정도였다.

뭉근하게 입 안을 유영하던 것이 드디어 부은 살에 닿았다. 콕 찌르는 손길에 움찔했다. 이건 아파서였다. 그제야 푸른 눈이 그녀의 눈과 마주쳤다. 당황한 혀가 그의 손마디를 톡 두드렸다.

젖은 붉은 눈꼬리를 내려다보던 그는 금세 제 손가락을 빼냈다. 타라는 얼른 뺨을 감쌌다. 무엇 때문인지 헷갈리는 열로 따끈했다.

쥬다는 손수건으로 손을 닦으며 처방을 내렸다.

"사랑니가 난 것 같은데."

"사랑니요?"

귀여운 어감과 달리 아프고 못된 이였다. 욱신거리는 볼을 꾹꾹 누르며 끙끙거리는 그녀의 머리를 다독인 그가 발치를 잘하면 나을 거라 했다.

줄을 당겨 앙리펠을 부르며 쥬다가 피식 웃었다.

"어른이 다 됐어. 아니면 네 불량한 친구와 저녁 내내 놀아서 그런가?"

따가운 눈총이 브리지트와 밤늦게까지 포도주를 홀짝인 걸 은근히 문책하고 있었다. 답할 말이 궁한 타라가 멋쩍게 웃었다.

"브릿이 심심하고 잠이 안 온다고 하셔서. 야센 경이 가고 나서 부쩍 허전해하시는 것 같아요."

야센이 갑작스러운 요정 여왕의 호출을 받고 벨벳 성을 떠난 지 며칠이 흘렀다. 브리지트가 티는 안 냈지만 허해하는 게 옆에 있는 타라의 눈에 다 보였다.

잔소리하는 사람도 당시에는 귀찮다 싶지만, 막상 없으면 괜스레 빈자리가 눈에 밟히지 않나. 그래서 그가 떠난 날 그렇게 술을 잔뜩 마셨나? 너무 과음을 한 탓인지 브리지트는 간밤 기억에 대해 영 알쏭달쏭해했다.

—이상하게 개 배웅해 주고 난 뒤로 방에 돌아온 게 생각이 안 나.

—그러게 과일주 적당히 마시지 그랬어요.

—으응, 뭐. 알았어.

그녀는 머리를 긁적이며 고개를 끄덕였다. 이제 취해서 요정 불로 방화를 해도 당분간 꺼 줄 사람도 없는데 다행이었다. 시큰둥하면서도 다 듣고 있던 쥬다가 중얼거렸다.

"헛똑똑이가 아닌가. 타니아도 쓸데없는 짓을 했지."

"무슨 말씀이세요?"

"가끔은 진짜 원하는 건 바로 옆에 있곤 해."

그걸 모르고 헤매는 게 인생이겠지만.

그의 빤한 눈빛에 어쩐지 눈을 뗄 수 없었다. 타라가 홀린 듯이 그를 바라보다 불쑥 물었다.

"쥬다가 진짜 원하는 건 뭔데요?"

안개 낀 양 흐릿하던 시선이 그 순간 변했다. 몇 차례 겪었던 오싹함이 몰려왔다. 그러나 타라는 어깨를 움츠리면서도 그의 시선을 피하지 않았다.

"그걸 알아서 뭐 하게."

"알고 싶어서요. 말했잖아요. 난 항상 쥬다가 궁금하다고."

호기롭게 말하는 그녀를 내려다보는 저 표정이 무엇을 담고 있는지 상상할 수 있는 자는 몇 안 될 것이다. 낮게 깔린 목소리가 솜털이 곤두선 귓가를 핥았다.

"알면…… 넌 도망갈 거야."

왜 이다지 확신 어린 단호함이 야릇한 협박처럼 들릴까. 손바닥에 땀이 찼다. 그의 손가락이 들어왔었던 입 안 어딘가가 화끈거렸다. 욱신거리는 통증 탓에 신음이 나올 것 같았다. 타라는 평소처럼 왜요, 라고 묻는 대신 좀 더 직설적으로 물었다.

"내가, 왜 도망갈 거라고 생각해요?"

"낯설고 무서우니까."

그녀의 물음이 끝나자마자 즉답이 돌아왔다. 당장이라도 그녀를 홀랑 집어삼킬 거대한 바다 같은 눈빛과는 다르게 다정한 손가락이 자근자근 씹던 입술을 살살 문질렀다. 입 안의 화뜻함이 그 즉시 입술에 옮겨 왔다.

타라는 이렇게 탐욕스럽게 상냥한 애정을 본 적이 없었다.

꼬물거리는 어린 먹이를 차마 먹지 못하고 그 앞에서 굶어 죽는 맹수처럼, 애틋하고 일견 쓸쓸해 보이는 그를 흔들리는 눈으로 응시하던 타라는 어떤 충동을 느꼈다. 내면에서 모락모락 피어오르는 강렬한 욕망. 생각보다 행동이 먼저 튀어 나갔다. 저 자신을 말릴 새도 없었다.

조그만 입술이 겁 없이 달려드는 종달새처럼 그의 입술에 촉 부딪혔다 떨어졌다.

정적이 흘렀다. 타라는 그의 얼굴을 보고 나서야 저가 무슨 짓을 저질렀는지 깨달았다. 그녀는 무섭게 침묵하는 쥬다에게 횡설수설 떠들었다.

"어, 이건, 그러니까……."

내, 내가 왜 그랬지? 볼과 이마 뽀뽀는 자주 했어도 입술은 처음이었다. 그녀조차 제 행동의 이유를 몰랐다. 당혹하고 빨개진 조그만 낯을 황망히 응시하던 쥬다의 표정이 변하려던 순간, 이 복잡한 상황을 망치로 부수듯 노크 소리가 울렸다.

"영주님. 앙리펠입니다."

타라는 혼탁하게 멍한 머리로 빠득 이 가는 소리를 들었다. 욕도 조금 들었던 것 같다. 착각일까? 쥬다는 타라 앞에서는 비속어를 쓰지 않았다.

"들어와."

매우 내키지 않은 투의 허락이 떨어지자 문이 열리고, 고양이 집사가 잡고 있는 문 사이로 부엉이 의사가 푸다닥 날아왔다. 앙리펠이 자연히 타라의 어깨에 내려앉고, 안티오크가 나긋하게 뛰어올라 앉으며 공손히 입을 열었다.

"어디가 아프신……."

벨벳 성의 집사는 눈치가 빨랐다. 그는 곧바로 방 안에 감도는 묘한 분위기를 감지했다.

정확히는 성질이 나 보이는 주인과 붉어진 얼굴로 안도의 한숨을 내쉬고 있는 타라 사이에서 흐르고 있는 것을 말이다. 고양이 집사는 솜방망이 앞발로 주둥이를 가리며 침음을 흘렸다. 이런, 대충 예견은 하고 있었지만 결국 이런 날이 오다니!

그러나 이 상황에 대해 알 만한 배경 지식도, 눈치도 부족한 선량한 부엉이 의사 앙리펠은 부엉부엉거리며 종알거렸다.

“혹 타라 님의 마력에 이상이 생기셨습니까? 아니면 또 체하셨거나…….”

“마력 이상 가지고 널 불렀겠나?”

번데기 앞에서 주름잡는 놈을 일갈하듯 쥬다가 싸늘하게 지껄였다. 앙리펠은 헙 부리를 다물며 새하얗게 질린 깃털을 부들부들 떨어 댔다. 타라가 겁먹은 회색 먼지떨이처럼 동그랗게 부푼 부엉이 의사를 얼른 끌어안으며 쥬다에게 눈총을 보냈다.

“왜 그러세요? 그냥 증상을 물으신 것뿐인데.”

“……알았으니 그거 내려놔.”

새파란 눈이 타라에게 꼭 안겨 있는 앙리펠 쪽에 고정되어 있었다. 비죽 튀어나온 부엉이 머리가 살기등등한 그를 발견하고 쏙 안으로 들어갔다.

천적 앞에서 죽은 척하듯 같잖은 모양새에 쥬다가 가소롭게 입술을 말아 올렸다.

“그 털 뭉치를 저 밖으로 던져 버리기 전에.”

얼마나 살벌했는지 타라까지 오싹했다. 그녀는 오기를 부리듯이 입술을 삐죽거렸다.

"내려놓으면요? 정말 던지시게요?"

"던져도 안 죽어. 새잖아."

"그렇지만 너무해요. 그런 취급을 받고 기분 좋을 사람은 없을 거예요. 허구한 날 저 때문에 북부랑 서부를 오가며 고생하시는데."

탓하듯, 혹은 애원하듯 쳐다보는 커다란 붉은 눈동자를 마주한 쥬다는 이맛살을 찌푸리며 입을 다물었다. 험악한 얼굴로 부엉이 뭉치를 한번 노려본 쥬다가 거만하게 다리를 꼬며 고개를 돌리자, 타라가 헤헤 웃으며 앙리펠을 무릎에 내려놓았다.

이 모든 상황을 옆에서 지켜본 안티오크는 감탄했다. 어릴 때도 타라는 유일무이하게 저 포악한 서부의 주인을 제 뜻대로 휘두를 줄 알았다. 다 큰 지금은 그때보다 더하면 더했지, 덜하지는 않은 것 같았다.

그 사이 슬금슬금 날개로 바닥을 짚으며 타라의 무릎에서 내려온 앙리펠이 연신 쥬다를 힐끔거렸다.

"크흠흠! 쿨럭! 그, 어, 어디가…… 아프시다는……?"

"사랑니가 난 것 같아요."

"아 그렇습니까? 한번 아, 해 보세요."

앙리펠이 푸드득 의자 등받이로 날아올라 와 타라의 입 안을 주의 깊게 살펴보았다. 타라는 그사이 눈을 깜박거리며 괜스레 주변을 둘러보았다.

오래되었지만 고풍스러운 은촛대, 이리저리 서류가 쌓인 집무실 책상, 살랑살랑거리는 노란 고양이 꼬리에 시선이 갔다가…… 팔짱을 끼고 있는 쥬다와 눈이 마주쳤다.

—입 벌려.

돌연 방금 전의 상황이 번개처럼 연달아 떠올랐다. 소용돌이치듯 은근하게 반짝였던 푸른눈, 내리깐 시선, 혀와 붉은 속살을 조심스레 어루만져 오던…… 그리고, 입맞춤.

어, 어떡해! 으아아!

앙리펠이 부엉이 머리를 벌린 입 가까이 들이밀고 있어서 참 다행이었다. 안 그랬으면 비명을 지르며 후다닥 도망갔을지도 모른다.

그녀는 황급히 시선을 돌렸다. 어떡하지. 부끄러워. 얼굴에 불붙은 듯 화르륵 열이 치달았다. 내가 왜 그랬지. 그냥…… 그 분위기와 감정에 격한 풍랑을 만난 뗏목처럼 휩쓸려서 충동적으로 저지른 일이었다. 그저 못 견디게 입을 맞추고 싶었다.

자조적이고 목말라 보이는 그가 저에게 드러내는 애틋함이 너무 안쓰럽고 사랑스러워서…….

사랑스러워?

"음, 사랑니가 나시긴 했군요. 많이 아프셨을 텐데……."

내가 지금 무슨 생각을 한 거지?

"발치해야 하나?"

"예. 턱이 작으셔서 날 자리가 좁은 터라 잇몸이 붓고 자칫하면 충치가 생기실 수도 있습니다. 좀 아프실지도 모르지만, 최선을 다해 통증이 적게 뽑겠습니다. 그리고……."

타라는 제 이를 두고 하는 말인데도 주변의 말들이 잘 들리지 않았다. 오로지 가까이 다가와 앙리펠과 진지하게 대화를 나누는 쥬다에게 온 신경이 쏠렸다. 특히 그의 입술에.

타라는 머리를 부여잡고 소리를 지르고 싶었다. 할 수만 있다면.

"발견한 김에 최대한 빨리 시술하는 게 낫겠습니다. 다행히 비뚤게 난 편이 아니라서 쉽게 뽑을 수 있을 것 같군요. 일단 부분 마취를 하셔야 합니다. 자리를 침실로 옮길까요?"

"상관없어. 여기서 해라."

"네, 그렇다면……."

"아니요!"

타라가 바락 소리치자 세 쌍의 눈이 그쪽으로 향했다. 타라는 버벅거리며 중얼거렸다.

"그…… 내 방에서 할래요. 아플 것 같은걸요."

사실은 얼른 어딘가로 사라지고 싶었다. 애써서 빤히 봐 오는 쥬다의 시선을 이리저리 피했다. 아무것도 모르는 부엉이 의사가 고개를 끄덕였다.

"그러지요. 시술하려면 편하신 장소가 좋을 테니까요."

타라는 말이 떨어지기가 무섭게 잽싸게 일어났다. 한시 빨리 이 장소를 뜨고 싶었다. 계속 같은 장면만 되돌이표처럼 돌이키는 이곳에서.

그러나 달가움도 잠시, 쥬다가 그녀를 따라나서자 다시 신경이 소나무 솔처럼 바짝 곤두섰다.

"왜, 왜요?"

"왜라니?"

말을 더듬는 타라를 삐딱하게 내려다본 쥬다가 태연히 반문했다.

"그…… 바쁘신데 뭘 따라오고 그러세요. 이 하나 뽑는 것 가지고."

"안 바빠."

"그치만……."

"내가 네 방에 가는 게 뭐 문제 있나?"

툭 던지는 말은 담담했지만, 그녀에게서 떨어지지 않는 시선은 불꽃에 던져진 사파이어처럼 차고 더웠다. 타라는 쥬다의 눈빛을 받으며 덜컥 멈춰 섰다. 그가 언젠가 했던 말이 데굴데굴 동전 굴러가듯 귀와 머리, 가슴속을 굴렀다.

—다 큰 여자가 제 방에 남자 들이는 거 아니다.

쥬다가 재촉하듯 고개를 기울였다. 모순이 뻔히 보이는데도, 어떤 계산도 생각도 없이 타라는 이미 대답하고 있었다.

"아니요."

그녀의 부정이 떨어지자마자 일자로 다물려 있던 담백한 입매가 수려한 곡선을 그리며 휘었다.

야릇한 흡족함이 덕지덕지 묻은 그가 얼마나 관능적이었던지, 찰나 혼미해진 타라가 넋을 놓았다. 순식간에 세상에 그들 둘만 남겨진 것 같다는 뜻 모를 생각을 했다.

만약에, 정말 이 자리에 쥬다와 단둘이 있었다면 무슨 일이 일어났을까.

하염없이 서로를 바라보는 주인과 아가씨를 번갈아 바라보던 안티오크가 노란 눈을 가늘게 떴다. 그가 나직하게 헛기침을 하며 끼어들었다.

"크흠흠! 그럼 점심은 좀 늦게 먹거나 식단을 바꾸는 게 나을까요?"

"아, 그렇지! 부드럽고 찬 음식을 드시게 하게. 뜨겁거나 딱딱하고 거친 음식은 발치 부위에 부담이 갈 게야."

영문도 모르고 묘한 분위기에 날개만 푸드덕거리던 앙리펠이 반갑게 말했다. 덕분에 쥬다와 시선을 떨어뜨린 타라가 주춤 제 방으로 향했다.

시술 준비는 빠르게 되었다. 폭신한 의자에 쿠션을 대고 앉아 이리저리 사랑니를 뺄 준비로 분주한 부엉이 의사를 구경했다.

그녀는 저가 안은 곰 인형을 더 힘을 줘서 끌어안았다. 옆에서 뚫어질 듯 봐 오는 쥬다의 시선이 못 견디게 신경 쓰여서였다. 옆얼굴이 따끔하다는 착각이 들 정도였다. 타라는 지금 그가 무슨 생각을 하는지 알 수만 있다면 뭐라도 할 것 같았다.

"자, 아— 하세요."

입 안 깊숙이까지 시술해야 하기에 처음으로 인간형으로 변한 앙리펠이 장갑 낀 손으로 사랑니를 더듬어 보았다. 예상대로 그는 정말 나이 지긋한 의사 할아버지였다. 부엉이 수족의 얼굴이 그대로 남아 있는 모습이 어쩐지 따뜻하고 우스워서 타라가 작게 웃었다. 그러다가도 옆에 선 그가 생각나 힐끗 눈만 옆으로 굴렸다.

쥬다는 팔짱을 끼고 묵묵히 타라의 방을 둘러보고 있었다. 문지방이 닳도록 자주 드나들던 곳인데 생전 처음 보는 생경한 장소에

와 있기라도 한 것처럼.

그의 눈길이 어릴 적보다 부쩍 내용물이 늘어난 화장대와 조그만 시집이 놓여 있는 아담한 테이블을 지나, 빗다가 내려놓은 브러시에 몇 올 묻어 있는 긴 푸른 머리칼에 잠시 더 길게 머물렀다.

이제 조금 흐트러진 침대 위를 응시하는 그의 옆얼굴이 계속 눈에 밟힌다. 아, 침대 정리 좀 하고 나올걸. 잠옷은 개었나? 안 한 것 같은데. 타라는 마취가 되는 걸 느끼며 저도 모르게 쥬다의 망토를 잡아당겼다. 계속 제 개인적인 공간을 살피는 게 부끄럽기도 했고 닥칠 아픔이 불안하기도 한, 복합적인 이유에서였다.

즉각 반응한 쥬다가 그녀를 돌아보았다. 도움을 구하는 듯한 작은 얼굴. 그가 별수 없이 약해지고 몸을 낮춰 그 눈을 들여다볼 수밖에 없는 그 얼굴이었다.

제 옆에 앉은 그가 제 손을 꼭 잡아 주자 타라는 한시름 덜었다. 이를 뺄 때면 누구나 그렇듯 발끝이 초조하게 탁탁 바닥을 두드렸다. 정교한 쇠 지렛대 같은 것이 입 안으로 들어왔다. 눈을 질끈 감는다.

뜨거운 물을 피부 위에 부은 듯이 아릿한 느낌이 났다. 마취 탓에 큰 통증은 없었으나 얼얼했다.

품에 안은 인형, 아니, 제 손을 꽉 잡아 오는 쥬다의 손에 꼭 매달렸다. 사실 그녀가 한없이 고통스럽거나 주체를 못 하고 힘겨울 때, 타라에게 항상 필요하던 건 다른 게 아니었다. 따뜻하게 감싸 오는 이 옚은 온기. 그 하나뿐.

"다 됐습니다."

짧은 듯 긴 시간이 흐른 후 뻥 뚫린 부위에 소독된 거즈가 물려졌다. 의사의 주문대로 앙, 그것을 입에 문 타라가 눈물이 글썽글썽해서는 쥬다를 돌아보았다. 뽑은 사랑니 쪽을 힐끗 보던 그가 다감하게 타라의 푸른 머리칼을 쓰다듬었다. 잘했어.

어쩐지 이 다정한 칭찬 한마디 들으려고 사랑니를 뽑은 기분이었다. 타라가 부은 뺨을 잡고 끙끙거리다 아이처럼 그에게 안겨 오자, 쥬다는 그녀를 번쩍 들어 제 무릎 위에 앉혔다. 타라는 그가 얹어 주는 얼음주머니를 쥐고 단단한 품에 머리를 묻었다.

욱신거린다. 볼도 복어처럼 땅땅하니 부푼 것 같고. 밥은 먹을 수 있을까. 아침도 제대로 못 먹었는데.

"타라."

다친 강아지처럼 낑낑거리던 타라가 고개를 들었다. 검은 베일 너머로 비친 실루엣처럼 속을 읽기 힘든 그의 얼굴이 보였다.

어느덧 이 방에는 그들밖에 없었다. 쥬다가 얕게 입을 열었다.

"그럼, 아까 마저 다 못 한 걸 해 볼까."

"니에?(네?)"

저를 감싼 팔 힘이 강해졌다. 제대로 말도 못 하는 상태인 타라가 눈을 크게 뜬 채로 그에게 끌려갔다. 아니, 그가 바짝 가까이 다가왔다. 위험할 만큼 짙고 그늘진 푸른 눈이 가늘어졌다.

"아까 전에. 왜 그런 거지?"

백사자의 거대한 앞발에 턱 하니 잡힌 쥐가 된 것 같았다. 타라는 큰 눈을 필사적으로 굴렸다. 안 그러면 붉어질 대로 붉어진 얼굴이 뻥 터져 버릴 것만 같았다. 그러다 콧대가 부딪치자 정신이 들었다.

그의 숨결이 따끔거리는 입술에 닿았다. 그녀는 반사적으로 두 손으로 헙 입을 가렸다. 쥬다의 눈초리가 심상치 않았다. 그는 당황하고 부끄러워 붉은 과일처럼 변한 타라를 한입에 삼킬 것처럼 쏘아보았다.

"대답."

"우으…… 모으……(우, 모르겠어요.)"

"아, 그래. 말 못 한다 이거지."

쥬다가 빈정거리듯 읊조렸다. 타라는 어이없고 약 오르다 못해 성이 난 눈빛을 피해 슬금슬금 손바닥을 올려 눈을 가렸다. 그러다 눈치 보듯 빼꼼히 힐끔거린다. 희고 작은 손 사이로 붉은 눈만 은근슬쩍 나와서 반질거렸다. 그는 길게 탄식했다.

"솔직히 말해라."

"……?"

"날 말려 죽이려는 거지?"

그 독백은 거의 음산하기까지 했다. 타라는 겁에 질려서 얼른 손을 내밀고 고개를 도리도리 저었다.

"아니어여. 제소해여. 구게 제가 구러라고 구런 게……(아니에요! 죄송해요. 그게 제가 그럴려고 그런 게……)"

저도 이유를 모르겠으니 변명하기도 힘들었다. 타라는 한참 낑낑거리며 모자란 언어 대신 어렵사리 두 손을 휘저었다. 그러든가 말든가 쥬다는 암울하고 싸늘하게 혼자 으르렁거리고 있었다. 이미 그의 귀에는 어떤 말도 안 통할지 몰랐다.

"암만 생각해 봐도 그것밖에 없다. 아무것도 모르고 이렇게 피를 말릴 수는 없는 거야. 혹시 복수냐? 너 어릴 때 막 대했다고 지금 나한테 이러는 거지? 이렇게 다 자라서? 어?"

"아닝데여.(아닌데요.)"

"그래, 그때는…… 멍청해서 널 몰라봤다. 그래도 난 너 안 죽였다고. 알았나? 제정신이라면…… 제기랄, 내가 뭐라고 지껄이고 있는지도 모르겠어."

드물게 횡설수설하던 그가 바락 짜증을 냈다. 놀라서 그를 멀거니 보고 있자니 다시 잡아먹을 것 같은 눈이 그녀의 멍하니 벌린 입술로 뚝 떨어졌다.

타라는 반사적으로 두 손으로 다시 입을 가렸다. 그 모양을 가만히 지켜보던 그에게서 얕은 한숨이 터졌다. 저만치 치밀었던 열이 푹 꺼진 것 같았다.

쥬다가 갑자기 그녀를 부서져라 끌어안아 왔다. 순간 숨이 턱 막혔지만 타라는 가만히 있었다. 오르락내리락하는 단단한 어깨와 빠르게 뛰는 심장 소리가 온 감각을 주물러 왔다. 머리칼 위로 그의 입술이 문질러져 왔다. 각인이라도 새기듯 다급하고 짙게.

이마와 관자놀이를 타고 내려와 착 달라붙은 조개껍데기 같은 손가락 위로 올라온 온기가 꾸욱, 손등을 누른다. 깊고 담백한 그 입맞춤이 정말 제 입술 위에라도 내려앉은 양 착각이 들 정도로, 뜨거웠다.

반쯤 얼이 나간 타라가 감겨 있는 촘촘한 은빛 속눈썹이 드리운 수려한 낯을 보았다. 아쉬운 듯 더운 혀가 여린 살결을 핥고 떨어졌다.

놀라서 어리벙벙한 얼굴을 살피던 쥬다는 못마땅하게 딱딱거렸다. 으름장 놓듯이.

"너도 네 맘대로 했잖아. 이 정도는 참아."

그러고는 도장 찍듯 거칠게 타라의 하얀 이마에 키스했다.

*　*　*

"바보."

브리지트는 숙취 때문에 알알한 머리를 꾹꾹 누르면서 무릎을 껴안고 암울하게 멍 때리고 있는 타라를 내려다보았다. 어쩐지 기시감이 드는 장면이다. 이거 예감이, 물어봐도 제 복장만 두드릴 얘기 같기는 한데. 그녀는 팔짱을 끼며 물었다.

"뭐야. 이번에는 또 뭔데."

"브릿……."

타라가 울먹거리며 돌아보았다. 브리지트는 미묘하게 눈썹을 올렸다. 울적한 상태는 맞는 것 같은데, 이번에는 발그레하니 혼란이 더 커 보였다.

"나 어쩌죠?"

"왜. 자초지종을 말해 봐야 상담을 하든, 같이 욕을 하든 술을 먹건 할 거 아니야."

"으엉!"

어찌 보면 타라는 전번보다도 더 상태가 안 좋아 보였다. 그녀가 횡설수설 떠드는 말들을 귀담아듣던 브리지트의 표정이 점점 이상해졌다가, 우스워졌다가 나중에는 웃어야 할지 놀라야 할지 모를 것으로 변했다. 결국 올 것이 왔군. 브리지트는 뺨을 긁적이다 말했다.

"그러니까, 너가 먼저 입을 맞춰 놓고도 왜 그랬는지 모르겠다고?"

"역시 너무 과했나요? 그냥 전 쥬다가 너무너무 좋아서…… 여기가 막 꽉 찬 것처럼 콩딱콩딱하고 주체를 못 하겠어서……."

볼에 뽀뽀하거나 껴안는 것 이상으로 제 마음을 표현하고 그와 더 가까워지고 싶은 열망이 기름 먹은 불처럼 솟구쳤다. 쿵쿵거리는 제 가슴께를 두드리며 타라가 하소연했다.

쥬다의 억울할 만치 억눌려 있던 얼굴을 생각하니 답답했고, 동시에 그의 열띤 애정과 잔키스를 생각하니 설렜으며, 동시에…… 그녀의 시각에서는 완전히 이해하기 벅찬 기갈로 쩍쩍 갈라진 마르고 더운 눈길은 흠칫 겁이 날 만큼 낯설었다.

이런 복잡하고 강렬한 감정은 그녀를 통째로 쥐고 잘잘 흔들었기에 멀미가 날 지경이었다. 어디론가 도망가거나 아무렇지 않은 척 외면하고 싶을 정도로.

타라는 안정과 평온을 보장하는 절대적인 존재이자, 후견인인 쥬다에게서 이런 무질서한 혼돈을 느끼게 될 날이 오리라고는 지금껏 상상조차 못 했다.

그녀에게 쥬다는 여러 애정이 뒤섞인 대상이었기에 그 종류를 분리시키는 것도 힘이 들었다. 힘드니까 방어적인 반발심이 치솟는다. 어쨌든 '좋다'가 결론인데, 내가 왜 그 이상 고민하고 신경 써야 하지? 지금까지도 우리 사이는 아무 문제도 없었고, 행복했는걸. 쥬다도 날 좋아하고, 나도 쥬다를 좋아해. 그러면 되는 거 아닌가?

저 깊은 심저로 침잠해 가던 생각들은 브리지트의 조언에 다시 수면으로 떠올랐다.

"너무 좋아서 그랬다는 건 지금 관계 그 이상을 바라니까 그런 거 아니야? 너도 네 입으로 그랬잖아. 좋아서 주체를 못 하겠다고."

커다란 붉은 눈이 멀뚱하게 브리지트를 돌아보았다. 그녀의 내면의 목소리가 잇따라 속삭였다.

그거면 족하다고?

정말 지금 이 정도로 만족한다는 거야?

타라는 거기에 바로 대답 못 하는 자신을 발견하고 소스라치게 놀랐다. 그녀의 욕심은 상상을 초월했다. 그녀는 생경하게 속으로 중얼거렸다. 어쩌면 나 자신에 대해 가장 잘 모르는 건 '나'일지도 모르겠다고.

"그럴지도 몰라요."

"그런데? 그 사람은 너 싫대?"

"아니요?"

"너한테 강압적이거나 못되게 굴어?"

"아니요!"

"그런데 뭐가 문제야. 바로 앞에 떡이 있으면 뭘 하니. 먹지를 못 하는데."

혀를 끌끌 차며 바라보는 친구의 표정이 워낙 기가 막혀 보여서 타라는 조금쯤 민망하고 주눅이 들었다. 하지만 섣불리 '어, 그러네요!' 라고 맞장구치지 못하는 건 그녀가 겁쟁이여서일까? 뻔히 다 보이는 걸 애써 눈을 가리고 주변만 맴도는 가짜 맹인이 된 것만 같았다.

그녀의 주저함이 빤히 다 보이는지 브리지트가 약한 한숨을 쉬었다. 하기야 어릴 적부터 맹목적으로 따라왔던 보호자가 이성으로 보이기 시작했으니 놀랄 법도 한가? 아니면 다른 이유가 있을지도.

친구의 감으로 브리지트는 타라가 겉보기보다 복잡한 내면을 가지고 있다는 걸 어느 정도 눈치채고 있었다. 그녀는 팔짱을 끼며 비스듬히 웃었다.

"전번에 했던 말 기억해? 네 후견인한테 정말 마음이 없냐고."

그리 오래되지 않은 일인데 이미 예전 일만 같다. 그리고 가장 큰 이유는, 당시 기겁하며 부정했던 것과 달리 지금은 그와 같은 대답을 하지 못할 것이기 때문이었다. 타라는 기실 타인의 감정에 대해서는 민감하게 느꼈으나, 자신의 감정에는 둔감했다.

척박한 환경에서 살아남기 위해 최적화된 동물처럼, 방어적으로 주변의 분위기를 읽고 상대의 기분 상태를 읽었다. 반면 정작 제 마음은 제 것임에도 잘 모르거나, 뒤늦게 누군가의 지적으로 깨달을 때가 더러 있었다.

계속된 통증에 마취제를 놓고 잠으로 도망치듯이 슬픔과 고통에 대해 외면하는 것이 습관이 되었는지도 모른다. 벨벳 성에서 시간을 보내면서 점차 나아졌지만 그림자는 남아 있었다.

그러니까 감당 못 할 불안한 변화에서 등을 돌리고 눈을 감는 거다. 어쩌면 그녀의 근본과 안식을 뿌리째 뒤흔들 감정에 대해서도.

타라는 멀뚱히 브리지트를 쳐다보다가 불쑥 순하고 무른 목소리로 물었다.

"마음이 있으면요?"

"응?"

드디어 이 아가씨가 자각을 했나, 라고 하기에는 표정과 분위기가 미묘했다. 투명한 붉은 눈이 유리 인형의 것처럼 부서질 듯 말갛다.

"만약에, 내가 쥬다를 그런 식으로 좋아하면 뭐가 달라지는데요?"

"뭐, 그야…… 당연히, 연인 사이가 되는 거지. 지금보다 훨씬 가깝고 밀착한 관계……."

"연인이 되면 영원히 헤어지지 않나요?"

"그건……."

떨떠름하게 타라의 질문에 대답해 주던 브리지트는 무언가 타라와 자신 사이에 종을 달리하는 사고와 가치관의 차이에 대해서 깨닫게 되었다.

그러니까, 둘은 가장 중요시하는 주체와 먼저 생각하는 것 자체가 달랐다.

브리지트가, 아니 대부분의 사람들이 사랑의 흥분과 달콤함에 몸을 떨고 탐이 나는 상대를 갖기 위해 온 마음이 쏠리는 게 먼저라면, 타라는 지금 당장의 단맛보다는 후일 이로 인해 자신에게 닥쳐올 행복과 불행에 대해 본능적으로 따져 보는 게 먼저였다.

겁 많은 토끼 같다고 농담 삼아 놀리곤 했었는데 정말 다르지 않았다. 언제라도 내달릴 준비가 되어 있는 예민한 초식동물과 같은 어떤 것이 붉은 눈 깊숙이에 어른거렸다.

이런, 후견인께서 마음고생 좀 하겠는데. 브리지트는 속으로 혀를 차며 어깨를 으쓱했다.

"그런 건 상황과 상대에 따라서 다른 게 아닐까. 모든 관계가 그런 것처럼."

"같지만 완전히 같지도 않아요. 불확실성이 크죠. 가장 열렬하고 가까운 만큼."

타라는 겨울 성에서 보았던 어머니가 거친 수많은 연인들과, 왕이 총애했으나 그 아내의 손에 의해 먼지처럼 치워졌던 여인들, 그리고 그것을 방관했던 왕을 떠올렸다.

물론 세상에는 건강하고 아름다운 사랑도 존재한다. 아니 사실 그런 사랑이 훨씬 많겠지.

하지만 타라가 본 남녀 간의 사랑이란 그렇게 극단적인 예시들밖에 없었다. 혹자들은 당연히 자신의 사랑은 다를 거라는 자연스럽고도 마음 편한 사고를 가지고 있을지도 모른다. 타라 또한 그렇게 생각하고 싶었다.

타라는 오랜만에 자신의 친부를 떠올렸다. 어떤 사람인지도 정확히 모른다. 아마 어머니가 다른 이들과도 그랬던 것처럼, 그 또한 그녀의 그저 그런 만남 중 하나였겠지. 어쩌면 그들은 한순간이나마 연인이라는 굴레로 묶여 있었을지도 모른다. 사랑하고 애틋하게 밀어를 속삭이며 미래를 이야기했을지도 모르지. 결과물이 썩 좋지는 않았지만.

멍청하게 무의식 속 상념을 이어 가던 타라는 자신이 너무 오랫동안 말을 안 했다는 걸 깨달았다. 그녀는 걱정스럽고도 할 말이 많아 보이는 브리지트에게 아무렇지 않은 척 방긋 웃었다.

"사실 잘 모르겠어요. 나는 이런 건 아무것도 모르는걸요."

이번에도 역시 결국 숨는 걸 택한다. 깃털을 삼킨 것처럼 가슴이 간질거렸지만 대신 다른 것을 꺼냈다.

"그럼 쥬다는 날 좋아할까요?"

제 마음을 읽는 건 버겁고 힘들어한 주제에 대상이 바뀌자 침잠해 있던 심장이 돌변해 마구 쿵쾅거리고 들떴다. 다시 뺨이 붉어지려 했다. 억누르듯 손등에 닿았던 따끈한 감촉을 떠올린다. 명백히 의도를 모를 수가 없는 열기였다.

이성에 대해 아는 게 적었으나 쥬다는 지나치게 적나라하고 노골적으로 제 욕망을 드러냈다. 낯설어 어리벙벙해할 겨를도 없이 그녀에게 숫제 쏟아부었다. 거의 화풀이하듯이.

문제는 뒷덜미가 오싹할 만치 아찔하면서도, 그게 싫지 않다는 거다.

입술과 입술이 맞닿는 키스가 순수한 가족과 양육자 사이에서 할 만한 스킨십이 아니라는 건 안다. 동화책 속 공주도 왕자와 키스를 하지, 아버지와 입을 맞추지는 않는다. 이미 그들은 선을 넘어버렸는지도 모른다.

"당연한 거 아니니? 내가 누누이 말했잖아. 그 사람은 네가 원하면 서부의 절반도 기꺼이 떼어서 줄걸? 네가 각성을 하고 나서는 아예 눈을 못 떼던데."

"쥬다가요?"

쥬다가 나를 여자로 본다고?

더운 증기를 닮은 이 감각을 무어라 일컬어야 할까. 타라는 가만히 허리를 꼿꼿이 펴고 앉아 제 내면에서 들끓는 아우성을 들었다. 군중들이 일제히 떠들어 대듯 소란하였지만 일사불란하게 내지르는 소리는 하나였다.

순수한 기쁨, 머리를 둔탁하게 때리는 고양감, 짜릿한 환희. 그녀는 저가 미소 짓고 있다는 걸 깨닫고 입을 가렸다. 온 얼굴이 화끈거렸다. 의기양양하게 고개를 쳐들고 싶기도 하고, 그의 품에 숨어서 영영 얼굴을 들기 싫기도 했다.

쥬다가 나를 좋아한대. 그가 나를 좋아해. 단지 아끼며 키워 온 미숙한 소녀가 아니라, 성인이 된 그녀를 더 원한다고. 얼핏 훔쳐본 그의 욕망은 타라가 내내 품어 온 불안과, 충족에 대한 갈망을 잃어버린 조각처럼 딱 맞게 채워 주는 종류였다.

잔뜩 상기된 타라는 마른침을 삼켰다. 당장이라도 달려가 그의 마음을 확인하고 싶은 충동으로 속이 엉망이었다. 아. 어떡하지. 그가 너무 좋아. 꼼짝 못 하고 행복한 바보가 된 것만 같아서 타라는 울 듯 말 듯 하며 손톱을 깨물었다.

브리지트는 여러 감정으로 갈팡질팡하는 그녀의 기색을 살폈다.

"싫어?"

"아니요!"

물론 부정이 돌아왔다. 그것도 격렬하게. 타라는 설탕에 졸여 익힌 과일처럼 반짝이는 눈으로 마른침을 삼켰다.

"조, 좋아요. 그……."

사실은 그가 날 더 좋아해 줬으면 좋겠다. 막 주체할 수 없을 정도로, 엄청 많이. 제 마음을 들여다보는 건 피했으면서 상대방의 애정은 탐하는 게 스스로도 어처구니없고 못됐다는 생각이 들었지만 사실 이게 타라의 솔직한 심정이었다. 자신을 욕심내는 그가 좋았다. 골치 아프다는 듯 이를 갈고 성을 내면서도 꽉 끌어안고 옭아매서 키스를 퍼붓던 쥬다를 떠올리니 만족감에 등골이 오싹할 지경이었다.

세상에. 타라는 양 뺨을 감싸 안았다. 나…… 이상해. 쥬다가 알면 분명 이상하게 생각할 거야. 내가 봐도 못되고 나쁜 욕심쟁이인걸. 으, 하지만 좋은 걸 어떡해.

타라는 멍하게 눈을 깜박거리다가 제 속내를 툭 내뱉었다.

"쥬다가 나한테 질리면 어떡하죠?"

브리지트가 바람 빠지는 소리를 냈다.

"그럴 일은 없을 것 같은데. 설사 사내로서가 아니더라도 그는 널 놓기 힘들 거야. 오히려 반대의 경우를 걱정해야 하는 것 아니니?"

"반대라니요?"

"그렇잖아. 넌 모르겠지만 불사의 마도사 쥬다는 지금껏 누구 하나 아껴 본 역사가 없는 냉혈한으로 유명하다고. 그런 작자가 최초로 정성스럽게 키워 낸 존재가 너야. 의미가 남다르지."

수백 년에 한 번 필까 말까 한 꽃, 평생 메마른 황무지만 경작하던 농부가 유일하게 싹을 틔운 새싹이 바로 타라였다. 긴 수명을 타고나 벌써 백여 해를 보냈던 요정에게는 그 특별함이 어느 정도의 크기인지 감히 짐작도 되지 않았다.

"하지만 넌…… 이제 막 성인이 되었는데 마음이 어디로 자라날지 모르는 일 아니니."

내리사랑은 있어도 치사랑은 없다는 말이 괜히 있겠는가. 반쯤 장난 반 진담 반으로 쥬다와 타라의 애정을 응원하던 브리지트지만 타라가 계속 지금처럼 한결같은 마음으로 그를 바라보고 최고라 여길지는 잘 모르겠다고 생각했다.

하지만 브리지트의 우려를 들은 타라는 눈을 화등잔만 하게 뜨더니 답지 않게 빽 소리치며 부정했다.

"그럴 일은 없어요! 나한테 쥬다보다 더 중요한 사람이 생길 리는……."

"언제는 네 마음을 잘 모르겠다며?"

브리지트가 놀리듯이 묻자, 타라는 합죽이가 되어 입을 다물었다. 그녀는 이 재미있는 상황이 즐거워서 킬킬 웃었다.

이 어수룩한 여우가 어떻게 그 차갑고 날카로운 사내를 요리할지 기대되었다.

* * *

거친 숨이 턱까지 들어찼다. 폐부를 쿡쿡 찌르는 숨이 날붙이라도 삼킨 양 따가웠다. 남자는 턱을 굳히며 사방을 둘러보았다.

서부의 숲은 거칠고, 땅은 이리저리 돌출된 바위와 메마른 흙으로 뒤덮여 있었으며, 계곡은 성채처럼 높고 삼엄했다. 뾰족하고 긴 그림자도 가득하다. 언제라도 사나운 짐승이 숨어 있다 덮쳐도 모를 만큼.

그는 쫓기고 있었다. 벌써 반나절이었다. 함께 있던 일행들은 이미 여러 갈래로 흩어졌다. 아마 그들을 쫓았던 자의 목표가 그것이리라. 갈기갈기 찢어져 막다른 곳으로 몰기 위해서.

아우우우…….

"젠장."

늑대의 하울링이 스산하게 울려 퍼지자 그가 이를 악물었다. 검을 쥔 손아귀에 힘이 실렸다. 기사의 망토는 너덜거리고, 건틀릿도 이미 앞전의 격투로 반쯤 찢기고 망가져 있었다.

황금 성의 대장장이가 제련한 상급의 물건이거늘 그걸 종이짝처럼 일그러뜨리다니. 보통 늑대가 아니었다.

찰나 맞부딪쳤던 생생한 늑대의 눈을 떠올린 사내, 란쳇은 굵은 미간을 찡그렸다. 그 눈은 짐승의 것이라기에는 이지가 살아 있었다. 그런 짐승, 아니 종족은 딱 하나다. 수족이었다. 동부와 북부는 하루가 멀다 하고 분탕질을 하는 사이였으니 모르기도 힘들었다.

그리고 늑대 수족이 충성을 맹세한 상대가 누구인지도 연달아 떠오른 참이다. 우려했던 최악의 가정 중 하나가 현실이 되었군. 그들이 몰래 국경을 넘은 것이 서부 영주의 귀에 들어간 것이 분명했다.

포기하고 돌아갈 수는 없었다. 그 혼자서라도 끝까지 갈 참이었다. 이 명령이 어떤 심정으로 내려진 지시인지 모르지 않기 때문이었다. 그것은 절박함이었다. 아주 약간의 희망에라도 모든 것을 걸고자 하는 그런 간절함.

'아무래도 죽을 확률이 매우 높은 것 같기는 하지만.'

악명 높은 대마법사 쥬다의 성에 숨어든다니.

서부의 주인은 흉포하고 잔혹했으며, 제 심기를 거스르는 자를 살려 두지 않았다.

그 상대는 마룡 바바로사부터 간 큰 요정족의 사절, 몇 해 전 큰 화를 당한 국왕 클레멘논까지, 그 밖의 수많은 어리석고 걸출한 인물들을 포함해 제한이 없었다. 나름대로 이름값 날리는 기사라지만 거슬리면 왕의 성까지 때려 부수는 작자가 한낱 기사 나부랭이를 살려 둘 것 같지는 않다. 망할, 장가도 못 가고 객사하는 건 좀 서러운데. 그는 쯧 혀를 차며 점점 밀려오는 땅거미를 살피고는 밤을 버틸 방법을 계산했다.

보아하니 어둠이 내릴 때까지 기다릴 요량인 모양이다. 때를 기다려 단박에 제압하겠다는 뜻이겠지. 상대는 수족이니 밤이 되면 시야가 차단되는 그와 달리 훨씬 유리해진다. 일정 거리를 두고 그가 지치기를 기다리고 있을 거다.

'한데 이상하지…….'

적은 퍽 끈질기다시피 침착하게 숨통을 조여 오고 있었다.

어쩐지 그 움직임에는 상대의 목숨줄을 끊어 먹으려는 살기가 부족했다. 반평생을 전쟁터에서 굴러먹은 육감이 말하고 있었다. 란쳇은 흘린 땀도 식어 가는 머리통을 긁으며 눈매를 찡그렸다.

벨벳 성에서 일주일 정도의 거리가 있는 이름 모를 숲에 어느덧 어둠이 찾아왔다. 란쳇은 무거운 검을 옆에다 내려놓고 털썩 주저앉아 팔짱을 꼈다.

어차피 상대의 지금까지의 패턴상 최소 한 시간 후에나 공격이 들어올 테니 잠깐 머리를 굴려 볼 참이었다.

공격자는 하나, 아니 둘인가? 처음에는 기척도 감지하기 힘든 검은 늑대였는데 하루 전부턴가 이따금 다른 방향에서도 치고 들어왔다.

사흘에 걸친 추격 동안 딱 두 번. 란쳇은 나머지 두 명의 동료들을 떠올리며 서늘함을 느꼈다. 이미 당했나? 제기랄, 여러모로 따져 볼 때 그리 보는 게 무방하겠지. 다른 기사들을 쫓던 늑대들도 전부 이쪽으로 합류된다면, 더 어려운 싸움이 되리라.

무리 지어 사냥하는 늑대족의 습성을 생각해 보더라도 단계 단계 마지막 판까지 계산한 짜임새 있는 움직임이다. 우두머리 녀석이 보통 놈은 아니로군.

누구지? 설마 그 소문 자자한 이사신? 하지만 늑대 수족의 부족장이나 다름없는 거물이 여기까지 내려왔다고? 아니겠지 싶으면서도 아니었으면 한다. 이사신을 상대하려면 정말 목숨을 걸어야 할 테니까.

란쳇이 생각했을 때, 서부 맹주의 수하인 저 늑대는 그를 죽일 생각이 없었다. 전략의 형태를 보면 그 전략이 짜인 목적도 대강 유추할 수 있는 법이다. 아마도 제압…… 이 목적이겠지? 제압해서 여기 온 목적을 캐내거나 고문을 하거나.

"우선적으로는 잘된 일이군."

저쪽의 의도를 알았으니 목숨줄 걱정은 좀 덜고 전진 쪽으로 방향을 잡아도 무방할 듯하다.

아직까지는 그럭저럭 버틸만했다. 그는 망토를 찢어 적당히 응급 처치 하며 시간을 쟀다.

상대는 그를 독 안에 든 쥐라고 여기고 있을 테니 적들의 방심을 노리자. 웬만하면 두 번 그를 공격했던 혈기 왕성한 늑대 쪽으로 포위망을 뚫어 볼 작정이었다. 제 피 냄새를 알고 있을 테니 쉽게 흥분하겠지. 그 찰나의 빈틈. 그 정도면 충분했다. 그는 방향을 가다듬었다.

여름 밤공기에 뒷덜미가 서늘한 와중 품속에 있는 편지가 유독

덥게 느껴졌다. 불현듯 오래전에 보았던 한 쌍의 붉은 눈동자가 희미하게 기억 속에서 떠올랐다. 여름빛을 오려서 붙여 놓은 듯했던 그 눈. 오들오들 떨며 경계와 호기심이 가득했던 조그만 몸집의 소녀. 망토 뒤에 숨어서 다리 밖으로 빼꼼히 고개를 내밀던 여린 얼굴.

그가 쓰게 웃었다.

"지금쯤이면 아가씨가 됐겠어."

다시 하울링이 울렸다. 동시다발적으로 여러 군데에서 화답하듯 늑대의 긴 울음이 밤바람을 타고 퍼졌다. 역시나, 하나가 아니었다. 재개된 긴장감이 피부를 저릿하게 할퀸다. 검을 뽑아 들었다. 그는 쇠 비린내가 나는 공기를 들이마셨다.

다시 추격전이 시작되었다.

* * *

밀크티에서 모락모락 김이 올라왔다. 턱을 괴고 있던 타라는 고소하고 향긋한 향이 코끝을 간질이자 힐끔 눈을 들었다. 차를 따르고 있는 고양이 집사의 뒤편으로 차를 마시고 있는 쥬다가 눈에 들어왔다.

그는 아무 일도 없었다는 듯 굴었지만 타라는 아니었다. 어제부로 타라의 세상은 한번 뒤집어졌다. 그녀는 예전처럼 막연하게 그를 좋아하고 따르며 그가 제 머리를 쓰다듬어 주고 다독여 주기만을 바라지 않았다—그렇다고 그게 싫다는 건 아니었지만—.

타라는 멍하게 제 몫으로 나온 시원한 과일 주스를 내려다보았다.

그럼? 나는 뭘 원하는 걸까.

"타라."

"네?"

새되게 되묻는 타라와 눈썹을 올린 쥬다의 시선이 마주쳤다.

"통 제대로 먹지를 않는구나."

"어, 그게, 입맛이 없어서요."

꿍얼거리며 변명처럼 중얼거리다 의식적으로 과일 몇 점을 집어 먹었다. 하지만 그조차 깨작깨작이지, 평소의 식사량대로 맛있게 냠냠 먹는 건 아니었다. 쥬다는 아침 식사 자리에도 가져와서 보고 있던 서류들을 한쪽으로 치운 채 빤히 타라를 응시했다. 그의 시선이 그물처럼 느껴지는 건 싱숭생숭한 마음 탓이리라.

타라는 어색하게 생긋 웃었다. 하지만 문제라면 그 부자연스러움이 상대방에게 적나라하게 느껴졌다는 것이다. 온몸으로 저를 신경 쓰는 게 분명한데도 내색하지 않으려 애쓰는 제 피후견인을 빤히 응시하던 쥬다가 느릿하게 등받이에 몸을 기댔다. 고개를 삐딱하게 기울인 그의 눈을 피하느라 애쓰며 그녀는 별 필요 없는 말을 종알거렸다.

"어…… 어제 잘 주무셨어요? 저는 꿈을 꿨는데……."

"아까도 했다, 그 말."

"헉, 그, 그래요?"

이상하다. 기억이 안 나는데. 뒤숭숭해서 잠을 설치다가 아침에도 겨우 일어나고, 일어나서는 쥬다에게 정신이 팔려서 저가 뭐라 떠들었는지도 모르겠다. 타라는 끙끙거리며 마른 입술을 축였다.

조그만 혀가 날름 붉은 꼬리를 그리며 시야를 어지럽히고 사라졌다. 쥬다의 눈이 짙게 가라앉았다가 흔적 없이 가셨다.

"그럼, 뭐라고 하셨는데요?"

제 바보 같은 질문에 쥬다는 미동 없이 그녀를 보고 있는 상태 그대로 입만 움직여 대꾸했다.

"못 잤다고 했지."

"왜…… 요?"

"왜일 것 같아?"

타라는 식탁 밑으로 곱아드는 발가락을 뒤로 숨겼다. 아마 붉어졌을 게 뻔한 얼굴을 옆으로 틀었다. 뺨에 와닿는 시선이 따갑고 더웠다.

"그, 글쎄요? 잠이…… 안 오셨어요?"

"어. 안 오더라."

누구 때문에.

결국 못 참고 그에게 고개를 돌리자마자 진득한 벽안에 사로잡혔다. 팔랑거리는 작은 나비 따위는 흔적도 없이 삼켜 버릴 새파란 사해(死海) 같은 눈이었다. 침을 꿀꺽 삼켰다. 긴장일까 목마름 때문일까. 아마 둘 다일 것이다.

그들 사이의 묘한 긴장감은 들썩거리는 노란 딸꾹질로 깨졌다. 딸꾹! 하얀 솜 앞발로 주둥이를 가린 안티오크가 저도 놀랐는지 큰 노란 눈을 부릅뜨고는 애써 막으려 애썼지만, 다시 딸꾹, 노란 몸이 들썩거렸다.

타라는 안 하려 애쓸수록 더 펄쩍 몸을 떨며 털을 날리는 고양이 집사가 안쓰러워져서 얼른 물 잔을 따라 내밀었다. 물 드세요.

"감사…… 딸꾹!"

안티오크는 들썩거리며 열심히 물을 할짝거렸다. 타라는 멍한 눈으로 그 모양을 바라보았다. 새로운 사실을 깨달았다. 고양이도 딸꾹질하는구나.

그러다 따갑게 째려보는 시선이 느껴졌다. 매우 못마땅해 보이는 쥬다를 발견한 타라는 본능적으로 얼른 보송한 등에서 손을 뗐다.

"아침 다 먹었으면 일어나."

"어, 네!"

타라는 후다닥 일어나 쥬다를 따라갔다. 그들은 나란히 걸어가다 돌연 멈췄다. 정확히는 멈춰 선 쥬다가 물끄러미 영문 몰라 하는 타라를 내려다보았다.

뜻 모를 정적이 지나갔다. 그의 서늘한 시선이 제 손등을 찌르자 의아해하던 타라가 어색하게 두 손을 모았다. 평소와 달라진 게 뭔지 모를 수가 없었다.

항상 손을 잡아 오던 당연함이 오늘은 없었다. 하다못해 망토 자락이라도 쥐는 게 그녀인데 조금 떨어져서 걷는 타라는 더 가까이 올 눈치가 아니었다. 쥬다의 말 없는 의문을 못 알아들은 척 타라가 어색하게 웃었다.

"어…… 오늘은 뭘 배울까요?"

얕게 웃은 그녀가 살랑살랑 앞서 나갔다. 쥬다의 시선이 뒤통수를 따라오는 걸 느꼈지만 오만상을 쓰며 어떡해, 어떡해를 연발하더라도 그녀는 뒤돌아보지 않았다. 돌아보고 싶은 마음이 굴뚝같기도 했지만 동시에 돌아보기 무서웠다.

뒤이어 그가 제 뒤에서 계단을 밟는 소리가 귀를 콕 찔렀다. 타라는 밤톨에 얻어맞은 다람쥐처럼 후다닥 내달리다가 얼른 정신을 차리고, 너무 서두르지 않게 탁탁 계단을 올라갔다. 다급하고 긴장한 것처럼 보이기 싫었다. 제 일거수일투족에 그의 눈이 따르는 게 민감하게 자각되었으니까.

그렇게 빠른 듯하면서도 가장 느린 시간 동안 복도를 지나 쥬다의 서재로 들어갔다. 그리고 다시 묘한 분위기가 이어졌다. 타라가 빙 테이블을 돌아서 제 자리에 앉자 쥬다도 곁의 의자에 앉았다.

긴 다리가 무릎을 스치자 타라는 얼른 다리를 움츠리며 안쪽으로 모았다. 책을 펴다 말고 눈썹을 올리는 그를 향해 또 서먹하게 웃는다. 타라는 할 말이 많아 보이는 쥬다가 입을 떼기도 전에 책을 펴며 재잘재잘 떠들었다. 마치 아무 일도 없었다는 듯이.

그리고 수업을 다 끝마칠 때까지 자연히 그들 사이에 이루어졌던 머리를 쓰다듬는다거나 뺨을 만지고 가끔은 손장난도 치던 따뜻한 교감과 스킨십은 일절 없었다.

담백하고 조금은 어색한 공기가 흘렀다. 쥬다는 평소처럼 성의 있게 그녀를 가르쳤다. 별수 없이 그녀에게 머문 빤한 시선은 어쩔 수 없었지만.

타라는 있는 힘을 다해 그것을 모른 척 받아 냈다.

“오늘은 여기까지 하지.”

최대한 열심히 듣느라 더 기운이 빠진 타라가 반갑게 고개를 끄덕였다. 그녀는 밤에 복습 차원에서 읽어 볼 책을 들고 일어나 서책을 한쪽으로 밀어 정리 중인 쥬다에게 인사했다.

"바쁘시죠? 저 이만 가 볼게요. 저녁에 볼……."

말이 채 끝나기도 전이었다. 손목이 홱 잡혀서 당겨졌다. 몸이 휘청 넘어진다. 타라가 눈 깜박하는 사이 가까이까지 쓱 다가온 얼굴에 주춤 뒤로 물러섰지만 허리가 단단히 휘감겨 거리를 둘 수 없었다.

쥬다가 입꼬리를 비틀어 웃자 모골이 송연했다. 낮은 속삭임이 귓가를 핥아 내리듯 울렸다.

"왜 피하지?"

"네?"

찰나 홀렸던 타라는 정신을 가다듬으려 애썼다. 그가 원하는 대답은 묘하게 바뀐 제 태도에 대한 것이겠지만 거기에 대해 설명하는 건 꽤나 큰 용기가 필요할 것이다. 그래서 눈 가리고 아웅이나 다름없는 대답을 했다.

"그야 바쁘실 것 같아서."

"같은 말 두 번 하게 만들지마. 날 바쁘게 하는 상대는 너라고 했던 것 같은데."

그가 곧장 바람 빠지는 소리를 내며 궁색한 답을 잘랐다. 쥬다가 더 바짝 다가오자 타라는 겁먹은 자라처럼 어깨를 움츠리고 목을 웅크렸다.

"똑똑한 내 꼬맹이가 그걸 까먹었을 리도 없고…… 모를 수도 없을 텐데."

말 음절 하나하나가 뿌연 증기처럼 앞을 흐리게 하고 살갗에 매캐하게 들러붙는 것만 같다. 야릇한 미소를 띠고 있으나 삐딱하게 뒤틀린 그 얼굴이 색다르게 매력적으로 보였다. 마치 차가운 조상에 전혀 모르던 색이 입혀진 것처럼. 돌연 미소를 싹 거둔 그가 정색했다.

"지금 뭐하자는 거냐. 날 건드려 볼 생각이었다면 퍽 괜찮았다. 적잖이 거슬리니까."

"아니에요! 그게 아니라 나는 그냥……."

어색하기도 하고 예전보다 훨씬 더 그가 마구마구 의식되어서, 손잡거나 접촉을 하면 평정을 유지 못 할 것 같았다. 빨갛게 익어서 그 자리에서 뻥 터질지도 모른다. 괜한 걱정은 아니었다. 지금도 심장이 터질 것 같으니.

그래서 일단은 제 마음을 정비할 만한 빈칸이 필요했다. 너무 멀리는 말고, 딱 조금만. 쉽사리 속 시원한 대꾸를 못 하고 끙끙거리는 타라를 뜯어보던 쥬다가 냉소적으로 웃었다.

"또 건드리고 도망가려고?"

타라가 고개를 붕붕 저었다.

"나날이 깎여 가던 내 인내심을 작정하고 없앤 것도 너잖아. 먼저 시작한 건 너야. 아니라고 할 건가?"

"어, 그건……."

타라는 조금, 아주 쪼끔 억울했다. 저도 본능적으로, 정말 자기도 모르는 사이 저지른 짓이었기 때문이었다. 그녀는 울상을 지으며 잘못을 빌었다.

"잘못했어요. 그게 그러니까, 나도 모르게……."

궁색하게 변명을 짜내는 그녀를 쥬다가 말없이 응시하고 있었다. 그의 달고 짙은 푸른 눈이 아찔했다.

"쥬다가 너무 좋아서 그랬어요."

꺼내 놓고 나서는 아, 탄식했지만 이미 나온 뒤였다. 쥬다의 냉막한 눈매가 움찔 흔들렸다. 천천히 바뀌는 그 표정을 더 보기 힘들어서 고개를 숙이고 주절주절 떠들었다. 저가 뭐라고 하는지 이제는 그것도 모르겠다.

"그냥 그때에는 그렇게 하고 싶어서…… 막 여기가 너무 뛰어서……."

소심하게 제 가슴께를 툭 두드리며 횡설수설하는 그녀의 머리 위로 그림자가 졌다. 턱이 들리고, 놀라 그를 부르기도 전에 입술에 온기가 닿았다.

가볍게 도톰한 살을 비비다 꾹 누르고 아쉽게 떨어지는 촉감에 뇌가 분홍 꽃잎이 가득 찬 것처럼 어지러웠다.

물 맞은 새 같은 그녀의 입술에 다시 그의 것이 닿았다. 따끈한 혀가 입술 사이를 할짝 훑고 아랫입술을 빨았다. 얕게 깨물자 아, 약한 신음이 터졌다. 그 순간 그들의 시선이 그대로 이어지듯 마주쳤다. 다른 의미로 탄식이 나올 뻔했다.

질척하고, 어둡고, 갈급함이 가득 찬 은청안이 금방이라도 타들어 갈 듯 거칠었다. 그의 손끝에서 피어오르던 푸른 불이 그의 눈 안에 있었다.

가벼운 키스였음에도 가쁘게 숨을 쉬는 그녀의 촉촉한 호흡을 맛보듯 가까이서 들이쉬던 쥬다가 빙그레 웃으며 물었다. 그러나 입매와는 달리 갸름한 눈초리 안의 눈동자는 웃음기가 없었다.

"지금은 어때."

"뭐가, 요?"

"지금도 내게 입 맞추고 싶어?"

왜 자꾸 그는 곤란한 것만 물을까. 더 세차게 뛰어 대는 가슴 탓에 이러다 진짜 죽겠다 싶었다. 어쩐지 약이 올라 반항적으로 꿍얼거렸다.

"방금 전에 자기가 했으면서……."

"너도 너무 좋아서 그랬다며."

나도 네가 너무 좋아서 그랬어.

그가 더 말을 잇지 않았음에도 직역해서 들려왔다. 타라는 더 감당 못 하고 눈을 피했다. 사내의 나직한 웃음소리가 정신을 산란시켰다. 듣기 좋게 감겨 오는 음성임에도 귀에 대고 은종이라도 울리는 것처럼 속이 요란했다.

쥬다가 돌린 그녀의 고개를 따라 연신 입을 맞췄다. 말랑한 뺨부터 가는 턱선, 조그만 귓불까지. 화가가 세상에서 가장 아름다운 선을 그리듯이 정제되지 않은 애정의 물감이 이리저리 묻고 덧발라졌다. 그것이 붉은색이었다면 하얀 피부와 대비되어 퍽 시선을 사로잡았을 것이다. 저 고혹적이고 탐나는 눈동자와 함께.

쥬다는 큰 손으로 그녀의 구불거리는 푸른 머리를 헤치고 하얀 얼굴을 쥔 채 검지 끝으로 흐리게 떨리는 붉은 눈매를 어루만졌다. 나비를 옭아매는 거미의 가는 다리처럼.

처음 그의 시선을 끌었던 것도 이 눈이었다. 티 없이 말갛고 무구한, 그러나 겁에 질려 떨고 있던 선명한 생명의 색채. 살아 있는 자에게 가장 강렬히 다가오는 빛깔이 있다면 그것은 강렬한 태양의 색, 펄떡이는 심장의 선홍빛, 생생하게 시야를 지지는 이 붉음이리라.

보잘것없이 스러질 것 같던 조그만 계집아이에게서는 그런 강인하고 끈질긴 생에 대한 본능적인 갈망의 냄새가 났다. 어린 것이라 당연하고도, 그래서 순수하고 깨끗했던.

그리고 그게 퍽 나쁘지 않았다.

삶에 무심하기에 으레 그런 발악을 볼 때면 몰이해하며 추했기에 경시했거늘, 신기한 일이었다. 더 나아가 그 무력한 몸부림이 보는 이를 본능적으로 자극하고 주의를 끌며, 때로는 매료시킨다는 걸 그는 몰랐다.

작은 그녀를 보다 보면 이 눈 안에 전부 들어 있었다. 살아 있는 새빨간 생화, 생채기투성이로 피를 흘리는 새끼 짐승, 날개가 부러진 새하얀 종달새. 그 모든 것들이.

그리 충만하고 벅찬 감각을 무어라 일컬어야 할까. 대마법사는 하찮은 여자아이에게서 사소하고 미미한 경이를 느꼈다. 바들바들 떨고 울음을 터뜨리며 온몸으로 애정을 표하는 모양이 예뻤다.

세상모르고 잠든 얼굴에서 낯선 평화를, 별 볼 일 없는 질병으로 아파하는 눈물에서 짠 통증을 느낀다. 그녀는 그의 작은 여행자였다.

이런데, 어찌 내가, 널 사랑하지 않을 수 있을까.

쥬다는 손안의 신에게 경배하듯, 또는 탐하듯이 다시 그녀에게 입을 맞췄다. 정성껏 빨고 핥는다. 닿는 모든 곳에 입 맞추고 삼키고 싶었다. 사랑스러워서 머리가 아득할 지경이다. 그가 드러내는 애욕이 아직 낯설어 움츠린 하얀 어깨에 입술을 누르며 속삭였다.

"싫어?"

답지 않게 살피는 어조였다. 타라는 고개를 흔들었다. 싫을 리가. 항상 쥬다가 그녀에게 하는 것들은 싫기는커녕 너무 좋아서 문제였다.

물줄기에 입을 대듯, 풍성한 푸른 머리칼에 코를 묻고 달큼한 향기를 들이켜던 쥬다가 목 아래로 흐린 신음을 흘렸다. 식욕과 흡사한 정도 이상의 허기가 당겼다. 그는 새삼스레 저가 퍽 까다로운 곤경에 처했다는 걸 다시 자각했다. 마지막으로 붉게 달아오른 입술에 짧게 키스하고는 그녀를 놓아주었다.

"쥬다?"

하지만 떨어지자마자 즉각 따라 일어나 허리를 잡아끌어 안고 그는 눈을 감았다. 평생 제 자제력이 의심스러운 적이 없었는데 그조차도 이제 희미해졌다. 잘게 귓바퀴에, 뒷덜미에 키스하자 의아한지 그를 불렀다가 간지러워 키득거리는 웃음소리가 순진하기 그지없다.

지금 그의 머릿속에 벌어지는 일들을 안다면 그렇게는 못 웃을 텐데. 귓불을 자근 깨물고 고개를 들자 잇자국이 난 귀가 붉어져 있었다. 어쩐지 만족스럽고도 불만족스럽게 그는 그것을 내려다보았다.

쥬다가 제 손목을 잡아끌고 나가자 따라 나오면서도 타라가 고개를 갸웃거렸다. 어디를 가요?

"산책."

"어디로?"

"어디든."

최소한 실내의 닫힌 공간은 아니었으면 했다. 단둘이 있는 이상 큰 의미가 없을지도 모르지만.

아까와는 비교할 수 없이 부드럽게 풀린 쥬다가 그녀의 손을 쥐자 타라는 어깨를 들썩이면서도 피하지 않았다. 외려 꼭 매달려 온다. 여명 아래서 캐 올린 물 진주처럼 분홍빛으로 물든 얼굴이 지독히 사랑스러웠다.

* * *

—타라.

소녀는 그 사람이 저런 얼굴로 저를 부를 때가 제일 싫었다. 억울할 만큼 아쉽고 괜한 원망이 드는 걸 보면 그건 싫은 것이 맞을 거다.

달콤한 꿈을 꾸는 밤은 항상 짧고 덧없으며, 손끝에 내려앉은 눈송이가 흔적도 없이 사라 없어지는 것처럼, 달고 좋은 시간은 항상 빨리 지나가 버렸다.

그녀는 미적거리고 싶었지만, 저보다 더 어둡고 씁쓸해 보이는 그가 화를 내거나 슬퍼하는 게 싫었기에 얌전히 내밀어진 손을 잡았다.

제 것보다 훨씬 크고 강인하며 생채기가 많은 손이었다. 투박하고 거칠지만, 동시에 따뜻했다. 최소한 소녀의 작고 협소한 세상에서는 제일.

그는 그 딱딱한 온기가 헐거울 만큼 조심스럽게 조그만 손을 쥐었다. 그 사람은 언제나 그녀와 접촉할 때면 이 어린 계집아이가 금방이라도 부서질 금이 간 도자기나 북 찢어질 종이짝인 것처럼 굴었다.

이렇게 손을 잡는 것조차 드문 일이다.

따끈한 봄에 젖어 있던 소녀가 원래의 겨울의 땅으로 돌아가야 할 때나 어렵사리 손가락이나마 얽을 수 있었다. 눈치 보는 게 일상이라 그 사람의 알 수 없는 경계선을 모를 수는 없을 것이다.

원래 모든 사람들이 소녀를 저마다의 방식으로 꺼리고 혐오했다. 특별할 것도 없는 일이다. 단지, 그 사람에 한해서는 유독 가슴 언저리가 따끔하고 시렸다. 봄볕에 방심해 기어 나온 심장이 갓 부는 바람에도 얼어붙는 것처럼. 하지만 내색하지 않았다. 소녀는 항상 착한 아이였다. 그래야만 했다.

어머니도 소녀에게 착한 아이가 되라고 했다.

—착하게 굴렴.

붉은 입꼬리가 나긋하게 올라가 있었다. 소녀는 그 얼굴에서 원하는 것을 얻으려면, 이라는 전제 조건이 붙는다는 걸 알았다.

—그를 만나고 싶니?

어색하고 어설픈 봄이라도 좋았다. 그녀에게는 그마저도 목을 조를 만큼 귀했다.

그리고 결국 끝이 왔다.

빌려준 짐승을 인계받으러 온 하인 같은 자들에 이끌려 몇 발자국 걷다가 다시 뒤를 돌아본다. 벌써 몇 번째인지 모른다. 그럼에도 그 사람은 소녀를 넘겨준 그 자리에서 미동도 없이 서 있었다.

언젠가 꿈꿨던 허상처럼 그녀를 붙잡은 사람들을 뿌리치고 다시 데리러 오지도, 매정하게 돌아서지도 않으면서 어정쩡하니 서서 하염없이 그리 바라보기만 했다.

야속하고도 야속하게.

*　　*　　*

"곧 네 생일이라며?"

아침부터 들이닥친 브리지트가 싱글벙글 웃으며 말했다. 아직 잠이 덜 깬 타라는 눈을 비비다가 맹하게 네?—라고 중얼거렸다.

"얘, 정신 차려. 어젯밤에 늦게 잤니? 나보다 매일 일찍 일어나는 애가."

"으응…… 네."

비몽사몽 대꾸하면서도 저가 뭐라 하는지 헷갈렸다. 브리지트는 끌끌 혀를 차면서 헝클어진 푸른 머리를 마구 쓰다듬더니 어서 씻고 나오라고 채근했다. 든든한 아침을 먹으면 좀 나을 거라면서.

고개를 주억거린 타라가 다시 하품하며 느릿느릿 욕실로 들어갔다. 따뜻하게 데워진 물로 어푸어푸 세수하다가 문뜩 거울에 비친 제 눈에 시선을 뺏겼다. 태양이 흘린 핏방울이 고여 있는 것처럼 붉은 눈동자.

타라는 살면서 저와 같은 눈 색을 한 번도 본 적이 없었다. 푸른 머리카락만큼은 아니겠지만 이 눈도 만만치 않게 희귀한 것은 맞을 거다.

"……."

타라는 말없이 손가락으로 거울 속의 제 눈매를 덧그려 보다가 브리지트의 부름에 얼른 대답하며 밖으로 나갔다. 이미 거기에는 맛있는 아침 식사가 한가득 차려져 있었다.

부드러운 달걀 오믈렛과 소시지, 베이컨, 고소한 향이 풍기는 샐러드, 노란 크림수프…… 타라는 활짝 웃으며 쪼르르 브리지트의 맞은편에 앉았다.

"그런데 네 후견인님은 어디로 가고?"

"어, 영지 외곽에 시찰할 일이 있다던가…… 잠깐 성을 비우셨어요."

귀 끝이 살짝 붉었다. 쥬다는 새벽에 성을 나서기 전 타라의 방에 들렀다. 그녀를 잠깐 보고 갈 생각이었다는데 타라는 잠귀가 밝은 편이라 바로 깨고 말았다.

—……쥬다?

비몽사몽해서 작게 그를 부르자마자 입이 막혔다. 보드랍고 더운 감촉이었다. 갑작스럽게 들이닥친 관능적인 감각에 잠옷으로 덮인 어깨가 바들 떨렸다.

단단한 손아귀가 그 둥근 곡선을 움켜쥐더니 고개를 틀어 재차 입술을 머금었다. 쥬다는 그렇게 그녀의 떨림이 가실 때까지 뺨을 쓰다듬으며 입을 맞추다 잠이 완전히 달아나고 나서야 고개를 들었다.

무어라 투정이든 따지든 할 작정이었던 타라는 그의 외출복 차림에 다른 의문은 다 달아나서 물었다.

―어디 가세요?

―금방 오마.

그때까지 얌전히 기다리고 있어. 타라는 조금 얼떨떨하고 묘한 허전함을 느꼈지만 그가 얕게 뺨에 키스하자 움츠리며 고개를 끄덕였다.

한번 불이 지펴지자 그는 이제 참지 않았다. 아직 가쁘기도 하고 부끄러운 타라는 그래도 가기 전에 이렇게 자신에게 들러 준 쥬다가 고마웠다.

아쉽게 붉은 입술을 검지로 문지른 쥬다는 다시 그녀를 눕히고 뒤돌아섰다. 푸르스름하게 물든 그의 뒷모습이 밤에 먹힌 초승달처럼 아렸다.

당연하게도, 타라가 다시 잠이 들기까지는 한참이 걸렸다.

수프를 꿀꺽 삼킨 타라가 애써 간밤의 기억을 지우며 스푼을 거꾸로 쥐고 대답했다. 그래? 턱을 괸 브리지트가 흐응, 발가락을 까딱거렸다.

"그런데 얼굴이 좀 수척하네. 하루 님 못 봤다고 그런 건 아닐 테고, 어디 아프니?"

"아."

타라는 제 뺨을 만져 보다가 으음, 얕은 신음을 흘렸다. 그리고는 은식기를 딸깍 소리를 내며 내려놓는다.

사실 잠을 설친 건 오늘만은 아니었다.

"요즘 좀 이상한 꿈을 꿔서요."

"이상한 꿈?"

"네. 그것 때문인지 많이 자도 끝이 개운치가 않아요. 뭔가 해야 될 걸 안 하거나 뒷정리를 안 한 것처럼."

브리지트가 관심을 보였다. 그녀는 골똘히 생각하더니 손가락을 구부렸다.

"한번 자세히 말해 봐. 요정족은 꿈풀이도 중요시 여긴단다. 내가 전문적인 점술사는 아니어도 어느 정도는 지식이 있거든."

"그게……."

타라가 잠깐 머뭇거렸다. 부끄럽거나 한 게 아니라 설명하자니 꿈의 내용이 너무 뒤죽박죽이어서 난해했기 때문이다. 그녀는 두서없이 꿈에 대해 늘어놨다.

"어떤 성에 내가 서 있어요. 아마 지금보다 훨씬 작은 것 같아요. 주변이 너무 커 보였거든요. 그리고…… 커다란 나무가 있어요."

에메랄드빛으로 우거진 나무에서 바람이 불면 은화처럼 나뭇잎들이 부딪치며 재잘대는 소리가 났다. 기분 좋고 시원한 그것이 좋아서 까르르 웃었던 것도 같다.

"그리고 그런 저를 누가 지켜보고 있어요."

"누가?"

"모르겠어요."

쥬다와 타라가 함께 걷는 마법의 정원처럼 환상적이고 아름답지는 않아도 꿈속의 그 후원도 참 곱고 아름다웠다. 자연 그대로가 싱그럽게 보존된 것처럼 꽃과 나무가 가득했고 파란 하늘에서는 새들의 노랫소리가, 숲 곳곳에는 빼꼼히 숨은 동물들이 삐죽 고개를 내밀었다.

눈이 마주친 사슴이 깜짝 놀라 도망치는 것이 슬퍼서 울상을 지었더랬다. 그러자 멀찍이 떨어진 곳에 서서 가까이 다가오지 않던 그 사람이 다시 사슴을 데려와 주었다. 데려와 주다니…… 이상한 표현이지만 그렇게밖에 설명할 수 없었다. 그곳의 모든 생물이 그의 말은 잘 듣는 것만 같았으니까.

이야기를 잠자코 듣던 브리지트가 골똘히 생각하다 물었다.

"혹시 네 후견인 아니야?"

"아니에요. 쥬다와는 느낌이 너무 달랐어요."

오히려 정반대라고 해야 하리라. 차갑고 서늘하지만 강인해서 안온함을 주는 쥬다와는 달리 그 사람은 내내 따끈한 온수처럼 풍기는 기운 자체가 겨울의 감각과는 거리가 멀었다. 생전 처음 보았어도 친근함과 안도감이 들 것 같은, 그런 느낌.

"그 사람 얼굴은? 기억나?"

"어…… 사실은 그게 이상해요. 같이 있던 거나 손을 잡은 것은 지나치게 생생한데, 얼굴이 잘……."

꼭 그 부분만 물방울이 떨어져 번진 양 뿌옇고 희미했다. 이상야릇한 상실감이었다. 허무와 허전함으로 매캐한 기분을 더듬거리는 와중에 한 가지 더 생각났다.

아주 가끔이지만, 얕게 번지던 미소. 꿈속의 타라는 그가 자신을 좋아하지 않는다고 생각했지만, 지금의 타라가 보기에 그 사람은 그녀를 싫어하는 게 아니었다. 오히려, 어떻게 다가오고 어찌 대해야 할지 모르는 미숙함에 가까웠다.

"이상한 사람이었던 것 같아요. 속을 모르겠고, 어중간하고."

모순적인 사람이었다. 어색함, 거북함, 애틋함…… 상반된 모든 것들을 죄다 안고 있는 것처럼 짓눌려 보였고, 그래서 피로해 보였다. 하지만 그러함에도…….

타라는 물끄러미 황금빛 햇살이 비친 창틀을 바라보았다. 풍성하게 뻗은 나뭇가지를 연노랑 햇볕이 연둣빛으로 무두질하고 있었다.

꿈속의 따뜻하고 거대한 나무, 다가오지는 않았으나 멀어지지도 않았던 그 사람의 희미한 웃음이 얇은 손수건처럼 붕 떠올랐다가 가라앉았다.

"슬퍼 보였어요."

어린 소녀의 가슴이 절로 내려앉을 만큼, 한없이.

"흐음……."

브리지트는 자못 심각하게 뺨을 괴더니 제 답을 내놓았다.

"무의식이라는 건 맞을 수도 있어. 꿈에 나오는 피상적인 것들은 전부 우리가 경험하고 생각하는 것들을 기반으로 나타나는 거거든."

"네, 알아요."

쥬다도 비슷한 말을 한 적이 있다. 그는 제가 꾸는 것들은 전부 기억의 조각들인 과거라고 말했었다.

"과거."

타라는 혼자 작게 읊조렸다. 마치 실제로 경험한 것처럼 아릿했던 감정을 더듬다 보니 의문이 들었다. 그럼 그것도 내 기억일까?

어린 시절 타라는 내내 겨울 성에서 자랐고, 다른 곳으로 가 본 적도 없었다. 몽상 속에서도 또렷이 느껴졌던 봄날은 여러모로 앞뒤가 맞지 않는다. 그녀가 본 첫봄은 서부에서의 것이다. 게다가 그 알 수 없는 남자는…….

전혀 모르는 사람이다.

"아."

"타라?"

갑자기 머리를 감싸 쥐는 타라를 브리지트가 놀라서 붙들었다. 그조차 못 느낄 정도로 타라는 돌연 뇌를 푹 찌르는 듯한 두통, 아니 저 안에서부터 저려 오는 가슴의 욱신거림에 신음을 삼켰다.

펄펄 끓는 쇳물이 속에서 꾸덕꾸덕 끓어오르는 것만 같았다. 하지만 동시에 순식간에 사라졌다. 아릿하게 띵한 여운 속에서 머리를 도리도리 저은 타라는 황급히 부엉이 의사를 불러오겠다는 브리지트를 제지했다.

"별거 아니에요. 그냥 갑자기 머리가 아파서."

"별거 아니긴! 지금 네 표정이……."

"괜찮아요. 정말."

전에 없이 단호하게 고개를 젓자 그녀는 못마땅해했지만, 다시 자리에 앉았다. 싫다는 이를 억지로 끌고 갈 수도 없으니 그저 파리한 안색만을 살피며 걱정스러운 마음에 괜히 투덜거렸다.

"가만 보면 너도 참 병약 체질이야. 이게 다 네 후견인이 널 너무

싸고돌면서 키워서 그래."

"아니에요. 원래 저는 날 때부터 약했다고 하던걸요."

하지만 타라는 땅에 눌어붙은 질경이처럼 살아남았다. 예전부터 그녀는 인내심 있게 버티는 건 잘했으니까.

저도 모르는 사이 표정이 침잠했는지 조용해진 친구에게 타라는 생긋 웃었다.

"날도 좋은데 정원으로 산책이나 갈까요?"

"나쁘진 않은데, 오늘은 방에서 노는 것도 괜찮아."

브리지트가 심드렁하게 말했지만, 눈에 염려가 깃든 게 저를 배려해서 그런 거라는 걸 다 안다. 이 다정한 요정의 마음이 기꺼워서 눈을 깜박거렸다. 감동받은 기색을 모른 척 그녀는 화제를 돌렸다.

"정원이라고 하니까 생각나네. 이 성에 정말 대단한 게 있다며?"

"뭘요?"

"불사의 마도사의 정원 말이야. 엄마가 그랬어. 지상에서 가장 아름다운 곳이라고."

아, 그 정원. 사실 무덤이 맞았지만, 굳이 환상을 깨고 싶지 않아서 고개를 끄덕였다. 제비꽃이 짓무른 듯한 하늘, 일렁이는 바닷빛 들판, 그 신비스러운 장소를 몽환적인 환상으로 만드는 파란 월광(月光). 사실상 세상에서 가장 아름다운 곳이라는 말이 틀린 것은 아니다.

"으음, 맞아요. 한번 보는 순간 넋을 놓게 된달까."

"와. 역시 너는 가 봤구나. 벨벳 성의 주인만 독점하는 공간이라 하던데."

잠자기 전 들려주는 옛 노래처럼 모친인 타니아에게 전해 들었던 전설적인 장소를 타라가 안다고 하니 브리지트는 매우 신나 했다.

"어때? 그렇게 예쁘니? 남부의 경관에 자부심이 대단한 엄마가 그렇게까지 말했다는 건 진짜라는 거거든."

"네. 저도 갈 때마다 홀리는걸요."

"부럽다. 나도 한번 가 보고 싶네."

빙글거리며 떠들던 브리지트가 갑자기 말을 멈췄다.

"그런데, 그럼 그 정원도 그 사람이 관리하는 건가?"

"누구요?"

"그 정원사."

이상하게 신경을 건드렸던 괴이한 느낌 탓인지 최근에는 우연히라도 그자의 생각을 하면 머리가 콕콕 쑤셨다. 이번에도 마찬가지였다. 브리지트가 영문 모를 두통에 인상을 쓰던 중 타라는 순하게 고개를 끄덕였다.

"아마 그렇지 않을까요? 거기 가다 마주친 적도 있는걸요. 브릿? 괜찮아요?"

"아, 응. 그냥 갑자기 머리가 좀 아파서."

대상만 바뀌었지, 아까 전과 비슷한 상황이 반복되었다. 타라는 백합처럼 흰 얼굴이 실밥이 묻은 양 찡그리는 걸 걱정스럽게 바라보았다.

"혹시 과음……."

"아니라고. 나라고 매일 술주정뱅이인 줄 아니?"

사실 거의 대부분 맞았다. 하지만 그녀는 편리하게 제 행적들을 깡그리 무시했다. 타라는 장난스럽게 딴청을 부리는 그녀를 보다가 선선히 원래의 화제를 이어 갔다.

"안 될지도 모르지만 쥬다에게 한번 물어볼게요. 정원을 구경해도 되느냐고."

"정말?!"

진짜지? 무르기 없기야? 브리지트가 아이처럼 좋아하자 타라는 킥킥거리며 웃었다.

쥬다가 오면 물어봐야지. 아 참, 생일 선물로 그걸 말해 볼까? 아, 아니야. 쥬다가 곤란할 수도 있어. 뭣보다 안 좋아할 것 같아. 타라는 멍하니 노란 햇살이 들러붙은 창가를 바라보았다.

어떡하면 좋지. 벌써 보고 싶은걸.

* * *

새벽처럼 눈이 떠졌다. 그는 곧바로 일어나서 자리를 떨치듯 나가던 평소와 다르게 수면 위로 떠오른 시체처럼 망연히 화려한 여왕의 침실 천장을 바라보았다.

똑같은 불구덩이여도 이 순간 어떤 수군거림이나 쥐새끼 같은 눈총 없이, 혼자만의 고요함을 만끽하고 있다는 것에서 가쁜 평온함을 느꼈다.

실로 그랬다. 이 겨울 성에서 산다는 건 한 조각의 온전한 제 것도 갖기 힘들다는 뜻이니. 그래서 그는 하염없이 꼼짝도 하지 않고 누워 있었다.

넓은 침실에는 오직 그뿐이었다. 여왕이 잠이 없기에 이따금 누리는 얄팍한 평화였다. 아침 해가 뜨자마자 흔적도 없이 가시는 서리처럼 그 시간은 너무도 짧았다.

아인츠는 느릿느릿 일어나 옷을 걸치고 나갔다. 창백한 유약을 덧바른 듯 새벽에 잠긴 겨울 성은 인간미 없이 수려하기만 했다. 그는 찬 한기가 목덜미를 할퀴는 걸 느끼며 천천히 걸음을 옮겼다. 어서 방으로 돌아가 뜨뜻한 물로 온몸을 씻어 내고 싶었다. 그리고 아무 생각 없이 곯아떨어지는 거다.

어차피 명목상의 기사 작위와 궁정직이 있다 한들 아인츠가 제 일을 등한시한다 해서 뭐라 할 이는 한 명도 없었다. 기껏해야 뒷말이 조금 더 들러붙겠지. 이 성에서 아델하이트 여왕의 비호라는 건 그런 것이었다.

"벨록 경."

멍청하게 두 발짝 더 내디디고 나서야 아인츠는 그 명칭이 저가 기사 작위와 함께 수여받은 성이라는 걸 기억했다. 우뚝 서서 뒤돌아보자 무표정한 시종이 우아하게 절을 했다. 파르스름하게 음영이 진 그는 태엽을 돌려서 움직이는 인형처럼 보였다.

사실 겨울 성의 모든 것들이 그러했다.

"국왕 폐하께서 찾으십니다."

이제야 아인츠는 조금 놀랐다. 그는 미간을 찡그린 채로 이 시간에 저를 호출한 숙부의 꿍꿍이를 짐작해 보았다. 발치의 강아지처럼 귀여워하던 조카가 제 아내의 공공연한 정부가 되자 점잖고 품위 있게 모르쇠로 일관하며 거리를 두고 신하로 대하던 왕이 막 여왕의 처소에서 나왔을 게 뻔한 그를 무슨 이유에서 불렀을까.

어쨌건 그는 거부권이 없었다.

자신이 잠자코 따라나설 기미를 보이자 시종이 지체 없이 앞장서 왕의 침실로 안내했다. 아침에 눈을 뜨자마자 여왕과 왕의 침전을 잇달아 오가고 있는 셈이었다. 조금쯤 우스웠다.

"아인츠."

오랜만에 조카의 이름을 부르는 왕은 담비 모피로 짠 망토를 걸치고 하얀 여우 털가죽이 깔린 황금 의자에 기대앉아 있었다. 화려한 금발은 어슴푸레한 저녁의 밀밭처럼 반짝였고, 아인츠를 보는 시선은 피로를 안고 형형히 빛나고 있었다. 한때는 저 사내를 존경하고 따랐던 시절이 있었다. 다소 씁쓸함을 느끼며 예를 올렸다.

"부르셨습니까."

"내 너를 오랜만에 불렀거늘 놀라지 않는구나."

"……."

처음 여왕과 동침했을 때부터 한 번쯤은 이럴 때가 올 거라 생각하기는 했다. 다만 그 시기가 퍽 늦은 터라 의외였지만. 아인츠는 공손히 시선을 내리깔았다.

왕이 말했다.

"네게 물을 것이 있다."

"하문하십시오."

"넌 짐의 신하인가? 아니면 내 아내의 사람인가?"

수십 가지의 예상 중에서도 가장 직설적인 물음이었다. 아인츠는 고집스레 왕의 구두만 노려보면서 생각을 가다듬었다. 어느덧 그는 다시 칼날 위에 서 있었다.

"저는 전하의 신하이자 그분의 사람입니다."

"귀여움받는 애완동물이겠지."

클레멤논이 빈정거리듯 조소했다. 과연 틀린 말이 아니었다. 하지만 아인츠는 생각했다. 그럼 본인은 아니란 말인가? 실질적으로 왕이 여왕의 꼭두각시와 다를 바 없다는 걸 아는 이는 드물 것이다.

침묵으로 답하는 그에게 왕은 신경질적으로 중얼거렸다. 속으로 뭘 생각하고 있는지 뻔히 보인다는 듯 자조적인 목소리로.

"꼴이 우습구나. 너나 나나."

"……."

"하지만 이 자리에서는 분명히 하라. 이는 두 번 다시 안 올 것이다. 넌 네 누이를 잊었느냐?"

처음으로 유순하게 엎드려 있던 아인츠의 표정이 굳었다. 그가 고개를 들자 클레멤논은 무감각한 눈으로 그를 꿰뚫듯이 바라보았다. 다물린 입술이 뱀 꼬리처럼 비틀렸다.

"그 아이를 사지로 보내고 못 돌아오게 막다가 결국에는 죽게 만든 게 누구더냐. 심지어 죄스러워하거나 아쉬워하지도 않지. 그 여자에게는 변덕스럽게 보석을 바꿔 치장하는 것처럼 흔하디흔한 일이다."

"그래서……."

견디듯 왕의 비난 같은 말들을 듣고 있던 아인츠가 무엄하게 말을 잘랐다. 그는 붉게 충혈된 눈으로 숙부를 노려보았다.

"저더러 어쩌라는 것입니까."

그냥 동생도 아니고 한날한시에 태어난 귀한 누이동생이다. 어찌 완전히 잊을 수 있겠는가. 그러나 물론 살아 있는 자의 이기심과 살고자 하는 습성으로, 시간이 흐름에 따라 그 애의 얼굴도 점점 흐릿해져 가고는 있었다. 아인츠는 여전히 혼자 살아남기도 버거웠다.

지치고 독 오른 조카를 살피던 클레멘논이 만족스럽게 웃었다.

"복수하고 싶지 않더냐. 지금의 목줄 매인 개 같은 상황도 말이다."

왕은 아인츠가 아델하이트를 증오하는 것이 당연하다는 것처럼 말했다. 아인츠는 아무 답도 하지 않았다.

"내가 명한 대로만 한다면 넌 복수와 자유, 명예와 부를 모두 누릴 수 있을 것이다."

"저에게 무엇을 원하십니까?"

사실상 아인츠가 할 수 있는 일은 크게 없었다. 혈통 좋은 고귀족이라 하나 그는 아직 전장에 한 번 나가 보지 못한 풋내기요, 정치적인 권력도 명예도 부족했다. 기껏해야 할 수 있는 건 여왕의 침실에서 엿들은 것들을 고발하고 여왕의 잔에 독을 타는 일 정도일 것이다. 그러나 왕이 내린 명령은 예상을 빗나갔다.

"타라란 아이를 기억하느냐?"

"타라, 말입니까?"

저절로 인상을 찡그린 아인츠가 되물었다.

"그 아이는 왜……?"

"그 여자는 터무니없는 야망을 부리고 있어. 그 계집아이가 아델하이트의 무기이자 약점이다."

"무슨 말씀이신지 잘 모르겠습니다."

뒤틀린 모녀의 사이를 가장 가까이서 지켜봐 오며 자랐던 아인츠는 여전히 몰이해한 얼굴이었다. 무기라는 것도 어처구니없었지만 약점이라니? 더더욱 황당한 이야기였다. 아델하이트에게 그런 것이 있기나 한지 의문이었다. 그러나 진지하다 못해 들끓는 눈을 한 왕이 거짓말을 하는 것 같지는 않았다.

왕은 피곤한 듯 날카롭게 손을 내저었다.

"깊이 알 것 없다. 넌 내 명에만 따르면 돼."

클레멤논은 간밤에 어떤 편지를 받았다. 거기에는 내내 꽁꽁이 모를 아델하이트의 행동을 다 납득할 수 있는 충격적인 정보가 적혀 있었다. 왜 돌연 데면데면하던 '그'를 침실로 유인해 잠자리를 갖고 아이를 낳았는지, 과거 쥬다와 아델하이트 사이에 벌어졌던 갈등, 그녀가 탐하고 추구하는 것. 그 기반에 깔린 뒤틀린 욕망도.

잠 한숨 못 자고 고심하던 왕은 결단을 내렸다. 내내 축적되었던 그의 인내도 한계에 달았다. 기실 율리아의 모든 영주들의 수장이라는 허울, 겨울 성의 통치자라는 자리는 절대적으로 받쳐지는 큰 힘 없이 필요성에 의해 얼기설기 쌓아 올려진 명분이었다.

본디 역사적 사실이나 여러 면으로 볼 때 그 역할을 하는 게 지당한 서부는 고왕국의 저주 탓인지 역대 내내 광포하고 폭압적인 무뢰한들이었고, 수족들은 과거의 교훈을 잊힌 역사라 경시하며 될 대로 사는 야만인들이오, 요정족은 저들의 안위만 챙기는 야비하고 거만한 족속이었다.

그나마 얌전한 동부는 고대 왕국의 심장에서 가장 멀리 떨어진 마법의 불모지였고, 중앙 왕국은 항상 외팔이 신세로 명맥을 이어 왔다.

고귀족들 간의 세력 다툼과 암투의 소용돌이 속에서 중부의 왕자리는 뜨거운 감자였다. 있기는 해야 하지만 저가 하기에는 책임만 막중하고 위험한 왕관. 혈족 간의 항쟁 속에서 여러 이해관계 탓에 왕이 되었던 클레멤논은 당시 혈기왕성한 애송이였다.

그는 강력한 권력을 가지고 싶었고, 그것을 오래 누리고 싶었다. 하지만 점차 미쳐 가던 서부의 마레사의 눈치를 보느라 전전긍긍한 그에게는 마땅한 힘이 없었다. 이러다가는 제 숙부나 누이처럼, 혹은 조부처럼 어설프게 휘둘리다 죽거나 큰소리 한번 못 내 보고 비명에 죽겠지.

새로 동쪽 땅의 주인이 된 이드도 아비의 죽음에 회의를 느껴 중앙 왕국의 풋내기 왕에게 별다른 신임을 보이지 않던 때였다.

클레멤논에게는 타개책이 절실했다. 그런 그에게 손을 내밀어 준 사람이 아델하이트였다. 되돌아보자면 실로 악마와의 악수가 아니었던가. 하지만 어찌 그것을 거절할까. 그녀는 위대한 혈통과 강력한 마력을 지녔고, 유력한 고귀족 가주들의 지지와 사랑을 받았다.

고결한 청년 왕의 딸인데다 동부 황금 성이라는 막강한 친정을 두었으며, 그녀의 어머니 아나이스는 그 괴물 같은 마레사와 교류하는 몇 안 되는 인사였다. 아델하이트는 달콤한 독주였던 셈이다. 그야말로 받아들여 마시지 않을 수가 없는.

더욱이, 청년이었던 클레멤논은 아름다운 아델하이트에게 흠뻑 빠져 있었다.

—내가 당신을 도와줄게요, 사랑하는 클레멤논. 대신, 당신의 모든 것을 내게 주어요.

단단히 홀려 있던 그 어리석은 남자가 그러지 않을 이유가 없었다. 그녀가 소곤거리는 말들은, 전부 맞는 것만 같았으니까. 그리고 유달리 틀린 것도 없었다. 어쨌건 모든 것들은 전부 아델하이트가 원하고 뜻하는 대로 이루어졌다. 그가 곤욕스러워하고 절망했던 일들은 그의 아름다운 아내가 전부 해결해 주었다.

그렇게 중앙 왕국의 공동 통치자로서 그들 부부는 언제나 함께해 왔다. 그녀가 자신을 위한다고 생각했던 것들이 사실은 그게 아니라는 것을 깨달았을 때는 벗어날 수 없는 수렁에 깊숙이 빨려 들어간 뒤였다. 이미 왕은 여왕의 소유물 그 이상 그 이하도 아니었다.

뿌리치고 나올 수도, 부정할 수도 없었다. 교묘하게 오랜 시간 동안 왕을 옭아매 온 그녀의 뜻대로, 왕이 그녀의 손을 놓는다면 왕관을 쓴 무력한 얼간이가 될 것이다. 둘은 한 몸이나 마찬가지였다.

사실 클레멤논은 아직도 자신이 아델하이트를 사랑하는지 증오하는지 헷갈렸다. 이런 스스로를 발견할 때마다 소스라치곤 했다. 역하고 공포스러워서.

그러나 망가진 채 살아가는 자라 해서 최소한의 터부와 의무, 지긋지긋한 족쇄를 끊고자 하는 미약한 희망이 없는 것은 아니었다.

중부를 아델하이트의 소굴로 넘겨준 것은 자신이었으니 수습도 그가 해야 했다. 이제라도, 아니 지금이야말로 그 여자의 터무니없는 욕망을 저지해야 한다는 처절한 충동이 머리를 잠식했다. 내내 억눌려 있던 내면의 장기들이 살기 위해 숨을 들이마시듯이.

그래, 그러기 위해서는 그 여자가 만든 '무기'를 없애야 했다.

"믿을 만한 자들을 붙여 주마."

클레멘논이 사납게 속삭였다.

"그것을 죽여 버려."

*　　*　　*

한겨울 밤바다처럼 서늘하게 가라앉은 은청안이 내리깔려 뭉근한 김이 올라오는 찻잔에 시선을 두었다. 따뜻하고 향긋한 것을 보고 있어도 지독히 온기 없는 눈이었다. 긴 손가락이 쪽빛 자기의 가장자리를 굴리다가 그만두었다.

그가 조금만 고개를 꺾으면 훤히 보일 황금 테라스 밖으로 환한 봄볕이 가득 쏟아지고 있었다. 낭창한 나뭇가지들이 낳은 연둣빛 잎사귀들도.

완연한 봄의 정경이다. 한창 여름의 절정을 구가하고 있는 벨벳성과는 한 계단 아래의 계절. 놀라운 일은 아니다. 언제나 따분한 봄이 완연한 땅이었으니.

이곳은 동부의 황금 성이었다.

"따뜻하니 비겁자가 숨어 살기에는 딱 좋은 곳이군."

허공에다 하는 말 같았지만, 상대를 정확히 겨냥한 화살이었다. 소리 없이 들어선 자는 대뜸 쑤시는 비난에도 고요했다. 나직한 발소리, 차분하게 공기를 조여 오는 묵직한 기도. 변함없이 그대로였다. 쥬다는 그를 돌아보지 않았다.

명치를 지그시 누르는 듯한 정적이 흘렀다.

"오랜만이군."

"직접 여기까지 올 줄은 몰랐는데."

마침내 입을 연 그는 예전처럼 평대를 썼다. 자연스러워서 서신에서의 정중함이 가면이었던 것처럼 정갈한 목소리는 어딘가 성말랐다. 그들의 긴 세월이 거짓이 아닌지라 쥬다는 차분함을 가장한 상대의 침착함에서 미세한 변화를 감지했다.

억양마저 현악기처럼 유려하고 울림이 깊어 기사의 것치고는 고상했던 것이 뒤틀려 있다. 지친 듯, 초조한 듯, 말라비틀어진 흑단나무인 양 흠집 난 흉터. 하긴 그 여자를 거쳐 간 대부분의 것들이 그러했다.

낮게 냉소한 쥬다가 느긋하게 찻잔을 기울였다.

"어떤 염치없는 자가 계속 내 앞마당까지 기어들어 오며 귀찮게 구니까."

"……그들을 죽였나?"

건조한 물음에 성의 없이 찻잔을 내려놓은 그가 비웃었다.

"그랬다면 쥐새끼들의 목을 잘라서 보냈겠지. 번거롭게 여기까지 걸음 할 게 아니라."

"……."

부하들의 생사를 장담할 수 없는 상황이라는 것에 그는 침묵했다. 애통함도 분노도 아닌 텅 빈 공터 같은 함묵에 쥬다는 눈만 움직여 그를 돌아보았다.

깎은 대리석 같은 턱과 고집스러운 입매, 미려하게 다듬어진 육체가 전아하다. 치밀하고 품위 있는 환경에서 흠 하나 없이 잘 길든 숫사자 같은 사내였다. 뚜벅뚜벅 늘씬한 그림자가 저를 지나쳐 맞은편에 앉는 것을 차가운 은청안이 내도록 떨어지지 않고 주시했다.

머리카락의 색깔, 이목구비, 풍기는 분위기 등의 모든 생김새가 새삼스럽고도 생경하게 신경을 건드렸다. 본능적으로 저 남자에게서 제 품 안의 소녀와 닮은 점을 찾아보던 쥬다는 못마땅하게 팔짱을 꼈다. 딴 건 몰라도…….

저 눈동자. 정말 거슬리는군.

"내가 그 아이에게서 완전히 손을 떼는 걸 바라나?"

"틀렸어. 바라는 건 그쪽이 말해야 하는 것 아닌가. 노력이 가상해 친히 발걸음했으니 할 말 해 보지그래."

물론 쥬다가 원하는 게 그것이 맞기는 했다. 하지만 그는 선심 쓰듯 까딱 고개를 기울였다. 태양이 달군 홍옥처럼 붉은 눈동자와 마주치자 절로 미간이 찡그려졌다. 타라는 모친을 닮지 않은 만큼 부친과 흡사한 것도 아니었다. 그러나 겹치는 부분이 아예 없는 것도 아니었다.

쥬다의 싱숭생숭한 거슬림을 모를 그는 쓴웃음을 지었다.

"뜻밖에 친절하군."

"타라가 제 어미에 대한 거부감만큼 널 그리 여겼다면 당신과 내가 마주할 일도 없었다."

한마디로 이런 관용도 전부 타라 때문이라는 거였다. 일자로 다물렸던 입술이 잠깐의 지체 후 다시 열렸다.

"그 애가…… 나를 원망하나?"

"상식적으로는 그게 당연하겠지. 모르고 묻는 건가?"

비웃듯이 되물었지만 상대의 창백하고 건조한 낯빛은 변화가 없다. 이건 좀 의외였다. 항상 일관적이고 고지식할 만큼 강직해서 제 부덕이나 실수 앞에서는 표정이 선연히 드러나곤 했었는데.

하기야 그간 흐른 시간은 말캉한 물렁물렁함도 딱딱하게 굳어 부서질 만한 길이였다. 한 영토의 주인이니 그간 성장과 변화가 없을 리가 없었다. 그러나 이번만큼은 그게 불쾌했다. 아니, 있는 대로 얼굴을 일그러뜨려도 그건 같으리라.

"그럼, 나를 알고 있다는 뜻인가."

"제 어리석인 아비가 어딘가에 숨 쉬고 있다는 건 알고 있지."

쥬다가 시큰둥하게 대꾸했다.

"정확히 그것이 당신이라는 건 모르지만."

처음으로 잡히지 않은 피로로 가득 차 있는 것 같았던 적안이 굳어 금이 갔다. 그는 이마를 짚으며 뇌까리듯 중얼거렸다.

"역시. 결국, 그랬군."

절망적이기도, 고통스럽기도 한 그 기색에 쥬다는 삐딱하게 고개를 움직였다. 비겁한 안도든 씁쓸함이든 이성적으로 이해는 가지만 상실감이라? 상대의 반응에서 무언가를 읽어 낸 쥬다가 이를 드러냈다.

"뭐냐."

차가운 눈매가 사나워졌다.

"뭐가 있군. 사실 이상했다. 왜 이제껏 잠잠하다가 이제야 타라를 찾는 거지? 당신 갑갑하기 짝이 없는 성정에 하는 짓거리는 도저히 앞뒤가 맞지 않아. 하긴 애초에 그 아이가 태어난 것 자체가 말이 안 되지."

"……."

"이드."

선불리 입을 열지 못하는 동부의 맹주, 이드에게 쥬다가 차갑게 비난 같은 시선을 던졌다.

모든 기사들의 수장, 황금 성의 성주이자 최강의 검사. 그리고 가장 고결한 태양의 기사 왕. 잇따르는 명예로운 호칭들에도 사내는 고통스러워 보였다. 그는 마른세수를 하다 이마를 쥐고 무너지듯 고개를 숙였다.

찬란한 백금발이 고상한 콧날과 마디마디 옹이가 도드라진 미련하고 뻣뻣한 나뭇대 같은 손가락 위로 우수수 떨어져 내렸다. 통곡하는 바위 같은 모양새를 쥬다는 동정 하나 없이 지켜보았다.

"내가……"

이드는 거칠게 숨을 들이쉬고는 불길을 뱉어 내듯 끊어 말했다.

"다 전부 내 잘못이야."

이윽고 든 눈매는 붉고 투명했다. 항상 붉게 피어나는 타라의 것과 꼭 같은 빛깔로. 여인이라 그 움푹 팬 날렵함이 덜했지만, 그녀의 부드럽고 유순한 눈매는 부친의 것과 빼다 닮았다. 한순간 고단한 사내에게 스쳐 가는 표정에서 쥬다는 다시 타라를 떠올렸다. 유감스럽게도 그의 생각보다 타라는 아비를 많이 닮아 있었다.

쥬다는 걸쩍지근한 걸 숨기지 않으며 알 수 없는 눈으로 이드를 노려보다 한마디 했다.

"그건 그렇다만, 비난하지는 않겠다. 덕분에 타라가 이 세상에 존재하니까."

"쥬다 네가 타라를 아끼는 건 알고 있어. 감사하게 생각한다."

피곤한 눈빛이 직설적으로 바라봐 온다. 원래의 당당하고 명예로웠던 그의 습관대로. 예전처럼 말투도 친근하다. 찰나 그들은 소년 시절로 돌아간 것 같았다.

한때는 그를 형이라 불러야 했던 적이 있었다. 물론, 아버지 정략혼의 부산물들로 형제를 늘리고 싶은 생각이 없었던 쥬다는 언제나 이드와 아델하이트 남매에게 정확한 선을 그었다. 그저 방관하는 게 선 안에 들인다는 뜻은 아니지 않은가. 마찬가지로 쥬다는 딱 잘라 말했다.

"네가 감사할 건 아니지."

"그래. 그런 자격도 없을지 모르겠어."

이드는 무표정하게 중얼거렸다.

"타라는 날 기억하지 못할 테니까."

"모호한 말이군. 마치 널 만난 적이 있다는 뜻으로 들리는데."

시종 이리가 표범을 대하듯 배타적이고 싸늘하던 쥬다가 싹 안색을 바꾸며 정색했다. 칼로 찌르는 듯한 추궁에 이드는 말없이 그를 응시했다. 못 참고 막 닦달하려던 쥬다에게 그는 묘한 기색으로 되물었다.

"쥬다. 네게 타라는 어떤 의미지? 그 아이를 사랑하나?"

돌연 말문이 막혔다. 쥬다는 맹세코 그에게서 이런 질문을 받을 줄은 몰랐다. 일단은, 타라의 부친 되는 자에게. 그래, 명목상 그랬다. 새삼스러운 자각을 무시한 쥬다가 시니컬하게 대꾸했다.

"내게 특별하고 유일한 아이라는 건 확실해."

"그러니까 사랑한다는 거군."

긍정도 부정도 없었지만, 그것은 긍정이나 다름없었다. 이드는 복잡하고 정의 내리기 힘든 수많은 것들이 번잡스럽게 목구멍에 들어찼지만 말로 꺼내지는 않았다. 이미 당사자도 알고 있을 테니까.

무엇보다 그는 자격 없는 아비였다. 지금쯤 다 컸을 타라에게 이제까지 저를 돌보아 온 후견인과 얼굴도 모르는 아버지 둘 중 하나를 고르라고 한다면 답이야 뻔하지 않겠는가. 가까스로 나온 한마디는 묵직했다.

"그 애는 행복한가."

"그게 내 최우선 관심사다."

어떤 말보다도 확고하게 잘라 나온 답변이었다. 이드는 찬찬히 주의 깊게 쥬다를 살피다가 증기처럼 느린 숨을 토했다. 약한 안도였다.

"그래. 그렇다면…… 그나마 다행이야."

"아니라면 어쩔 생각이었는데?"

시험하듯 올라간 질문에 이드 또한 막힘없이 대꾸했다.

"수단 방법 가리지 않고 그 애를 데려왔겠지. 이곳으로."

"네가? 무슨 수로?"

"무엇이든. 쥬다. 내가 더 이상 가릴 게 있는 인간으로 보이나?"

균열과 닮은 조소가 단정하기 짝이 없는 얼굴을 뒤덮는 건 퍽 시선을 사로잡았다. 기갈된 그의 내면이 적나라하게 드러나는 광경이었으니. 창에 꿰뚫려 죽어 가는 패잔병처럼 필사적인 허덕임이었다.

율리아의 두 맹주는 서로를 한 치의 물러섬도 없이 주시했다. 봄이 한창이었으나 소리도 전멸한 장내는 시퍼런 얼음장이었다. 쥬다가 입매를 뒤틀었다.

"그래서 내 개들을 내 집으로 보낸 건가? 타라를 데려가려고?"

누구 마음대로. 뿌연 은빛이 감도는 푸른 눈이 일순 새파랗게 번뜩였다. 겨울 성도 부쉈는데 그런 짓 한 번 더 못 하겠는가. 그는 사근거리듯 나른하게 읊조렸다.

"이래서 사람은 하던 대로 살아야 해. 답지 않게 관용을 베풀었더니 주제를 몰라. 네 개새끼들의 눈코입을 자르고 그것을 곱게 상자에 담아 보내 줄 걸 그랬지."

"쥬다."

"입 다물어."

"난 그 아이에게 어떤 것도 강요할 생각이 없어. 아비라고 드러내서 제 출신에 상처받기를 원하지도 않아. 네 말대로, 그 모든 것은 내 과오일 뿐 그 애가 짊어질 짐이 아니니까."

서슬 퍼런 살기에도 눈 하나 깜짝 안 하며 이드가 그를 마주 보았다. 쥬다는 인상을 쓰며 눈썹을 올렸다. 어디 얼마나 개소리를 지껄이는지 들어는 주겠다는 식으로.

"단지 확인해 보고 싶었을 뿐이다. 무사히 잘 지내고 있는지, 아픈 데는 없는지……."

국경분쟁은 기본이고 전쟁이 일어날 수도 있는 거창한 미친 짓을 한 사람치고는 목적이 참 소박하다 못해 짓밟힌 풀꽃처럼 앙다문 것만 같았다. 쥬다의 예상대로 이러나저러나 결국 개소리였다. 그러나 딸과 꼭 빼닮은 붉은 눈은 절박하게 말을 이었다.

"솔직히 네 평판이 아이를 잘 돌보고 있다고 믿기에는 엉망인 게 사실이지 않나?"

"나는 네가 타라를 버린 줄 알았다."

나직한 속내를 내뱉자 눈보라에 얻어맞은 잿빛 하늘 같던 기사의 숨이 멈췄다. 온갖 소란들이 일순 멎어 정적 그 자체인 양. 하지만 쥬다는 별거 아닌 말투로 그를 다시 갈기갈기 찢었다.

"수치스러워서 외면하거나, 죽이려 들지 않았던 게 다행이지. 넌 정도를 넘어서는 걸 혐오하던 벽창호가 아닌가. 치부를 키우느니 잘라 내는 게 더 편리한 건 당연한 거잖나?"

아니야? 내 말이 틀렸나. 단 한순간이라도 없는 물건인 척 거부하고 보지 않기를 바란 적이 없었다고?

이죽거리는 높낮이 없는 어투는 차라리 독이었다. 귓속부터 들이 부어져 이내 심장을 자근자근 밟는다. 이드는 목 졸린 이처럼 잔뜩 쉬어 가까스로 말했다.

"내가 인간 말종인 건 맞지만 그 정도로 비겁하지는 않아."

"그럼?"

"타라의 이름을 지은 게 누구라고 생각하나."

지치고 수려한 적안을 들여다보던 쥬다는 가만히 눈썹을 올렸다. 너였군.

"어쩐지 아델하이트가 지었다고 하기에는 이상했어. 그래. 언령을 이어받은 것도 너로 인해서였군."

"언령?"

이드의 표정이 굳었다.

"그 애가 그것을 쓴다고?"

"불완전하지만."

"……아델하이트가 기뻐하겠군."

웃는 기색은 그저 허탈하기만 했다. 이제 파랗게 가라앉은 눈은 그를 추궁하고 있었다. 이드는 눈썹을 문질렀다. 그의 흐려진 시선이 봄이 찬연한 테라스에서 멈췄다. 커다란 연둣빛 잎사귀가 나부끼는 플라타너스 나무.

항상 저 나무 둥지 밑 그늘에서 놀던 작은 아이가 이토록 생생한데.

"내 딸아이가 처음 이곳에 온 건 젖먹이 때야."

쥬다는 그 말이 뜻하는 게 뭔지 깨닫고 미간을 찡그렸다. 믿기지 않을 말이었다.

"네가 타라를 키웠다고?"

"일부분은. 그 아이가 겨울 성에 정을 못 붙였던 것도 당연해. 모친과 하녀, 겨울 성의 인간들 탓도 컸지만 타라는 본능적으로 이곳을 제집으로 인지했으니까. 가뭄에 콩 나듯 그 애의 어미가 내게 타라를 보냈어."

"하지만 타라는 널 기억하지 못해."

만약 기억하고 있었다면 어린 타라는 어떻게든 아버지에게 돌아가고 싶어 했으리라. 어린 날의 결핍은 그 정도의 깊이였다. 두려워하고, 애정을 갖고 따르던 쥬다의 뜻도 어긴 채 몰래 책을 훔쳐보려 했을 정도로. 하지만 타라는 아버지의 정체는커녕 존재조차 몰랐다.

—다, 당신이, 제 숙부님인가요?

—타라 님은 어리신데도 독한 약을 잘 드시더군요. 필수적이라 어쩔 수 없이 처방하기는 했습니다만…… 헛구역질해도 이상하지 않은데.

과거를 되짚어 보던 쥬다의 눈빛이 딱 멈췄다. 그는 짓씹듯 중얼거렸다.

"망각의 물약."

* * *

—망각의 물약.

한 모금 마시면 하루가, 두 모금 마시면 일주일의 기억이 지워지는 전설 속의 물약. 별칭은 여신의 눈물. 아름다운 여신

카산드라가 연인에게 망각의 물을 마시게 해 기억을 지웠다는 설화에서 유래한다. 이후 그는 그녀와의 꿈같은 기억을 전부 잊어버렸다고 전해진다. 여신의 눈물처럼 쓰고 뒷맛이 달다. (중략) 제조 방법이 매우 까다롭고 위험한 약이라 고왕국에서도 물약 제조가 가능한 약제사는 한 손에 꼽혔다고 한다. 현재는 제조 방법이 소실되어 있다고 알려져…….

도르르 굴러가던 붉은 눈동자가 깜박거렸다. 피처럼 붉은 물약이 담긴 조그마한 병이 그려진 삽화가 선악과 속의 빨간 씨앗 같았다. 타라는 마지막 문장까지 쭉 훑고는 탁 책을 덮었다. 두꺼운 장정에 써진 제목은 '천 가지의 위험하고 위대한 약물, 부작용'이었다.

"이델은 여기 있는 약들을 전부 제조할 줄 아나요?"

타라가 호기심 어린 질문을 하며 다리를 흔드는 이곳은 이델의 갖은 약초와 약물이 보관되어 있는 약제실이었다. 초록색 액체가 든 병을 흔들며 눈을 가늘게 뜨고 있던 이델이 고개를 돌렸다. 보안경에 셔츠와 조끼 차림의 그녀는 말쑥한 신사나 연구가 같았다.

"전부는 아니죠. 소실된 제조법들도 많으니까요. 뭐 그래도, 대부분은 다 가능합니다."

"우와. 역시 대단해요, 이델은."

엄지손가락을 추어올리는 그녀가 귀여워서 이델이 후후후 웃었다.

"크흠흠! 뭐 그 정도 가지고요. 그러니 친구분 두통제도 잘 만들어 드릴 수 있어요. 걱정 마세요."

이델의 시선이 저만치서 줄줄이 진열된 약병들을 구경하고 있는 브리지트를 눈짓했다. 반짝거리는 눈으로 색색의 병과 약초, 말린 가죽들 따위를 훑던 그녀가 손뼉을 치며 외쳤다.

"와, 대단해! 페어리 날개며, 사막 초며. 없는 게 없네."

근처에서 마른 약초 다발에 코를 대고 킁킁거리던 쥰이 잘게 재채기를 하더니 슬금슬금 요정 공주를 피해 타라 쪽으로 도망 왔다.

커다란 검둥개가 제 발치 밑으로 기어 와 삐죽 내미는 고개를 살살 쓰다듬은 타라가 겸연쩍게 웃었다.

"이따금 브릿이 머리 아파해서요. 요즘 들어 부쩍 그러네요."

"타라 님은요?"

"네? 저요?"

제 쪽을 손가락질한 타라가 손을 내저으려다 찰나 머뭇거렸다. 그러고 보니 오늘 아침에도…… 잠깐의 표정으로 대답을 유추한 이델이 대번에 걱정스러워했다.

"혹 또 빈혈입니까? 앙리펠에게 듣기로는 전혀 문제가 없다고 하던데."

"아니 뭐, 가끔 콕콕 찌르는 것 같긴 한데. 그뿐이에요."

"나도 그래. 별거 아니라니까 그러네."

어느새 그들 쪽으로 다가온 브리지트가 책상 위에 훌쩍 고양이처럼 걸터앉으며 덧붙였다. 쌩쌩하기만 한 그 기색을 바라본 이델이 솥에 허브 몇 줌을 던져 넣으며 물었다.

"정확히 증상이 어떠하십니까?"

"그냥 타라가 말한 거랑 똑같아. 쑤시고, 띵하면서 기분이 말도 할 수 없을 정도로 나빠져."

"일반적인 편두통 같은데……."

얼핏 보기에는. 이델이 중얼거렸다. 그녀의 눈이 그들 뒤편의 벽장을 쪽을 스쳤다. 바짝 달빛에 말린 쑥을 빻은 걸 솥단지에 탈탈 털어 넣자 일순 푸른 불꽃이 튀었다. 타라와 브리지트 둘 다 헤, 입을 벌렸고 쥰이 까만 코를 킁킁거렸다. 커다란 국자로 약물을 휘휘 저은 이델이 말했다.

"걱정 마세요. 효과가 좋은 약을 달여드릴 테니까요."

"고마워."

브리지트가 씨익 웃었다. 아 참, 하고 덧붙인다.

"하면서 타라 것도 해 줘. 나보다는 쟤가 더 필요한 것 같은데."

"네? 아니에요."

타라가 손사래 쳤다. 그사이 그녀의 치맛자락에서 나는 향긋한 냄새를 맡고 있던 쥰이 낯선 장소에 와서 더 생기 있고 짓궂어진 브리지트와 눈이 마주쳤다.

깨갱, 소리를 내더니 쥰이 후다닥 도망갔다. 쥐 따라가는 고양이처럼 뒤따라간다. 그들이 제 귀한 약제실에서 난장판을 벌이는 게 아닌가 싶어 눈살을 찌푸린 이델이 타라 쪽으로 고개를 돌렸다.

"타라 님? 제가 예전에도 말씀드렸잖아요. 꾀병 수준이 될 때까지 굴어도 타라 님은 모자라다고요."

"하하하. 그건 민폐데요."

"민폐라도 괜찮습니다."

우리는 가족이니까요. 이델의 초콜릿 눈동자는 무척 따뜻했다.

타라는 괜히 뭉클해졌다.

"그냥…… 꿈을 좀 꾸는 것뿐이에요. 덕분에 깊이 못 자서 두통이 있는 것 같고."

"악몽은 아니지요?"

"그럴 리가요."

그럼 벌써 쥬다가 알았겠죠. 그는 벽을 사이에 두고도 타라의 숨소리로 숙면의 정도를 어느 정도 파악하고는 했다. 악몽을 꿀 때면 더 티가 나니까.

타라가 쥬다를 입에 올리자 이델이 보안경을 만지작거렸다. 그녀는 브리지트 쪽을 힐끗 보며 입을 열었다. 최근 그녀는 약초를 손질하고 물약을 끓인다고 약제실에 처박혀서 성으로 올라오지 않았었다.

"타라 님."

"네."

"쥬다 님이랑 어디까지 갔어요?"

"쿨럭!"

아까 차를 마시고 온 탓에 이델의 밀크티를 거절한 게 정말 다행이었다. 안 그랬으면 창피한 꼴이 될 뻔했다. 대꾸도 못 하고 온통 단풍처럼 시뻘게진 그녀를 예리한 눈으로 살피던 이델이 고개를 주억거렸다.

"입맞춤 정도는 했나 보군요. 낌새가 이상하다 했더니 이 늑대 같은 인간. 결국에는……."

늑대 수인이 하는 비난이라 어쩐지 더 신빙성이 있었다. 아니, 이게 아니고…….

"이델, 그런 게 아니에요."

"아니긴요. 하긴 달콤하게 무르익은 포도가 눈앞에 있으니 안 건드릴 수가 있나."

"그게 아니라, 내가 먼저 했……."

혀를 깨물 뻔했다. 이델의 눈치를 살폈으나 이델은 눈썹을 위로 올리기는 했지만, 잔소리를 하지는 않았다.

"설사 그렇다 해도 자기가 어른이니까 정신을 바짝 차리고 있어야지요. 그치와 타라 님은 경우가 다르잖아요?"

이델은 매우 못마땅해하며 그가 주인만 아니었다면 한 대 칠 법한 얼굴을 했고, 여러 이유로 인내하듯 한숨을 쉬었다.

"교제한 지는 얼마나 됐는데요."

"교제라니……."

타라의 얼굴이 벌게졌다. 쥬다가 타라에게 키스한 이후 무언의 감정 교류와 함께 본격적인 변화가 있긴 했다. 그는 이제 장소, 시간 상관없이 거리낌 없이 키스해 왔고 어릴 적 이후 안 하던, 방에 들어와 그녀를 재운 후의 굿나잇 키스를 다시 시작했다. 소녀 시절과 달라진 건 뽀뽀가 아니라 애틋한 키스라는 거지만.

얼굴을 붉히는 타라를 내려다보던 그의 표정엔 먹이를 아껴 먹는 포식자와 흡사한 무언가가 도사려 있었다. 그 열기 어린 눈빛과 다르게 그녀를 만지고 입을 맞출 때의 움직임은 너무나 부드러웠다.

어쨌건, 그들이 연인 비슷한 것이 된 건 사실이었다.

"어, 엊그제부터?"

"그 인간, 아니 쥬다 님이 뭐래요. 혹시 얼렁뚱땅 좋은 게 좋은 거다 넘어가 버린 건 아니죠? 고백이라든가, 고백이라든지 고백 같은 것도 없이?!"

"어……."

……그러고 보니, 너무 자연스러워서 몰랐다. 쥬다가 타라에게 딱 잘라서 사, 사랑한다고 말한 적은 없는 것이다! 물론 그건 타라도 그렇지만! 그런 것치고 그들은 마치 기다렸다는 것처럼 확고한 연인이 돼 가고 있었다.

새빨간 장미를 꺾어 탐하듯 뺨을 쥐고 대뜸 목덜미를 얕게 깨물며 입을 맞추던 그를 생각하자 몸이 화끈거리고 손발이 배배 꼬였다. 잠자리에 들기 전 젖은 머리를 말려 준다고 그랬었다.

이건 어릴 때도 안 해 주던 건데. 신이 나서 고개를 끄덕였더니 그가 보송한 수건으로 손수 머리카락을 닦고 빗겨 주었다. 쥬다가 아닌 것처럼 지극히 자상해서 가슴이 뛰었다. 뜻밖에 손길도 부드럽고 기분이 좋은 탓에 어느덧 조금 꾸벅꾸벅 졸았나 보다.

그의 품에 안기다시피 나른하게 풀려 있는데 돌연 조용해진 그가 그녀의 목덜미에 키스해 왔다.

화들짝 놀라 쥬다의 손목을 붙잡았더니 쥐고 있던 수건을 툭 바닥에 던진 그가 의자를 통째로 돌려세우고는 허겁지겁 가늘게 떨리는 목과 쇄골, 귓불에 연신 입술을 내려뜨리고 빨았다.

그다음에는 역시나 키스. 기세에 밀려 화장대 쪽으로 납작하게 붙은 그녀를 따라 고개를 기울인 쥬다가 한 손으로 거울을 짚고 가

두다시피 타라를 맛보았다. 들끓는 분위기와 달리 더없이 상냥한 그 간극이 뇌리를 어지럽혔다.

약간 부풀 만큼 빨아올리던 입술을 놓아준 쥬다가 다시 촉 가볍게 부딪치며 소곤거렸다.

—누구 좋으라고 졸고 있어.

잠이 오나? 나와 있으면서?

길고 가는 손가락이 약한 물기가 남은 푸른 머리카락을 헤집었다. 말랑한 두피를 스치는 손끝이 짜릿해서 어깨를 떨었던 것도 같다.

뒷덜미로 내려와 헐렁한 어깨를 어루만진 그것은 날개 뼈 위를 맴돌았다. 여인을 희롱하는 무뢰한 같은 손길과 상반된 수려한 얼굴은 나른하고 고아하기만 하다.

옷 위를 훑는 그의 시선과 인두처럼 더운 손길에 무력하게 사로잡혀 입을 벌렸다. 단단한 엄지가 그 아랫입술을 지그시 눌렀다. 얕은 타액이 그 끝에 조금 묻었다.

화끈거리는 회상에서 현실로 돌아온 타라가 멍하니 중얼거렸다.

"고백은 안 했는데……."

거의 한 거나 마찬가지 아닌가? 그녀도 그렇게 눈치가 없지는 않았다. 하지만 막상 듣고 나니 기분이 그렇긴 했다. 욕심도 났다. 그가 내게 그 말을 해 준다면 얼마나 기쁠까?

심장이 쿵 떨어졌다가 걷잡을 수 없이 번진다. 타라는 심각하게 고민하다 고개를 주억거렸다.

"역시 해 달라고 해야겠어요. 엄청 좋을 것 같…… 이델? 왜 그런 눈으로 봐요?"

"아니요. 우리 꼬마 아가씨가 언제 이렇게 컸나 해서."

이델은 뭔가 시원섭섭하고 복잡한 눈으로 타라를 바라보았다. 조금 우울해 보이기도, 대견하고 예뻐 죽겠다는 것 같기도 했다. 딸을 시집보내기 싫어하는 엄마가 아마 그런 얼굴이지 않을까 싶다.

단순히 성의 식구들이 옛 추억을 꺼내듯 우리 타라 님 참 귀여웠는데, 하고 회상하는 것과는 또 다른 감상인 것 같았다. 이델은 작게 한숨을 쉬었다.

"저도 쥬다 님에게 한소리는 하겠지만 타라 님도 순진하게 하자는 대로 다 하고 그러면 안 돼요. 아셨지요? 가끔은 튕기고 밀당도 해야 된다고요!"

"으응. 알았어요."

안티오크에게 듣기로 이델이 연애할 때는 그런 상여자가 없었다고 하던데……. 타라는 말꼬리를 흐리며 약간 못 미덥게 수긍했다. 이델은 눈을 가늘게 떴지만 이것은 쥬다를 달달 볶기로 하는 문제라고 생각하면서 화제를 돌렸다.

"잠이 안 오시면 숙면 효과에 좋은 약초를 드릴까요? 베개에 넣거나 차로 우려 드시면 좋을 거예요. 요즘 너무 덥다 보니 그럴 수도 있겠네요."

"네. 고마워요."

쥰이 낑낑거리며 달려와 테이블 아래로 들어갔다. 따라서 가까이 온 브리지트가 장난스럽게 웃으며 타라의 옆에 앉았다. 타라의 다리 옆에 바짝 붙은 쥰이 꿍얼거렸다.

[난 저 여자 무서워.]

"맞아. 요즘 날이 덥기는 하지?"

"공주님도 필요하시다면 약초를 드리겠습니다."

"아니, 됐어. 내 고향 남부는 매일매일이 이런걸."

브리지트는 손사래를 치다가 아, 하고 검지를 폈다.

"그러고 보니 밤바람이나 쐬려고 테라스에 나왔다가 하울링을 들었어. 혹시 그쪽이야?"

"전 벨벳 성에서 그런 소음 공해를 일으키지 않습니다. 황야의 늑대들 것이 아닐까요?"

"글쎄. 그렇다고 하기에는 느낌이 달랐는데……."

그녀가 고개를 갸웃거리자 이델은 곰곰이 생각하다가 손가락을 튕겼다.

"혹시 내 아들내미 것이려나요? 곧 성에 들를 수도 있다고 전해오기는 했는데."

"아드님이라면……."

"갈랑 녀석이요. 우리 집 첫째 놈이죠."

"아."

그 온순하고 착한 초식남이시라는 분. 늑대 족치고는 안 어울리는 묘사들이었지만 어머니 눈에야 아들이 오죽 예쁘겠는가 해서 고개를 주억거렸다. 여자 셋이 이것저것 떠드는 사이, 솥이 끓었다.

이델은 완성된 약을 병에 담았다.

"잘 식힌 다음 자기 전에 드세요."

"알았어. 신경 써 줘서 고마워."

"엇, 쥰!"

갑자기 쥰이 큰 소리로 끙끙거리기 시작하자 타라가 난감해했다. 그녀는 고양이처럼 콧등을 찡그리며 멀뚱히 봐 오는 그들에게 착 손을 세우고 조심조심 소곤거렸다.

"아무래도 쥰이 화장실이 급한가 봐요."

"……개 프라이버시를 그렇게 심각하게 말할 필요는 없어."

"저 먼저 가 볼게요! 천천히 대화 나누시고 오세요!"

황당해하는 브리지트에게 붕붕 손을 저은 타라가 쏜살같이 쥰과 밖으로 나갔다. 남은 둘은 시선을 교환하고는 바로 픽 헛웃음을 지었다.

"참 애가 귀여워."

"귀엽지요."

그들은 반달 모양으로 접힌 눈으로 공감하며 고개를 끄덕였다. 그러고는 같은 생각에 미쳤는지 동시에 입을 열었다.

"암만 봐도 도둑놈이죠."

"도둑놈이지."

타라의 측근으로서 막 연인 사이로 발전한 쥬다와 타라의 관계를 알고 있는 그들은 타라가 좋아하고 행복해하니 기쁘면서도 야릇한 감상을 느꼈다.

"쥬다 님이 어디 빠지는 분은 아니지만요, 마음이 그렇다 이거죠.

우리 타라 님처럼 순수하고 어여쁜 분은 이 남자, 저 남자 만나도 보고 경험도 많이 해 보셔야 하는데, 음험한 대마법사에게 잡혀서는……."

"뭐 어떤 면에서는 타라가 아깝지. 그래도 서부 영주 정도면 율리아 대륙에서 1등 신랑감 아닌가?"

날고 기는 이들은 많았지만, 개중에서도 쥬다는 단연 독보적이었다.

외모, 능력, 혈통, 마력, 명예, 직위, 재산…… 뭐 하나 아쉬운 게 있나. 물론 그 잔인한 성질머리가 치명적이긴 하지만 타라 앞에서는 온화한 용이니 이것도 없는 단점이나 마찬가지다.

"늑대족은 평생 한 명의 반려만 본다면서 의외로 개방적이네."

"내가 못 해 본 거 딸은 해 보기를 바라는 심정과 비슷하달까요."

"흐응. 이해했어."

고개를 끄덕인 브리지트가 턱을 괴었다. 솜씨 좋은 늑대 수족의 조그만 솥단지에서 연신 김이 모락모락 피어올랐다. 잠깐 멍때리듯 그 모양을 바라보던 그녀가 불쑥 입을 열었다.

"있잖아, 주변에서 말이야, 제법 매력적인 사내가 저를 좋아하는 걸 안다면 흔들릴까?"

"본인 얘깁니까?"

"아니."

타라.

이델은 브리지트가 말하는 바가 무슨 뜻인지 살피듯이 주의 깊게 바라보았다.

"안 그럴 것 같군요. 타라 님은 무언가에 한번 애착을 가지시면 퍽 맹목적인 편이니까요."

"그렇지?"

어쩐지 좀 불쌍해지는걸. 브리지트는 끌끌 혀를 차고는 자리에서 일어났다. 슬슬 가 보겠다는 제스처였다. 이델이 테이블을 짚고 비스듬히 따라 일어나며 물었다.

"그게 누구냐고 물으면 가르쳐 주실 건가요?"

"그럴 필요는 없을 것 같은데. 잘 생각해 봐. 누구일지."

브리지트는 삐딱하게 웃더니 손을 흔들고 나갔다. 이델은 팔짱을 끼고 잠시 침묵했다. 그리고 말했다.

"이제 나와."

약제 창고와 연결된 뒷문이 끼이익 아가리를 벌리고 그 속에서 청년이 걸어 나왔다. 삐딱하게 기울인 머리는 붉은빛이 감도는 살구색이다.

타라와 브리지트가 갑자기 들이닥치는 바람에 미처 자리를 못 피한 그는 한편에 몸을 피하고 그녀들이 갈 때까지 기다리고 있었다. 이델을 방문한 목적이 퍽 그리 정당하지 않기 때문이었다.

비제가 주머니에서 조그마한 붉은 약병을 꺼내 테이블 위에 올려놓자 이델이 그것을 가져갔다.

"잘 썼어."

"쥬다 님 이름까지 들먹여서 내주기는 했는데 망각의 물약이라니. 대체 이게 왜 필요했던 거야?"

"골치 아픈 사태를 평화적으로 무탈하게 해결하기 위해서?"

빈 찻잔만 남은 자리에 털썩 앉은 비제는 빙그레 웃었다. 그 이상 대답하지 않겠다는 의미다. 이델은 골난 눈으로 쏘아보다 팔짱을 꼈다.

"미안하지만 나도 장님은 아니라서. 브리지트 공주님이랑 무슨 일이 있었던 거야?"

"물약 한 방울이면 별거 아닌 일."

권하지도 않았는데 빈 잔을 바닥에 훌훌 털어 남은 몇 방울을 떨군 뒤 새로 채운 비제가 후루룩 마셨다. 목말라서. 마셔도 되지? 어처구니없었다. 이미 마셔 놓고는 무얼.

"남부의 후계자라더니 괜한 말은 아니더군. 그 나이에 제법 강했어. 요정 여왕이 자식 농사는 잘 지은 모양인데."

"싸우기까지 했어?"

비제는 어깨를 으쓱했다. 그러고는 짤막하게 변명한다.

"방어를 했지."

"방어를 할 만했던 일이 무슨 일인데?"

"타라는 왜 두통을 앓는 거지? 물약을 먹인 건 그쪽이 아닌데."

이델은 기가 막혀서 눈을 부라렸다. 이놈이 농담을 하는 건가? 하지만 그는 시종 진지했다. 특히 타라를 걱정할 때는 약한 웃음기도 없었다. 동료라지만 속 모를 인사가 골 아픈 탓에 이델은 이마를 짚었다.

"뭐 우연찮게 후유증 증상이 비슷하기는 하지만 문제는 그게 아니라…… 가만."

천천히 표정이 가셨다. 이델은 손을 내리고 처음 만났을 때부터 지금까지 여전히 물안개처럼 신비스럽고 종잡을 수 없는 친구와 믿음직하면서도 비밀스러운 동료, 그 가운데 어디쯤엔가 서 있는 남자를 빤히 내려다보았다.

비제의 물빛 눈은 호수처럼 잔잔하기만 했다. 그는 언제나 믿지만 믿을 수 없는 존재다.

단호하게 나온 그녀의 첫말은 이거였다.

"안 돼."

"무엇이?"

"타라 님."

비제는 물에 비친 허상 같았다. 이델이 재차 말했다.

"접어. 아직 그렇게 안 깊지?"

담담하지만 날 없는 칼처럼 단호했다. 경고 같은 충고에 비제는 찻잔을 내려놓고 고개를 들었다. 그는 희미한 달그림자처럼 미소 지었다.

"쥬다 때문이야, 타라 때문이야?"

"부정도 안 하냐?"

이델이 기가 막혀 물었다. 그는 잠시 대답 없이 느슨히 등을 기댔다. 셀 수 없이 피를 묻혀 온 희고 단정한 손끝이 온기 없는 테이블 가장자리를 건드렸다.

"부정해야 하나? 필요하면 그렇게 하고."

"비제."

"이러든 저러든 화를 내는군. 죄라도 지은 것처럼."

단조로운 대꾸가 이델의 잇따른 혀를 잘라 냈다. 그녀는 화 같은

잡다한 걱정을 꿀꺽 삼키고는 억누른 목소리로 말했다.

"멍청아. 너 때문이잖아."

"……."

"계속해 봤자 너만 다쳐. 접을 수 있을 때 접어. 쥬다 님이 알면 널 가만두지 않을 거야."

"상냥한 이델. 설득하려면 겁이 나고 무서운 걸 들이밀어야지."

이델은 혀를 차며 남 일처럼 웃는 그를 덮을 수도, 끌 수도 없는 어중간한 잉걸불처럼 응시했다. 그의 신기루 같은 성정 덕에 완전히 곁을 내주지는 못하더라도 정이 안 가는 건 아니오, 걱정이 안 되는 건 아니었다. 사실 그녀는 항상 그가 안타까웠다.

어쩔 수 없이 그녀의 눈에 깃드는 동정을 낡고 오래되어 감흥 없는 옛 편지를 읽듯 응시하던 비제가 농조로 흥얼거리며 손가락으로 탁탁 탁자를 두드렸다.

"유감스럽게도 다치거나 죽는 건 그리 무섭지 않은데. 다른 걸 말해 봐."

"설마 그렇게 깊어? 언제부터?"

가볍기 그지없는 당사자와 달리 심각한 이델의 말에 비제가 못 참고 웃음을 터뜨렸다.

"아, 세상에. 여기까지 하자. 지금도 충분히 바보 같네, 우리."

"나 지금 진지해."

"알아. 나도 그렇거든."

이델은 입을 다물었다. 비제는 오래 비행한 새가 날개를 늘어뜨리는 것처럼 다리를 쭉 펴고 느슨히 의자에 걸터앉아 있었다. 호주머니에 손을 끼우고 삐딱하게 기운 얼굴은 약간 수그러진 채로, 텅 빈 눈은 알 수 없는 어딘가를 향해 있다.

이윽고 그는 눈만 굴려 이델을 올려다보았다.

"걱정 마, 이델."

이건 누구에게도 무의미한 거니까. 심지어 나한테도.

* * *

일이 귀찮아졌어.

갈랑은 팔짱을 끼며 피곤한 듯 눈을 감았다. 간단한 임무일 줄 알았는데 생각보다 번거로워졌다. 동부의 피닉스 나이트가 날고 기는 기사들 중 특별한 실력자들이라는 건 알고 있었지만 이번에는 한 방 먹었다.

제법 자신했던 포위를 뚫고 기사 하나가 달아났다.

"부단장이라 그런가."

물론 그의 유감스러움은 전부 이 사태를 유발한 혈기 왕성한 동생 리오사에게 돌아갔다. 늑대 혈족들이 다시 이 온화한 청년의 눈치를 절절매며 보기 시작한 건 덤이었다.

갈랑은 흙 한 줌을 집어 코에 갖다 대었다. 흔적을 최소화하기는 했지만 부상당한 몸으로 포위망을 뚫다 보면 당연히 미세한 자취라도 남기 마련이다.

얼마간의 소량의 피와 발자국만으로도 갈랑은 어느 정도 침입자의 상태를 유추해 내었다. 서두른다면 벨벳 성에 당도하기 전에 잡을 수 있으리라.

"속도를 올린다."

즉, 그 혼자 가겠다는 말이었다. 아우들은 우려 섞인 말 한마디 없이 바로 복종했다. 그의 실력도 실력이었지만 드물게 인상을 쓰고 있는 형에게 토를 달았다간 리오사보다 더 죽사발이 될지도 모른다.

그리하여 추격전이 시작되었다. 사흘, 내리 잠도 없이 쫓고 쫓기는 피를 말리는 시간이었다. 이틀 만에 따라잡아 가까스로 기사의 남은 팔 한쪽도 못 쓰게 만들었으나 꼬리를 자르고 도망가는 도마뱀처럼 간발의 차로 놓치자마자 갈랑은 좁혔던 미간도 무표정하게 변했다.

차라리 생포 명령이 아니었다면 더 빨리 끝났을 텐데.

마른나무 기둥을 맨손으로 우지끈 부서뜨린 갈랑이 마른 입술을 훑았다. 늑대들은 기본적으로 공격적인 본성을 지녔다. 그건 아무리 온화한 남자인 갈랑도 마찬가지였다. 그는 매우 오랜만에 진심으로 성질이 올라오는 걸 느꼈다.

"사지를 전부 부순 다음 끌고 가야겠어."

어쨌건 숨통만 붙어 있으면 되는 것 아닌가. 그리하여 잔뜩 약이 오른 늑대와 기사는 벨벳 성에서 불과 반나절도 떨어지지 않은 거리, 황무지의 조각난 협곡에서 다시 맞붙었다.

물론, 이것은 기사 란쳇에게는 매우 애석한 일이었다.

"큭!"

넝마가 된 곤틀릿을 내던지고 팔을 부여잡은 란쳇이 호흡을 가다듬었다. 이가 다 나가 나뒹구는 단검 옆으로 훌쩍 뛰어내린 커다란 검은 그림자가 느릿느릿 일어섰다.

무덤덤한 낯에 몇 방울 튄 피를 혀를 내어 핥은 갈랑이 성큼 한 걸음 내딛자, 란쳇이 숨을 몰아쉬며 웃었다.

"젊어 보이는 친구가 제법이야. 엄청 끈질겨."

"그쪽도 걸레짝이 다 되었는데 제법이군."

갈랑이 물 흐르듯 대꾸했다. 우두둑우두둑 목을 꺾은 그는 마찬가지로 상대방의 것도 기꺼이 분지르고 싶은 것처럼 손을 치켜들었다. 란쳇이 다급하게 소리쳤다.

"잠깐! 난 첩자가 아니오. 무척 평화적이고 건실한 목적을 가지고 있소!"

뾰족한 발톱을 우그린 채로 갈랑은 고개를 갸웃거렸다.

"평화적이고 건실한 목적?"

"그래! 그냥 나는 아는 여자애 한 명 만나려고 그러는 거요. 아니 그냥 먼발치에서만이라도."

"봐서 어쩌게?"

"거참 눈치 없군. 뭐겠나? 그냥 안부 확인이지!"

"안부 확인하러 동부에서 얼음 산맥을 거쳐 이 먼 서부까지 밀입국을 했다고? 그쪽은 글을 쓸 줄 모르나."

"……."

하긴 상식적으로 저 지적이 맞긴 했다. 란쳇 본인도 입장 바꿔서 밀입국자가 '저 아는 여자애 만나러 왔는데요. 아, 말 섞을 필요도 없어요. 그냥 잘 지내나 확인만 하려구. 헤헷!'하고 말한다면 이 개

새끼가 누구를 호구로 보나, 할 것이었다.

하지만 미치고 팔짝 뛰게도 그게 사실인 걸 어쩌겠는가!

"편지를 주고받을 사이가 아니요. 아니, 정확히 말하면 상황이……."

아, 이걸 어떻게 설명해야 돼. 이드의 뜻에 따라 타라에게 부녀 관계에 대해서는 함구령이 내려져 있다. 그의 횡설수설을 가만히 듣고 있던 갈랑이 대뜸 얼굴을 찡그렸다. 그의 눈빛이 매우 괴상해졌다.

아는 여자애. 편지를 주고받지 못하는 사이. 몰래 지켜본다…….

"당신, 스토커인가? 첩자가 아니라 쓰레기였군."

"……제기랄. 왜 결론이 그렇게 돼?"

그의 분위기가 임무 완수에서 쓰레기 수거자로 바뀌자 란쳇의 낯이 해쓱해졌다.

"이봐, 내가 요만할 때 얼마나 잘 놀아 줬는데. 그냥 난 그 애 아버지가 부탁해서 얼굴 좀 보려고……."

"보통 변태들이 부모의 지인을 사칭하고는 하지."

"아니라고!"

목숨 내놓을 준비는 됐는데 변태로 기사의 명예가 더럽혀질 각오는 안 되어 있던 란쳇이 악을 썼다.

"나는 동부 황금 성의 명예로운 세 번째 피닉스다! 내 임무는 그분의 안위를 확인하는 것! 그리고 마땅한…… 상황이 된다면 부친 되시는 분의 편지를 전달하는 것이 두 번째! 알겠나? 나는 멀리 떨어진 안타까운 두 부녀를 위해 친히 발품을 팔고 있는 가족 평화의 전도사……!"

"그럼 그 아버지란 자가 직접 오면 되지, 왜 당신이 오나."

"공사가 다망한 분이요. 또 사적인 사정이 있소. 가족 간의 그런, 걸쩍지근한 거랄까."

란쳇은 열심히 손짓 발짓을 첨가하며 사정 설명을 했다. 그것을 무뚝뚝하게 듣고 있던 갈랑이 잠시 그 안타까운 가정사를 이해해 보려는 듯 턱을 괴고 침묵하자, 란쳇은 침을 꿀꺽 삼키며 기대 어린 눈초리로 바라보았다.

현재 그는 체력도 다 떨어졌고, 더 이상 싸울 만한 물자와 기력도 없었다. 그러니 대화가 통하기를 바랄 수밖에 없다. 아니라면 질질 끌려가 국경 밖으로 내동댕이쳐지겠지. 생각만 해도 끔찍했다.

긴 침묵 동안 생각을 정리했는지 갈랑이 고개를 끄덕였다.

"이해했어. 하긴 가족마다 저마다의 사정이 있는 거겠지."

"오오오! 이해해 주었군! 그럼 나를……."

"하지만 임무는 변하지 않는다. 고통 없이 기절시켜 동부로 송환해 주지."

"당장 보내 주…… 뭐요?"

"무기 버리고 투항하라. 아님, 더 해야 하나?"

갈랑이 순한 눈으로 빤히 저를 봐 오자 란쳇은 입을 벌렸다. 그도 잠깐 생각을 정리하는 시간을 가지…… 기는 개뿔이고 바로 육시랄 욕이 튀어 나갔다.

"염병할, 장난해? 그럼 뭐하러 그렇게 고뇌한 거야?"

"그쪽이 진정성을 보이길래 거기에 응당 진지하게 대응을……"

"진정성은 지랄! 그리고 이해한다며!"

"이해와 임무는 별개 아닌가. 기사가 당연한 걸 묻는군."

"……새로운 공격 방식인가? 열받아 죽을 것 같아."

란쳇이 부릅뜬 눈으로 노려보며 중얼거렸지만 갈랑의 동요 없는 얼굴은 그대로였다.

그는 잠시 생각하다 대답했다.

"내 의도가 곡해되었다면 사과하지. 하지만 주군께서 명령하신 것은 침입자들을 전부 추방하라는 지시였다. 산 채로 보내라 하셨으니 다행으로 알아라."

"거참 고맙군그래."

"사정이 딱하지만 긍정적으로 상황을 판단해 보자면, 그쪽은 아직 살아 있다."

"연장자로서 충고하겠는데, 그쪽은 그냥 입을 닥치는 게 더 호감형일 것 같아."

란쳇이 입술을 실룩이며 조언하자, 갈랑은 입을 다물었다. 딱딱한 얼굴이 화가 났다 싶지만 사실은 우울함에 가까웠다. 그도 잘은 몰랐지만 저가 본의 아니게 사람 성질을 긁을 때가—특히 직설적이고 솔직하며 다혈질인 사람들, 예컨대 그의 가족 같은— 종종 있다는 것을 알고 있었다.

"그렇군. 하지만 이건 어떻겠나. 그쪽 편지를 내가 대신 전달해 주면 될 텐데. 물론, 그쪽의 말이 사실이라는 전제하에서."

"정말인가?"

피도 많이 흘려 띵한데다 열받아서 후끈거리는 목덜미를 쥐고 있던 란쳇이 반색했다. 그러나 그는 곧 영 수상쩍은 얼굴로 무표정한 갈랑을 살폈다.

"그런데 왜 이리 친절해? 요즘 늑대족들은 다도라도 하며 정신수양이라도 하나?"

"공사 구분이 철저하고 임무에 지장이 없다면 그 외는 나의 판단이 아닌가. 그러나 주인께서 그대들을 내쫓으라 한 데에는 이유가 있을 터. 주군의 승낙이 있어야 내가 그 편지를 전해 줄 수 있다."

"끄응, 이봐, 고맙기는 한데 그 작자가 허락해 주었다면 내가 여기까지 올 이유가 없다고."

"왜지?"

"그야 이 편지 주인의 후견인이 서부 맹주……."

아, 피를 너무 많이 흘렸나. 얼얼하던 머리가 종을 치듯 희게 번쩍이더니 갑자기 눈앞이 흐려졌다. 제기랄. 흑백이 왔다 갔다 하며 당혹스럽게 눈썹을 올리는 갈랑의 얼굴, 그리고 훌쩍 가까워지는 맨바닥이 검게 변했다.

갈랑은 시체처럼 뻗은 그를 가만히 내려다보았다.

피를 지혈도 안 하면서 잘도 서 있다 했다. 콧날에 손을 대 보니 죽지는 않았지만 이대로 내버려 두었다가는 죽을지도 모르겠다.

으음……. 곤란한데. 쥬다의 명령은 '살려서' 보내라는 것이었으니.

잠시 이래저래 엄격히 따져 보던 갈랑은 란쳇의 축 늘어진 커다란 덩치를 들쳐업었다.

*　　*　　*

타라가 읽던 책을 덮고 하늘을 올려다보았을 때는 벌써 석양이 지고 있었다. 그녀는 한숨을 쉬었다. 해가 길어졌음에도 끝자락에 설 때면 항상 짧게 느껴진다.

그리고 쥬다는 아직 돌아오지 않았고.

정원의 그늘에 앉아 독서를 하는 타라의 옆에서 잠을 자던 쥰이 늘어지라고 하품을 하며 졸졸 타라의 뒤를 따라왔다. 여름의 풍부한 청록빛 향이 바람을 타고 코끝을 건드렸다.

이 여름도 곧 언제 그랬냐는 양 꺾일 것이다. 그녀의 얼마 남지 않은 생일은 청량한 서늘함이 갓 피어오르던 초가을쯤이니 말이다.

"어, 아저씨?"

잠시 잡생각을 이어 가며 걷던 타라는 익숙한 누군가의 뒷모습을 발견하고 살짝 웃었다.

"여기서 뭐해요?"

비스듬히 그녀를 돌아보는 비제의 푸른 눈이 새파란 스테인드글라스처럼 창백했기에 타라는 걸음을 멈췄다. 뒤이은 눈웃음을 보고 나서야 묘한 안심이 들었다.

"바람을 맞고 있어."

"바람이요?"

영문 모를 말이다.

"그냥, 바람. 선선하고 조용하고. 가만히 이렇게 서 있으면 기분이 좋아지거든."

낮더위가 강한 날이었다. 어두워지는 땅거미를 타고 생기가 살아난 들바람이 그들 사이를 스쳐지나갔다. 타라도 눈을 감고 깊게 숨을 들이쉬었다가 내쉬었다. 풀 향기가 섞인 공기가 폐부 깊숙이 들어와 맴돌았다.

"그러네요."

빙그레 따라 웃고는 고개를 돌리는 비제를 슬쩍 바라보다 타라가 물었다.

"무슨 안 좋은 일 있었어요?"

"아니. 왜?"

"그냥…… 기분 전환을 할 만한 일이 있었나, 하고."

타라가 멋쩍다는 듯 뺨을 문질렀다. 상대를 살피는 상냥한 붉은 눈은 예쁘다. 항상 그렇듯이.

비제는 그녀의 머리 위로 손을 올리고 비비적거리면서 웃었다.

"착해라."

타라가 잠자코 있자 비제가 눈을 기울이며 돌아보았다.

"요새 두통이 잦다며."

"어, 조금요."

벌써 그새 말이 여기까지 돌았나. 이델이 바쁘게 말을 옮길 성격은 아닌데.

"이델 만났어요?"

"응."

언젠가 술에 취했을 때, 비제의 빠른 눈치에 감탄한 적이 있었다. 하지만 타라도 사실 다른 사람의 기분을 알아채는 눈치에 있어서는 빠지지 않았다. 특히 부정적인 감정에 대해서는.

소탈하게 대꾸하는 비제의 평온한 얼굴을 가만히 들여다보던 타라는 불쑥 제안했다.

"뭐할래요?"

"뭐가?"

"꿀꿀할 때는 기분 풀릴 만한 걸 해야죠."

푸른 눈이 물끄러미 저를 보아 오자 타라는 그가 거절할지도 모른다고 생각했다. 그러나 의외로 돌아오는 말은 긍정이었다. 좋아.

와, 정말? 조금 놀랐다가 활짝 웃으며 검지를 폈다.

"토끼 잡을까요, 말 타러 갈까요."

그래서 그들은 말을 타고 나왔다. 드넓은 황갈빛 토양 위로, 석양이 불꽃에 달려드는 날벌레들처럼 눈 닿는 곳곳에 비산하고 있었다.

반짝이는 붉은 빛깔들은 수만 개의 얇은 날개 같기도 했다. 보송한 깃으로 된 것이 아니라 투명하고 얄팍한 재질의, 속이 다 비치는 바삭거리고 아름다운 곤충의 것 말이다.

타라는 동행자에 대해서 또 다른 특별한 재주를 발견했다. 이상하게도 비제를 따라나서면 일상적이고도 아름다운 것들을 마주치게 될 때가 많았다.

그가 의도했는지 아닌지는 모르나, 주변을 둘러싼 풍경의 특별함을 새삼 깨우치게 된다는 것만으로도 그의 신비스러운 능력은 증명되는 셈이었다.

사실 쥬다와도 밤의 후원과 일몰을 함께한 적이 잦았는데…….
동행이 다르다 해서 시각이 그리 달라질까. 아, 그래. 그와 함께 있을 때는 다른 것을 볼 틈이 없었다.

"난 노을이 좋아."

"어, 그건 나돈데."

비제의 독백 같은 목소리에 타라가 동조했다. 그들을 태운 말이 터벅터벅 마른 구릉에 올라 멈췄다. 유황빛으로 그을린 모든 대지가 들여다보이는 자리였다.

잠시 말이 필요 없는 조용한 감탄사가 터졌다. 소리 없이 전멸해 가는 태양에게서는 어떠한 신음도 없어서 더 장엄했다. 부드럽고, 거칠고, 화려하고, 잔잔한……. 모든 것들이 그곳에 있었다. 어린아이부터 죽음에 다다른 노인에 이르기까지 공평하고 일관적인 장관. 타라가 옅게 웃었다.

"왜 노을이 좋으세요?"

"보면 마음이 편안해지잖아."

"공통점이 있었네요."

"그 외에도 몇 개 있지 않았나."

있긴 했다. 아니 사실 많았다. 어머니와 사이가 안 좋은 거라든가, 고귀한 혈통임에도 빈약한 마력을 가진 점, 안 그러는 척하면서도 매우 낯을 가리고, 보기보다 타인의 눈치를 많이 보는 것, 그리고…….

정말 아프고 슬플 때는 혼자 삼킨다는 점. 거기에 노을을 좋아한다는 사소한 취향 하나 추가되었을 뿐이다.

그녀의 말에 비제가 웃으며 물었다.

"내가 아프고 슬픈지는 어떻게 안다는 거니."

"몹시 슬플 때는 석양이 좋아진대요."

"누가 그래. 쥬다가 할 말은 아닌데."

정곡을 찌르는 말이었다. 실제로 쥬다는 시큰둥하게 면박을 줬던 것 같다. 타라가 키득거리며 말했다.

"음, 어떤 작은 별의 어린 왕자님이요."

"쥬다 몰래 애인 됐어?"

"……아저씨는 은근 생각하는 거 보면 저질이에요."

타라가 정색하며 짜증을 내자 비제가 자기는 매우 건실한 청년이라며 아우성을 쳤다. 흥 코웃음을 친다. 하는 거 보면 뒤로 애인들도 많이 만나고 다닐 게 뻔했다. 말도 유려하게 잘하고 생긋생긋 웃고 다니는 게 꼭, 뭐더라, 바람둥이 같잖아.

"솔직히 말해 봐요. 아저씨 연애 많이 했지요? 막 연애쟁이처럼."

"아닌데."

"그러시겠죠."

"정말이야. 난 여자가 무섭거든."

뜻밖의 반박이었다. 타라가 눈을 깜박이고는 휙 돌아보다가 빰이 찔렸다. 검지를 쭉 내밀고 있던 비제가 히죽 웃는다. 아 진짜. 손가락을 걷어 내면서 한소리 했다.

"이런 짓을 곧잘 하는데 무섭기는!"

"넌 여자가 아니라 꼬맹이지."

"다 컸거든요!"

"그래, 그래."

건성 어린 긍정이 약 오른다. 타라는 씩씩거리다가 말을 더 길게 해 봤자 또 당할 것 같아서 삼켰다. 대신 속는 셈 치고 물었다.

"왜 여자가 무서워요?"

"글쎄. 무서운 어머니를 두어서 그런가."

혀를 잘못 씹을 뻔했다. 퍽 오랜만에 비제의 가족사를 떠올린 타라가 괜히 눈치 보듯 조용하자, 비제가 비죽 웃었다.

"정확히는 '사랑'이 무서워. 그건 사람을 미치게 만드니까."

"으음, 예쁘고 좋은 사랑도 있잖아요?"

"예쁘고 좋은 사랑 따위는 없어. 적당하고 적절한 사랑이 있을 뿐이지."

간결한 대꾸는 과하지도 덜하지도 않은 감정이 실려 있어서 덤덤하게만 들렸다.

"어떤 식으로든 나를 변질시키고 휘두르며 파괴하는 독이야. 그게 아름다울지 추할지는 신만이 아실 테지."

누구나 예찬하고 추앙하며, 때로는 인생에서 필수 불가결의 의무로까지 인식되는 사랑에 대한 그의 원론은 신랄했다.

불편할만한 의견에도 타라는 그의 말이 틀리다 말하기 힘들었다.

사랑은 위험하고 두렵다. 순식간에 속수무책으로 휩쓸리는 태풍처럼. 그렇게 쥬다를 좋아하는 타라도 발 벗고 뛰어들기 주춤거렸을 만큼.

하지만 그러함에도 불구하고, 결국, 타라는 마음 가는 대로 그를 마음껏 좋아하고 있었다. 왜냐하면…….

"무섭고, 싫고, 도망가고 싶어도, 거부하고 외면해도 어쩔 수 없으니까 사랑이 아닐까요."

노을에 섞인 말소리가 낭랑하게 울렸다.

"만약 그게 자로 정확히 재거나 저울로 달 수 있어서 조절할 수 있다면 사람들이 그렇게 사랑 타령을 하지는 않았을 거예요."

그들을 태운 말이 터벅터벅 듬성듬성 돋아난 풀을 밟으며 걸었다. 하루 동안 닳아 낡아 버린 햇볕이 사방에 내려앉았다. 말의 짧고 반지르르한 갈기, 순진한 두 눈과 말랑하고 단단한 콧등 잔, 조곤조곤 대화를 나누고 있는 두 사람의 머리 위로도.

"그러네."

잠시 조용하던 그가 한 말이었다. 그리고 이어서 말한다. 걸을래? 좋아요.

먼저 내린 비제가 타라의 손을 잡고 땅에 디딜 수 있게 받쳐 주었다.

잠시 시선이 마주쳤을 때 그는 한동안 주의 깊게 그녀를 올려다보다가, 빙그레 웃었다. 눈빛까지 감춰 버릴 듯 가늘게 반달형으로 가려진 눈웃음이었다.

"너무 빨리 자라는 것 같아, 아가씨."

"언제는 꼬마라면서요."

"거짓말이야. 그걸 믿었어?"

천연덕스러운 거짓말쟁이가 나긋하게 되물었다. 자못 째려보다가도 결국 타라는 가볍게 웃어버렸다. 그녀와 함께 걷고 있는 거짓말쟁이는 꽤 상냥했으므로.

"마음껏 사랑하렴. 후회할 새도 없이 원 없게. 다시 돌아가 수천 번을 사랑해도 아쉬움이 없을 만큼. 예쁘게."

타라는 당혹인지 낯부끄러움인지 헷갈리는 간질거림에 잠시 콧등을 찡그리다가 입을 열었다.

"왜 그래요, 늙은 노인처럼."

"퍽 틀린 말은 아니네."

"그런 얼굴로 그렇게 말하면 욕먹는 거 알아요?"

창창한 젊은 미모에 눈빛만 고목 나무껍질인 남자가 큭큭 낮게 웃었다.

"내 가치를 이제야 알아주는 건가?"

"브리지트가 말하길 남자는 얼굴 따져 봤자 똥값이랬어요."

"얼굴은 된다는 거군."

"참나, 어떻게 자기 좋을 대로만 콕콕 짚어서 알아먹어."

툴툴거리는 도톰한 입술이 삐죽거린다. 붉고 찬연한 깃의 새가 지저귀는 듯했다. 하얀 얼굴에 오목조목 성숙한 이목구비가 설탕 인형처럼 달큼하다.

비제는 그저 입가를 비스듬히 휘었다.

"그게 내 장점이지."

돌연 말끝이 흐려졌다. 타라가 의아할 새도 없이 뻗어 온 손이 그녀를 잡아 제 뒤로 밀쳤다. 순식간에 검을 뽑아 든 그가 날카롭게 일갈했다. 아무도 없는 수풀이었다.

"누구인지 모르겠지만 순순히 나오는 게 어때. 오늘은 조절도 잘 안 될 것 같은데."

타라는 갑작스러운 상황에 비제와 그가 노려보는 곳을 번갈아 보았다. 곧이어 수풀이 흔들리며 웬 커다란 늑대가 걸어 나오자 깜짝 놀랐다.

그것은 석탄처럼 새카맣고 단단해 바위로 착각해도 이상하지 않을 것 같았다. 놀랍게도 늑대는 바로 웅크리고 있다 가죽을 벗듯이 사람으로 변했다.

“경계할 것 없습니다, 미메시스 경. 늑대족의 갈랑입니다.”

“갈랑? 이델 아들?”

비제가 눈썹을 올리며 중얼거린 말에 타라는 깜짝 놀랐다. 갈랑? 아, 그 말로만 듣던 물렁한 첫째 아들! 놀라서 손바닥을 쳤다가 다시 주의 깊게 갈랑의 단단한 얼굴을 보며 눈썹을 좁혔다.

순하고 무척 다정한 아들이라고 했는데, 인상은 무뚝뚝하고 딱딱했다. 검을 거둔 비제가 팔짱을 끼고 갑작스러운 방문객을 빤히 응시했다.

“북부 국경에 있을 줄 알았는데 여기는 어쩐 일이지? 어머니를 만나러 왔나?”

“임무가 있어서 피치 못 하게 들르게 되었습니다.”

“무슨 임무?”

“못 들으셨습니까? 국경 쪽에 침입자가…….”

그들이 대화를 나누는 사이 타라는 신기해서 갈랑을 이리저리 살펴보았다. 이델에게 들은 이야기를 토대로 한 상상 속에서의 갈랑은 조금 말이 없는 앳된 느낌의 소년이었는데 이리 보니 완전히 건장한 청년이었다.

구릿빛 피부에 가느스름하고 깊은 눈은 검은 돌처럼 반짝였고, 턱은 단단했으며 입술은 반듯했다. 이델과 닮은 듯 닮지 않은 외모였다.

입을 작게 벌리고 뚫어져라 보고 있는데 시선 탓인지 갈랑이 전조도 없이 타라 쪽으로 시선을 옮겼다. 엉겁결에 인사했다.

"안녕하세요."

갈랑의 무생물 같은 표정에 타라는 왠지 제 인사가 무시당할 것만 같다고 생각했다. 하지만 침착하고 성실한 대꾸가 돌아왔다.

"네. 안녕하십니까."

이델이 아들에 대해 한 말 중 하나는 맞는 것 같다. 예의 바르네. 생각보다 무척 커서 놀랐지만 우선적으로 이델의 아들이라는 것 자체가 호감 요소였다.

호기심과 호의가 뒤섞인 눈초리로 멀뚱거리며 서 있는 그를 훑는데 비제가 끼어들어 물었다.

"그럼 벨벳 성으로 가는 건가?"

"예. 아무래도 부상이 심해서……"

"다치셨어요?"

타라가 깜짝 놀라 물었다. 실례인가 싶어 아차 했지만 이델의 아드님인데! 걱정된다. 갈랑은 제 말이 하다 잘렸는데도 기분 상한 기색 없이 대답해 주었다.

"전 괜찮습니다. 추방 예정된 침입자가 다쳤지요. 쫓아낼 때는 쫓아내더라도 목숨줄은 붙어 있어야 하니 말입니다."

그는 성으로 가던 길에 인기척이 느껴져서 혹시나 숨었던 것이고 환자의 치료가 시급하므로 가던 길 가겠다며 말을 줄였다.

고개를 끄덕이는 비제를 일별하고 갈랑이 구석에 축 늘어져 있던 남자를 훌쩍 들쳐업었다.

군인같이 짤막한 주황빛 머리칼이 그 서슬에 밤송이처럼 흔들렸다. 어쩐지 시선을 끄는 독특한 머리에 멍하니 시선을 고정하고 있는 타라에게 비제가 말을 걸었다.

"우리도 돌아가자."

"아. 네."

그리 말하면서도 그 자리에 우뚝 선 발이 더 움직이지 않았다. 주황색 머리라니. 참 특이하지. 그런데 왜 이렇게 기분이 이상할까? 꼭 잊고 있었던 걸 다시 마주한 것처럼.

"타라?"

—타라 님. 내가 아직도 무섭습니까? 저 나쁜 사람 아니라니까요.

살갑게 하려 애쓰는 어색한 목소리, 쭈그려 앉아 눈을 맞추던 엉거주춤함, 싱글벙글 웃던 커다란 얼굴이 불현듯 떠올랐다.

넓은 어깨에 턱 하니 둘러맨 검, 쏟아질 듯 시원하고 하얀 이, 따뜻한 봄 햇살에 황금빛으로 빛나던 검 자루에는 타라가 신기하게 구경하곤 했던 전설 속의 새가 음각되어 있었다…….

돌연 둔탁한 두통이 머리를 후려갈겼다.

"아."

"타라? 왜 그래?"

휘청거리는 팔을 누군가 꽉 쥐었지만 마구 흔들리는 눈은 놀란 듯 멈춰 선 갈랑을 지나 정신을 잃은 사내에게 고정되어 있었다.

뭐지? 꼭 있는지도 몰랐던 내면의 것이 튀어나오려 발버둥치는 기분이었다. 심장이 쿵쿵 뛴다. 그렇게 점차 빠르게 뛰더니 곧 정신 나간 이처럼 질주한다.

아. 타라는 이마를 쥐고 누군가의 나직한 목소리를 들었다. 기억 저편에 감춰져 있던 대화. 어린 시절의 보물 상자에 잠가 두고 존재조차 잊고 있었던 그 사람.

—하고 싶은 대로 하렴. 네가…… 다음에도 오게 된다면.

—나는 왜 당신을 기억 못 하죠? 여러 번 이곳에 왔다면서요. 델피의 말대로 내가 멍청해서, 아벨라가 모자란다고 놀리는 게 맞아서일까요?

—그렇지 않단다, 아가. 네 잘못이 아니야.

—돌아가기 싫어요.

—…….

응석을 부리는 애달픈 어린 목소리가 제 것 같지 않아서 섬뜩했다. 나도 몰랐던 또 다른 나를 발견한 것처럼. 소녀 타라는 누군가에게 저런 식으로 말하는 법을 몰랐던 아이였다.

—이드. 이상한 말을 들었어요. 아인츠가, 당신이 내…….

이건 대체, 무슨, 기억?

머리를 감싸쥔 손가락이 두피를 할퀴고 엉망이 된 머리카락이 푸른 피처럼 창백한 손등 위로 흘러내렸다.

타라는 멍한 눈으로 무어라 소리치는 비제를 바라보았다. 귀가 먹먹하게 아무 소리도 들리지 않았다. 그저 고요하다. 의지도 없이 열린 입이 중얼거린다.

아버지.

*　　*　　*

타라가 실신해서 돌아오자 벨벳 성은 한바탕 뒤집어졌다. 가장 먼저 낌새를 눈치챈 쥰이 주인의 근처를 맴돌며 그녀의 손을 핥고는 끙끙거렸고, 헐레벌떡 뛰어온 안티오크와 이델은 무표정하게 팔짱을 끼고 서 있는 비제에게 자초지종을 캐묻다가 뜻밖의 사람을 발견하고는 둘 다 멈칫했다.

원활한 임무 수행을 위해 벨벳 성에 잠시 들르려던 늑대 청년이 석상처럼 의자에 앉아 생각에 잠겨 있었다. 그는 이델과 눈이 마주치자마자 자리에서 일어났다.

"어머니."

"갈랑? 이게 다 무슨 일이니?"

잠깐 들를 수도 있다고는 했지만 기대했던 아들과의 오붓한 재회는 결코 이런 식이 아니었다. 게다가 아들 녀석이 들쳐업고 온 기사는 또 뭐란 말인가.

"주군이 맡기신 일을 수행하고 있었습니다. 모르셨습니까?"

이델이 획 안티오크 쪽을 돌아보자, 그는 외알 안경을 만지작거리며 신속을 요하는 극비 임무였다고 중얼거렸다.

하지만 늑대족의 수장이자 갈랑의 모친인 이델에게 언급조차 안 했던 건 너무했다. 그녀는 불쾌함을 굳이 숨기지 않았다.

"대체 그게 얼마나 대단한 임무길래?"

"국경을 침범한 이들을 내쫓는 임무였지."

"그게 뭐? 설마 마룡이 자다 일어나서 서부 근처에서 얼쩡거리기라도 했나?"

"그랬다면 굳이 말할 이유도 없지 않나. 이미 알았을 테니까."

이델의 빈정거림에 안티오크가 떨떠름하게 중얼거렸다. 그는 곤란한 듯 안경을 고쳐 쓰며 비제와 갈랑 쪽을 힐끗대다 한숨과 함께 대꾸했다.

"동부 황금 성의 피닉스 나이트 세 명. 그들을 상대하기에 갈랑 군이 적절하다고 판단했을 뿐이야."

"황금 성? 기사 왕의 직속 친위 부대잖아."

의아한 중얼거림은 금방 납득으로 변해 의식을 잃은 타라 쪽으로 향했다. 그녀가 복잡한 표정으로 입을 다물자, 알게 모르게 촉각을 곤두세우고 낌새를 살피고 있던 안티오크가 눈을 흡떴다.

단지 황금 성이라는 이름만 듣고도 곧장 수긍했다는 뜻은 뻔하지 않은가. 그의 추궁 어린 시선에 이델이 딱딱거렸다.

"너만 쥬다 님의 측근이 아니거든? 나도 눈치란 게 있어."

"그리고 이쪽도 그렇지. 지금 무슨 말들을 하고 있는지 나도 알고 싶은데."

내내 조용하던 비제가 살얼음처럼 얄팍하게 고개를 기울이며 입을 열었다. 서로를 말없이 째려보던 둘은 동시에 침묵하며 흔한 미소 한 줌 없는 비제를 돌아보았다. 그러고는 일제히 질문을 퍼부었다.

"그보다 타라 님은 어쩌다 저렇게 되셨는데?"

"혹시 또 마력 고갈입니까? 사건 경위를 말씀해 주십시오."

비제는 눈을 가늘게 떴지만, 이내 선선히 대꾸해 주었다.

"나도 정확히는 몰라. 어찌 보면 이건 네 아들 탓인 것 같은데, 이델."

"그건 또 무슨 소리야?"

난데없이 화살을 맞은 갈랑이 심각하고 침착한 태도로 말했다.

"혹시 끌려온 죄수의 상태가 너무 처참해서 심약한 나머지……."

"그건 아닌 것 같고, 그 사람을 보더니 타라가 발작한 건 사실이야. 심각한 두통을 호소했어."

무심하고 간결하게 당시 상황을 전한 비제가 복잡한 얼굴의 안티오크와 이델을 물끄러미 바라보았다.

"그리고 이런 말도 했어. '아버지' 라고."

"……!"

심장이 쿵 떨어진 것치고 둘은 표정 관리를 잘했다. 단지 상대가 눈치가 귀신처럼 비상하고 예민한 비제라는 것이 유감일 뿐이었다. 그는 뺨을 괴며 부드럽게 중얼거렸다.

"내 생각에, 그게 아무래도 진짜 원인인 것 같은데."

쥬다는 여러 이유로 타라에게 그녀의 출생을 숨기고 싶어 했고, 진실을 아는 소수는 주인의 뜻과 타라의 안정을 위하여 기꺼이 입을 다물었다.

한데 타라가 동부 영주의 기사를 보고 '아버지'를 연상시켰다는 건 전혀 예상 못 한 일이었다.

"혹시……."

비제가 긴장한 그들을 빤히 주시했다.

"그 기사가 타라 아버지야?"

"아니야."

"아닙니다."

그들이 냉정하다시피 딱 자르자 갈랑은 찰나 미남은 아니지만, 호남은 되었던 란쳇을 떠올렸다. 그리고 타라 쪽을 보았다. 고개를 끄덕였다. 확실히 말은 안 되는 것 같다.

그것보다는 아무래도, 아까 전 그자가 기절하기 전에 하소연하던 사연이 이 공방과 밀접한 관련이 있을 것 같은데……. 나서서 그 일을 말하기에는 상황과 분위기가 적절치 않았고, 주군의 뜻이 어떤지 아직 정확히 알 수 없었다. 그래서 갈랑은 우선 가만히 입을 다물고 상황을 지켜보기로 했다.

비제는 입꼬리를 비스듬히 올렸다.

"그러니까, 모두 타라의 부친이 누구인지 알고 있다는 소리네."

둘은 난감하게 입을 다물었다. 이델이 골치 아픈 듯 관자놀이를 꾹꾹 누르는 사이, 안티오크가 침음성을 터뜨렸다.

"비제 경. 주인님은 이 사실을 기밀에 부치길 원하셨습니다."

"나한테도?"

대마법사 쥬다의 가장 오랜 수족인 비제가 직설적으로 묻자 찰나 대꾸할 말이 궁했다. 하지만 안티오크는 고개를 저었다.

"따로 언급은 없으셨습니다만 정확하지 않으면 우선 절대적으로 그 뜻에 따르는 게 우리의 불문율 아닙니까?"

"그래. 그렇군."

캐묻던 기세와는 달리 덤덤한 긍정이었다. 반면 샐쭉하게 기울은 청안은 차가웠다.

"하지만 굳이 그러지 않아도 어느 정도 알 것도 같은데. 불사조 문장을 가진 기사를 마음대로 부릴 수 있는 자가 누구겠어. 그렇지 않나?"

"……."

"애초에 늑대족까지 움직이며 죽이지 않고 내쫓으려는 것도, 타라에게 철저히 숨기고 싶어 그 수고를 하는 것도 충분히 쥬다답지 않지. 단서가 너무 많아. 모른 척하기도 힘이 드네."

"비제 경."

비제가 뚜벅뚜벅 걸어가 타라의 지척에서 멈춰 섰다. 삐딱하게 기울은 얼굴, 등진 채로 눈 감은 타라만을 내려다보는 낯은 씻은 듯 아무것도 없는 무표정이었다.

건조한 입술이 뒤틀렸다. 그래, 이거였군.

"역시 아델하이트. 실망시키지를 않네."

타라는 남매 간의 근친상간으로 태어난 아이였다.

* * *

오랜만에 돌아온 남부는 여전히 수목이 울창한 여름이었다. 영원한 여름과 한때의 여름은 확실히 닿아 오는 향과 기운이 달랐다.

짙은 녹음이 잘 익은 햇볕에 그을려 수천 마리의 진녹색 에메랄드 나비들이 모여들어 있는 듯 생동감이 넘쳤다. 그 사이로 군데군데 숨어 있는 비취색 호수들에는 물의 님프들이 까르르 물장구를 쳤다.

과일을 따 먹거나 리라를 연주하고 낭창한 버드나무 활을 멘 채 푸르른 땅을 뛰어다니는 요정들, 향기로운 햇살과 푸른 하늘에 걸린 무지개.

가히 지상낙원이라 불리기에 부족함이 없는 풍요의 땅. 그 달콤한 공기를 들이쉬며 야센은 고향에 돌아온 것 자체에 묘한 안도감을 느꼈다.

그는 요정 여왕을 모시는 님프 시녀의 안내를 받아 여왕의 방으로 들어섰다. 동시에, 굵은 눈썹이 일그러졌다. 무언가 분위기가 다르다.

"어서 오렴, 나의 기사."

"여왕님."

충성스러운 요정 기사가 엎드려 부복하는 걸 나비처럼 방 안을 맴돌던 타니아가 내려다보았다.

"그래, 내 딸은…… 건강하고?"

"네. 마지막으로 뵐 때도 무탈하셨습니다."

혹여 오늘도 숙취로 띵한 머리를 잡고 끙끙거리고 있는 것은 아닌가, 야센은 슬그머니 걱정이 되면서도 일단은 그렇게 말했다.

타니아의 창백할 만큼 하얀 얼굴에 약간의 안도가 퍼지자 그는 약한 의아함이 들었다. 여왕이 그녀의 후계자를 무척 사랑하고 아끼기는 하지만 그 애정은 물가에 내놓은 아이 다루는 듯한 부류는 아니었다.

무엇 때문에 저리 전전긍긍한 티를 내실까.

"그렇다면, 다행이네. 하긴 괜찮지 않다면 내내 거기에 붙어 있을 리가 없겠지."

"예. 브리지트 공주님은 서부를 퍽 마음에 들어 하십니다. 서부 영주의 대우도 나쁘지 않았고, 특히 영주의 피후견인이신 타라 님과는 매우 돈독한 관계……."

야센은 고개를 조아리고 조곤조곤 말을 이어가다 무심코 보게 된 여왕의 표정에 그만 다음 말을 잊고 말았다. 마치 정신 나간 노파에게 뺨이라도 맞은 양 차게 질린 낯이다.

말재간이나 정치적인 대화에는 재능이 없는 한낱 기사일지라도 야센에게는 동물적인 감이 있었다. 심상치 않았다.

타니아는 제 표정이 어떤지 모르고 있는 것 같았다. 사실은 그럴 여유도 없어 보였다.

"그 타라라는 아이……."

여왕이 타라에게 관심을 보이자 야센의 굵은 눈썹이 알게 모르게 움직였다.

"어떤 아이지? 아델하이트의 딸이라며."

"예. 하지만 상냥하고 다정한 아가씨입니다. 벨벳 성의 모든 이들이 그녀를 좋아합니다. 배려심도 깊으셔서 브리지트 공주님과 좋은 친구로 지내고 계십니다."

악명 높은 아델하이트의 여식이라니 걱정이 되시는 걸까. 그렇다면 그것은 참으로 불필요한 걱정이었다.

옆에서 내내 보아 온 터라 타라의 성정을 잘 알고 있는 야센이 드물게 말을 길게 늘이며 여왕을 안심시켰다. 그러나 타니아는 그런 말을 듣고자 하는 게 아니었다.

"푸른 머리를 가지고 있다고 하던데."

"……예. 드물게도 그러합니다."

갑자기 여왕이 타라의 청발을 운운하자 더더욱 영문 모를 일이었다. 야센이 긍정하자 약한 탄식이 터졌다.

푸른 머리카락은 푸른 장미와 같다.

자연 발생적으로 생길수 없는 색. 마법적 의식과 근친상간으로 발생하는 돌연변이. 기어코, 결국, 아델하이트 그 미친 여자가 천륜을 어긴 것이다.

여왕의 얼굴이 흉흉하게 일그러졌다. 곱고 천진한 낯이 새파랗게 번지니 돌연 우레를 품은 먹구름이라도 몰려오듯 주변의 온도가 낮아졌다.

"여왕님……?"

"언령은? 그 애가 가진 마력은 어떻지? 각성은 한 거겠지?"

타니아가 평정을 잃고 쏘아붙이듯이 캐묻자, 야센은 송구하게도 어느 것 하나 제대로 알아먹기가 힘이 들었다.

"각성을 하신 지는 얼마 되지 않으셨고, 마력은 미비한 수준이라고 들었습니다."

"그 외에 눈에 띄는 것은 없더냐? 무엇이든 좋아."

조급하게 닦달하는 여왕의 아름다운 작은 얼굴에는 이해하기 힘든 초조함이 들불처럼 일렁이고 있었다. 그 격렬함은 얼핏 광기에 가까웠다. 찰나 제가 생각한 것이 소름이 돋은 야센은 그녀의 눈을 피해 고개를 숙였다.

"송구하나 여왕님, 당신께서 어떤 대답을 원하시는지 짐작하기 어렵습니다."

"아는 대로 전부 답하라 했어. 특이하고 유별난 것은 없었니?"

특이하고 유별난 것? 야센은 당황해서 불경하게 여왕을 빤히 응시했다. 그리고 공교롭게도 바로 떠오르는 기억이 있었다.

—마치 대화를 나누시는 것 같군요.

—어, 음, 네. 보기만 해도 마음이 편해지네요.

유니콘은 고왕국 시대부터 영물로 취급되어 온 고등 생물이다. 그 짐승은 신비롭고 예민하며, 일반적인 시각으로는 꿰뚫어 볼 수 없는 것들을 보고 이슬 내린 풀밭을 단 하나의 흐트러짐 없이 달릴 만큼 가볍고 빠르다.

햇볕이 닿지 않은 구름으로 만든 것만 같은 고고한 생물이 아무에게나 호의를 보이지는 않을 것이다. 심지어 야센도 프레야에게 그런 대우를 받은 적이 없었다.

—동물을 잘 다루시는군요.

—어어…… 춘과 매우 가까워서 그래요. 눈만 봐도 알거든요.

타라는 유달리 동물과의 친화력이 뛰어났다. 야센은 잠시 머뭇거리다 이미 이상한 낌새를 눈치챈 여왕에게 고했다.

"그녀는 특별한 것이 없는 그저 사랑스러운 소녀입니다. 굳이 들자면 동물들과 교감이 잘되는 재주가……."

"동물?"

타니아의 목소리가 잘못 누른 피아노 음계처럼 달라졌다. 그녀의 표정이 분노도 놀람도, 당혹마저 깨끗이 씻겨 나간 무(無)로 변했다. 넋을 놓은 듯 먹먹한 그 시린 낯빛에 야센이 벌떡 일어났다. 폐하?

잘못 보았나. 믿기지 않게도 위대한 요정 여왕이 드러낸 감정은 공포에 가까웠다.

맙소사. 대관절 무엇 때문에 위대한 요정족의 여왕이 저런 감정을 내비친단 말인가? 자연스레 그녀의 감정이 저에게도 흘러들어왔기 때문에 야센은 우뚝 굳어서 여왕의 떨리는 손에서 눈을 떼지 못했다.

이미 여왕의 동요를 읽은 사방이 고요한 정적에 잠겨 있었다. 밝고 향락적이었던 피리 가락과 새소리도 부서진 악기처럼 침묵하고, 어머니의 혼란에 영향을 받은 모든 요정들이 아이처럼 눈치를 보며 불안해한다.

가까스로 그 강력한 감정에서 벗어난 야센이 주변을 둘러보며 단단한 목소리로 충언했다.

"여왕님. 심기를 굳건히 하십시오. 남부 전체가 불안에 떨고 있습니다."

"너, 언령이라는 걸 아느냐?"

"모릅니다."

침착하게 대답하는 야센을 타니아가 기묘하게 갈라진 눈으로 내려다보았다.

야센은 이 순간 브리지트의 부재를 통감했다. 그녀는 아직 나이 어린 요정임에도 어떤 면에서는 어머니 브리지트보다도 고집스럽고 강한 영혼의 자질이 있어 모친을 쉽게 진정시켰을 것이다.

여왕의 목소리는 차분하고도 교묘했다.

"언령은 모든 것을 가지고 파괴할 수 있는 힘이야."

신의 목소리임과 동시에 악마의 노래지.

"세상의 모든 만물에 제 의지를 관철할 수 있다면 어떨 것 같니."

여왕의 잇따른 질문은 전부 일개 기사인 야센이 대답할 수 없는 것들이었다. 잠자코 입을 다문 그에게 타니아는 한층 가라앉은 목소리로 말을 이었다.

"마력의 속성이나 그 양과는 상관없이, 무한대로 제 뜻을 이룰 수 있다면 말이다. 그런 강력한 권능이 한 사람에게 주어진다면, 진정 세상은 지옥이 되지 않을까?"

"무엇을 말씀하고자 하시는 것인지 소신은 잘……."

"먼 과거에 실제로 이 땅에 일어났던 일을 말하는 거란다. 통제할 수 없는 과도한 힘은 재앙과 같아. 그 대단했던 여제도 휩쓸려 광인이 되었는데 갓 스무살 계집아이가 그런 광대한 힘을 조절할 수 있을까? 어린아이 손에 깨지기 쉬운 유리 공을 쥐여 주는 것과 무엇이 다를까."

대를 이어 강력해진 언령을 물려받은 여제는 시공간을 통제하고 미래를 엿보며 천재지변과 기후, 낮과 밤을 의지대로 바꿀 수 있었다고 한다.

대자연은 그녀의 뜻에 귀를 기울였고, 모든 짐승과 산림이 복종했다. 실로 지상의 신과 다를 바가 없었다. 그녀의 의지와 힘에는 속성도, 법칙도 없었으니 이 얼마나 두려운가. 눈먼 힘은 재앙이다.

언령의 소유자가 선하든 악하든 그러한 것은 중요치 않다. 그저 세상을 좌지우지할 수 있는 힘이 존재하고 그게 단 한 명의 의지에 달렸다는 것 자체가 절망적인 것이다.

야센이 간신히 평정을 유지한 목소리로 중얼거렸다.

"……설마, 타라 님에게 그러한 힘이 있다고 하시는 겁니까?"

"아직은 '그릇'으로서 제대로 자각하지 못한 것 같아 천만다행이지."

타니아가 냉소적으로 중얼거렸지만 그리 말하는 뺨은 경직되어 있었다.

야센은 도저히 여왕이 지레 소스라치는 거라고 할 수가 없었다. 그녀가 느끼는 모든 두려움, 겁, 방향을 알 수 없는 적대감 같은 것들을 고스란히 같이 느끼고 있었기 때문이다.

동조하려는 감정의 중심을 잡으려 노력하며 야센은 눈을 느리게 감았다가 떴다.

"어떤 이유에서 그리 여기시는지는 모르나, 제가 보기에 그녀는 그저 무력한 여인에 가까웠습니다. 브리지트 공주님 또한 타라 님에게서 위험함을 감지하셨다면 진작에 조치를 취하셨을 겁니다."

"당연히 그렇겠지! 텅 빈 그릇에서 뭘 느끼겠어? 제아무리 쥬다가 제정신이 아니더라도 2차 봉인까지는 해 두었을 텐데."

타니아가 사납게 투덜거렸다.

"하지만 그것도 미봉책이야. 애초에 신의 힘을 인간이 어떻게 통제하겠니?"

"그렇다면 여왕께서는 어찌하시길 바라시는 겁니까."

너무나도 엄청난 이야기에 혼란을 감추지 못한 야센이 되물었다.

그 질문에 대한 대답은 비정하기 짝이 없는 서늘한 눈빛이었다.

"나의 기사야. 당연한 걸 묻는구나. 마땅히 사달이 일어나기 전에! 불씨를 밟아 꺼 버려야지."

"하지만……."

야센은 절대복종할 수밖에 없는 위대한 어머니에게 저도 모르게 반대 의사부터 꺼내 들었다는 점에서 충격을 받았다.

그의 머릿속을 지배한 건 동족 내에서도 여왕의 후계자로서 은근히 겉돌던 브리지트가 드물게 타라에게 마음을 열고 애정을 표현하며 즐겁게 웃던 얼굴이었다.

그녀의 소녀 시절부터 곁을 지켰던 기사는 불꽃을 닮은 공주가 또래 여자애처럼 다 내려놓고 깔깔거리는 모습을 요즘처럼 자주 본 적이 없었다.

자신의 사랑하는 어머니가 소중한 친구를 죽이려 한다는 걸 안다면 그녀가 어떻게 반응할까. 저도 모르게 애원이 먼저 튀어나왔다.

"그녀가 정말 옛 여제처럼 폭주할 거란 확신은 없지 않습니까? 그녀를 아끼는 대마도사 쥬다도 그리되지 않도록 단단히 경계할 것입니다. 애초에 타라 님에게서는 미약한 마력만이 느껴졌습니다. 듣기로 마법에 대한 재능도 희박하다 합니다. 굳이 서부와의 마찰을 감수하며 그래야 하는지 소신은 잘 모르겠습니다. 다시 한 번 재고를……."

그는 필사적으로 없는 언변을 쥐어짜 내 여왕을 설득하려 애썼다. 여왕이 명한다면 여왕의 기사인 자신은 그것을 거부할 길이 없었다. 야센의 드문 만류에 타니아가 고운 미간을 찡그렸다.

"이상하구나. 그새 정이라도 든 것이야?"

"브리지트 공주님은 그녀를 진심으로 아끼고 계십니다."

"흐음."

타니아가 처음으로 난감한 눈을 했다. 그러나 이어진 말은 가차 없었다.

"다행이구나. 내 손을 더럽히지 않고 정리하려 했던 게 여러모로 묘수였어."

"그게 무슨……."

"이 사실을 알면 그 여자아이를 죽이려 할 이들은 넘치게 많단다. 내 굳이 쥬다와 척을 질 필요는 없잖니."

아델하이트가 괴물을 낳은 걸 가장 달갑게 여기지 않을 자에게 진실을 알려 주기만 하면 되니까. 그녀는 안색이 굳은 기사를 일별하며 중얼거렸다. 지금쯤이면 이미 움직이고 있을지도 모르겠네.

중앙 왕국의 가련한 왕을 떠올리며 요정 여왕은 건조하고 냉하게 입꼬리를 올렸다.

*　　*　　*

“비제. 목소리 낮춰.”

이델이 날카롭게 경고했다. 그녀는 혹여나 타라가 듣기라도 할까 봐 전전긍긍하는 눈치였다. 그러나 비제는 피식 고개를 갸웃거리기만 할 뿐이었다.

“왜, 이 아이가 듣고 충격이라도 받을까 봐?”

“너…….”

“걱정 마. 그녀는 지금 깊이 잠들어 있으니까.”

전혀 위협적이지 않게 다가가는 맹수처럼 정신을 못 차리는 타라의 곁에 앉은 비제가 창백하게 흩어진 푸른 머리 한 움큼을 쥐었다.

어딘가 조마조마해서 눈을 떼지 못하는 이델과 눈살을 찌푸린 안티오크가 그를 예의 주시했다. 침대에 엎드려 있던 균도 벌떡 일어나 이를 드러낸다.

하지만 비제는 흩어진 머리 타래를 만지작거리다 아무 사심 없는 몸짓으로 그것을 정돈해 주고는 손을 뗐다.

“너희, 정말 순수하게 타라가 받을 상처만 신경 쓰고 있구나. 그게 무슨 뜻인지 안다면 그럴 수는 없을 텐데.”

“무슨 소리야?”

이델이 눈살을 찌푸렸다.

"너와 저기 서 있는 똑똑한 집사까지 정작 중요한 건 아무것도 모르고 있다는 뜻이지. 아니지, 너희는 타라를 사랑하니까, 그래도 그녀의 안위를 먼저 생각할까?"

그건 좀 궁금하네.

푸른 눈이 물웅덩이처럼 맑갛다. 그는 낮게 읊조렸다.

"유감스럽게도 난 잘 모르겠는데."

"비제 경. 타라 님에게서 떨어지십시오."

안티오크가 싸늘하게 뇌까렸다. 동료라지만 이델과 달리 쥬다의 최측근이면서도 비제와 데면데면 예의를 갖추며 공존해 왔던 안티오크는, 항상 벨벳 성의 그림자처럼 오랫동안 쥬다의 곁을 지킨 이 반요(半妖) 사내에게 항상 거리감을 느껴 왔다.

고양이족은 예민하고 육감이 비상하며, 타인을 쉽사리 제 선 안에 들이지 않았다. 신뢰는 '협조와 공존'과는 명백히 다른 개념이었다. 그런 면에서 이 까칠한 집사를 순수한 솔직함으로 단박에 사로잡은 타라는 매우 극소수의 특별한 사람이라고 해야 할 것이다.

비제는 노랗게 동공이 열린 고양이 집사를 돌아보며 웃었다.

"지나치게 과민 반응 하네. 내가 뭘 어쨌다고?"

"비제 경이야말로 당연한 요구에 왜 그리 민감하게 반응하시는지 모르겠군요. 혼절한 다 큰 아녀자에게 외간 사내가 그리 스스럼없이 접촉하는 게 더 상식이 없는 것 아닙니까. 전번부터 경의 예의와 격 없는 행동에 대해 지적하려다 주인님의 신임을 믿고 말을 아꼈을 뿐입니다."

"안티오크."

이델이 고개를 설레설레 흔들며 말했다.

"진정해."

"난 매우 이성적이야, 이델."

"그래. 날 경계하는 걸 보니 그건 맞는 것 같은데."

"야. 비제."

선선히 긍정해 버리면 저가 수상쩍다고 자백하는 것밖에 더 되겠는가. 이델이 골치 아픈 듯 노려보니 정작 당사자는 얄게 웃기만 한다. 속이 터져서 미간을 모은 그녀를 일별하며 비제가 말했다.

"난 이 성이 쥬다의 것이 되기 전부터 지금까지 오랫동안 이곳에서 살았어. 덕분에 보지 말아도 될 것들, 듣지 않아야 할 비밀들, 몰라도 되는 것들을 많이도 알게 되었지."

그는 어깨를 으쓱했다. 뭐, 일부분은 가담하기도 했고.

"너희, 언령이란 게 뭔지 아니?"

안티오크가 입꼬리를 약하게 움찔거리며 미간을 좁혔다.

"그게 무슨 말입니까?"

"모르면 됐어. 그보다 내가 궁금한 건 왜 타라가 아버지란 단어를 꺼냈는지인데."

자연스럽게 또 화제를 휘두르듯 전환한 비제가 좌중을 둘러보았다.

"뭐 아는 사람 없나? 내가 듣기로 타라는 아버지에 대해 아무것도 모르고 자랐다고 하던데."

"내가 알기로도 그래. 타라 님은 생부에 대해 전혀 아는 바도 없고, 만난 적도 없어."

"그렇다면 더 이상한데."

그의 푸른 눈이 다시 창백하게 잠이 든 타라를 바라보았다. 아까 타라의 반응은 마치……. 그 기사를 알기라도 하는 것처럼 보였다.

하지만 내내 겨울 성에서 자라다 서부로 왔던 타라가 동부의 피닉스 나이트를 만날 일이 무어 있겠는가? 앞뒤가 맞지 않는다.

비제가 돌연 내내 조용하던 갈랑에게 말을 걸었다.

"갈랑 군은 뭐 들은 거 없어? 그 기사한테."

"방문 목적 등에 관해서 설명하기는 했습니다."

모두의 시선이 저에게 몰리자 갈랑은 차분하게 말했다.

"하지만 그것은 주군이 귀환하시면 보고할 생각입니다."

즉, 지금 이 자리에서 정보를 털어놓을 생각도, 의무도 없다는 완곡한 표현이었다. 사자 왕 레오니다스의 앞에서도 전혀 기가 안 죽었던 갈랑이었다. 그는 담담히 비제의 투명한 벽안을 마주보았다.

"그래. 그것도 일리가 있군."

비제가 한발 물러섰다.

"좋아, 그렇게 하도록 해. 그럼 쥬다가 올 때까지 우리가 해야 될 일은 동부의 기사를 치료하고 타라를 돌보는 것. 그건 여기 두 사람이 충분히 할 수 있는 일이겠지."

그가 선선히 일어나 안티오크와 이델에게 눈짓하고는 휙 타라의 방을 나갔다. 그러나 그 적요한 뒤를 누군가 따라 나온다. 이델이었다.

그녀는 문이 닫히고 어두워진 복도의 중간 어귀까지 접어들도록 입을 열지 않다가 따라 걷던 이가 지그시 멈춰 서자마자 꾸역꾸역 올라왔던 말들을 꺼내 들었다.

"아까 왜 그런 거야?"

호주머니에 손을 꿰어 넣은 채 길게 찢어진 그림자를 우두커니 응시하고 있던 비제가 힐끗 그녀를 돌아보았다.

"언령이란 게 뭔데? 그게 타라 님의 출생과 관련이 있나?"

"필수 조건이지."

"어떤 것의?"

"그릇이 되기 위한."

툭툭 던져지는 단어들은 명확한 발음에도 무엇인지 짐작도 되지 않았다. 그녀와 대화하면서도 그의 정신은 딴 데 팔린 것처럼 영혼이 없었다.

이델이 짜증스럽게 그 눈앞에 주먹을 휘두르자 물처럼 피해 버린다. 그 와중에. 재수없는 놈.

"난 네가 무슨 말을 하는지 도무지 모르겠다."

"모르는 게 좋아."

더럽고 추악할 수도 있는 이야기라. 그러나 이델은 미간을 좁히면서도 한 걸음 더 다가왔다.

"그딴 건 이미 넘치도록 보면서 살고 있어. 늑대족 수장을 뭐로 보는 거냐."

"하나만 물어봐도 돼?"

"뭐가?"

"타라와 쥬다 둘 중 하나만 살릴 수 있다면 넌 누구를 택할 거야?"

걷어차이는 듯한 잔인한 정적이다. 제 뻣뻣한 낯가죽이 찬 서리 맞은 양 얼얼했다. 그녀는 억지로 입술을 움직여 홀로 평온한 비제의 미친 질문에 답했다. 즉, 욕을 했다.

"미친 새끼가."

"그건 답이 아닌데."

"그딴 걸 질문이라고 해? 생각만 해도 구역질나는……."

"구역질 나도 하나는 택해. 누구를 구할 거야?"

일말의 분노와 억지로 지독한 해악을 쫓아내려던 열기가 재처럼 사그라들었다. 비제는 진심이었고, 진지했다. 그 어느 때보다도 처절하고 절박하게.

무감정하게 고요한 푸른 눈 밑바닥의 목 졸린 발악을 적나라하게 읽어 버린 이델이 딱딱하게 굳은 혀를 사리물었다. 빌어먹을, 이게 다 대체…….

한참의 자멸하는 듯한 찰나 후, 이델은 꺼져 가는 불처럼 강렬하게 내뱉었다.

"둘 다 포기 안 해. 아니, 못해."

"그럴 줄 알았어."

비제는 기이할 만치 평온하게 고개를 끄덕였다. 설핏 희미한 미소마저 서려 있었다. 그는 눈으로 타라의 방을 가리키고는 돌아섰다. 그럼 타라 잘 부탁해.

그 뒷모습에 대고 이델이 충동적으로 물었다.

"그러는 너는?"

늪처럼 흘러가던 그림자가 다시 멈췄다. 그녀에게는 새파란 뒷모습만이 전부였다. 이내 기이하게 부드럽고 선명한 목소리가 발치에 떨어졌다. 글쎄.

“적어도 한 명은 죽어야겠지.”

이델은 찡하니 얼어붙은 채로, 멀어져 가는 낯선 남자를 하염없이 바라보았다.

그리고 그날 밤, 동쪽에서 불어온 폭풍우와 함께 오랜 고성의 성주가 돌아왔다. 마치 기다렸던 것처럼 잠들어 있던 그의 소녀도 눈을 떴다.

15

무르익어 가는 단풍

그 남자를 만났던 날을 기억한다.

소년과 청년의 경계에 서 있던 불완전함과 다 타 버린 재처럼 싸라기눈이 흩날리던 겨울 하늘, 내면에서 피어오르는 서늘한 지루함 같은 것들. 당시 우두커니 선 소년 쥬다가 생각하고 있던 것은 제 의붓누이를 죽이려고 했거나 죽일까 고민했던 횟수에 대해서였다.

꽤 많았다. 몇 번은 성공할 뻔도 했다.

제아무리 아델하이트가 강력한 마녀로서 자질을 갖추고 있어도 쥬다의 천재적인 마법 재능과 마력에 비해서는 태양 앞의 반딧불이였고, 그는 그 힘과 재능을 제어할 만한 도덕과 양심이 없었다.

압도적인 귀찮음과 아버지의 진중한 당부가 아니었던들 그녀는 벌써 시체가 되었으리라. 머리가 깨져서 피를 철철 흘리거나 복부에 거울 조각이 쑤셔 박히는 사고 정도로 끝나지 않았을 거란 얘기다.

그러나 망가진 인형 같은 꼴이 돼서도 생글거리며 웃는 아델하이트는 감정이 둔한 쥬다로서도 꺼림칙함을 느끼게 했다.

—살벌한 얼굴이구나.

하늘에서 시선을 뗀 쥬다가 돌아본 자리에는 생전 처음 보는 사내가 서 있었다.

바닥까지 질질 끌리는 허옇고 희끗거리는 머리카락과 창백한 피부, 치렁치렁한 검은 망토를 걸쳤음에도 눈을 사로잡는 건 뻥 뚫린 파란 점처럼 형형하게 빛나는 푸른 눈뿐이었다. 물고기가 떠난 호수처럼 무미건조하면서도 죽은 왕녀의 유품처럼 고상하고 우울한 수려함이었다.

압도적으로 사람을 끄는 저 묘한 눈빛 덕에 뒤돌아서면 어찌 생겼나 기억도 안 날 것만 같았다.

—남 이사.

—남 일은 아닌 것 같은데. 네 살기 때문에 피부가 다 따갑구나.

그가 고개를 기울이자 새파란 눈이 일순 거뭇하게 보였다. 새카만 석탄처럼. 쥬다는 눈썹을 찡그렸다.

—마력안인가?

남자의 눈은 보기엔 그저 아름다웠지만, 마력에 민감한 쥬다에게는 한쪽의 기묘하게 뒤틀린 눈빛이 또렷하게 감지되었다. 오른쪽은 분명 의안이었다. 그는 피식 웃으며 제 눈을 감쌌다.

—이게 보이느냐?

—나도 눈이 없는 게 아니라서.

—눈이 있다고 다 보이는 건 아니지.

그가 느릿하게 읊조렸다. 성마르고 아직 앳된 기미가 역력한 뽀얀 소년의 얼굴을 흥미롭게 주시한다.

텅 빈 저 안에 팔팔 끓는 용암이 담겨 있는 듯한 눈빛이었다. 나른하게 고여 있지만, 얼핏 광기와 흡사한 것이 번뜩인다. 쥬다는 절로 인상을 찡그렸다.

—듣던 대로 괜찮은 그릇이구나.

—당신은 누군데.

—서쪽에서 온 방문객이라네.

남자가 한 발짝 더 가까이 다가왔다. 쥬다는 피하지 않았다.

—남들은 나를 청안(青眼)의 현자라 부르던데.

—광포한 마레사가 아니라?

—내 이름을 아나?

아이처럼 기쁘다는 듯 웃는 얼굴을 꺼림칙하게 바라보았다. 미치광이라고 소문 자자한 사내는 직접 만나 보니 생각보다 멀쩡해 보였지만 그렇다고 정상적인 인간으로는 보이지 않았다.

예언 같은 직감이었다. 이자와 얽히면 꽤 골치 아파질 것이다. 쥬다가 그를 외면하고 돌아서려던 그때 마레사가 다시 말을 걸었다.

—따분하지?

어린아이에게 놀자고 묻는 것만큼이나 가볍고 무성의하며 직설적이었다. 하지만 쥬다는 돌아보았다.

나직한 목소리 저편에 담긴 은밀하며 매혹적인 제안 때문만이 아니라, 그가 정곡을 찔렀기 때문이었다.

태어나서 지금까지 따분하고 지루하지 않은 순간이 없었다. 모든 것이 너무 쉽고 지겨웠다. 주변 인간들은 전부 존재 가치가 미비하거나 의문인 얼간이들, 멍청이들이었고 무리 지어 몇몇 늑대와 사자 눈치를 보는 바보 양들이었다.

목에 뻣뻣하게 힘을 준 고귀족이든 평민이든, 수족, 요정에 이르기까지 별반 다를 바가 없다. 이해해 보려 노력한 적이 없지 않으나 결과는 실망스러웠다.

그들은 그냥 아무 생각이 없었다. 독수리가 닭에게 왜 높이 날지 못하냐고 묻는 것과 다를 바가 없다. 결국, 쥬다는 쉽게 포기했다.

그런데 처음 보는 사내가, 지극히 공감한다는 듯 서늘하고 다정한 낯으로 제 본질에 관해 묻고 있었다. 이 세상이 쉽고 재미없는 게 너무 당연하지 않냐는 듯이. 둘은 동시에 상대방에게서 자기 자신을 발견했다. 그것의 이름은 아마도 공허.

쥬다는 그를 살피듯 노려보며 되물었다.

—그래서?

—나랑 재미있는 것을 해 보지 않으련?

악마의 가벼운 티타임 제안 같았다. 하지만 악마의 초대를 수락하는 건 앉아서 함께 차를 기울이는 순간 함부로 그 자리에서 일어나지 못한다는 뜻이다.

응하는 건 쉬워도, 끝내는 건 어려운. 독 바른 덫 같았지만 흥미로웠다. 오랜만에.

고민은 짧았다.

—그게 뭔데.

사내의 입가가 툭 공간을 찢고 나온 칼자국처럼 쭉 찢어졌다. 그는 뱀의 소곤거림처럼 쉭쉭 부드럽고 은밀하게 속삭였다.

—신(神)이 되는 거다.

그리 말하는 흐릴 대로 흐린 얼굴이 돌연 섬뜩할 만치 아름다워 보였다.

아주 당연하게도, 이 이야기는 비극으로 끝났다.

그들 중 누구도 신이 되지 못했고 한 명에게는 끔찍한 최후가, 남은 이에게는 되다 만 신의 잔재를 지켜야 하는 족쇄가 채워졌다.

형벌일지 포상일지 모를 긴 무료함만 살아남은 자에게 돌아왔다. 아마도 그는, 스승이자 동반자였던 사내를 망가뜨렸던 광기가 찾아올 때까지 눈을 감지 못할 것이다.

혹은, 진정한 '신'이 나타나 그를 단죄하기까지.

그로부터 오랜 시간이 지난 후에야, 당시의 소년이었던 이는 가끔 생각해 본다. 만약 그의 제안을 거절했다면 어떻게 되었을까. 아직도 마레사가 살아 있었을까? 그건 아닐 것이다. 그저 두어도 자멸할 인간이었으니까.

그러나 쥬다가 마레사를 죽이는 일은 피할 수 있었을지도 모른다. 그걸 바라나? 그럴 리가.

한때 스승으로 따르던 이를 살해한 건 처음엔 흥미였고, 조금 뒤에는 필요악에 가까운 행위였으며, 지금은 필수적인 선택이 되었다.

절대 벗어날 수 없는 형벌의 바위처럼, 떨어질 걸 알고도 다시 힘껏 굴리며 기어 올라가는 거다. 그럴 수밖에 없었다.

뫼비우스의 띠.

꼬리를 무는 뱀.

끝나지 않는 나선형의 고리.
운명의 수레바퀴는 돌고 도는 법.
쥬다가 마레사를 죽이지 않았더라면 타라는 태어나지 않았을지도 모른다.

*　　　*　　　*

긴 꿈을 꾼 것만 같다. 타라는 달을 등지고서 자신을 내려다보고 있는 그를 올려다보았고, 멍한 감각으로 사멸해 가는 꿈의 자취를 더듬으려 애썼다. 하지만 기억나지 않았다.
"왔어요?"
목소리가 조금 잠겨 있다. 옅게 웃는 그녀를 쥬다가 알 수 없는 얼굴로 보고 있다. 타라는 평소와 다른 그를 알고 느리게 눈꺼풀을 움직였다.
그러고 보니, 저가 언제 잠이 들었더라. 머리도 얼얼하고 중간이 생략된 듯 시간 감각이 둔했다. 그녀가 낑낑거리며 기억을 되짚어 올라가기 전 쥬다가 먼저 입을 열었다.
"쓰러졌다며."
"내가요?"
쥬다는 어리둥절한 그녀를 지그시 살펴보기만 했다. 파르라니 빙결 무늬가 그려진 언 물빛이 산란하는 것만 같다.
타라는 거기서 눈을 떼지 않으며 천천히 머릿속을 더듬었다. 바알간 노을, 비제, 처음으로 만난 이델의 아들 갈랑. 순차적으로 더듬다가……. 거기서 끝이었다. 왠지 모르겠지만 머리가 많이 아팠던 것 같다.

"어, 네. 두통이 갑자기 도져서……."

"지금은."

"아무렇지도 않아요."

쥬다와 마주한 채 말을 할수록 청명해진 정신은 말짱했고, 육신도 푹 잔 듯 가벼웠으니 괜한 말버릇은 아니었다. 타라는 조금 긴장해서 저를 빤히 직시하는 눈을 말똥거리며 받았다.

"그래, 그렇다면 다행이군."

왜 성을 나갔느냐부터 시작해서 날카로운 추궁이 이어질 줄 알았는데, 쥬다는 순순히 수긍했다.

영문을 몰라 미심쩍어 하는 그녀의 이마에 서늘한 손이 닿았다. 첫눈이 하늘하늘 내려서 표피에서 묽은 물 한 방울로 변하는 듯한 감각이었다.

"타라."

"네."

"정말 괜찮으냐?"

아까와 같은 질문임에도 다른 것을 묻는 듯하다. 어리둥절하다가도 고개를 끄덕였다.

"그럼요. 아마 제대로 잠을 못 자서 그런 게 아닐까……."

"그냥 갑자기 머리가 아팠나? 이델에게 듣기로 요즘 그런 일이 잦았다면서."

"어어…… 모르겠어요."

실신했을 때의 기억이 문지른 듯 정확하지가 않았다. 타라는 슬쩍 표정 없는 쥬다의 눈치를 살폈다.

"괜히 걱정하실까 봐 말 안 했어요. 그냥 좀 피곤한 줄 알았거든요."

보송한 꼬리로 제 다리를 휘감는 것처럼 살살 눈치를 보는 타라에게 쥬다는 별다른 질책을 쏟아 내지 않았다.

대신 이불 속에 둘러싸여 있던 그녀의 손을 들어 깊게 입을 맞췄다.

움찔 꽃잎처럼 떨리는 손가락들에도 잔잔히 입술을 내려뜨린다. 조그만 새끼손가락에 마저 키스한 그가 고개를 들어 그녀를 바라봤을 때는 타라의 심장은 언제 맥없이 쓰러졌냐는 양 쿵쾅대고 있었다.

한없이 자상한 움직임과는 달리 명령처럼 직설적인 어투가 흘러나왔다.

"아프지 마."

타라가 약하게 웃음을 흘렸다. 냉정하게만 들리는 그 말이 얼핏 걱정의 탈을 쓴 으름장이란 걸 알아서.

"알았어요."

"아프지도 말고 다치지도 마."

"알았다니깐요."

그는 창백한 그녀의 손을 깍지 끼다가 하나하나 얄팍한 유리 장식처럼 어루만지더니 돌연 부드러운 고요를 깨고 이리 말했다. 타라.

"내가 미안하다."

조금쯤 기쁘고 아늑한 편안함에 잠겨 노곤해지던 찰나에 작은 잠기운마저 확 달아났다. 졸려 잘못 들었나, 싶어 입을 벌린 그녀에게 쥬다가 다시 재차 되풀이했다.

"미안해."

"왜 그런 말을 해요?"

얼마나 놀랐는지 타라는 벌떡 자리를 털고 일어나 쥬다의 손을 덥석 잡았다.

쥬다가 제아무리 타라를 아낀다 한들 사과 비스름한 말을 입에 담은 적은 처음이었다. 마음 한구석이 쿡쿡 아리는 것도 같고 못 살겠다. 이리 한없이 약한 눈빛은 처음이라서.

차라리 타라는 쥬다가 화를 내는 게 더 나았다. 그게 오만하고 고고한 불사의 마도사다운 모습이니까.

"무슨 일 있어요?"

"무슨 일은 네게 있었지."

딱 자른 대꾸에 아주 조금 안도했다. 타라는 놀라 뛰는 가슴을 느끼며 종알거렸다.

"그럼요? 왜 안 하시던 행동을 하세요? 걱정되게."

"기어오르는 걸 보니 괜찮기는 한 것 같은데."

"쥬다가 이상하니까 그렇죠."

타라는 입술을 조금 내밀면서 은근슬쩍 한 손을 뻗어 쥬다의 이마를 짚었다. 열은커녕 쌩쌩하기만 하다. 그는 조곤조곤 제 눈 위를 지나가는 그 조그만 손을 잡아채서 끌어와 꾹 입술 도장을 찍는다.

기분 좋은 들썩임, 엷게 꽃물이 지는 설렘이 말랑한 피부와 심장에 번졌다. 입술을 오므리며 내색을 안 하려 애쓰는데도 두근거림이 훤히 드러난 그 얼굴을 그가 주의깊게 응시하고 있었다. 눈먼 장님이 향기로운 살과 머리카락 한 올까지 전부 입술로 덧그리듯이.

"네가 겪었고 어쩌면 앞으로도 겪을지 모를 모든 아픔과 불행들이, 전부 나로 인한 것만 같아서."

참으로 비탄과도 흡사한 참회, 자멸하는 듯한 고해였다. 타라는 할 말을 잃고 빤히, 표정조차 짐작하기 힘든 그를 바라보았다. 그녀는 감히 그 안에 도사린 강렬하고 매캐한 씁쓸함을 짐작조차 할 수 없었다. 이 사람의 사과라는 건, 저 차갑고 건조한 눈에 서린 슬픔이라는 건, 그 정도의 무게이리라.

머뭇 손을 뻗어 그의 마른 뺨을 문질렀다. 삭막할 만큼 서늘한 온기가 금방 데워질 것 같지는 않았지만 계속 어루만졌다. 제 온기가 옮아갈 때까지 계속.

그리고 그동안 타라는 제가 할 말을 골랐다. 아니 그가 한 말을 정리하고 이해하기 위해 애썼다.

"어…… 잘 모르겠어요. 왜 그게 쥬다 탓이에요? 오히려 쥬다는 나를 구해 주었는걸요?"

"……."

쥬다는 아무 말도 하지 않았다. 타라는 갑갑함을 느꼈다. 그녀는 양손으로 그의 얼굴을 잡고 바짝 제 눈앞에 갖다 대었다. 무릎걸음으로 가까이 다가간 게 맞았지만, 어쨌건 단단한 얼음이 그 손길에 스르륵 녹기라도 한 것처럼 그는 순순히 고개를 기울여 주었다.

"반쯤 양보해서 미래에 내가 힘든 건 그렇다 치더라도 과거의 불우함이 당신의 잘못일 리가 없어요. 날 불행하게 했던 것들은 저기

저 먼 겨울의 나라에 갇혀 있으니까. 사람들이 메마르고 황폐한 땅이라고 말하는 이곳에 와서야 저는 안식을 찾았어요. 쥬다가 있어서 지금의 내가 있는 거예요."

그래. 쥬다가 아니면 타라는 아무것도 아니다.

사람의 존재 의미와 가치가 사랑과 자아라면, 둘 다를 깨우쳐 준 것은 쥬다였다. 그 누구도 아니다. 그라는 비와 햇살이 아니었더라면 그녀는 싹도 트지 못했으리라. 당연한 것을 무어 그리 두려워했을까. 어차피 정해져 있었는데.

어렸을 적 동화 속 사랑에 관한 안티오크와의 대화에서도 타라는 가엾고 불행했던 공주들이 어떻게 구원자인 왕자를 사랑하지 않겠느냐고 말했었다. 그러자 안티오크는 고마움과 사랑은 또 다르다고 했었지.

그리고 타라는 이제 그 차이에 대해 알았다. 보답하고 의지하고 필요한 그 이상으로, 그를 원했다. 이리 애틋하게 바라봐 주는 저 눈을, 안아 주고 달래 오는 저 예쁜 손을, 무력하게 그녀의 아픔에 사과하는 목소리를. 온 영혼이 탈 만큼 강렬하게 갈망한다.

확고하게 반짝이는 붉은 눈이 불꽃을 품은 심장 같았다. 이와 비슷하지만 반죽어 있던 눈을 반나절 전에 보고 왔었다. 그에 비교하면 이 얼마나 찬란한 생기인지. 쥬다는 기묘한 불안과 안도를 동시에 느끼며 물끄러미 그녀를 바라보았다.

이 아이는 아무것도 모른다.

"쥬다. 사랑해요."

그러니 이런 말을 할 수 있는 거다.

열렬하고 애타게, 하염없이 목 놓아 부르는 카나리아처럼 제 마음을 투명하게 내비치는 그의 아이, 소녀, 여인을 조금의 미동도 없이 바라보았다.

제 말에 지레 놀란 듯 움찔하기는 했지만, 후회는 안 되는 기색이다. 그러고는 활짝 웃는다. 저를 옥죄는 족쇄를 전부 풀어 버리고 훨훨 날아오르듯이. 무력한 목마름이다.

쥬다는 얼어붙은 양 그녀를 바라보다가 손을 뻗어 가는 몸을 꽉 끌어안았다. 악력이 아플 법도 한데도 타라는 외려 마주 껴안아 왔다. 겁도 없이. 그가 눈을 감고 한숨을 쉰다.

네가 기어코 나를 부수는구나. 완전하고 완벽하게.

나는 이제 내가 아니다. 텅 빈 관 같은 자에게 달콤한 흙, 화사한 들꽃, 여린 풀이 가득 찼으니 그것을 그 전의 본질과 같다 볼 수 있겠는가. 대체 이제까지의 나는 무엇을 그리 다 안다고 자신했는가.

"저기, 쥬다."

격동하는 그의 속내는 꿈에도 모를 그녀가 빼꼼히 고개를 빼고 연신 힐끔거리며 입을 열었다. 그리고 그 작은 입술을 검지로 쓸었다. 은청안이 얕게 일렁였다.

—그 아이가 나를 기억하지 못한다면…… 그래, 모르는 게 낫겠지.

이드는 씁쓸하게 고개를 끄덕이며 제 부단장을 혹여 생포했거든 지체 없이 보내 달라고 부탁했다. 그에게서 들은 이야기는 과연 운

명의 장난 같은 비극이었다.

기구하고 처참하다. 그리고 이 비극에서 타라는 항상 일방적인 피해자였다. 그게 화가 났다. 원죄라는 게 있다 한들 군이 죄인을 정하자면 그건 쥬다에게나 해당할 것이다.

네가 왜 죄인을 단죄하는 사형대, 집행자가 되어야 하나.

참으로 놀랍게도, 애정이 극단에 이른 이 순간에서야 쥬다는 이드의 심정을 온전히 이해할 수 있었다.

훗날 고통이 될 기억이라면 없는 것이 나을지도 모른다. 할 수만 있다면 그도 그 같은 선택을 하지 않을 거라 자신할 수 없었다.

죽은 자와 산 자를 포함한 많은 이들이 쥬다의 파멸을 말했다. 언젠가, 결국에는 찾아오고야 말 원죄, 정해진 결말, 끝. 죽음 따위 아쉬울 것도 없어서 이제껏 거리낄 것이 없었으나, 지금은……?

아득한 두려움이 진정 없는가? 저 아이는? 사랑한다 말하는 말간 눈의 행복과 안위는? 저야 끝이 합당하다 쳐도 남겨진 그녀는 어떻게 되는가.

쥬다는 절망과도 같은 오싹함을 느꼈다.

예전 타라를 죽일 뻔했을 때 이 예쁜 두 눈을 다시 볼 수 없을지도 모른다는 것에 목덜미가 아찔했었다. 반대도 마찬가지다. 그가 없어진다 해도 그녀를 영영 잃는 것은 똑같았다. 혀를 끓다시피 짓이기며 숨차게 뜨신 감정을 삼켰다.

제 부모가 안쓰럽게 보던 것이 옳았다. 사랑이란 감정을 담기에는 그는 확실히 어딘가 결핍되고 불완전한 인간이었다. 지독히 당연한 공포가 이제야 실시간으로 뚜렷하게 덮쳐 오는 걸 보면 저란

놈은 비정상이 분명하다.

"쥬다는 어때요?"

뭔가를 바라는 듯 눈치를 봐 오는 어여쁜 낯을 물끄러미 주시한다. 어쩌면 이 순간이야말로 그가 생명으로서 내쉬는 첫 숨일지도 모른다. 생전 처음으로 그는 강렬하게 되뇌었다.

죽기 싫다.

찰나라도 사그라드는 목숨이 아까워서 미칠 것 같았다. 너와 함께하는 이 시간, 같이 호흡하는 단 공기와 시선 한 줌도 아쉽고 아쉬워서.

"아니 그냥…… 이델이 그러더라고요. 쥬다가 나한테 무슨 말을 하지 않았냐고 그랬……."

"사랑해."

타라가 입을 벌렸다. 유성이 떨어진 복숭아밭처럼, 화드득 흩날리는 도화꽃 색으로 물든다. 재차 속삭였다. 사랑한다. 애끓는 피를 짜내듯이, 죽어 가는 병자의 말라 죽은 신음처럼, 광증을 앓듯이 고해했다. 사랑해. 사랑해. 몇 번이고. 계속.

아무 말도 하지 못하는 그녀를 휘감는 손이 뜨거웠다. 삼키듯 다가오는 그를 타라는 피하지 않았다. 입술이 맞닿고, 사이를 가르며 더운 혀가 침범해 타액과 갈급한 숨이 섞였다.

지금까지의 입맞춤은 가느다란 봄바람에 불과했다. 물기 한 방울, 온기 한 점까지 죄 바닥까지 긁어모아 삼킬 약탈자처럼 짓뭉개진 욕망이 그녀를 탐해 왔다. 움츠러드는 조그만 혀와 하얀 이, 뭉근한 속살까지 남김없이 맛보고 삼킨다. 진득하고 집착적인 기세에 폭풍처럼 휩쓸려 헐떡였다.

휘청이는 가는 목과 허리를 붙잡듯 끌어당긴 쥬다가 하아, 느리게 물러났다가 다시 약하게 떠는 입술을 열고 들어왔다. 다시 유사와 같은 열기가 밀려든다.

타라는 눈을 질끈 감으며 그에게 매달렸다. 다급히 잡아오는 가는 손가락이 그의 것에 짓씹히듯 눌려졌다.

열쇠처럼 완벽히 딱 맞물리는 찰나, 당혹에 덮였던 희열과 쾌락이 뇌리를 잠식한다. 제 입술을 삼키는 남자의 목에 서툴게 팔을 둘렀다. 목마른 맹수가 정신없이 들이켜는 연못에 띄워진 꽃잎처럼, 머리가 빙글빙글 돌았다.

호흡이 가빠 감은 눈을 떴을 때는 그가 짧게 부은 입술을 핥고 있었다. 숨을 몰아쉬는 그녀의 머리칼을 쓰다듬는 푸르고 흐린 눈에 어떤 감정이 담겼는지 짐작하기 힘들었다. 그저 사랑이라 보기에는 이유 없이 아팠다. 낮게 소곤거리는 목소리는 녹슨 쇠사슬 같다.

"타라."

너와 영원히 함께할 수만 있다면 세상 어떤 미친 짓이라도 기꺼이 할 텐데.

* * *

죽었다가 살아나니 보이는 건 말간 푸른 무늬 벽지가 발린 천장이었다. 오, 세상에. 살긴 살았군.

란쳇은 멀뚱히 감탄하다가 한 박자 늦게 깨달았다. 천장의 벽지가 아니라…… 사람의 눈이었다. 빤히 그를 내려다보는 누군가의 눈.

"걸레짝이 됐으면서 용케 살았네."

다행이라는 건지 유감이라는 건지 모를 말투였다. 란쳇이 용수철 튕기듯 일어나 전신의 통증에 몸부림치는 사이, 유연하게 숙인 허리를 편 청년이 한 발짝 뒤로 물러섰다.

푸르른 물빛 눈이 기민하게 동쪽 땅에서 온 기사를 훑었다. 한참 끙끙거리다 붕대가 칭칭 감긴 이마를 잡던 란쳇은 무표정한 비제와 시선을 마주하고는 얼떨결에 이렇게 말했다.

"더럽게 잘생겼네."

"칭찬 고마워."

비제는 눈 하나 깜짝하지 않고 친절하게 대꾸했다. 사실 살굿빛 머리카락이 조금만 더 길고 선이 가늘었다면 여자로 착각할 만큼 고운 낯이긴 했다.

하지만 기사의 날카로운 눈은 상대의 평온한 듯 범상치 않은 기도를 놓치지 않았다. 허리춤에 느슨히 걸린 검까지 빼놓지 않고 살핀 란쳇이 대뜸 버럭 소리쳤다.

"나이도 어려 보이는 게 어따 대고 반말이야?"

"너 몇 살인데?"

"나 예순일곱이다! 동안이라 그렇지."

"아기네. 나도 동안이야."

그렇게 안 보여서 그렇지. 빙긋 웃는 비제에게서는 알 수 없는 위압감이 풍겼다. 란쳇은 좀 더 신중해지기로 했다.

"혹시 나이가……."

물갈퀴처럼 가는 손가락이 여러 번 접혔다가 펴지자 란쳇은 입을 다문다. 그런 그에게 비제가 덧붙였다.

"요정 피가 섞여서 진짜 나이는 까먹었는데 아마 그쯤 되지 않을까 싶은데……."

"죄송합니다, 어른이셨군요."

동부의 거친 사나이 란쳇은 때와 상대를 파악해 굽힐 줄 아는 남자였다.

가장 큰 건 눈앞의 이자에게서 제 주군에게서나 느껴지는 묘한 분위기가 난다는 거다. 순혈 고귀족이 아닌 탓에 느리게나마 노화가 진행되는 란쳇과는 달리, 긴 세월 파릇한 젊음을 유지하고 있는 황금 성의 주인은 입을 다물고 가만히 있어도 상대를 제압하는 강인한 분위기를 지니고 있었다.

이 아름다운 청년의 것은 은밀하고 안개 같은 기운이었지만 함부로 덤비면 안 된다는 직감은 같았다.

"한데 여기는……."

"서부 벨벳 성이야."

란쳇의 혀가 튀어나올 것 같은 표정에 비제는 느릿하게 고개를 기울였다.

"그쪽이 목숨 걸고 오고 싶어 했던 곳이고. 기어코 입성한 소감이 어때?"

"그…… 어찌 된 거요. 경과 설명 부탁드립니다."

"죽어 가는 걸 일단 목숨은 붙여 둬야 하니까 데려왔지. 우리 성의 약제사가 뛰어나서 다행이야."

호주머니에 손을 쑤셔넣은 채 가까이 다가온 이의 입가가 휘었다. 드러나는 치열이 하얗다. 일순 기운 얼굴 탓에 그림자가 진 낯이 흑백의 얼룩진 그림 같았다.

"그래서, 여기까지는 어쩐 일이야?"

동부의 불사조가 이 먼 타향까지 놀러온 것 같지는 않고. 떠보듯 가벼운 어조에 란첸은 굵은 눈썹을 올리며 되물었다.

"그 늑대 양반에게 구구절절 말한 것 같은데. 못 들으셨소?"

"좀 더 자세히 듣고 싶어서?"

비제는 소탈하게 웃었다. 그 뽀얀 희끄무레함을 가만히 살피던 란첸이 히죽 웃으며 대꾸했다.

"그쪽이 이곳 책임자라도 되오?"

"음, 비슷하긴 해. 명목상 여기서 제일 오래 살았으니까."

"그렇다면…… 당신이 그 유명한 서부의 미친개겠군."

근처 테이블에 기대앉은 비제의 검이 드리우는 그림자를 다시 살핀다. 일순 알 수 없는 긴장감이 흘렀다. 상대를 빤히 응시하던 둘은 동시에 빙긋 웃었다.

"이야, 영광입니다. 그 유명한 미메시스 경을 이렇게 보네."

"나야말로 해 뜨는 땅의 세 번째 불사조를 만나게 돼서 영광이지."

두꺼운 손이 건네는 악수를 받아 주며 비제가 부드럽게 대꾸했다. 강하게 맞잡았다가 놓는다. 란첸은 저릿한 손아귀를 쥐었다 펴면서 묘한 얼굴을 했다.

"내가 피닉스 나이트라는 건 검을 보고 알았다 쳐도, 세 번째라는 건 어찌 아셨소?"

"첫째와 둘째는 내가 만나 봤으니 불사조 검을 가질 수 있는 건 남은 하나밖에 없잖아?"

"아."

그건 그렇다. 불사조들의 주인인 기사 왕과 기사단장, 그리고 부단장. 이 셋만이 불사조 문장이 들어간 검을 쓸 수 있으니 나오는 답이야 뻔하다.

란첫이 머리를 긁적거리다 멈칫했다. 아까부터 제 품과 허리춤을 더듬으며 찾던 것이 눈앞에 팔랑팔랑 흔들린다. 허공에 너울거리는 편지 봉투를 따라간 자리에는 비제의 묘한 미소가 있었다.

"이거 찾나?"

마주친 시선은 지금까지는 장난이었던 것처럼 불티가 튀었다. 동쪽의 불사조가 이를 드러내며 웃었다.

"열어 봤소?"

"아니. 봤으면 그쪽 얘기를 들으려고 이렇게 기다리고 있을 리가 없잖아?"

"돌려주시죠."

"어차피 편지 전달하려고 왔던 거 아닌가. 바로 주인에게 전해 주지."

"그럼 왜 가지고 있는 거요?"

비제는 팔짱을 끼며 빙그레 웃었다. 살갑기만 한 얼굴인데 어쩐지 서늘했다.

"그 주인이 지금 아파."

아마도 그쪽 덕분에. 탁, 바닥에 내려선 비제가 삐딱하게 그를 내려다보았다.

"타라. 편지 주인은 그 아이 맞지?"

"그게 무슨 말이오. 타라 님이 아프다니?"

"걱정 마. 지금은 괜찮으니."

화들짝 놀랐던 란쳇은 저도 모르게 안도의 한숨을 내쉬었다. 그런 저를 찬찬히 살피고 있는 푸른 눈에 대고 그는 진중하게 물었다.

"혹시, 지금 뵐 수 있는지……."

"그러기 전에 먼저 묻는 대로 대답해 줬으면 하는데."

"말씀하시오."

"물었잖아. 이곳까지 무슨 일로 왔냐고. 단순히 아버지의 편지 배달?"

바로 변하는 눈빛에 무표정한 경계가 서린다. 소탈한 인상이 금세 바위처럼 단단해진다. 비제는 잠깐 두 가지 방법을 떠올렸다. 고민은 짧았다.

강제로 입을 여는 건 쉬워도 이자가 타라와 무슨 사이인지 아직 정확하지 않으니 섣부른 행동은 경솔하다. 그는 제 카드부터 먼저 꺼내 보였다.

"참고로 타라는 아무것도 모르는 눈치던데. 내 말인즉슨, 부친에 대해서 말이지."

상대의 표정은 침착했지만 짧은 사이 스쳐지나간 감정은 불안과 안도 그 어중간함을 관통하는 것이었지, 경악과 놀람은 아니었다.

즉, 어느 정도 짐작하고 있었다는 의미다.

고양이처럼 눈을 기울인 비제는 짧은 결론을 내렸다.

란쳇은 침을 꿀꺽 삼키고는 울적해진 얼굴을 빨래하듯 벅벅 문질렀다. 예상했다 해서 상심하지 않은 것은 아니었다. 결국, 헛수고였군.

땅이 꺼져라 한숨을 쉬고는 벌떡 든 눈빛은 다시 단단한 야광석처럼 반짝거렸다.

“그 편지는…… 태워 주시오. 무가치한 것이니.”

하지만 그의 말은 외려 눈치 빠른 사내의 흥미를 산 모양이었다.

“타라가 아비를 알고 있을 때는 봐야 할 내용인데 아닐 경우에는 있느니만 못한 모양이군. 아니면 독이 된다거나?”

정확히 말하면 독이 맞았다. 어느 아비가 자식에게 넌 내 친누이와 통정하여 낳은 사생아라 고해하고 싶겠는가?

거기에 무엇이 쓰여 있는지는 몰랐지만 대략 진실에 대해 적혀 있거나 그것을 알 만한 내용인 것은 뻔했다. 란쳇은 인상을 쓰며 으르렁거렸다.

“그쪽이 알 바 아니지 않소. 좋게 말할 때 내놓으시지.”

“싫은데. 어차피 태울 거라며.”

“이것 보쇼!”

버럭 노호를 지르며 달려들어 편지를 낚아챌 셈이었다. 그러나 란쳇은 눈 하나 깜짝할 사이에 침대에 머리를 처박히고 있었다.

손쉽게 한 손으로 부들거리는 뒷머리를 지그시 누른 비제가 수려한 문장이 쓰인 편지 봉투를 빤히 응시했다. 주인의 성품을 말하듯 우아하고 아름답다. 그것을 살피는 벽안이 가늘어졌다.

그는 아직도 치열하게 검을 섞었던 기사 왕을 기억하고 있었다. 고결하고 숭고한 기사 중의 기사. 태양을 닮은 사내. 그 사람이 타라의 아버지란 말이지?

조금쯤 우스운 기분이다. 그리 고고해 보이는 자도 결국 사내란 말이지. 아델하이트가 쥬다를 제외하면 못 가지고 노는 사내가 없었는데 개중 그자도 포함될 줄은 비제조차 몰랐다.

아니면 미약이라도 먹였나? 그렇다 해도 이 모든 상황이 우습기는 매한가지다. 전부 그 여자의 손 위에서 놀아나고 있지 않나. 비죽비죽 계속 선웃음이 나왔다.

"비제."

갑자기 공기가 뒤바뀌기라도 한 것 같았다. 단순한 목소리와 부름 하나로 온도를 바꾸는 이는 이 성안에서 한 명뿐이다.

하얀 뺨이 그쪽으로 돌아가자 그를 부른 쥬다는 눈썹 하나 까딱 안 하고 긴 검지로 편지를 가리켰다. 화륵 푸른 불길이 옮겨붙는다.

이크, 비제는 반사적으로 손가락을 튕겨 불을 꺼 버렸다. 일전에 브리지트와 마찰이 있었을 적 승패를 좌우했던 물방울 같은 수증기들이 그의 주변으로 몰려들어 맴돌다 이슬처럼 희게 반짝이고 사그라졌다.

쥬다가 무표정하게 지적했다.

"불 하나 끈다고 네 수명을 갉아먹나?"

"그러게 왜 사람을 놀라게 해?"

섬뜩한 말에도 비제는 태연하게 대꾸했다. 외려 비죽이 웃으며 반박한다.

"그리고 당신이 할 말은 아닌 것 같지 않습니까? 적어도 자기 목숨 소중히 하는 사람에게 듣고 싶은 충고인데."

시건방진 말투에는 일견 스멀스멀 연기처럼 피어오르는 열기가 엉겨붙어 있다. 비제는 화를 내고 있었다. 혼란스러운 잡동사니가 일시에 와르르 쓰러지는 듯한 분노인데 겉으로는 여전히 싱글벙글 웃고 있다. 그 기묘한 감정을 물끄러미 응시한 쥬다는 무심하게 턱짓했다.

"손 놔. 그러다 질식하겠다."

"왜요, 소중한 타라의 아버지가 보낸 인간이니 죽을까 걱정됩니까?"

"그럼 넌 아닌가?"

이죽거림에 태연자약한 대꾸가 돌아왔다. 그러나 가볍디가벼운 무신경함과는 달리 거기에 서린 암시와 무감동한 눈은 그의 심장을 쿡 쑤셔 왔다.

비제는 빛바랜 인형처럼 표정을 지우더니 휙 건성 어린 손길로 묵직한 기사의 뒷덜미를 잡아 베개 위로 던졌다. 장기간 숨이 막힌 그는 이미 기절해 있었다.

손을 툭툭 털고 편지를 제 호주머니 속에 욱여넣은 비제가 쥬다 쪽으로 완전히 돌아섰다. 둘은 서로를 익숙하게, 혹은 지독히 낯설게 주시했다.

먼저 입을 뗀 쪽은 비제였다.

"사는 게 지겹습니까?"

"4년 전까지는 그랬지."

"그럼 돌았어요? 아니, 그냥 죽고 싶나? 그것도 아니면 이번에야 말로 세상을 부수고 싶은 건가?"

마구잡이로 평온하게 쏟아지는 질문들은 날카롭고 성말랐다. 말할수록 성이 나는데 낯짝은 더더욱 싸늘해져 가는 게 이상했다. 그것을 뻔히 알고 있을 저 고요한 눈도 거슬려서 돌아 버릴 것 같다.

"대체 무슨 생각인지 말 좀 해 보지 그래요? 오랫동안 동고동락했던 수하가 환장할 것 같으니까."

"무엇을? 보이는 그대로인데."

"아하, 자살행위요?"

"네놈을 죽인다고 하는 것도 아닌데 작작 기어올라라."

쥬다가 성가셔하자 비제는 기막혀했다. 참 뻔뻔하고 이기적이고 지만 아는 작자였다. 여기 사는 인간들은 왜 죄다 이 모양이란 말인가.

옛날의 마레사나 이 인간이나 제 숙부나. 비난 섞인 눈길에 늘어놓는 답은 이런 것들이었다.

"누가 죽어 준다고 하던가. 봉인이 깨지지 않으면 그만이야."

"참 쉽게도 말하네. 자기 물어 죽일 맹수를 키운 주제에. 아, 그렇지! 게다가 그 애를 사랑하지요? 하, 세상에나. 환상적이군!"

"그래서? 이제 와서 어쩌라고. 그럼 타라를 죽여야 하나?"

날카로운 되물음에 정작 가슴이 꽉 조여지고 말문이 막히는 저 자신이 한심했다. 그들은 뒤엉켜 악다구니를 쓰는 것처럼 덥고, 싸하게 서늘하면서 뒤틀린 눈을 하고 있었다.

옛 고왕국을 파멸시킨 여제는 죽었지만, 그녀의 마력과 대를 이어 축적된 영혼의 찌꺼기는 전부 사라지지 않고 이 땅에 얼룩을 남겼다. 멸망한 고왕국의 생존자인 현자 소락스, 요정 여왕 랑카 등의 비범한 인물들이 그 날뛰는 '흔적'을 봉인했다.

그 폐허 위에 세워진 벨벳 성, 서부의 주인에게 라 엔포르테의 수문장이라는 칭호가 붙은 것도 초대 소락스 때부터였다. 그러니 영주라 하는 것도 적절치 않다. 그저 제 영혼을 저당잡힌 채 고대의 망령을 감시하는 간수라고 해야 맞으리라.

이때까지는 그럭저럭 유지되어 온 질서였다. 지금까지의 서부 영주들은 강력한 힘에 이끌려 이 땅을 차지했으나 결국 거기에 놀아나 제 정신력과 삶을 봉인에 갖다 바치는 소모품에 불과했으니까. 마레사가 나타나기 전까지는, 말이다.

그들 중에 한때는 숭고한 사명을 가진 영웅이었으나 타락하고 미친 자, 탐욕에 미친 얼간이, 사기꾼, 살인자, 수많은 인간 군상이 있었지만 마레사는 역대 영주들과 어딘가 달랐다.

광인인 건 매한가지였으나 우선 야망과 그릇부터가 달랐다. 그는 단순히 이 땅에 잠재되어 있는 힘을 끌어다 쓰는 것을 넘어 그것을 지배해 신이 되고 싶어 했다.

그리고 미쳐 버린 흑마법사를 저지한 자로 칭송받는, 마레사의 제자이자 후대 영주인 쥬다로 말할 것 같으면, 정작 진실은 그의 첫째가는 공범자였다. 세상의 터부와 도덕, 금기를 넘어선 각종 실험과 위험한 일에 직접 가담하고 손을 더럽혔다.

마레사를 신처럼 섬겼던 광신도인 숙부를 보고 자란 비제는 그만큼의 협력자는 아니었어도 방관자 정도는 되었다.

이미 생에 지쳐 있던 그는 아무래도 좋았다. 하나 남은 가족에 대한 티끌만 한 애정만큼의 삶의 의지도 없었으니까. 제 마력을 가지고 실험을 해 대는 것도 뚜우하게 지켜볼 정도였으니 오죽하겠는가.

그리고, 아델하이트는…….

비제는 참지 못하고 욕설을 내뱉었다.

"젠장, 이게 다 업보야. 그러게 왜 마레사를 죽인 거예요? 당신들 사이좋았잖아?"

"착각이다. 난 그 작자를 좋아해 본 적이 없어."

"어련하십니까. 타라 외에 좋아하는 인간이 있기나 해요?"

"그러는 네놈은?"

돌연 정색한 쥬다가 차갑게 입꼬리를 올렸다.

"내가 죽으면 좋기도 하겠지. 그 애에게 욕심이 있잖나. 아닌가?"

"그걸 말이라고 해."

낮고 건조한 속삭임이 얇게 저민 은사 같았다. 손이라도 대면 대번에 동강날지도 모르겠다. 당장이라도 죽일 듯이, 혹은 텅 빈 듯이 노려보는 새파란 눈이 흔들면 뎅그렁 소리가 날 것 같았다.

비제가 스산하게 가라앉은 목소리로 날카롭게 일갈했다.

"나보다 먼저 뒈지면 가만 안 둡니다."

"안 죽어. 아니, 못 죽는다."

필사적으로 살고 싶기 때문이었다. 타라가 그를 그렇게 만들었다. 그녀의 '진정한 각성'이 독이 되어 목을 졸라 올 게 뻔하면서도 아이러니하지만, 그가 처한 현실은 이러했다. 아델하이트가 참 구역질나는 감옥을 만든 셈이었다. 찬사라도 보내야 하나.

무표정해진 비제가 다시 한 번 속삭였다.

"나는 당신이 죽기를 바라지 않습니다."

"왜, 네 숙부의 껍데기 때문에?"

"비아냥거리지 말지. 짜증나니까."

비제가 비죽 입술을 움직였다.

"어차피 내 '숙부님'도 덕분에 망가져서 숨만 쉬고 있잖아. 약 올리는 것도 아니고."

"그 인형 가지고 자위하는 짓도 이만큼 나이 먹었으면 그만할 때도 되지 않았나. 너는 아직도 그게 네 숙부로 보이나?"

이미 한번 신랄하게 들은 적이 있어서 덜하냐고 묻는다면 그것은 아니리라. 확실히 죽음이란 것은 돌이킬 수 없는 성질의 것이다.

직접 이 손으로 죽여 본 목숨도 셀 수 없이 많고 지켜봐 온 죽음은 그보다 더 많음에도. 생사를 완벽하게 견디고 이겨 냈다고는 볼 수 없었다.

눈앞의 이 위대한 마법사조차도 그토록 경시하던 죽음을 두려워하며 생을 갈구하고 있다. 작고 수수한 한 여자아이 때문에. 삶이란 만져 보고 정의 내릴 수 없는 모순과 역설로 가득차 있다.

"타라에게는 알리지 않을 참입니까?"

불쑥 묻자 그는 의외로 바로 대꾸하지 못했다.

"그래."

"왜? 어차피 알게 될 텐데."

"벌써 알아서 고통스러워할 필요가 있나. 아직은 그대로 둬도 돼."

"무르네. 그렇다고 바뀔 것도 아닌데 알려서 주의하는 게 낫지 않나."

"그렇다 해도 그런 날을 최대한 늦출 거다."

유리 같은 평화일지라도 그것을 지켜 주고 싶은 것, 저 마음이야말로 사랑이 아닐까. 그가 실로 변했음을 느끼면서도 비제는 고개를 기울였다.

그럼 언제부턴가 제 마음속 어딘가에 자리 잡은 그 애정이란 건, 어떤 형태인가. 쥬다의 것과 완전히 같지는 않으리라. 그는 쥬다와는 다른 의미로 공터를 가진 비틀린 인간이었으니까.

"그러니 경고하건대……"

쥬다가 느리게 속삭였다.

"그 애가 제 출생에 대해 알게 되거나 뭔가를 떠올리는 일이 없게 해라."

그 편지도 포함해서.

* * *

"쥬다, 안에 있어요?"

빼꼼히 고개를 내밀어 살펴보니 서재는 비어 있었다.

어디로 갔을까. 실신한 여파인지 오랜만에 늘어져라 늦잠을 잤다. 작게 하품을 하고는 소파에 웅크리고 앉았다. 마침 볕이 노란 홑이불처럼 쌓이는 자리였다.

다시 꾸벅 졸려는 찰나, 항상 쥬다가 앉아서 일하는 책상이 눈에 들어왔다.

—내가 미안하다.

슬금슬금 눈가를 덮으려던 잠이 와락 달아난다. 타라는 간밤에 들었던 이상한 말을 되짚다가 천천히 자리에서 일어났다. 타박타박 짐승의 발 같은 세 개의 기둥을 빙 돌아 책상 안쪽에 섰다.

그녀는 조심스럽게 정리된 양피지와 서류, 편지 더미들을 주시했다. 머릿속에 말 많은 난쟁이들이 우르르 뛰어다니는 것만 같다.

손톱을 깨물던 타라는 어느새 쥬다의 의자에 앉아 있었다.

쥬다는 어디에 갔다 왔는지 말해 주지 않았다. 국경 시찰이라지만 타라는 그게 사실이 아니라는 걸, 아니 최소한 사실이더라도 그게 전부가 아니라는 걸 알았다.

그녀가 지금 떠올리고 있는 건, 예전에 자신이 불쑥 들어오자 보고 있던 것을 갑자기 안 보이게 치우던 쥬다였다.

입을 꾹 다물고 있다가 어지럽게 널려진 책상을 적당한 선 안에서 정리하기 시작했다. 괜히 두꺼운 책을 탕탕 반듯하게 세워 두드리면서 연신 힐끗 쌓여 있는 서신들을 곁눈질한다.

저 중에 하나라도 읽으면 이 답답함이 풀릴까. 정말 그럴지도 모른다.

"으앗!"

넋을 놓은 사이 손이 삐끗해서 잉크병이 엎질러졌다. 다행히 잉크가 얼마 남지 않은 병이었다.

다만 편지 봉투 하나는 잿더미에서 뒹군 양처럼 조금 눈에 띄게 검은 얼룩이 져 버렸다. 타라는 눈을 데굴데굴 굴리며 그것의 중요도를 점쳐 보다가 퍽 시일이 오래된 편지임을 확인했다.

휴. 그나마 운이 좋았다. 쥬다가 읽고 답장까지 쓴 것 같으니 당장은 필요 없겠지. 응, 아마도.

그녀는 눈을 굴리다가 이와 비슷하게 '확인'이 끝난 편지들을 모아 쥐고 서랍을 열었다.

첫 번째 서랍에는 빈 종이와 펜, 잉크 등이 이미 깔끔하게 정리되어 있었다. 이번에는 두 번째 서랍을 열었다. 아, 여기다. 잡동사니가 많네. 누렇게 변한 서류 다발과 굴러다니는 초상화 옆 한쪽에 차곡차곡 넣었다. 이러면 특별히 이상하지는 않을 터였다. 그런데…….

"초상화?"

막 닫으려다 말고 멈칫한 손이 등을 보이고 누워 있는 액자를 집어 들었다. 너무 오래되어 낡았는지 들어올리자마자 액자 틀이 삐꺼덕 덜렁거린다.

조심조심 돌려 본 타라는 딱 굳었다. 어, 이 사람은…….

"어머니?"

데생인지 흑백으로만 된 그림 속 여자는 아델하이트였다.

구불구불 늘어뜨린 고수머리 탓에 분위기는 달랐지만 미소 띤 얼굴과 아름다운 눈매가 다른 사람인 것 같지 않았다. 천진해 보이는 것이 인상이 영 다르긴 했지만.

서명과 함께 날짜가 적혀 있다. 적어도 반천 년은 넘은 물건이란 건데. 곰곰이 시기를 되짚어 본다. 아마…… 쥬다가 성주가 되기도 전일 것이다.

새삼스레 쥬다를 포함해 현재 율리아를 지배하고 있는 자들의 긴 수명과 전성기를 자각하며 타라는 액자를 원래 자리에 돌려놓았다.

쥬다는 어머니를 무척 싫어하는데 왜 이런 것을 가지고 있을까?

"뭐해."

고민할 새도 없었다. 언제 들어왔는지 소리 없이 제 뒤편에 서 있는 남자를 돌아보며 타라가 생글 웃었다.

그의 얼굴을 향해 손을 뻗으니 그는 자연스레 그것을 잡아 손등에 입술을 눌렀다. 업무를 보며 도장을 찍듯 담백한 태도와는 달리 서늘한 은청안은 끈기 있게 희고 조막만 한 얼굴 위에 머무르고 있었다.

"쥬다를 기다렸어요."

정감 있는 목소리에 그는 말없이 그녀의 머리칼을 만지작거리다 뒷덜미를 담요 덮듯 커다란 손바닥으로 덮었다.

"여기에서 보니까 방 안이 전부 다 보이네요. 의자도 보기보다 엄청 커요."

"네가 작은 거야."

쥬다는 간결하게 대꾸하고는 선생님의 교탁에 처음 올라가 본 아이처럼 신기해하는 타라를 아기 안듯 안아 들었다. 원피스 아래 드러난 하얀 발이 은방울꽃처럼 너울거린다. 자연스레 그의 목에 매달렸다. 세상 어떤 요람도 이렇게 완벽한 안정감을 줄 것 같지 않았다.

그녀를 둥지에 올리듯 자리에 앉힌 사내가 그대로 곁에 서서 희게 드러난 귓바퀴를 만지작거렸다. 그녀는 이렇게 무심한 듯 다정한 그의 손길을 좋아했다.

"쥬다가 일하는 모습을 생각했어요."

"그래?"

"네. 그리고…… 내정을 빨리 다 배워야겠다, 이 생각?"

별거 아닌 양 순진하게 고개를 기울이는 타라의 푸른 머리카락을 건드리던 쥬다가 옆에 걸터앉으며 말했다.

"급할 거 없어."

"전 더 많이 아는 게 좋아요."

타라가 그를 올려다보며 한 말이었다. 지그시 봐 오는 시선에는 이중적인 의미가 담겨 있었다.

잠깐의 눈싸움이 오갔다. 쥬다는 그녀의 뺨을 가만가만 어루만지다가 돌연 볼을 꼬집었다. 아프지는 않았지만 절로 아야, 소리가 나온다.

"아는 게 힘일 때도 있지만 알아서 독이 될 때도 있다."

"내정 공부하는 게 그럴 것 같지는 않아요. 그리고 모르고 불시에 문제에 직면하는 것보다는 낫지 않을까요?"

"이제 말대꾸도 잘하는구나."

그가 삐딱하게 중얼거렸지만 불쾌함은 없었다. 타라가 애교 부리듯 헤헤 웃으며 그의 손등에 뺨을 비볐다. 푸른 눈이 가늘어진다. 이 여우 같으니라고.

"쥬다."

타라는 그에게 왜 어머니의 초상화를 가지고 있었냐고 물을까 했으나 그러지 않기로 했다. 그러려면 주인 허락 없이 서랍을 열었다는 것도 말해야 했고, 뭣보다…….

궁금한 게 하나 더 생겼다. 애초에 쥬다는 왜 그토록 아델하이트를 혐오하는 걸까?

"오늘 날씨가 좋아요. 저랑 같이 걸을래요?"

마치 신사가 에스코트 청하듯이 불쑥 내밀어진 손이 하늘하늘 빛났다. 쥬다는 피식 웃고는 그 손을 마주잡았다. 기꺼이.

"마침 보여 주고 싶은 곳이 있어."

"어딘데요?"

"볼만한 데."

"전번에는 좋은 곳이라면서 무덤으로 갔잖아요."

타라가 볼을 부풀리며 툴툴거리자 코끝이 아프지 않게 튕겨졌다.

"그래서, 안 갈 테냐?"

"아니요."

대답은 귀여울 정도로 바로 나왔다. 낮은 웃음소리에 즉각 뚱한 마음이 풀리는 나도 나다, 생각하며 타라는 붕붕 손을 흔들었다.

오늘도 늦여름 잎사귀 모양이 얼룩진 복도를 두 쌍의 발소리가 걸어간다. 저절로 올라가는 입꼬리가 그네 모양으로 휘었다. 계속 웃는 그녀에게 뭐가 좋아서 그리 웃냐고 쥬다가 핀잔처럼 물으니 타라가 쑥스럽고 해맑게 대꾸했다. 그냥요.

"좋아서요."

"그러니까 뭐가 그리 좋은데."

"음…… 쥬다랑 걷는데 날이 좋아서 좋고, 맞잡은 손이 시원해서 좋고, 하늘은 쥬다의 눈처럼 구름 낀 푸른색이어서 좋고, 아, 쥬다랑 같이 있으니까 더 좋고! 어… 그냥 쥬다가 좋은 거네요."

눈을 가늘게 뜬 쥬다가 타라의 방실거리는 얼굴을 내려다보더니 느리게 중얼거렸다. 가소롭다는 듯이.

"이제는 작정하고 여우 짓이냐?"

"아닌데. 어, 쥬다?"

"왜, 이 다 큰 여우야."

"귀가 빨개요."

"착각이야."

겨울 한파도 절단할 듯 단호한 부정이었다. 표정은 평소처럼 어딘가 쌀쌀맞게 보이는데 귀만 붉은 것이 신기하고 슬금슬금 웃음이 나와서 힐끗거리자 휙 걸음을 빨리해 가 버린다.

우두커니 섰다가 같이 가요! 외치며 후다닥 따라갔다. 무시하듯이 대꾸도 안 하던 쥬다가 돌연 멈추고는 천장을 올려다보며 짜증스러운 신음을 냈다.

타라도 덜컥 놀라 멈춰 섰다. 너무 짓궂었나? 그가 성질 돋은 낯으로 휙 돌아서서는 막 사과하려던 그녀의 앞으로 성큼성큼 다가왔다.

"미안……."

말마디가 채 끝나기도 전이었다. 조그만 얼굴이 널찍한 양손에 덥석 잡히고 허겁지겁 입술이 삼켜졌다.

잘생긴 미간은 짜증으로 구겨져 있는데도 그녀의 타액과 온기, 야들한 입술 속을 취하는 움직임은 집착적일 만큼 끈질기고 부드러웠다.

다급하게 퍼붓는 기세에 밀려 어설프게 받고만 있던 타라가 슬그머니 따라서 혀를 섞어 오자 신경질적으로 키스해 오던 쥬다가 딱 고개를 들고 물러났다.

아. 형언할 수 없는 목마름이 싹텄다. 저도 모르게 보채듯 망토 자락을 잡은 손에 힘을 주자 그는 무표정하게 도톰해진 입술에 촉촉 짧은 입맞춤을 남겼다. 그것이 불쏘시개라도 되는 양 혀끝이 바싹 마르고 목 안이 뜨거웠다.

타라가 침을 삼키며 촉촉해진 눈을 찡그리고는 구하듯 올려다보자 쥬다의 표정이 묘해졌다.

두 번째 키스는 좀 더 깊고 느렸다. 따끈한 봄볕이 살살 어루만지고 달래듯이 시작했다가 차츰 격정적으로 맞붙는다.

가는 허리가 강하게 끌어안기고 서늘한 손이 나른하게 등줄기를 훑고 있었다. 흐 신음을 울리는 작고 붉은 혀와 하얀 이를 희롱하듯 톡톡 두드린다.

다리에 힘이 풀릴 것만 같았다. 속수무책으로 휩쓸리다 더럭 그가 항시 옷처럼 두르고 있던 여유가 흔적도 없이 사라지고, 광포하고 야만에 가까운 열정만이 남아 칭칭 휘감겨 있음을 깨닫는다.

오싹 쾌락과 닮은 두려움이 올라왔다. 질끈 감았던 눈을 번쩍 뜬다. 어느새 그녀를 놓아준 쥬다의 얼굴이 지척에서 보였다. 눈이 마주치는 순간 뒤로 물러날 뻔했다.

당혹스러운 깨달음이었다. 아직 타라는 쥬다의 '사랑'이란 의미의 반도 알지 못했다는 걸.

금방이라도 그에게 통째로 삼켜지고 머리카락 한 올까지 탐해지다 손아귀에 잡혀 으스러질 것만 같았다. 소름이 돋았다. 지독히 짧은 찰나였는데도.

얼어붙은 눈동자 위를 매끈하고 우아한 모양의 손이 다가와 덮는다. 아이러니하게도 그 고상한 손 그림자 아래서 듣는 억양은 역설적으로 더 관능적인 자극을 주었다.

"너무 건드리지 마라."

참기 힘드니까.

억양 끝자락에 들러붙은 열기 탓인지 불티를 얹은 듯 귀 끝이 따가웠다. 눈가리개가 걷어지고 드러난 얼굴은 다시 아무 일도 없었던 것처럼 차분하고 정갈하게 갈무리되어 있었다.

그리 마주하니 당연지사 어리벙벙하다가, 더럭 겁먹었던 것과는 달리 아주 조금…… 약이 오른다. 저 사람은 왜 저렇게 아무렇지 않아 보일까 싶어서.

그녀는 심장이 미친 것 같고, 제 표정이 어찌 으크러졌는지 자각도 안 되는데다 서 있기도 힘들고 뭘 어떻게 하고 싶은지 알 수 없는 충동으로 어쩔 줄 모르겠는데.

그도 제법 흐트러져 있다는 걸 저 타는 듯한 파란 눈을 보아 어렴풋이는 알겠는데, 그녀에 비하면 턱없이 모자랐다.

언제, 무슨 방식으로라도 좋으니 이 사람도 나처럼 바보같이 전전긍긍하고 형편없이 망가지는 모습을 보고 싶다. 단 한 번만이라도.

"내가 뭘 어쨌다고요."

"병아리처럼 쫑알거리며 쫓아오고, 아무것도 모른다는 것처럼 웃는 거. 내 이름 부르는 거. 여우 짓 하는 거. 아니, 전부 다."

말문이 막혔다. 타라는 새빨개져서 찌릿거리는 그의 눈을 피했다. 으, 부끄러워. 그런데 싫냐고 묻는다면 그건 절대 아닌데. 그녀가 기어들어 가듯 속삭였다.

"그거, 그냥 내가 좋다는 것처럼 들리는데요."

그는 잠시 아무 말도 하지 않았다. 손가락을 꼼지락거리다 빼꼼히 고개를 드니 쥬다는 곧장 자포자기한 듯 말했다.

"그래."

"네?"

"맞다고. 그러니 작작해."

그는 벙찐 타라의 손을 말아 쥐더니 앞장서 걸었다.

한없이 덜컹거리고 먹먹한 감각이었다. 둘 다 들뜬 공기를 깨뜨리지 않았다. 오직 발자국 소리마다 나긋하게 흔들리는 두근거림뿐이었다. 그가 저를 어디로 데려가나 싶었지만 아무 상관 없을 것만 같았다.

정말 여기가 어디지, 싶었을 때는 지금까지와는 사뭇 다른 회랑에 들어서서였다.

고동빛 관으로 짠 신전 같은 곳이었다. 통째로 조각한 양 고풍스러운 장소에 유일하게 장식된 건 벽에 걸린 초상화들뿐이었다. 수

많은 얼굴들이 내려다보는 재판장에 선 듯 숨이 막힌 타라에게 쥬다가 속삭였다.

“역대 서부 영주들의 초상화다.”

가끔은 그들의 가족도 포함해서.

“이런 곳이 있었나요?”

“있지. 내가 싫어할 뿐.”

타라가 휙 고개를 들어 보았지만 쥬다는 태연하고 담담하게 과거 서부에 군림했던 이들을 주시하고 있었다. 개중 가장 눈에 띄는 건 홀의 중앙을 차지한 커다란 초상화였다. 타라는 홀린 듯이 걸어가 앞에 섰다.

“인상이 참 고운 할아버지네요.”

타라의 감상평에 조소와 비슷한 웃음이 울렸다. 하지만 타라는 정말 그렇다고 생각했다.

구름을 짠 듯 희게 내린 수염과 거미줄 같은 얇은 주름이 번진 눈가, 나뭇등걸처럼 단단해 보이는 미간과 손. 초탈한 듯 파란 눈이 그림임에도 눈을 피하는 게 죄스럽게 느껴졌다.

“현자 소락스. 초대 벨벳 성의 성주다.”

몇천 년에 걸친 이 거지 같은 굴레를 만든 장본인이지.

“굴레요?”

“그래. 그의 후대들은 그가 마련한 제단과 무덤을 지키는 개들일 뿐이야. 좋게 말해 봉인자지.”

사실상 '제물'이 맞을지도. 그러나 쥬다는 거기까지 말하지는 않았다.

"고왕국의 방계 종친이라는 기록이 있지만 정확하지는 않아. 확실한 건 그가 고왕국의 멸망에서 살아남은 생존자라는 거다. 그리고 이다음은 저 노친네의 후계자인 마리아. 역대 가장 짧은 통치 기록을 세웠지. 그녀는 열아홉에 자살했다."

"……왜요?"

"알 거 없어. 한심한 치정극이니까. 이쪽은 3대 성주 욘. 초반에는 멀쩡했지만, 나중에는 마약 중독자가 되었지. 그 후 네다섯 명은 소모품들이고……."

그가 거침없이 휙 지나치자 타라도 서둘러 따라가며 각양각색의 초상화들을 힐끔거렸다. 온갖 인간 군상들을 모아 놓은 것처럼 서부 맹주라는 자들의 인상은 일정하지가 않았다.

자신만만한 자, 잔악해 보이는 자, 총명한 자, 성인처럼 온화한 자―참고로 그는 심심풀이로 사귄 연인들을 죽이는 살인광이었다―. 그렇게 몇 명을 훌쩍 뛰어넘어서 쥬다가 멈춰 선 것은 정말 몇 되지 않았다.

무섭도록 표정 없는 사내의 그림을 가리키는 긴 검지가 시렸다.

"이것은 황야의 기요틴. 역대 가장 강력한 검사 중 한 명이었다."

"이 사람도 자살하거나 미쳤나요?"

역시 무법 지대인 서부라 그런 것인가, 하나같이 처참한 최후들에 미간을 찡그린 타라가 중얼거리자 쥬다는 빙긋 웃으며 부정했다.

"아니. 말도 없이 저 사막 너머로 갔다가 실종됐다. 죽었는지 살았는지 아무도 몰라."

"……이쪽은 시체도 못 건졌네요."

"객사했으니까."

죽었다면 말이지. 잠자리도 설칠 기이한 이야기들임에도 재미있는 농담을 하는 양 유쾌해 보였기에 타라는 쥬다를 이상하게 쳐다봤다.

"저는 별로 안 웃겨요."

"우습잖나. 살아생전에는 저들이 최강이라고 설치고 다니더니 끝은 그리 비참하고 볼품없는 게."

"그게 저 먼 동부나 다른 곳의 이야기라면 저도 흥미롭게 들었을지도 몰라요."

빤히 봐 오며 되뇌는 목소리는 작지만 또렷했다. 쥬다는 웃음을 거두고 금방 폭우를 쏟아 낼 먹구름을 보듯 말간 붉은 눈을 마주했다.

손을 뻗어 부드럽게 뺨을 쓰다듬는다. 그의 꼬맹이는 여전히 걱정이 많고 여렸다.

"그렇군. 미안."

타라는 절로 움찔 놀라서 도리질 쳤다.

"나는 쥬다가 사과도 안 했으면 좋겠어요."

"독불장군처럼 구는 게 좋다고?"

"그게 쥬다잖아요."

"어쩐지 욕으로 들리는데."

눈썹을 올리며 대꾸한다. 지독히 평온한 낯에 저를 향한 애정이 깃들어 있는데도 거기서 불안하게 눈을 못 떼겠다.

타라는 우울하게 입술을 삐죽이고는 아양 부리듯 그의 팔짱을 꼈다.

"계속 얘기해 주세요."

나직하게 울리는 그의 목소리를 들으면 약하게 전신을 울리는 고통이 잠잠해질 것 같다. 잠 못 드는 소녀에게 그가 항상 동화책을 읽어 줬던 것처럼.

고개를 숙인 그녀를 내려다본 쥬다는 말없이 설명을 이어 갔다.

어느새 그들은 마지막 초상화를 바라보고 있었다.

"광포한 마레사."

쥬다보다 타라가 먼저 말했다. 예전 책 속에서 본 적이 있다. 하지만 지금 그녀가 보고 있는 남자는 막연한 기억보다 훨씬 유약하고 평범해 보였다.

반짝임조차 없이 그저 하얗게, 눈이 흐르는 강 같은 머리카락을 느슨하게 묶고 정면을 바라보는 눈은 푸른 듯 검었다. 검푸르게 뒤엉킨 우주처럼 오묘한 그 눈빛에 타라는 무심코 말했다.

"어딘가 쥬다랑 비슷한 것 같아요."

"대관절 어디가."

불쾌해하더라도 이렇게 즉각적으로 격렬한 반응이 돌아올 줄 몰랐던 타라가 가만가만 인상을 쓴 쥬다의 손을 잡고 흔들며 서둘러 변명했다.

"아니, 생긴 건 전혀 다른데, 머리카락 색이라든지 전체적인 분위기가……."

"안 닮았어."

"네."

안 닮았다고 치죠 뭐. 타라는 속으로 웅얼거렸다.

확실히 생김새는 무척 달랐다. 저쪽이 안개처럼 희뿌옇고 흐릿한 상이라면, 쥬다는 확 사방을 휘어잡고 찍어 누르는 강렬한 존재감과 서리꽃이 핀 칼처럼 서늘하고 수려한 아름다움, 위압감을 가지고 있었다.

하지만 그들은 딱 잘라 말하기 뭣한 일관성이 있었다. 엷은 청회색과 차가운 남청색과 같은…….

"뭐랄까. 생각했던 것과는 전혀 달라요. 위험한 광인 같은 사람을 예상했는데. 생각보다 착하게 생긴……."

"옳은 생각이다. 그 마음 변치 말도록."

"그렇게 싫어하시면서 저에게 왜 보여 주시는 거예요?"

짐짓 의문이 들어 묻자 그가 잠시 그녀를 돌아보았다.

"네 말대로, 아는 건 힘이니까."

그러다 돌연 쥬다는 흉흉하기 짝이 없는 시선으로 마레사를 노려보다가 손가락을 튕겼다. 푸른 불꽃이 화륵 치솟는다.

"그래. 생각해 보니 전부 이 작자가 원흉이었어. 태워 버릴까."

"으악! 잠깐만요!"

타라가 기겁해서 말렸다. 하지만 그 전에 새파란 불이 그림을 에워싸는 게 먼저였다. 어떡하지! 그래도 오래되고 무척 귀한 물건 아닌가? 반사적으로 손을 올리고 눈을 질끈 감는데 묘하게 조용했다.

슬며시 눈꺼풀을 올리니 쥬다가 형언할 수 없는 낯으로 물끄러미 초상화를 내려다보고 있었다. 불쾌함조차 씻은 듯이 가신 기묘한 표정.

"쥬다?"

그림은 멀쩡했다. 불꽃도 사라져 있었다. 쥬다는 영문 몰라 하는 타라를 빤히 보더니 제 빈손을 내려다보았다. 생전 처음 보는 것을 뜯어보듯이.

무덤덤함과 초탈함, 폐허 위에 선 듯 쌉싸래한 그것이 무슨 뜻인지 감히 읽기 힘들었다.

절로 불안해진 타라가 그 손을 제 것으로 덮고 깍지를 끼자 흐릿하게 침잠해 있던 눈이 그녀를 돌아보았다. 꺼진 방에 불이 들어오듯 그는 말없이 작은 손을 쥐었다.

"왜 그래요?"

"타라."

"네?"

"……."

한참 침묵하다 고개를 가로저었다.

"아니, 아무것도."

그는 제 의지로 마법을 멈춘 게 아니었다.

* * *

"서부는 처음이오, 경?"

아인츠는 말없이 고개를 끄덕였다. 길게 말을 섞고 싶지 않았기 때문이다. 상대도 사이좋게 수다를 떨 생각은 없는 것 같았지만.

작열하는 더운 빛과 모래바람이 부는 황량한 대지를 바라보는 눈매가 찡그려졌다. 누이가 죽은 땅에 와서도 어딘가 유리된 삭막함과 음울함 외에 특별하게 치고 올라오는 건 없었다.

"잠시 쉬다 출발합시다."

아마도 그 이유는, 지금껏 흘러간 시간과 기억 탓일 수도 있고, 그만큼 그의 정신과 감정이 고단해서도, 혹은 더 강렬한 무언가에 너무 오랫동안 노출되어 온 탓도 있다.

분배된 마른 건포를 씹고 가죽 병을 열어 목을 축였다. 까칠한 덩어리가 침과 함께 섞여 목구멍에 들러붙었다가 천천히 넘어간다. 꽉 막혀 답답한데도 결국에는 어떻게든 텁텁하게 넘어가는 삶처럼.

그리고, 그렇게 버티고 나면, 남는 건 뭐가 있을까?

예컨대, 맡은 '일'을 끝마치고 겨울 성으로 돌아가고 나면 그를 기다리고 있는 건 뭘까.

왕도 약속했었던 금의환향, 부귀, 누이의 복수를 끝마쳤다는 기쁨, 막연한 도취와 두려움. 가장 간단한 건 실패에 따른 죽음. 기실 무엇이건 죽음과 가깝다.

가장 오래 사는 길은 어디에도 연관되지 않고 길고 얇게 가장자리에 들러붙어 조용히 숨을 죽이는 것일 것이다.

하지만 애초에 그에게는 그럴 기회가 주어지지 않았다. 사실 멋도 모를 철부지 시절에 이미 날려 먹은 것도 같다. 누이를 보라. 썩 괜찮은 예시가 아니던가.

단지 그녀와 달리 아인츠가 살아남은 건 운이 조금 더 좋았고, 누이보다 자존심을 챙기지 않았기 때문이었다.

그래, 자존심. 그런 것들은 이 아수라장에서 하등의 도움도 되지 않는다.

"조금만 더 가면 벨벳 성이오."

아인츠는 기억 속의 어린 타라를 떠올렸다.

낡은 옷에 하얗게 질린 얼굴, 움츠러든 어깨가 작고 조그마했던 아이. 단지 거리낌과 혐오감만 들었던 그 보잘것없는 애가 이 모든 일의 원흉이라니.

시작은 아주 작은 말실수였다.

—그게, 무슨 말이야?

구석에 숨어서 그가 하는 말을 엿들었던 타라가 성큼 앞으로 나와 물었다.

항상 눈을 피하기 바빴던 아이가 그때만큼은 제 무늬뿐인 사촌을 똑바로 응시하고 있었다. 귀찮게 됐다 싶으면서도 흥미로워서 삐딱하게 소녀를 내려다보았다.

참 뭐가 그리 비비 꼬였는지 당시의 아인츠는 타라가 제 출생의 비밀을 듣고 어떤 반응을 보일지 궁금해졌다.

—뭐긴, 네가 더러운 태생이라는 소리지.

—내가, 왜?

타라가 반문했다. 항상 기어들어 가던 목소리도 이 순간만큼은 필사적일 정도로 또렷했다.

상처받은 눈이 분명했지만, 빤히 바라봐 오는 게 속이 비칠 듯 투명하고 깊어 아인츠는 왠지 쿡 쑤셔진 것처럼 가슴 한편이 선뜩했다.

그래서 충동적으로 지껄였다.

—정말 모르니? 저 동부의 고귀한 기사 왕이 제 누이인 여왕을 탐해서 낳은 아이가 너란다.

핏기가 싹 가신 조그만 낯이 툭 건들면 가루가 될 거울 파편 같았다. 돌이킬 수 없는 말을 내뱉고 난 뒤의 기분은, 뭐랄까, 그래. 꽤 짜릿했던 것 같다.

철부지 소년이 대다수의 어른도 모르는 은밀한 비밀을 으스대듯 입에 담는 건 누구나 철없는 어린 시절 한 번쯤 해 보는 짓 아니던가.

불행히도 그가 내뱉은 건 꽤나 위험한 진실이었고, 허옇게 질린 입술을 바들거리며 뒷걸음질치는 타라를 자각하는 순간 소년에게는 뭔가 큰 실수를 저질렀다는 뒤늦은 후회가 몰려왔다.

왕과 여왕의 대화를 지나가듯 엿어들었다 하나 민감한 발언이었다. 하지만 주워 담을 수도 없다.

물이든 말이든 엎지르면 끝이 아니던가.

—이봐…….

그러나 그가 무어라 말을 덧붙이기도 전에 타라는 뒷걸음질 치더니 휙 비틀거리며 도망가 버렸다. 짧게 웃자란 푸른 머리카락이 휘청휘청 흔들리며 멀어진다.

그때의 기분은…… 뭉개진 것처럼 기억은 희미하나 결코 유쾌하지는 않았다. 얹힌 듯한 찝찝함이 가시지 않은 채 뒤돌아섰다가 그는 정 얼어붙었다.

인형처럼 표정이 없는 여왕이 제 딸이 사라진 복도 끝을 응시하고 서 있었다. 날붙이가 돋아난 허연 나무 같았다. 그녀가 저를 천천히 내려다봤을 때 아인츠의 표정은 아까의 타라와 크게 다르지 않았으리라.

하지만 얼음 같은 분위기와는 별개로 아델하이트는 웃고 있었다.

—재미있는 장난을 쳤구나, 아인츠.

당장 엎드려 잘못을 고해야 하나? 아니면 변명을 해? 너무 놀란 나머지 몸이 굳어 잘 움직이지 않았지만 억지로 허리를 조아리고 사죄했다. 말을 더듬지 않은 건 순전히 얼이 나갔기 때문이었다.

—경솔했습니다. 벌을 주세요, 숙모님.

아무 말도 없는 짧은 시간이 포승줄처럼 온몸을 졸라 왔다. 식은땀이 났다. 이내 옅은 웃음소리가 들려오고 나서야 안도감이 들었다.

—고개 들렴. 나는 상황 판단이 빠른 아이가 좋단다.

잠시 지체하며 슬그머니 그녀의 눈치를 살피는 소년을 일별한 여왕은 무슨 생각을 하는지 읽기 힘든 몽환적인 표정을 짓고 있었다.

안개처럼 투명한 시선. 어쩐지 타라의 것과 겹쳐 보여서 아인츠는 찰나 이상한 기분이 들었다.

—그래, 이편이 더 재미있을지도 모르겠구나.

오늘은 분홍색 드레스를 입자고 결정 내리듯 가벼운 어투였으나 심상치 않음을 모를 수가 없었다.

아인츠는 무언가 잘못된 방향으로 무심코 키를 돌려 버린 것을 느꼈지만, 저에게 따로 벌이 내려질 것 같지는 않다는 걸 눈치채고 가슴을 쓸어내리는 것 외에 할 수 있는 게 없었다.

참으로 비겁하고 옹졸한 어린아이였다. 게다가 어리석었지. 그 후 여왕의 총애가 더 깊어진 것을 기뻐하기만 했지, 그 실수 한 번이 제 인생 또한 저당 잡히게 했다는 걸 깨달은 건 최근이었다.

원래도 아인츠와 아벨라 남매를 예뻐 하기는 했으나 곁에 두고 아끼기 시작한 것은 그날이 기점이었다.

아니, 이미 타라를 알았던 순간부터가 잘못이었다.

그녀는 적을 치기 위해 마녀가 손수 잉태한 새 혼돈의 싹이었다.

차라리 아예 너를 모른 척했었어야 했는데.

너는 내가 감당할 수 있는 인연이 아니었다. 그걸 알았다면, 아벨라도 죽지 않고 살아 있었을까.

—아인츠, 넌 나를 배신하지 않을 거지?

겨울 성에서의 마지막 밤, 새빨간 입술이 요염하게 휘어지며 달콤한 말을 쏟아 냈다.

—귀여운 나의 아이야. 난 너를 믿는단다.

거미처럼 그를 뒤에서 껴안아 오며 눈을 가리는 여자의 손가락은 희고 길다.

따가운 햇볕과 싸늘한 바람도 닿지 않을 저 지하로 끌어당길 밧줄, 낯선 외부와 차단해 가둘 관 같기도 하다. 안락한 증오가 온몸을 마비시킨다.

그는 길게 한숨을 내쉬며 눈을 떴다. 이 여정으로 지금까지의 모든 번민과 혼란, 불안이 전부 멎었으면 했다. 사실상 복수심을 넘어 자신을 구원하기 위한 선택이었다.

설사 그것이 또 다른 불구덩이에 뛰어드는 일이라 해도.

* * *

그는 정말 컸다. 타라는 멀뚱히 그를 올려다보다가 전체적인 얼굴을 보기 위해 고개를 쭉 내빼야 했다.

하지만 목을 길쭉하게 늘리려는 찰나 갈랑이 한 걸음 물러서 주었기에 불쑥 드러나는 것처럼 시야 안으로 들어왔다. 눈이 딱 알맞게 맞닥뜨려져서 타라는 생글 웃었다.

"안녕하세요, 우리 인사를 제대로 못 했죠?"

"그렇군요."

늑대 청년은 순순히 수긍하면서 빤히 그녀를 내려다보았다. 묵빛 눈이 단단하고 또렷해서 위축될 법도 했지만, 전혀 거부감 비스름한 감정이 들지 않았다.

갈랑에게서 은연중에 느껴지는 분위기와 눈빛이 온난하고 평온한 탓이었다. 이끼와 들꽃을 가득 머리에 이고 있는 바위 옆에서 햇볕을 쬐는 것 같은 기분이랄까.

"그런데 뭐하고 계셨어요?"

타라는 힐끗 노랗게 볕이 고여 있는 갈랑의 발치를 바라보았다. 검은 콩 같은 개미들이 부지런히 기웃거리며 움직이고 있었다. 먹이를 주고 있었는지 비스킷 부스러기가 묻은 주머니를 든 늑대 청년은 그것을 거꾸로 탈탈 털었다.

여전히 무뚝뚝한 얼굴을 올려다보았던 타라의 고개가 다시 뚝 떨어졌다. 그가 쭈그려 앉았기 때문이다. 자박자박 걸어가 그 근처에 앉았다.

둘은 어린아이들 같은 모양새로 땅바닥을 수놓는 까만 개미들을 구경했다.

"동물 좋아하세요?"

"그저 그렇습니다."

"음, 좋아하시는 것 같은데."

"나쁘지는 않지요."

그녀는 그의 평온하고 낮은 목소리가 마음에 들었다.

머리카락이 자작하게 햇볕에 데워질 때까지 그들은 잠시 말없이 노랗게 뜬 땅만 바라보았다.

얼결에 얻은 침묵 속에서 자연히 연인을 떠올린다. 당연히 그를 생각하지 않을 수가 없다. 요즈음에는, 걱정이 돼서 더 신경 쓰였다. 타라는 확실히 바보가 아니었다.

초상화를 보러 갔던 회랑에서 마레사의 초상을 태우려다 말고 돌연 꽉 끌어안아 오던 쥬다는 확실히 평소와는 조금 달랐다.

타라는 머뭇거리며 마주 등에 손을 올렸다. 심해에 빠진 양 꼼짝도 할 수 없는 와중에 그가 걱정스러웠다.

미안하다고 했지. 대체 무엇이 그를 그리도 슬프게 할까.

쥬다는 전부 그의 탓이라고 했지만 어쩐지 타라는 그게 외려 제 탓인 것만 같다는 직감을 떨칠 수가 없었다. 그리고 이번 '쥬다의 비밀'은 전번 것과는 비교도 할 수 없이 무겁고 중하다는 걸.

그가 인정했듯이 타라에게 전부 말하지 않은 것들은 아직도 있었다. 예컨대, 쥬다가 왜 그리도 아델하이트를 싫어하는지나, 타라의 생부에 대한 것 같은.

그들 사이에서 대체 무슨 일이 있었던 걸까.

그리고 아버지의 존재. 이 또한 가만히 되짚어 보면 쥬다의 태도가 변한 시점이 있었다.

처음부터 쥬다는 그녀 앞에서 그를 언급하는 것에 거리낌이 없었다. 동부에 있다든지, 마법을 배워서 능숙하게 해낸다면 가르쳐 주겠다고까지 했다.

한데 언제부턴가 말조차 꺼내지 못하게 했다. 아마도…… 타라를 흥미로운 희귀 동물처럼 보던 서늘한 눈빛이 조금쯤 온난한 온기로 바뀌기 시작했을 때부터.

그러니까 정리해 보자면, 타라의 부친에 대한 인지는 어떤 식으로든 쥬다가 원하는 바와 어긋나는 것이라는 건데.

아마도 두 가지 정도 가설을 들 수 있다. 타라가 아버지를 그리워하고 그에게 가기를 원할까 봐거나, 아니면…….

아버지의 존재가 타라에게 해가 되기 때문이다.

나뭇가지로 흙바닥을 긁어 대던 손이 우뚝 멈춤과 동시에 가는 나무의 손가락이 뚝 부러진다. 갈랑의 시선을 느낀 타라가 반사적으로 입을 움직여 물었다.

"그럼 갈랑 씨는 언제 북부로 돌아가세요?"

"맡은 일이 끝나면 갈 듯합니다."

"아, 그 기사분이요?"

"네."

갈랑이 한 박자 늦게 대꾸하며 딴생각을 하는 게 분명한 타라를 비스듬히 내려다보았다.

"왜 이 험난한 곳까지 오셨을까요? 큰일난 사람이 얼마나 많은데."

"……."

갈랑이 침묵하는 사이 타라는 푸른 머리 타래를 감아 돌리다가 손톱을 깨물었다.

해가 된다. 그게 뭘까. 아버지란 사람이 매우 흉악하고 나쁜 사람이라서? 살인자, 사기꾼, 도박꾼…… 가정할 수 있는 최악은 많았다. 타라는 자신이 아버지를 만났을 때 상처받거나 충격받을 만한 일들을 나열해 본다.

"저는 싸움을 좋아하지 않습니다."

흘러가던 상념의 강물에 돛단배를 띄우듯이 갈랑이 입을 열었다.

타라의 시선이 따라오자 그는 제 발등 위로 올라오는 개미 한 마리를 손가락 위에 올렸다. 조그만 더듬이들이 비쳐진 회갈빛 눈은 비 냄새 묻은 달 같았다.

"하지만 내려진 명령과 내가 해야 할 일이라면 주저하지 않습니다. 내 의지로, 내 능력으로 가장 효율적으로 실행하기 위해 노력할 뿐 그 이상의 감상은 불필요합니다. 아니, 생각하지 않으려 하지요."

입을 열어 물어볼 필요도 없이 갈랑은 짤막하게 의문에 답했다.

"왜냐하면, 내가 해야 할 일을 하지 않을 경우 힘든 건 내 가족과 혈족이기 때문입니다. 하고 싶은 것만 하며 살 수 없는 세상이고, 때론 위험을 무릅쓰고라도 해내고 지켜야 할 가치가 있는 거지요. 그게 크든 작든 간에."

아마, 그 기사도 이것과 비슷한 이유가 있지 않을까요.

널찍한 손톱 위에서 맴도는 개미를 길가를 피해 화단에 내려놓는 늑대 청년의 뒷모습은 묵묵히 뿔 위에 새를 이고 풀을 뜯는 물소나 담쟁이가 가득 돋은 검은 산 같았다. 타라는 그를 빤히 바라보다 말했다.

"갈랑은 다정한 사람이네요."

"제 부모님은 덜떨어졌다고 하시던데."

"어…… 아버님이, 음, 무척 엄하시나 봐요."

"어머니가 한 말씀이십니다."

"……."

이델은 그런 거친 말을 안 하는데, 하기에는 눈앞의 이가 친아들인데다가 영 농담하는 얼굴이 아니다. 당황해서 진지하게 고심하는 그 하얀 낯을 갈랑이 물끄러미 응시했다.

"어머니께서 타라 양을 무척 좋아하시더군요."

"네. 이델이 저를 많이 돌봐 줘요."

"어떤 면에서는 아들인 저보다 더 아끼시는 것 같습니다."

"그건 아니에요. 갈랑 씨는 소중한 아드님이잖아요."

타라가 반박하자 갈랑은 처음으로 옅게 웃었다. 얼핏 순하고, 앳된 것을 보듯 연한 눈빛에 타라는 부끄러우면서도 어쩐지 그가 더 좋아졌다.

"제 어머니는 제가 어린 시절 사냥을 나갔을 때 토끼 한 마리 죽이지 못하는 것을 보고 혀를 차며 꾸짖으셨습니다. 마찬가지로 표범 일족의 멍청이 하나를 반죽여 놨을 때도 엄하게 혼을 내셨지요. 하지만 마지막 순간에는 항상 나를 안아 주셨습니다. 제가 어떤 행동을 하든 어떤 이유에서건 간에, 저를 사랑해 주실 분이죠."

"이델은 좋은 어머니니까요."

"당신에게도 그러합니다."

붉은 눈이 동그랗게 떠지는 걸 그가 덤덤한 시선으로 보고 있었다. 어느 봄날, 따끈한 빗방울에 얻어맞은 것처럼 뜨뜻한 얼얼함이 번진다.

울음과 비슷한 어설픈 미소를 짓는 타라에게 무뚝뚝한 말이 연이어 떨어져 내렸다. 충고처럼 딱딱하지만, 위로처럼 부드럽게.

"그러니 저를 부러워하실 것 없습니다."

"부러워한 적 없어요."

자기 속내를 들킨 이처럼 찔끔해서 타라가 중얼거렸다. 하지만 저가 듣기에도 그다지 신빙성이 없다. 그녀는 제 볼이 창피함으로 붉어지지 않았기를 빌었다.

이델이 이때껏 셀 수 없이 많이 지나가듯 말했었던 자신의 가족들에 대한 이야기들을 들어 왔던 타라는 그들에 대한 호감, 그 안의 행복에 대한 부러움이 없을 리가 없다는 걸 잘 알고 있었다.

그녀는 괜히 어색해서 개암나무 같은 그의 눈을 슬쩍 피했다.

"조금은 그랬지만."

그러고는 약하게 헛기침을 했다. 발치에서 맴돌던 개미들은 과자 조각을 함께 들고 부산스럽게 긴 띠를 그리고 있었다. 그녀의 눈길이 닿자 그 검은 점으로 된 선들은 구불구불 꽃 모양처럼 움직였다.

"성의 모든 사람들이 당신을 걱정했습니다."

"알아요."

빙그레 웃었다. 미안하고 감사해서.

잘게 울던 새소리가 쪼르르 모여든 아이들처럼 재재거렸다. 우거진 수풀 사이로 부스럭거리며 나타난 다람쥐가 빼꼼히 얼굴을 내밀고, 그 옆 가지에 조그만 새들이 옹기종기 앉은 모양을 주시하던 갈랑이 작게 말했다.

"여름은 여름이군요. 예전보다 벨벳 성이 생기 있어 보입니다. 여러모로……."

아니, 저렇게 동물들이 한군데에 모여 있는 것 자체는 남부에서도 흔하지 않을 것 같은데. 하지만 갈랑의 의문을 모르는 타라는 아무렇지 않게 고개를 끄덕였다.

"네. 벨벳 성이 황폐하다는 건 아무것도 모르는 사람들이 떠드는 말이라니깐요."

"그런가요."

하지만 갈랑이 아는 이 서쪽의 땅은 황폐한 곳이 맞았다.

유례없이 우거진 정원도 그렇고, 오면서 본 대지도 어딘가 예전보다는 그 버석함이 덜했다. 변화를 맞은 것은 성주만이 아니라는 것처럼. 이걸 아무도 눈치채지 못한 게 외려 이상했다.

하긴 이 성의 사람들은 줄곧 벨벳 성에서만 생활한 데다, 그 변화라는 것도 미세하기 짝이 없어서 갈랑처럼 관찰력이 뛰어나거나 오래간 외부에 있다 온 게 아니라면 모를 법도 했다.

갈랑은 어딘가 미심쩍은 눈으로 가지가 휘청거릴 만치 주렁주렁 열매처럼 모여든 새와 다람쥐, 그 밖의 작은 동물들을 살펴보았다.

"하긴 제가 처음에 왔을 때만 해도 뭘 잘 몰라서 춥고 삭막하고 으스스한 곳인 줄 알았지만요. 어어?"

끙끙대듯 만석인 나뭇가지에 올라타던 다람쥐 한 마리가 툭 밖으로 떨어졌다.

타라가 안 돼, 소리치며 벌떡 일어난 순간, 갈랑도 따라서 일어났다.

하지만 그는 굳이 달려갈 필요가 없었다. 막 딱딱한 자갈 위로 떨어지기 전 다람쥐가 둥실 비눗방울처럼 아슬아슬하게 떠 있었기 때문이다.

타라보다 훨씬 신장이 크고 눈이 좋은 탓에 그는 그녀가 수풀을 헤치는 사이 그 놀라운 장면을 똑똑히 목격할 수 있었다.

저건, 염동력?

"다쳤으면 어떡하죠……? 어?"

정원 화단으로 비틀거리며 들어섰지만 타라는 걱정할 필요가 없었다. 쭈그려 앉아서 다람쥐를 손으로 감싸고 있는 살구색 머리카락을 발견했기 때문이다.

기척 없이 등장한 비제는 작은 코를 움찔거리는 다람쥐를 가만히 내려다보다가 고개를 들어 타라를 바라보았다.

투명한 푸른 눈과 놀란 붉은 눈이 마주쳤다. 깨어난 뒤로는 처음 보는 대면이었다.

모든 이들의 걱정에는 물론 비제도 포함된다는 걸 알았지만 그는 정신 차린 타라를 따로 찾아오지는 않았었다. 반가움과 약한 서운함을 느끼며 타라가 활짝 웃었다.

"아저씨?"

"안녕, 타라."

그는 바래 가는 여름 하늘 아래 길 잃은 눈 여우처럼 하얗게 눈을 접었다.

"아저씨가 받아 줬구나. 다행이다."

타라가 치맛자락을 접으며 앞에 앉을 동안 비제는 대꾸 없이 제 손에 놓인 연갈색 꼬리가 살랑대는 걸 바라본다.

그들에게서 얼마간 떨어진 곳에 선 갈랑이 그 모습을 지켜보았다.

"아니야. 이 다람쥐는 내가 아니어도 안 다쳤을걸."

"아, 다람쥐는 날렵하니까 그러려나요?"

이번에도 그는 말없이 웃기만 했다. 대신 갈랑이 질문했다.

"타라 양. 갖고 계신 마력의 속성이 혹시 염동력입니까?"

"……아니요? 왜 그러세요?"

"그야……."

말을 이으려던 갈랑은 저를 똑바로 응시하는 비제의 표정에 입을 다물었다. 타라는 고개를 갸웃거리다가 그들의 묘한 기류를 감지하고는 비제를 빤히 바라보았다.

대리석 파편처럼 흰 옆얼굴이 그녀를 돌아볼 때는 싱긋 웃음을 머금었다.

"동물들이 널 좋아하나 봐."

"음, 그런가?"

타라는 따라 웃으면서도 한편으로는 그가 말을 돌린다는 느낌을 받았다. 쥬다 때문에 예민해진 탓일까?

"염동력은 어릴 때 본 적이 있어요. 저 말고, 사촌인 아인츠와 아벨라요."

그녀는 아무것도 모른다는 듯 화제를 원래대로 되돌려 놓아 봤다. 비제가 난감하게 웃지 않을까 했는데 그는 외려 그 투명한 눈으로 타라를 멀거니 쳐다보기만 했다. 이상한 기분이었다.

"사촌이라면, 아델하이트의 조카들 말이군."

"네. 제가 아는 염동력은 그게 다예요."

"그래. 그때 보았다는 거네."

"그게 왜요?"

"가끔은, 본 것만으로도 그것을 습득하는 재능이 있지. 마치 거울에 상이 그대로 비치는 것과 같아."

"그런 게 어디 있어요. 아무리 천재라도 마법에는 각자 속성이란 게 있는걸요."

"무(無) 속성은 가능해."

"무 속성…… 이라면…… 아무것도 없는 거요?"

"아무것도 없다는 건, 모든 것이 있다는 말이 되기도 해. 빈 공간에 무엇이든 넣을 수 있으니. 텅 빈 창고처럼."

어린아이에게 설명하듯 다정하다. 그렇지만 타라는 항상 배움이 충족되었을 때처럼 마냥 기쁘지 않았다.

직감일 수도 있고 곤두선 눈치 탓일 수도, 어쩌면 단지 지금 그녀를 바라보는 그의 눈빛 탓일 것이다.

왜 나를 그렇게 보나요, 라고 물어볼 뻔했다.

그리고 동시에 이런 생각이 들었다. 어쩌면, 비제는 쥬다의 비밀을 알고 있을지도 모른다. 이 성의 모든 사람이 그걸 모르더라도,

혹은 알고서 말해 주지 않더라도. 그는 말해 줄지도 모른다.
이미 타라의 머리는 단서라도 잡으려면 그가 필요하다고 지시하고 있었다. 그래서 타라는 생긋 웃으며 말했다.
"아저씨. 저랑 놀까요?"
비제는 나무 위에 다람쥐를 올려놓고는 한 박자 늦게 대꾸했다. 그럴래?

* * *

비제의 방에는 처음 들어와 본다. 당시 깊은 밤, 부드럽게 웃으며 축객령을 내렸던 남자는 그녀를 쉽게 들여보내 주었다.
타라는 눈을 깜박이며 방의 정경을 둘러보았다. 그의 수려하고 신비스러운 외관과는 달리 삭막한 공간이다.
침대 하나, 책상 하나, 책장 하나. 꼭 필요한 걸 빼면 아무것도 없다.
두리번거리는 그녀의 의자를 빼 준 비제가 고개를 기울이며 묻는다.
"홍차? 밀크티?"
밀크티요. 고개를 끄덕인 그가 차를 우리기 시작했다. 그윽하고 향긋하게 퍼지는 차향이 이 건조한 그의 공간과 제법 잘 어울렸다.
타라는 의자 등받이를 껴안듯이 돌아앉아서 청년의 하얀 손가락이 찻잔과 티스푼을 쥐고 움직이는 걸 지켜보았다.
어찌 보면 타라는 비제를 이용하려는 건지도 모른다. 당혹과 희미한 죄책감이 들었다.

그가 쥐여 주는 커다란 머그잔을 양손으로 모아 잡고 맞은편에 앉는 하얀 낯을 주시했다. 의식적으로 눈을 피하다가 그의 뒤편으로 보이는 무언가를 발견했다.

"아저씨 그림도 그려요?"

하얀 천으로 덮인 액자였다. 잘 안 보이는 한쪽에 세워진 것이 그저 지나갈 법도 했지만, 슬쩍 드러난 액자 틀은 본관의 회랑에 놓인 것들과 똑같았다. 역대 영주들의 초상화가 걸려 있던 액자들 말이다.

비제는 천을 끌어다 그 위를 덮은 후 매끄럽게 웃었다.

"변변찮은 솜씨인데."

"우와. 그래도 한 번만 보면 안 돼요? 저보다는 낫겠죠. 저는 그림은 정말 젬병이거든요."

"사실 숙부의 유작(遺作)이야. 버리기도 뭐하고 보고 있자니 기분이 좋지 않아서 이렇게 가지고 있는 거지."

"아."

겸연쩍어진 타라가 손가락을 꼼지락거리는 사이 비제는 찻잔을 기울였다. 놈팡이처럼 항시 나른해 보여도 기사는 기사일 텐데 차를 마시는 품새가 물 흐르듯이 우아하다.

그녀는 조용한 상대의 눈치를 살피다 조용히 말했다.

"죄송해요. 눈치 없이."

"아니란다."

비제의 친절한 미소가 어쩐지 마음 편하지가 않다. 괜히 밀크티를 몇 모금 삼키면서 할 말을 고르는데 그가 먼저 말문을 텄다.

"이제 괜찮니?"

아, 그러고 보니 이 사람 앞에서 쓰러졌었지. 그녀는 필요 이상으로 밝은 얼굴로 고개를 끄덕였다.

"그럼요. 아마 빈혈 때문일 거예요."

"머리가 아프거나 하지는 않고? 가령……."

뭐라 예시를 들려던 그는 말을 멈췄다. 지그시 살피는 시선이 다소 간지럽다.

"무엇에 충격을 받았다든지."

"아니요? 왜요?"

"……글쎄. 그냥 여러 경우를 가정해 보는 거지. 마력 발작이라든가."

"쥬다나 앙리펠도 전혀 이상이 없다고 하셨어요."

"그래?"

그러고는 빙그레 웃는다. 그래, 네가 괜찮다면 그런 거겠지. 대륙에서도 내로라하는 전문가들인 그들의 의견은 아무 의미가 없는 것만 같은 말투였다.

비제가 턱을 괴며 슥 상체를 숙였다.

"그럼, 타라. 말해 보렴."

"네?"

"내게 할 말이 있는 거 아니야?"

아니면 묻고 싶은 거라든가.

타라는 조금 놀랐지만 부정하지는 않았다. 단박에 꿰뚫릴 것만 같은 눈빛 탓도 있지만 애써 아닌 척 해 보았자 무의미할 것 같았기 때문이다.

"사실 맞아요."

고요한 반쪽짜리 요정의 눈을 보고 있자니 수평선을 보듯 마음이 고요해졌다.

"비제 아저씨. 쥬다가 내게 무언가 숨기고 있는 것 같아요."

그는 아무런 표정 변화가 없었다. 타인을 보듯이, 무심한 선으로 그려진 초상처럼.

타라는 손끝으로 비제가 준 찻잔을 긁었다.

"물론, 전에도 그런 적이 있으니 물어봤죠. 하지만 좀 더 캐물어도 아마 그는 말해 주지 않을 거예요."

"그의 비밀 때문에 너와 그의 사이가 멀어질 것 같니? 아니면 네가 괴로워?"

"아니요. 그건 아니지만……."

"그렇다면 기다려 주면 되지 않을까."

말할 준비가 될 때까지. 다정하고 현명한 답이었지만 어딘가 답답해졌다. 타라는 비제가 일부러 빗나간 화살을 쏘는 것처럼 느껴졌다.

"내가 아니라, 그가 고통스러워해요."

"쥬다가?"

"그리고 그건 나와 관련되어 있는 일일 게 분명해요."

당연하게도 쥬다에게 그런 감정적인 문제를 불러일으킬 존재는 타라 외에는 전무하기 때문이다.

언제나 확신하지 못했고, 그게 아직도 완벽하게 가신 것이 아니라 할지라도 이번만큼은 모를 수가 없었다.

타라는 저도 모르게 간절한 얼굴이 되었다.

"그렇다면 나도 알아야 하는 거잖아요. 솔직히 짐작되는 것들은 있지만……."

두서없었지만 막힘도 없었다. 내심 고민했던 가설들을 전부 말했다. 잠자코 들어주는 경청자 탓에 내부에 고여서 출렁이기만 하던 것들이 왈칵 넘쳐서 쏟아졌다. 그는 여전히 고요하다.

"타라."

그의 목소리는 부드러웠다. 하지만 나직하게 가라앉아 있는 것이 왜 이리 더 신경을 건드릴까.

"가끔, 나는 이곳 사람들이 너를 너무 과보호하는 게 아닐까 생각했단다. 그런 게 필요 없을 정도로 넌 똑똑해. 오히려 걱정과 애정 같은 건 결정적일 때 방해가 되지."

"제 생각이 맞다는 말씀이에요? 내 부모님, 때문일까요?"

"정확히 그것 때문은 아니지만 그렇다고 볼 수도 있지."

선선한 긍정이 떨어진다. 심장이 쿵 떨어졌다가 이윽고 두근두근 날뛴다. 예상치 못한 담백한 답에 얼떨떨함이 그대로 드러났는지 비제는 피식거렸다.

"왜, 나라면 대답을 해 줄 거라고 생각하고 나에게 온 거 아닌가."

"……맞아요."

타라는 이제 물끄러미 비제를 살폈다. 이따금 이 아저씨의 속을 모르겠다고, 스치듯 생각했던 적이 있다.

"그런데, 그래도 돼요? 쥬다에게 혼나잖아요."

"이 와중에 나를 걱정하는구나. 상냥한 타라. 그리고 틀렸어."

"뭐가요?"

"네가 해야 할 말은, '그런데, 쥬다의 충실한 심복인 당신이 무슨 의도로 그의 명령을 어기면서까지 내게 그 중요한 정보를 말하는 거지?'라고 해야 옳아."

찻잔을 내려놓은 비제의 손가락이 정확히 그녀를 가리킨다. 붉은 눈동자가 희고 날카로운 짐승의 뼈를 보듯 그것을 보다 다시 비제를 보았다. 지금의 미소는 미소인지 헷갈렸다.

내 말을 들어, 타라. 넌 좀 더 많이 의심하고, 독살스러워질 필요가 있어.

네 현실은 녹록지 않으니까.

"그리고 거기에서 좀 더 한 발자국 나가 생각해 본다면, 쥬다의 첫 번째 검이, 그의 뜻을 거역하는 건 누구를 위해서일까…… 까지 도달하겠지."

상냥하게 장님을 부축해서 어지러운 길 안내를 해 주듯이 검지가 느릿느릿 허공에 선을 그리고 떨어졌다.

타라의 당혹하고 의문 섞인 낯을 그는 애틋하게 바라보고 있었다. 혹은 그렇다는 착각이 들었다. 그 착각에 의식적으로 속기로 한 타라가 중얼거렸다.

"나나 쥬다를 위해서?"

정답이라는 말은 없었다. 그는 그저 소금 결정처럼 얕은 웃음기가 묻은 눈을 하고 있을 뿐이다. 더 많이 알아내기 위해서는 스스로 해야 했다.

비제가 원하는 건 그것일지도 모른다. 그녀는 좀 더 생각해 보기로 했다.

“당신은…… 내가 알아야 하는 문제라고 생각하고 있고요. 하지만 동시에…….”

타라가 조용히 속삭였다.

“내가 몰랐으면 하는군요. 쥬다처럼.”

“그러니?”

타인의 감정인 것처럼 상냥한 남자가 되물었다. 그는 더 이상 말해 줄 것 같지 않았다.

사실 쥬다와는 다른 의미로 타라는 비제를 이겨 본 적이 없었다. 그가 항상 사소한 것을 포기하듯 져 주기만 했을 뿐.

타라는 처음으로, 그것이 농락처럼 느껴질 수도 있다는 걸 깨달았다. 피상적인 자각이었다.

머릿속이 엉킨 것처럼 복잡하고 입 안이 여러 모양의 단어들로 와글거렸지만 다른 것을 묻기로 했다. 그게 더 나을 것 같다는 판단이 섰기 때문이다.

“그럼…… 아저씨는 아나요? 쥬다와 우리 어머니 사이 말이에요.”

“왜 그들이 서로를 죽이고 싶어 안달하냐고? 알지. 본의 아니게.”

비제는 주저 없이 그녀가 가진 감정이 증오라고 말했다.

오랜 시간 동안 그들을 지켜보아 온 목격자로서의 증언일까. 기실 타라는 아는 것이 아무것도 없었다. 쥬다가 원했던 대로.

"그건 쥬다가…… 아델하이트가 세상에서 가장 사랑하는 사람을 죽였기 때문이야."

간결하게 나온 대꾸는 그 잔인함에 비해 종잇장처럼 얇고, 싸늘했다. 충격으로 굳은 타라에게 비제는 턱을 괸 채 잠시 생각하더니 덧붙였다.

"거기다 제 힘과 야망을 짓밟은 것? 세상의 모든 마녀들은 자신을 억압하고 힘을 앗아 가는 원한을 절대 잊지 않거든. 사실 네 어머니에게는 쥬다가 그를 죽인 사실이 다른 모든 원인을 합한 것일 테니 큰 상관은 없나."

"그게 누구죠? 어머니의 연인이었나요?"

"아니."

"그럼……?"

"그것보다 더 가까운 관계. 어쩌면 네가 말한 것과 비슷할 수도 있겠구나. 적어도 그녀에게는 말이야."

알 수 없는 관계였다. 종잡을 수 없는 기분에 타라는 고운 미간을 찡그렸다. 비정하고 아름다운 어머니 아델하이트. 그리고 증오와 사랑. 사랑이라니. 어머니에 대해 다는 몰라도 어느 정도는 안다고 생각했다.

그런 무정하고 잔인한 여자가 사랑하는 사람 때문에 그 긴 세월 동안 복수심을 가지고 있다고? 적어도 타라가 보기에 아델하이트는 그만한 깊은 감정과는 연이 없는 인종이었다. 그녀가 가장 아끼고 사랑하는 이는 아마 본인이지 않을까?

"미움이 크다면 그만큼 사랑도 컸다는 거겠죠. 하지만 안 믿어져요. 어머니에게 그런 사람이 있었다는 게."

"한때는 그녀도 너와 같은 나이였을 때가 있었어."

좀 더 약하고 불완전하고, 감정 하나에 제 전부를 내던질 때가.

타라의 표정을 본 비제는 미약하게 입술을 휘었다.

"내 말을 안 믿는구나."

"그냥, 안 믿겨서요."

"그럴 만해. 하지만 가정해 보렴. 만일 누군가 네게서 네 사랑하는 이를 빼앗는다면 어떨 것 같니."

곧바로 떠오르는 건 역시 쥬다다. 만약 누군가 그를 상처 입히고 해친다면…… 상상만으로도 아득하다.

그의 고통, 그의 피. 그의 비명. 무심한 구둣발에 펄떡이는 심장이 짓밟힌 것 같은 통증과 함께 새카만 나락이, 그다음에는 존재조차 몰랐던 섬뜩한 무언가가 치솟았다. 끔찍함에 몸서리치는 그녀에게 비제가 부드럽게 말을 이었다.

"그런 감정을 그녀는 아주 수백 년 동안 갖고 있었던 거야. 무슨 짓인들 하지 않을까?"

"하지만 오랜 시간이 흘렀잖아요. 지금은 결혼도 했고……."

"너도 시간이 흐르면 아무 일 없었던 것처럼 잊을 수 있을 것 같니?"

대답할 수 없었다. 물론 시간은 모두에게 공평한 파괴자이기에 아마 계속 흘러들고 깎여 가는 흐름에 따라 무뎌지기는 할 것이다.

하지만 가슴마저 쪼개고 영혼 깊숙이 사무친 것조차 지워지지는 않을 것 같다. 무생물인 흙과 바위로 이뤄진 협곡도 평지가 되려면 헤아릴 수 없이 긴 시간이 필요하다.

모든 상처가 우리가 기대하고 필요한 기간 내에 아물 수 있다고 믿는 건 오만이다. 흉터가 반드시 지워질 거라는 믿음도.

"그건…… 모르겠어요. 아마 그러지 못할 것 같아요."

떨리는 말간 낯으로 또박또박 제 진심을 내뱉는 그녀를 한동안 바라보던 비제는 얕게 고개를 끄덕였다. 그럴 줄 알았다고.

"그럼…… 어머니는 쥬다를 용서하지 못하겠네요."

작게 중얼거렸다. 쥬다는 예전에 많은 사람들을 죽였다고 스스로 인정했다. 그 많은 피 중 어머니의 그 사람도 포함되겠지.

아마 이유가 있을 거라 생각했다. 그리고 그건 당사자에게 들어야 한다는 것도. 또한, 확실한 건 쥬다가 아델하이트에게 용서를 빌 리가 없는 만큼 아델하이트가 과거를 잊을 리 만무하다는 사실이다.

그녀는 이미 쥬다가 타라를 아낀다는 이유만으로도 딸을 공격했다. 타라는 어머니가 할 수 있다면 쥬다의 앞에서 저를 절벽 밑으로 밀어도 이상하지 않다고 여겼다.

"원한 때문에 나를 이용할지도 모르고요."

"철저히 아델하이트다운 방식이겠지."

비제는 긍정도 부정도 하지 않았으나 타라는 직감적으로 저가 옳은 방향을 잡았다고 확신했다. 하지만 어떻게?

그녀는 태어나서 지금까지 자신이 대단한 무언가를 해내거나 특별한 가치가 있는 사람일 거라고 생각해 본 적도 없었다. 막막한 귓가에 공기에 맞지 않게 평온한 음성이 들려왔다.

"쥬다는 너에게 많은 걸 가르쳤지. 아마 넌 그의 일생에서 제자라고 할 수 있는 유일한 사람일지도 몰라."

"대단한 건 아니에요."

"대단한 거야. 아무리 네게 애정을 가졌어도 뒤떨어지는 걸 포장해 줄 사람은 아니니까."

그건 사실이다. 쥬다도 뛰어난 건 괜찮다거나 쓸 만하다고 인정해 줬다.

기억력이라든가, 언어적인 능력 같은…… 자연히 책장으로 눈길을 돌린 타라가 생각보다 두꺼운 장정들을 쭉 훑었다.

책 안 읽을 것 같은데 은근히 많네. 사전처럼 보이는 것, 역사책, 검술 교본, 혈통에 관한 새카만 표지의 책과 의학책 등 종류도 다양했다.

그때였다.

똑똑똑.

둘의 시선이 동시에 아무도 신경 쓰지 않고 있던 곁문으로 향했다. 태엽을 감아 놓은 것처럼 규칙적인 노크가 울리다 돌연 조용해졌다.

타라는 저도 모르게 반쯤 몸을 일으키다가 휙 무표정한 비제 쪽을 돌아본다. 그는 조용히 말했다. 이미 자리에서 일어나 있었다.

"이만 돌아가 줄래? 급한 일이 있는 것 같아서."

"어…… 손님이세요?"

벨벳 성 식구들이라면 굳이 자리를 피할 이유가 없기도 했다. 딴데 정신이 팔린 듯 무표정하던 비제가 휙 그녀를 응시하더니 잠시 지체했다가 말을 바꿨다.

"아니. 조금만 기다려 주렴. 잠깐이면 돼."

"아, 네."

비제는 비스듬히 기대 서 있던 검을 집어 들고 문 너머로 사라졌다. 잠깐 열린 문 너머는 깜깜하고 어둡다.

찰나 거기에서 불어온 서늘한 바람을 맞은 타라가 코끝을 찡그렸다. 이상하다. 어디서 맡아 본 냄새…… 향긋하면서도 어딘가 쾌쾌한 그 향에 고개를 갸웃거렸다.

그런데 손님이라면 누구지? 방문자라면 집사가 모를 리가 없고, 안티오크는 아무 말 없던데.

뭐 성에 상인이나 배달부 같은 사람들이 아예 없는 건 아니니까. 뜬생각을 지워 버린 타라는 계속 뇌리를 꾸욱 눌러 오는 쥬다와 어머니에 대한 상념에 다시 빠져들었다.

어떻게 하지. 역시, 물어보는 게 낫겠지? 언제나 타라의 말을 들어주지는 않아도 무시는 안 했던 쥬다를 믿고 시도해 보기로 마음먹었다. 돌연 조금 갑갑한 한숨이 나온다.

조금 더 빨리 태어났다면. 하다못해 어머니의 딸만 아니었어도…… 아니 그랬다면 그가 내 후견인이 되지도 않았을까? 손톱을 깨물다가 빈 컵을 내려놓고 그리 넓지 않은 비제의 방 안을 서성거렸다.

단정한 책상, 이불까지 말끔히 개어 있는 침실, 책장…… 금박이 벗겨진 책들을 쭉 검지로 건드리며 걷던 걸음이 툭 방해물에 막힌 공처럼 멈춰 섰다. 통통 튀기다 데구루루 굴러가듯 정적이 깔렸다.

기시감이 들었다. 타라는 천천히 고개를 돌려 그 '책'을 바라봤다. 아는 책이었다. 모를 수가 없었다.

—고대 귀족의 혈통과 가계

어릴 적 아버지에 대해 알고자 하는 욕망에 이 책을 몰래 방으로 가져온 적이 있다. 결국, 못 보고 갖다 두었지만.

하지만 '알아보고자' 마음먹고 난 이후 떡하니 다시 이 책을 보게 되다니 우연치고는 놀라울 지경이었다.

타라는 눈을 가늘게 뜨고 서둘러 책장을 넘겼다. 비제는 어머니와 쥬다의 과거에 대해 알려 주었지만, 아버지에 대해서는 따로 언급하지 않았다.

부모님이 관련된 일인가요—라는 질문에 그렇다고 했으니 모친뿐만 아니라 부친에 대해서도 알아야 한다.

비제는 아직 돌아올 기미가 없다.

그녀는 본격적으로 바닥에 깔고 앉아 책을 뒤적거리다 어, 눈을 크게 떴다. 이 책은 두 단으로 되어 있었다.

인상을 쓰고 나눠진 단을 살펴보다가 이번에야말로 깜짝 놀랐다.

—서부의 역사

이 또한 아는 책이다.

설마. 미간을 좁히고 앞장과 뒷장을 번갈아 보았다. 손으로 직접 쓴 필사본이었기에 확실했다. 필체가 같았다.

"같은 작가의 책이었구나."

분명, 벨벳 성의 전대 집사가 썼다고 했지. 하지만 이상하다. 고대 혈통에 대한 책과 서부의 역사가 무슨 관련이 있다고? 이렇게 함께 묶어 놓을 필요까지는 없는 것 같은데. 그녀는 한참 서부의 역사 표지를 살피다가 또 다른 사실을 알았다.

—고왕국의 언어군요. 그건 저도 모릅니다. 그런 중요한 글자와 언어는 선택받은 극소수만 읽고 쓸 수 있으니까요.

"나, 읽을 수 있잖아?"

타라는 정말 대경해서 뚫어져라 표지에 쓰인 문장을 읽었다. 일종의 부제 같은 그 글귀의 뜻은 이러했다.

—노새 이야기

이게 무슨 뜻이지? 아니 그보다…… 그 전에는 분명 몰랐는데 왜 갑자기…… 언뜻 브리지트가 한 말이 떠올랐다.

—나도 몰랐는데 어느 순간 보니까 내가 예전 요정 왕들의 문서들도 줄줄 읽을 수 있더라고.

"정말 그게 되는 거였어?"

그럼 대체 누구에게? 쥬다인가? 하지만 내내 타라와 그는 함께 있었는데 왜 이제 와서? 이상하다.

하지만 팔을 움직이고 말을 하듯 너무 자연스러웠다.

타라는 혼란스러워져서 책을 덮어 버리고 고대 귀족의 혈통과 가계에 대해 나온 앞단을 펼쳤다.

그녀가 알고자 하는 건 여기에 있었다. 갑자기 고대 언어가 읽히는 건, 다음에…….

이윽고 찾던 부분이 나왔다. 마른 책장이 추락하는 새의 떨어져 나온 깃처럼 소리 없이 덮였다.

"그들이 범한 금기는……."

—노새들은 누구나 한눈에 알아볼 수 있다. 그 독특하고 푸른 머리카락 때문에.

*　　*　　*

볼일을 마친 후, 비제는 호주머니에 손을 찔러 넣고 무감동하게 앞을 주시했다. 그는 이제 사람의 형상으로도 보기 힘든 남자를 눈앞에 두고 있었다.

어쩌면 눅눅하게 눌어붙은 낙엽들이 덮여 흙덩이로 화하면 저 형상이 나올지도 모른다.

"숙부."

제 입을 통해서 밖으로 나온 소리는 차분하지만 탁하고 공허한 울림을 가지고 있었다. 마른 손을 검 자루 위에 올리는 순간 대답이 돌아왔다.

"비제."

"아, 살아 있었네."

엄밀히 말해 이 말도 모순이었지만 말이다. 그는 태연하게 칼을 놓지 않고 성큼성큼 걸어 '거죽'이 녹아 가는 자의 앞에 쪼그려 앉았다. 내게 할 말이 있는 거 아니었어?

"말해. 듣고 있으니까."

아직 이성이 있을 때 말이야. 크르륵, 몇 번 가래 끓듯 들끓다가 쉰 속삭임이 울렸다.

"여유가 없어 보이는구나."

"내가?"

남 일처럼 되묻는 이에게 덴버가 얕게 웃었다. 아니 어쩌면 그저 기침 소리였는지도 모른다.

죽은 자는 역시 돌아올 수 없다. 그것은 신이라 해도 마찬가지일 것이다. 당시 어떤 마음으로 죽은 숙부를 살려 달라고 했는지 잘 기억이 안 난다.

쥬다는 자신이 할 수 있는 선 안에서 그 부탁을 들어주었다.

그리고 정말 그때에는 덴버가 살아 돌아온 것만 같았다. 성격과 말투, 사소한 습관까지 그대로였으니까.

하지만 시간이 흐를수록 본능적으로 알게 되었다. 이것은 진짜가 아니라는 걸.

"지금 밖에 그릇이 와 있군."

"착각이겠지."

"안심해라. 뭘 어떻게 해 보겠다는 뜻은 아니니."

썩어 가는 가죽 안에 갇힌 영혼인지, 흉내를 잘 내는 인형인지 모를 것이 그를 안심시켰다. 공교롭게도 이런 면들이 심란함을 가중시킨다. 비제는 제 어중간함에 혀를 찼다.

"냄새가 코를 찔러. 강인한 생명력이 느껴진다. 곧 넘치겠군. 조심해라, 이럴 때일수록 벌레가 꼬이는 법이지."

"걱정 마."

나도 잘 아니까. 동물들의 묘한 움직임과 다람쥐를 떠올리며 대꾸했다.

덴버가 끄륵 끅 진흙이 끓는 듯한 소리를 냈다. 얼마 남지 않은 건 사실 이쪽이었다. 비제는 한쪽 무릎을 꿇고 앉았다.

"숙부님."

차라리 끝내 줄까, 하는 말은 차마 나오지 않았다. 여전히 그는 이기적이었으므로.

대신 다른 것을 물었다. 흘러들어 오는 힘이 끊긴 인형은 수명이 다하는 법.

"이리 계속 약해지는 걸 보면, 봉인은 아직 안전한 모양이지."

"어차피 한번 균형이 깨진 물건이 다시 도로 붙을 것 같으냐."

"하긴."

납득하고 돌아섰다. 그러자 뒤에서 그를 부른다.

"비제. 시간문제다. 빨리 결정하는 게 좋을걸."

잠시 문 앞에 서 있다 대답 없이 나선다. 이 와중에 숙부의 인격이 조카를 걱정하기에 나온 말인지, 모조품이 살고자 하는 본능적인 의지로 옆에서 부추기는 건지 가늠하는 자신이 있었다.

물끄러미 제 안을 들여다본다. 언젠가 쥬다는 그에게 우유부단한 비겁자라고 비난하듯 품평했던 적이 있다.

당시 답하지 않고 웃기만 했는데 이제는 웃음도 안 나올지 모른다.

"타라."

하지만 그것과는 별개로 방에 들어서는 순간 얕은 웃음을 올렸던 비제는 빈자리를 보고 입을 다물었다.

바닥이 드러난 찻잔을 빤히 보다 옆에 놓여 있는 쪽지를 집어 들었다.

—급한 일이 생겨서 먼저 가 볼게요.

비제는 말없이 쪽지를 내려놓고 창문을 바라보았다. 비가 오고 있었다. 바야흐로 찬 한숨을 닮은 가을비였다.

* * *

"……라님? 타라 님?"

아. 멍한 붉은 눈이 돌아보자 이델은 이상하다는 듯 고개를 갸웃거렸다.

"괜찮으세요? 좋은 날이니 기운 내세요."

엊그제부터 계속 멍하시고, 이상하세요. 타라는 이델의 말을 듣고서야 벌써 며칠이 흘렀다는 걸 실감했다. 오늘은 타라의 생일이다.

혹시 어디 아프냐는 말에 그녀는 고개를 가로젓고 빙긋 웃었다. 아픈 데는 없다. 단지…….

어떤, 무섭고 터무니없는 가정을 했다. 평생 남의 일이라고 생각하고 상상조차 안 해 본 그런 끔찍하고 비정상적인 일.

한데, 그게 제 일이다 못해 근본을 이루는 뿌리라면? 악몽 속에서 괴물에게 쫓기다가 돌연 조용해져서 뒤를 돌아봤더니, 제 하반신이 괴물의 그것이었던 것처럼 괴이한 기분이었다.

구역감이 치밀어야 할 것 같은데 현실감이 없어서인지 이따금 심장이 발작하듯 헐떡거리고 불안에 잠을 설치는 걸 빼면 멀쩡했다.

하지만 어느 곳에도 말하지 못하고 타라는 침묵했다. 침묵하고 있으면 최소한 일이 더 이상 커지지는 않는다. 그게 합리화나 기만에 가까울지라도, 적어도 그녀에게는 그렇게 느껴졌다.

이델은 모처럼 예쁜 드레스를 입은 타라의 치맛단을 마지막으로 펴 주고는 기분 전환을 할 만한 간식거리를 가지고 오겠다며 나갔다.

"너 정말 괜찮아? 안색이 비둘기 뱃살처럼 하얘."

자리를 털고 일어난 브리지트가 걱정스럽게 쳐다봤다. 엉뚱한 비유를 하는 붉은 열대 과일처럼 찬연한 요정을 보고 있자니 어딘가 환기되는 기분이라 타라는 힘없이 웃었다.

"브리지트는요? 몸이 안 좋았잖아요."

"응? 아니 몸이 안 좋았다기보다는…… 기분이 좀…… 우리 엄마한테 무슨 일이 생겼나 해서."

"네? 요정 여왕님이요?"

여왕 타니아는 남부 최강의 군림자이며, 강력한 종족인 요정들의 맹목적인 충성과 보호를 받는다. 그런 이에게 무슨 일이 있기도 힘들었다.

"야센 경에게서 무슨 연락이라도 왔나요?"

"아니 그건 아니고…… 사실 것도 문제야. 분명 벌써 도착했을 게 뻔한데 왜 연락이 없는 거야?"

짜증난다는 듯 브리지트가 걸터앉은 다리를 흔들었다. 쓸데없는 공무원 근성으로 분명 기별이 왔을 줄 알았는데 감감무소식이다.

여왕 타니아의 기사라는 직급을 가졌음에도 사실상 야센은 그녀의 후계자인 브리지트와 함께 보낸 시간이 더 많았다. 해서 브리지트 자신도 모르게 불만이 점차 쌓여 가던 참이었다. 어쩌면 서운함에 가까울.

얼핏 드러난 표정에서 그것을 빠르게 눈치챈 타라가 슬며시 물었다.

"야센 경과는 떨어진 적이 별로 없으시죠?"

"뭐, 내가 코흘리개 시절부터 봐 왔으니까. 그렇다고 걔가 꼭 필요한 건 아니야."

낮게 중얼거리는 어투는 심드렁한 표정에도 그다지 신빙성 있게 들리지 않았다.

타라는 속으로 한숨 섞인 웃음을 지었다. 옆 사람 감정은 잘 눈치채면서 자기감정은 잘 모른다. 어쩌면 모든 사람이 그런 딜레마를 가지고 있을지도 모르지만 말이다.

그녀는 제 손목을 물끄러미 내려다보았다. 정신이 부유하는데도 입술을 비집고 나온 목소리는 생각보다 차분했다.

"여왕님의 건강이 안 좋으신 건가요?"

"아니, 그건 아니지만. 요정들의 어머니와 요정 하나하나와는 긴밀한 연계가 있거든. 그녀가 느끼는 강렬한 기분이나 상태, 위기감 같은 건 우리에게 그대로 전달돼. 속이 더부룩하고 불안해서 잠도 못 자겠는 게 어머니에게 무슨 일이 생긴 모양이야. 야센을 갑자기 부른 것도 그렇고."

이런 적은 매우 드문데. 브리지트의 심란한 낯을 살피던 타라가 잠시 생각하다 제안했다.

"그럼 어서 가 보셔야 하는 것 아닌가요? 정말 무슨 일이 있을지도 모르잖아요."

"하지만 그랬다면 벌써 나를 부르셨을 거야. 우리 엄마는 애 같은 면이 있어서."

원래 어머니들이란 다 큰딸에게 의지를 많이 한다잖아. 투덜거리던 브리지트는 빙그레 웃는 타라를 보고는 말을 삼켰다.

"어쨌건 서신도 보냈으니까 곧 뭔가 소식이 있겠지. 급한 건 아닐걸."

"그래도 걱정하실까 봐 일부러 말씀드리지 않은 것일 수도 있어요."

"왜, 날 빨리 보내고 싶니?"

"그럴 리가요. 저야말로 브릿이 계속 있기를 바란다는 거 알잖아요."

짓궂은 질문에 타라가 눈을 동그랗게 뜨더니 딱 자르듯 대답하자 브리지트는 히죽거리며 타라의 볼을 꼬집었다.

"언제 이렇게 컸을까. 점점 뭔가 어른스러워지는 기분이야. 조금씩 강단이 생기는 것 같다고 해야 하나."

"브릿한테서 배웠나 봐요."

그녀는 발그레해진 뺨을 문지르며 친구의 불꽃 같은 머리카락을 물끄러미 바라보았다.

강단이라고. 정말 내게 그런 게 있을까요?

뭔가 중요한 사실을 알아 버린 것 같은데, 그녀는 아직 그것을 용기 있게 물어볼 수 없었다.

답을 해 줄 수 있는 쥬다가 바로 옆에 있는데도 불구하고 아무것도 모른 척 웃으며 그와 대화를 하고 입맞춤하고 식사를 했다.

이제야 쥬다가 왜 말을 아꼈는지 이해했다. 살면서 가끔은, 솔직한 것보다 적당히 침묵하는 것이 훨씬 나을 때도 있다. 정말 내가…… 아니야. 그건 오래된 책일 뿐이잖아. 확실한 건 아무것도 없어.

"지금 뭐 하는 거냐."

늪 속에 파묻혀 있어도 들려올 목소리가 침잠한 사고를 깨운다. 타라는 퍼뜩 놀라며 고개를 들었다.

쥬다가 인상을 쓰면서 그녀의 손목을 잡고 있었다. 저도 모르게 손톱을 입으로 뜯은 모양이었다. 얼마나 심하게 잘근거렸는지 피까지 배어 나왔다.

송골송골 배어 나오는 붉은 혈액을 남의 것처럼 멀거니 주시했다. 고귀한 여왕의 피, 그리고…… 아마도, 금기와 터부가 뒤엉킨…….

쥬다가 엉망이 된 손가락을 잡아 올릴 때까지도 멍하니 현실감이 없었다. 공기 없는 곳에서 귀가 먹먹하게 막히기라도 한 양.

그러나 손끝에 닿아 오는 감각에 혼이 나간 듯 빛이 없던 붉은 눈이 화들짝 놀라 떠졌다. 통증으로 예민하게 달아오른 부위에 부드럽고 단정한 입술이 닿았다. 섬세하기 짝이 없지만 좀 더 거침이 없다.

길게 상흔에 머물던 온기가 떨어지고 나자 쓰라리던 것도 감쪽같이 없어져 있었다. 말랑하게 아문 손가락을 절로 오므리는 걸 그는 미련 없이 놓아주었다. 가는 눈썹이 찡그려져 있다.

"밥은 제때 잘 먹인 것 같은데 왜 네 살을 뜯는 거냐. 아니면…… 정서가 불안할 나이는 지난 것 같은데."

"덜 자랐나 봐요."

괜히 틱틱거리듯이 중얼거렸다. 어쩐지 당황스럽고 민망했다. 눈을 피하는 타라를 지그시 내려다보던 쥬다가 고개를 갸웃거렸다.

"아직도? 너무 느린거 아닌가."

아니, 언제는 자라지 말라고 했으면서. 입장 바뀌었다 이거예요? 속으로 투덜거리던 타라는 뒤이은 말에 입을 벌렸다.

"덜 자라면 안 되지. 난 하고 싶은 게 아직 많은데."

"무, 무슨 뜻이에요?"

"내가 퍽 곤란하다는 뜻."

얼굴이 빨개지는 걸 가만히 살피던 입꼬리가 올라간다.

"무슨 생각해. 나와 술 마시기로 했잖아. 기억 안 나나?"

"아, 그거요."

그러고 보니 같이 술 마시자고 패기 좋게 제안을 했더랬다. 부끄러워진 타라가 눈을 굴리니까 쥬다가 가소롭다는 듯 코웃음 쳤다.

"발랑 까진 꼬맹이."

"아니에요!"

와락 부정하는 그녀는 목까지 새빨갰다. 으, 그런데 이상한 생각을 아예 안 한 게 아니라서 애매하다. 으아! 하지만 자기가 먼저 이상하게 말했는걸! 금세 복잡한 고민을 죄 까먹어 버린 타라가 투덜거렸다.

그 모습이 제 머리를 잡고 도리질 치는 다람쥐 같아 쥬다는 큭 웃음을 터뜨렸다. 그는 키득거리며 그녀를 끌어안고 도톰한 뺨에 꾹 입술 도장을 찍고 물었다.

"뭐가 불안하지? 새삼 생일이라고 긴장한 건 아닐 테고."

다시 대화가 원점으로 돌아왔다. 타라는 얼른 손을 감추며 얄게 웃었다.

"아니요. 그냥……."

말이 궁해 얼버무리는 그녀를 그가 꿰뚫듯이 내려다보았다.

이럴 때면 타라는 새삼스럽게 쥬다가 제 후견인이라는 걸, 그가 제 연인이기 이전에 보호자라는 걸 자각하게 된다. 대등하고 동등한 상호 존중의 관계가 아니라 어쩔 수 없는 근본적인 그들의 입장에 의해서.

이것은 그녀로서는 자연스레 갖고 있는 열등감인 동시에 기쁨이었다.

그에게 완전히 속해 있어서 좋지만, 아주 가끔은 저가 더 잘나져서 똑 부러지게 그를 도와주고 정정당당한 존중을 받고 싶다.

그는 이해 못 할 거다. 타라를 아끼기에 귀 기울여 듣더라도 기본적으로 쥬다는 약자에 대한 공감이 부족했다. 타라는 힐끔 제 말을 기다리는 쥬다를 곁눈질했다. 그는 북극성의 빛 조각을 모아다 장식한 것처럼 수려한 미청년이었다.

게다가…… 게다가 쥬다에게 지금껏 거쳐 간 애인들이 얼마나 많았겠는가! 난 어려서부터 지금까지 쥬다만 보고 살았는데. 이건 좀 불공평하다. 주변인들은 여태껏 타라가 유일하다며 입을 모았지만 그 긴 세월 동안 여자 하나 없었을까. 그리 속으로 되뇌다가 제 기분이 먼저 팍 상해 버렸다.

지금이야 타라가 제일 귀하다지만 옛날에는?! 그래, 타라는 쥬다의 과거도 제대로 모르는 것이었다! 그는 자물쇠라도 단 것처럼 정확한 이야기를 항상 피했으니까.

그 어머니의 초상화만 해도…….

"뭔 생각을 하길래 표정이 그래."

어라. 뭔가 괴상한 상상까지 도달했던 타라가 얼른 고개를 흔들었다. 하지만 찰나 떠오른 가정은 먹물 번진 얇팍한 종이처럼 걷잡을 수 없이 번져 지워지지 않았다.

비제가 알려 준 걸 생각해 보자. 그는 쥬다가 어머니의 연인을 죽였다고 했다. 쥬다는 애초에 왜 그를 살해했을까.

쥬다의 냉혹함이 이따금 비인간적이라 할지라도 그는 이유 없이 사람을 마구 죽이지는 않았다. 결과적으로 쥬다는 아델하이트를 해치지도 않았다.

그런 의미에서…… 아델하이트는 나름대로 그에게는 예외라면 예외일 특수한 경우이리라.

—한때는 그녀도 너와 같은 나이였을 때가 있었어.

아델하이트가 그러했듯 쥬다도 어린 소년기가 있었을 테고, 그의 옆에는 한창 물오른 미모의 어머니가 있었겠지.

의붓남매였지만 실제로 아델하이트는 쥬다를 좋아했다. 비제는 증오라고 말했지만 타라에겐 잘 와닿지 않았다. 그러니 그들의 과거에 실제로 무슨 일이 있었던들 어떻게 알겠는가.

머릿속에 서늘한 냉기가 덮쳤다가 순식간에 발치부터 잡아먹어 가듯 펄펄 끓는 열기가 치솟았다.

어머니를 상대로 이런 적개심과 질투를 느낄 거라고는 상상도 못 했던 타라는 훽 고개를 들어 이제 이상한 눈으로 저를 보고 있는 쥬다를 쏘아보았다.

진짜로? 정말?

"퍽 불순한 눈인데."

"내가 뭘요."

당연히 짧은 대꾸는 퉁명스러웠다. 쥬다는 팔짱을 끼고 고개를 삐딱하게 기울였다. 손톱을 뜯어 대기에 뭐라 했더니 잠깐 멍하니 딴생각에 잠기다가 부지불식간에 눈물이 반쯤 그렁해서는 무섭도록 노려본다.

쥬다는 한숨처럼 혀를 차며 허리를 숙이고 여러 감정으로 뒤엉킨 붉은 눈동자와 시선을 맞췄다.

"왜 갑자기 골이 났어?"

그녀는 잠시 아무 말도 없이 입술을 삐죽거렸다. 그 찰나도 갑갑했지만 쥬다는 예전처럼 으름장을 놓는 대신 인내심 있게 마주보며 기다려 줬다.

사실 그는 매일매일 타라로 인해 시험받는—여러 의미로— 제 인내의 끈질김에 감탄하는 중이었다.

그러나 타라가 어기적어기적 내놓은 말에 그의 표정이 확 무너졌다.

"쥬다도 예전에는 여자 많았죠?"

"……."

맹세하건대 마레사가 지옥에서 튀어나와 저주를 퍼부어도 이것보다는 덜 황망할 것이다. 쥬다는 아연하게 마룡의 화염보다 더 엄청난 위력을 쏟아 내는 타라의 입술을 멀거니 바라보았다.

가끔 이 아이는 그의 계산이나 상식과 너무 벗어난 딴 세상의 말을 소곤거리는 것만 같다. 가까스로 평정을 되찾은 쥬다는 긴 손가락으로 미간을 문질렀다.

"너……."

한 호흡 쉬고, 쥬다는 스산하게 중얼거렸다.

"대체 그건 또 무슨…… 어디서 또 이상한 얘기를 들은 거냐. 비제? 이델?"

"왜 대답 안 해요? 역시 누가 있긴 했죠? 하긴. 그 연세에 아무도 없었을 리가 없잖아요. 아니 그건 그렇다 쳐요. 쥬다도 사람인데. 그런데요, 내가 정말 싫은 건 혹시……."

옛날에, 정말 옛날에, 쥬다와 어머니가 나와 비슷한 나이였을 무렵에. 아주 조금이라도 그런 감정들이 오갔다면…….

저가 태어나기도 전의 일인데도 화가 나고 싫어 죽겠다. 제 절대적인 보금자리에 침투한 천적을 본 것처럼 분기가 치밀어 얼굴이 붉어졌다.

이렇게 속을 통째로 뒤집는 감정이 있을 거라고는 생각도 못 했다.

혼자 말하고 혼자 열 올라서 씩씩거리는 타라의 긴 따짐들을 들으며 어이없음에서 황당함으로, 이어서 헛웃음을 삼키다 물끄러미 바라보고 있던 쥬다는, 타라가 말을 멈추자 턱을 괸 팔을 풀며 말했다.

"혹시 뭐. 뒷말도 있을 거 아닌가. 이왕 한 거 다 해 봐."

타라는 입술을 깨물면서 흐린 물처럼 도통 생각이 짐작이 안 되는 쥬다를 힐끔거렸다. 그는 뭐든 들어 주고 포용할 바다만치 고요했다. 해 보라는 듯 까딱하는 턱짓에 용기를 얻은ㅡ혹은 도발당한ㅡ 타라가 겁도 없이 힘차게 질문했다.

"혹시 어, 어머니하고도 그런……."

쾅!

쥬다가 짚고 있던 테이블이 가루로 화하듯 우지끈 부서졌다. 타라는 입을 딱 다물고 곤죽이 된 나무 톱밥과 희미하게 가장자리에서 타오르는 푸른 불꽃을 멍청하게 보았다. 어지간한 철보다 단단하다는 고급제라고 했는데 악력 한 번에 걸레짝이 돼 버렸다.

그녀의 눈이 멍하니 탁탁 무심하게 손을 터는 쥬다에게로 돌아갔다. 쥬다는 한번 머리를 쓸어 넘기고는, 그나마 형색은 유지하고 있는 멀쩡한 쪽의 테이블을 검지로 딱딱 두드렸다.

신경질이 나 다 때려 부수고 싶은데 애써 누르고 있다는 게, 간헐적으로 꿈틀거리는 눈매와 신경질적인 손길로 다 보였다.

이윽고 그녀를 부르는 말투는 간담이 서늘할 정도로 차분했다.

"타라."

"……네."

"네 어머니를 죽이고 싶으면 이렇게 복잡하게 할 필요 없다. 그냥 그래 달라고 말하면 그만이야."

"네?"

뭔가 무시무시한 말을 들은 것 같다. 타이르는 듯한 태도인데도 그게 더 무서웠다. 잠깐 넋을 놓고 있던 타라는 쥬다가 진짜 금방이라도 자리를 털고 일어나 겨울 성으로 날아갈 태세를 하자 으악 비명을 질렀다.

"아니, 쥬다!"

"그래, 그런 뜻이지? 그렇지 않고서야 그런 되바라지고 역겨운 소리를 네가 할 리가 없지. 안 그러나?"

어딘가 그를 얽매고 있던 끈 하나가 잘려 나간 듯 새파란 눈이 서슬 퍼랬다. 큰일 났다. 너무 열이 뻗치면 냉정한 사람도 확 도는구나.

타라는 과거는 말도 안 되거니와 쥬다의 심기를 제대로 건드렸다는 걸 알아채고 화급히 불안정하게 들썩거리는 그의 손을 꽉 붙잡았다.

"내가 잘못했어요! 그건 확실히 좀 아니었던 것 같아요."

"잘못하다마다. 어떻게 그 구역질나는 여자와 나를 동일 선상에 올리나."

흉흉한 시선을 슬쩍 피하며 타라가 변명을 늘어놓았다.

"그야 예전 어릴 적에는 혹시 모르잖아요. 둘 다 선남선녀에, 어머니는 그렇게 아름다우시니까……."

"더럽게 못생겼어."

가차없는 평가였다. 타라는 멍하니 진실로 그리 믿는 것 같은 쥬다를 보다가 약하게 웃으며 고개를 저었다. 아델하이트가 못생겼다니. 전 율리아인들이 기막혀할 말이었다.

"에이, 설마요."

"눈 아프게 번들거리는 누런 머리도 짜증나고, 백치처럼 실실 처웃는 얼굴도 꼴 보기 싫어. 다른 놈들 눈깔이 삔 거지."

"어…… 비제는 저랑 어머니랑 닮았다던데."

"그놈도 노안이 왔나 보지."

쥬다는 냉정하게 지껄였다.

"네가 백배 천 배 예뻐."

타라는 발작적인 쥬다의 반응이 당혹스러우면서도 기분이 좋아 비실비실 웃다가, 그의 시큰둥한 확언에 웃음을 멈췄다.

한 점의 거리낌도 없이 당당하던 쥬다는 타라의 묘한 응시가 어쩐지 열 오른 깃털처럼 간질거린다고 생각했다. 그 아무것도 아닌 것이 차츰 자신을 달군다는 것도.

둘은 서로를 멀찍이 떨어진 백조와 종달새처럼 멀뚱멀뚱 바라보다가 동시에 약한 딴청을 피우며 부산을 떨었다.

타라는 머뭇머뭇 치맛자락을 털고 머리를 매만지다가 손가락을 튕겨 아까 전 저가 부순 테이블 잔해를 치우는 쥬다를 흘끔거렸다.

돌연 그가 나직하게 꺼낸 한 마디에 타라는 지레 놀라 우뚝 멈췄다.

"네가 유일해."

의아한 그녀를 향해 쳐다도 보지 않고 말을 잇는다.

"과거든 현재든 미래든. 너 하나야."

여자가 많았냐는 질문에 대한 답이었다. 난장판을 수습하고 훽 저에게 돌아온 눈을 마주한 타라는 잠깐 아무 말도 나오지 않았다. 쥬다는 실소를 지었다.

"좋나?"

"네!"

그녀는 원래 유독 좋아하는 것을 표현하는 건 참지 못했다. 너무 기쁜 탓에 이참에 물어보려 했던 아델하이트의 초상화도 까먹어 버렸다.

물끄러미 생글거리는 낯을 보다 쥬다가 손을 뻗으니 냉큼 다가와 무릎 위로 기어 올라온다. 그녀를 들어 올리다시피 꼭 끌어안은 쥬다가 낮게 신음을 흘렸다.

"이 작은 머릿속에 뭐가 들었는지 도통 모르겠어."

"내 생각은 단순해요. 그 외의 것은 전부 쥬다 때문인걸요."

쥬다 탓을 하며 입술을 삐죽거리는 게 도톰한 꽈리꽃을 들고 있는 꼬마 요정인 양 곱다.

여리던 그 꼬마가 이리 자라서 그의 과거까지 캐물으며 질투를 한다. 우습고도 사랑스러워 가슴이 뻐근했다. 사실 골치 아프다는 식으로 말하면서도 그녀의 질투에 미친놈처럼 실실 웃음이 나오려는 본인이 제일 문제였다.

어쩔 수 없이 이 아이는 너무나 예쁘다. 쥬다는 별수 없이 한숨처럼 고개를 숙여 붉어진 뺨에 잘게 입 맞추다가 약간 어깨를 들썩이는 제 아가씨를 지척에서 들여다보았다.

커다랗고 섬세하게 파인 눈망울과 콧잔등, 오밀조밀한 얼굴, 예쁜 입술까지. 그가 나직하게 읊조렸다.

"이게 대체 어디서 나왔을까."

"새삼스러운 자문이에요. 쥬다가 날 돌보아 왔으면서."

타라가 일부러 뾰로통하게 종알거렸다. 토끼 코를 건드리듯 톡 콧방울을 두드린 쥬다가 밉지 않게 흘겨보며 뭐라 말하려던 입술에 제 것을 포갰다.

가볍게 노크하듯 들어온 체온이 따뜻한 물처럼 속살을 훑은 다음 떨어졌다. 맛보듯 느긋하고 애틋한 움직임에 귀까지 붉어졌다.

그렇게 차가운 사람인데, 이럴 때면 생판 딴 남자인 것만 같아 타라는 두근거림을 자제하느라 말문이 막히곤 했다. 반면 쥬다는 시큰둥하게 말을 이었다.

"하긴, 그렇지."

"그, 어. 가끔은 예고를 하고……."

"새삼스러운데."

"그건 그렇지만……."

그리고 항상 쥬다가 키스해 오면 그걸 거부한 적이 없는 타라였다. 그러니 할 말도 없다. 그녀는 그의 품에 안겨서 머리를 비볐다. 어떤 폭풍과 횡액이 닥쳐도 절대적인 안전이 보장될 것만 같은, 마법과 흡사한 안온함이었다.

그래, 타라에게는 쥬다가 있었다. 그러니 무엇이든 괜찮다.

내가 설사 원죄로 태어난 아이라 해도 상관없어.

손가락 열 개가 전부 피투성이가 돼도 감쪽같이 고쳐 주고 다독여 줄 이가 있지 않나.

무엇보다 거짓말을 하기도 싫었다. 또 그러면서도…….

진실 확인과는 별개로 위로받고 위안을 느끼고 싶었다.

"쥬다, 할 말 있어요."

은빛이 도는 푸르른 눈빛에는 별다른 동요가 없었다. 하긴 비제의 방에 다녀오고 나서 그녀는 내내 이상했다. 아마 어느 정도는 알아챘을 수도.

"그러니까 오늘 밤에요. 지금 말고."

방금 전까지 대거리를 한 데다, 손꼽아 기다리던 생일이니 더 이상 아무 생각도 하기 싫었다. 오늘만큼은 그냥 머리를 비우고 놀아야지. 딱 오늘까지만.

뭐가 들어 있을지 모를 조그만 주머니를 지켜보듯이 쥬다가 고개를 기울였다. 하지만 결국 고개를 끄덕인다. 그런 그에게 마침 생각난 듯 타라가 말했다.

"오랜만에 그 정원에 가 볼까요? 안 가 본 지 오래된 것 같은데."

온갖 영롱하고 신비스러운 빛을 죄다 모아 놓은 것만 같던 보름달과 자색 하늘이 드리운 대마법사의 정원. 쥬다는 다소 느리게 긍정했다.

"그래."

"예전 내 진짜 생일 때 쥬다가 거기서 내 생일을 축하해 줬잖아요."

"내가?"

"네. 기억 안 나요?"

의미 깊은 날이라 여겼기에 반문하는 쥬다가 이해가 가지 않아서 타라는 눈썹을 찡그렸다. 잠시 알 수 없는 얼굴이던 쥬다가 느릿하게 고개를 끄덕이고 나서야 안심했다.

만약 그가 그냥 별 뜻 없이 한 말과 행동들이었다면 무척 슬플 뻔했다.

"그때가 언제였지?"

"성 나르가의 축일 둘째 날이요. 소풍이 취소된 날."

"아, 그렇군."

생각에 잠긴 듯 가라앉은 눈이 그녀의 반짝이는 붉은 눈 위를 맹금처럼 맴돌다 떨어졌다. 조금 불안함이 엿보였던지 쥬다는 담담히 대꾸했다.

"내가 모를 리가 없잖아. 죽을 때까지 기억할 테니 걱정 마."

"아니 뭐, 그렇게까지 말해 주실 필요는 없는데."

한편으로는 감동한 주제에 타라는 몸을 배배 꼬면서 말했다. 쥬다는 끌끌거리며 입꼬리를 올렸다.

"그럼 까먹을까?"

"아니요. 이왕 말씀하신 거 또 정정할 필요도 없잖아요."

다급히 대꾸하고는 빼꼼히 빨간 눈만 내밀고 힐끔거려 댄다. 그가 타라를 뒤에서 끌어안고 머리칼에 올라간 입꼬리를 누르고는 낮게 속삭였다.

"그럼, 갖고 싶은 건 없나?"

전번부터 물었는데.

"갖고 싶은 거요? 아니요. 다 가졌는걸요."

내 집, 나를 아껴 주는 가족들, 사랑하는 사람 — 쥬다. 오히려 넘쳐서 탈인걸. 헤헤헤 웃는 소리를 듣기 좋은 선율인 양 귀 기울이던 쥬다가 혀를 차며 말했다.

"정말 없어? 한 번만 묻는 거야."

"어, 그럼 쥬다의 하루를 완전히 내게 주세요."

일이나 다른 것들 말구 완전히 쥬다와 나만 있는 하루요. 쥬다는 반짝거리는 석류 씨앗 같은 눈빛에 탐욕스럽고 멍청한 새가 된 기분으로 천천히 고개를 끄덕였다.

"그러든가."

그들은 무작정 밖으로 나갔다. 정확히는 날아서. 쥬다가 테라스 문을 활짝 열더니 낮은 목소리와 함께 손가락을 구부렸을 때는 뭘 하려는 걸까 했다. 하지만 다음 순간, 푸른 불꽃이 확 일더니 거대한 새가 되었다.

물빛에 얼룩진 백조, 새 그림자가 진 비구름, 호수에서 태어난 불사조처럼 신비스러운 광경이었다.

깃털 하나하나가 푸른 연기처럼 일렁이는 새가 절을 하듯 접은 날개를 카펫처럼 밟고 위로 올라간 쥬다가 손을 내밀었다.

"이, 이거 불 아니에요? 안 타요?"

"스스로 얼마나 바보 같은 소리를 하고 있는지 알고는 있겠지."

쥬다가 다정하게 면박을 주자 어깨를 으쓱했다. 하긴 쥬다도 저렇게 멀쩡해 보이는걸. 푸르른 불꽃을 깃 삼은 형상이 이리 오라는 양 너울거리는 것만 같았다.

잠깐 넋을 놓고 있다가 쥬다의 손에 이끌려 새의 등 위에 앉았다. 신비로운 경험이었다. 뜨거움과 더위라는 일정 이상의 온기가 증발한 것만 같은 불길은 적당히 따뜻했고, 포근하기까지 했다.

청나비의 날갯짓처럼 쉴 새 없이 너울거리다가 몸이 닿자 소리 없이 물러나더니 감싸 온다. 신기해하는 타라를 제 망토로 감싼 쥬다가 손가락을 튕겼다.

"출발."

새가 길게 울더니 하늘로 날아올랐다. 확 파도처럼 밀려들어 오는 공기에 눈을 질끈 감는다.

타라는 제 허리를 감아 붙이는 악력을 느끼며 쥬다의 가슴팍에 얼굴을 묻었다. 머리카락이 정신없이 나부끼며 뺨을 때렸다. 그 바람이 조금쯤 차게, 덜 세차게 느껴졌을 때쯤 쥬다가 말했다. 이제 됐어. 눈 떠 봐.

그에 따라 온순한 강아지처럼 슬쩍 눈꺼풀을 올렸던 타라는 저절로 감탄사를 터뜨렸다.

"아."

시신경이 넓게 지져지며 확장되는 감각이었다. 드넓은 대지가 모래로 그린 예술 작품 같았다.

굽이진 협곡과 사막, 황무지의 야생적인 색채와 선이 위압적이고 아름답다. 여름 우기 때 고여 흐르기 시작한 강물 줄기가 깊고 가파른 계곡 사이로 은빛 리본처럼 반짝거렸다.

메마르고 황량한 가면을 쓰고 들숨 날숨을 터뜨리는 얼굴 없는 자의 한숨처럼 귓가에 바람 소리가 맴돌았다. 높은 창공에서 내다보는 풍광은 한없이 압도되는 경이였다.

아무 생각 없이 내디디고 살았던 땅과 하늘이 얼마나 짙은 색을 가지고 있는지, 어느 정도로 높고 가파르며 끝이 없는지, 자신이 얼마나 보잘것없는 존재인지 생생하게 체감하게 되는 것이다. 실로 그랬다.

타라가 정신없이 입을 벌리며 제 팔을 움켜쥐자 쥬다가 고개를 기울여 속삭였다.

"무서워?"

"아니요."

외려 너무…… 가쁘게 웃으며 그를 올려다보았다. 그 표정만으로 그녀가 말하고자 하는 것을 고스란히 느꼈는지 그는 짧은 웃음과 함께 여린 어깨를 감싸 안았다.

하늘과 같은 빛깔의 불새가 한차례 울며 날갯짓했다. 파르스름한 불티가 휘날리다 사그라진다. 그 탓에 마치 하늘에 녹아들고 있는 것만 같은 착각이 들었다. 타라가 농담조로 말했다.

"노을이 지고 있을 때 하늘을 나는 건 얼마나 아름다울까요? 무척 근사한 기분이겠죠?"

"그럼 그때 또 오면 되지."

쥬다는 대수롭지 않게 대답했다.

"넌 석양을 좋아하니까."

"쥬다는 안 좋아하잖아요."

"대신 다른 걸 좋아해."

"뭘요?"

속없는 꼬맹이였다. 그걸 굳이 말해야 아나.

그들을 태운 새가 비스듬히 유연하게 급강하하기 시작했다. 강물을 가르는 물새, 낙하하는 연어처럼 땅으로 떨어져 내린다. 마른 땅에 무리 지어 뿌리를 내린 아카시아나무 숲 가지가 그 서슬에 파스스 흔들리고 나뭇잎들이 놀라 달아나는 반딧불이처럼 흩어졌다. 이제 그들은 거울 같은 강물 위를 날고 있었다.

물결치는 수면에 푸른 불새가 어른거렸다. 타라는 고개를 삐죽 내밀고 은빛 잔물결 아래 급히 도망가는 물고기들을 발견했다. 배 그림자에 떠밀려 헤엄치는 듯한 모습이 춤추듯 낭창거렸다.

이내 하얀 햇살에 부서져 강변 전체가 죄 진줏빛으로 산란한다.

고개를 든 그녀는 저를 계속 보고 있던 남자에게 희게 깨질 듯 웃어 보였다.

"정말 예뻐요."

"네게 예쁘지 않은 게 있기나 해?"

"진짜 예쁜걸요. 사실 이 서부에 와서 귀하고 대단해 보이지 않은 게 없었어요."

"그렇겠지."

"음, 어쩌면……."

당신의 것들이라 그리 귀해 보였는지 모르겠지만.

불새가 다시 크게 날갯짓했다. 꺾아지른 견고한 협곡과 능선을 타고 유연하게 날아올라 이내 태양을 등지고 대지와 수평으로 난다.

연둣빛이 부분부분 돋아난 지상에 햇볕이 오려 낸 새 모양의 얼룩이 졌다. 어느 뛰어난 재봉사가 와도 저런 완벽하고 아름다운 문양은 못 만들어 낼 것만 같았다.

쥬다는 새파란 하늘과 꼭 같은 머리칼을 흩날리며 홀린 듯 경이로 반짝이는 타라를 지켜보고 있다, 눈이 마주치자 말했다. 그녀의 눈동자는 그녀가 사랑하는 노을의 빛이다. 세상 가장 귀하고 유일한 석양이 저 눈에서 지고 있었다.

"생일 축하한다."

쥬다는 뒷말을 붙이지 않았으나, 그가 삼킨 뒷말들이 무엇인지 모를 수 없었다. 타라는 따뜻한 빛이 얕게 일렁이는 언 호수 같은 눈에서 그 글자들을 읽었다.

"나도요."

소리 없는 고백에 어김없이 돌아오는 메아리였다. 그녀의 속삭임이 벚꽃 잎처럼 살랑살랑 흩어지자 그가 웃었다. 살얼음이 옅게 녹아드는 얄팍하고도 아스라한 미소.

아, 저 눈빛. 사방의 장관에도 불구하고 그에게 시선을 빼앗기고 말았다. 그때 험준한 계곡이 나타나 쥬다의 고개가 설핏 돌아갔다. 새의 날개가 방향을 바꿔 다시 강가 쪽으로 향했다.

물가에 비춰 산란한 햇볕이 깎아지른 듯한 눈매에 물방울처럼 번졌다. 그 눈이 이 순간 자신을 보고 있지 않다는 것에 찰나 비이성적인 박탈감이 올라왔다.

심장이 뛴다. 잠깐만, 아주 잠깐이면 될 것 같은데, 라고 생각했던 것 같다. 정말 조금만.

그때 타라는 태어나 손에 꼽을 정도로 대범한 짓을 했다.

"뭐……."

쥬다는 제 넥타이가 쭉 잡아당겨지자 돌아보며 눈썹을 올렸다가 쩡 얼어붙었다. 살짝 벌어졌던 입매가 달짝지근하게 막혀 있었다.

기시감이 들었다. 이와 비슷했던 첫 입맞춤처럼, 짧게 부딪쳤던 입술은 이번에는 좀 더 길게 머물다가 아랫입술을 비집고 들어왔다. 정말이지 발칙하고 여리게.

뇌리 속에 벼락이 쳤다.

정말 당황스럽고 멍청하게도 그는 완벽하게 평정을 잃었다. 그리고 다음 순간, 그들을 태우고 있던 푸른 불새가 연기처럼 확 사그라들었다.

어?! 달콤함에 취해 있던 와중에 오싹한 허전함에 소스라친 타라의 눈이 커졌다. 단단한 팔이 강하게 그녀의 허리를 휘감았다. 당연히 둘은 강에 곤두박질쳤다.

첨벙, 큰 소리와 함께 물에 빠진 타라는 제정신을 차릴 수가 없었다. 찬 물살이 온몸을 휘감고 물거품이 와르르 얼크러진 진주 목걸이처럼 눈앞에 흐드러졌다. 그 정신없는 찰나, 그와 눈이 마주친 것도 같았다.

물결무늬 빛, 수중에 흐트러진 긴 은발…… 뻗어 오는 강인한 손.

"콜록콜록!"

수면 밖으로 얼굴을 내밀자마자 어푸어푸 기침이 터졌다. 세찬 물에 뺨이라도 맞은 양 정신이 없다.

제 등과 다리를 받친 손길이 느껴졌다. 그녀와 달리 숨결 하나 흐트러지지 않았건만 거친 한숨이 질주라도 한 사람 같았다.

슬쩍 올려다보니 긴 머리칼이 착 달라붙은 반듯하고 정갈한 얼굴에서 물방울이 뚝뚝 떨어지고 있었다. 새하얗게 빛나는 은발에서 한기라도 올라올 듯했다. 찡그린 미간에 쭉 올라간 눈썹까지. 성질이 난 게 분명한데 그 흐트러진 모습이 이상스럽게 묘한 감상을 불러일으켰다.

바다를 가르고 나온 악마의 눈웃음, 물의 마녀의 고혹적인 손짓처럼…….

까지 갔던 생각은 빠드득 이 가는 소리에 와장창 깨졌다. 두근거림은 저리 가고 간담이 서늘해진 타라는 얼른 눈을 내리깔았다.

어떡하지. 쥬다 화났다.

추운 건 아닌 것 같은데 다리가 정신 사납게 달달 떨렸다.

쥬다는 허공을 유리 바닥처럼 밟으며 강변에 내려섰다. 그러고는 쫄딱 젖은 생쥐 꼴인 타라의 등을 탁탁 두드렸다. 찰싹찰싹 조금 아플 지경이라 자동으로 켈록거리던 타라가 슬그머니 움츠리면서 중얼거렸다.

"쿨럭! 저기, 이제 괜찮은데……."

"아니, 안 괜찮아."

"아니! 내가요!"

"……."

그는 무시했다. 타라는 어쩐지 자신이 엎어 놓고 엉덩이를 얻어맞는 어린아이가 된 기분이었다. 오늘 하루 정말 날 잡고 말썽 피우는구나. 그녀는 유년기의 다년간 눈칫밥을 살려서 얼른 납작 기었다.

"죄송해요. 저는 그렇게 놀라실지 몰랐어요."

쥬다는 아무 말도 하지 않았다. 슬쩍 본 얼굴이 짜증나고 거슬리는데 어찌 처치 곤란인 복잡 미묘함이라 더 미안하면서도 왠지 모를 고양감이 들었다.

항시 냉정한 그가 이렇게 간혹 저로 인해 흐트러진 모습을 보일 때마다 설명하기 힘든 짜릿함이라고 해야 하나, 전신을 내달리는 강렬한 감각이 찾아오곤 한다. 완벽하고 대단한 이 사람이 작고 보잘것없는 타라에게 몰입해 있다는 걸 생생하게 자각할 때.

관심 끌고 싶어 하는 아이처럼 고약한 심보였지만 자제하기에는 너무 자극적인 유혹이었다. 이런 걸 애정 결핍이라고 해야 할까.

하지만 그 누구도 감히 눈을 마주하지 못할 이 사람이 유일하게 나를 볼 때만 웃고 감정을 드러내고, 분노하더라도 차마 다칠까 항상 인내하고 있다는 게 은연중에 느껴지는데, 그걸 계속 확인하고 싶은 건 당연한 게 아닐까. 그가 결국 저를 봐 줄 게 뻔하다면 더더욱 말이다.

"죄송해?"

쥬다가 기가 막힌 듯 머리칼을 쓸어 넘겼다. 반듯한 이마에 물기가 남아 반질거리는 양이 소금기 남은 자개 같았다. 타라는 시선이 마주치자 빠르게 고개를 숙였다. 그가 음산하게 지껄였다.

"이 말썽쟁이 같으니라고! 하마터면 큰일날 뻔했잖아! 평소에는 입 한번 맞췄다고 얼굴 붉히고 바르르 떠는 주제에 대체 무슨 생각으로 그런 짓을 한 거냐. 어?"

"아니 저는……."

그냥? 충동적으로? 뭐라고 말해야 할지 몰랐다. 짧게 입을 맞추려고 했는데 순간 그 달콤한 감각이 너무 좋아서 좀 더 그게 깊어졌을 뿐이었다.

타라는 눈을 데굴데굴 굴리다가 문뜩 그가 너무 불공평한 화를 낸다고 생각했다. 말마따나 자기도 항상 내킬 때 뽀뽀하면서.

물론 상황이 적절치 않았던 것도 있지만 사실 타라는 그거 한번 했다고 쥬다가 마법 제어를 못 할 거라고는 상상도 못 했던 탓이다. 대마법사인 그에게 마력의 유동은 숨을 쉬고 사지를 움직이는 것과 다를 바가 없었다.

그녀는 살살 눈치를 보면서도 슬그머니 볼멘소리를 냈다.

"그냥 입맞춤 한 번이잖아요. 쥬다도 상황 장소 안 따지면서……."

"넌 내가 작정하고 상황 장소 안 따지는 게 어떨지 절반도 몰라. 왜, 본격적으로 해 줄까?"

"아니요."

낮게 가라앉은 목소리가 허스키하게 속삭이자 젖은 솜털이 소름으로 곤두섰다. 타라가 다급히 대꾸하자 가느스름한 눈가가 얄게 찢어진다.

푸른 물비늘 같은 눈빛이 피부에 들러붙을 것만 같았다. 어쩐지 올라오는 화끈거림을 삭히면서 입술을 댓 발 내밀었다. 괜히 서운했다. 마땅히 그럴 만하다 여기면서 이성 없이 그저 감정적인 서운함이었다.

어차피 쥬다도 있는데 다칠 일도 없을 거고, 그냥 뽀뽀 한 번이었는데. 그렇게 싫었나? 그게 막 이리 야단칠 일인가, 하는 약간의 몰이해함도 한몫했다.

풀이 죽은 타라가 섭섭함을 가득 담아 종알거렸다.

"그렇게 싫었어요?"

"누가 싫대?!"

말이 끝나기가 무섭게 쥬다가 바락 소리를 질렀다. 타라는 깜짝 놀라서 눈을 휘둥그렇게 뜨고 마른세수를 하는 그를 쳐다보았다. 들끓음을 진정시키려는지 눈가를 손으로 덮은 그의 귀가 빨갰다.

어라. 어리벙벙하니 넋 놓은 그녀에게 어느덧 차분해진 낯이 된 쥬다가 딱딱하게 잔소리를 늘어놓았다.

"그나마 여기가 물 위라 다행이었지, 늪이라도 되었으면 어쩔 뻔했어. 수영도 못하는 게."

"대마도사 보호자가 옆에 있는데 뭐가 걱정이에요."

"그야……!"

뭐라 말하려던 그는 입을 다물었다. 얼마 전 제 손에서 시들어 버렸던 불꽃이 머리를 스친다. 막 터지려다 사그라든 침묵을 미심쩍게 보던 타라가 한숨을 쉬었다.

폭— 하고 조그만 숨결이 나풀나풀 그들 사이에 깃털처럼 떨어졌다. 타라는 앞머리를 불듯 바람 빠지는 소리를 내면서 팔짱을 꼈다.

"그야, 뭐요. 우리는 이게 문제예요. 맨날 끝까지 다 말하지 않고 끝내잖아요."

"별거 아니야."

"또 그 소리."

타라는 물끄러미 쥬다와 눈을 마주했다. 저도 모르게 나온 말은 이거였다.

"비제 아저씨는 다 가르쳐 주는데. 엄청 상냥하게."

"여기서 그놈이 왜 나오는 거지?"

"그러게요. 저도 모르게 아저씨 생각이 나는 걸 어떡해요."

그리고 사실상 가장 큰 차이는 따로 있었다. 비제가 어떤 것이든 타라에게 져 주고 맞춰 준다면 쥬다는 제 손안에 가둔 채 녹을 듯 다정하게 굴면서도 무조건적이고 무분별하게 달콤한 건 아니었다. 조금은 서운하다 싶을 만큼 냉정하고 가차 없는 부분이 있었으니.

그건 원래 그의 성정이었지만 애정이 깊어지면 괜스레 더 치졸하고 예민해지며 바라게 되는 마음이 있지 않나. 그녀는 기실 앳되고 열렬한 첫사랑인지라 그걸 알게 모르게 간혹 느끼곤 했더랬다.

하지만 타라 본인도 이렇게 들쭉날쭉거리는 감정에 어찌 고삐를 매야 할지 잘 몰랐다. 서운함과 뾰족한 애정이 반반 섞인 눈빛을 빤히 내려다보던 쥬다가 입꼬리를 삐딱하게 휘었다.

"오늘따라 여러 번 심통이구나."

"죄송해요. 건방지게 굴어서."

'심통'이라는 말에 입을 꾹 다물더니 작게 중얼거린다. 죄송하다는 느낌은 확실히 아니었다.

쥬다는 저답지 않게 빈정거리는 타라를 가는 눈으로 뜯어보았다. 비제를 운운하는 바람에 그조차도 순간 욱 치미는 게 있었으나 그는 타라보다는 능숙하게 분기를 추스를 줄 알았다. 그러니까, 일단 겉으로는 말이다.

타라의 첫 음주 사건 때의 경험을 봐서도 이럴 때 타라를 더 몰아세우고 타박했다가는 결과가 좋지 않았다. 의외로 한 고집하는 이 순한 아이는 그럴수록 더 조가비처럼 입을 닫고 그를 피하려 할 것이었다. 속상하고 서운한데 그에게 날 선 말을 쏟아 내고 싶지 않으니 일단 도망가려 하겠지.

한입에 삼켜 버리고 싶은 겁 없는 토끼를 내려다보는 흑사자처럼 그가 느릿하게 입을 열었다. 우선 확실히 해 두지.

"내 앞에서 딴 사내자식 이름 올리지 마."

타라의 작은 어깨가 움찔 떨렸다. 그녀는 둥그스름한 붉은 눈을 데굴데굴 굴리더니 조그맣게 고개를 끄덕였다.

슬쩍 알게 모르게 제 눈치를 살피는 게 그 와중에 귀여워서 쥬다의 냉막한 입매가 파스스 풀릴 뻔했으나 가까스로 자제했다.

"그리고 오늘 같은 때에는 아까 같은 돌발 행동하지 마라."

"……네."

찰나 경직된 표정이 납득과는 별개로 상처받은 기색이다. 그로서는 이해하기 힘든 예민한 생채기이나 타라의 아린 낯빛을 발견하자마자 외려 제 속이 더 내려앉았다. 공감이나 이해의 차원을 넘어서서 옮아 온 수준의 격통이다.

그래, 이건 말 그대로 인지를 넘어선 감각이었다. 도저히 참지 못하고 결국 저가 먼저 다가가 물기 젖어 파리해진 뺨을 감싸쥐었다.

온통 젖어 추울 것이다. 사랑을 인정했으나, 이 작은 계집애 하나가 뭐라고 이리 안쓰럽고 통증이 이는지 불가사의한 일이다. 인지하기도 전에 마법으로 그녀의 몸을 말리고 망토를 걸쳐 주며 이마에 키스했다.

"싫지 않아. 꼴사납게도 지나치게 좋아서 문제지."

단지 네가 위험하잖아.

"내 부주의로 네가 어디 하나 상하는 건 용납 못 해."

속없게도 그의 높낮이 없는 부드러운 음성에 비뚤게 모난 안이 전부 녹았다. 타라는 쥬다의 허리를 끌어안고는 젖은 머리를 단단한 가슴팍에 문질렀다. 단단한 손이 그녀의 머리를 다독였다.

"속상했다면 미안하다."

"아니에요. 제가 더 죄송해요."

풀 죽은 목소리가 비집고 나왔다.

"나는 이렇게 쥬다가 항상 냉정하고 차분해 보여서 불안해요."

"네가 원하는 대로 상냥하게 해 줬는데 뭐가 불만이야?"

쥬다가 아직 앙금이 남았는지 시니컬하게 딱딱거렸다. 이 순진한 연인은 아직 잘 모르는 모양이지만 그의 독점욕과 소유욕은 타의 추종을 불허했다. 하지만 시퍼렇게 타오르는 그의 속내는 꿈에도 모를 타라가 종알종알 꿍얼거렸다.

"난 항상 쥬다 때문에 사소한 모든 것에 들쭉날쭉 흔들리는데. 그리고 대단한 쥬다에 비하면 난 정말 부족한 것 같단 말이에요. 그런데 쥬다는 엄청 여유 있어 보여요."

"……어린데 눈이 벌써 그래서 큰일이구나."

그야말로 기가 차서 쥬다가 탄식했다. 그가 꽉 끌어안은 손에 힘을 주며 낮게 속삭였다.

"대체 뭐가 그리 불안하나? 내가 못 미더워?"

"아니요. 내 자격지심이에요."

타라는 고개를 도리도리 저었다.

"그런데 또 정작 쥬다가 쥬다답지 않게 내게 너무 맞추는 것도 싫을 것 같아요. 나는 쥬다 자체가 좋으니까. 그러니까 사과도 하지 마세요. 전번에도 말했지만요."

가만히 귀 기울여 듣던 쥬다는 낮게 대꾸했다. 네가 원하는 대로.

거인이 석화한 바위와 철모르고 핀 들꽃 같은 그들의 머리 위로 한 걸음 성큼 움직인 해가 흰 물살을 가르고 올라온 금빛 물고기 떼처럼 얼룩덜룩 희고 푸르고 붉게 하늘을 누누히 문질렀다.

결국, 노을을 보고 돌아가게 될지도 모르겠다. 타라는 약한 웃음을 지으며 쥬다의 서늘한 체향을 맡았다.

찢어지게 행복하다. 사랑이란 이름의 온기가 서려 있기 때문일 것이다. 적나라한데도 시도 때도 없이 확인하고 싶은.

어쩌면 지나치게 큰 애정은 뻔히 보이는 것도 못 보게 하는 건지도 모른다.

* * *

벨벳 성의 주인이 잠깐 자리를 비우는 사이, 공교롭게도 누구도 예상하지 못했던 방문객이 있었다. 페어리 시녀에게 소식을 듣자마자 달려 내려온 브리지트는 정말 '그 사람'의 뒷모습을 발견하고 미간을 찡그렸다. 예견은커녕 기대조차 안 했던 이였다.

"오베론?"

혹시나 해서 불러 봤는데 역시나였다. 브리지트는 그 타는 듯한 금발과 돌아보는 초록빛 눈, 익숙한 미형의 얼굴을 탐탁지 않게 바라보았다.

익숙할 수밖에. 매일 거울로 보는 저와 지독히 닮았는데.

"네가 여기는 어쩐 일이야?"

여전히 찬연한 젊음에 눈썹 하나까지 빼어난 요정이었다. 하기야 브리지트에게 그리 대차게 거절 당하고도 겉보기엔 멀쩡하기만 했던 사람이었다. 키는 휘어짐 없이 위로만 자란 단풍나무처럼 훌쩍 컸고 뾰족한 귀에는 누이와 비슷한 귀걸이를, 우아한 자수가 수 놓아진 긴 튜닉에 검은 용가죽 벨트를 매고 있었다.

그녀보다 짧게 친 머리칼은 뽀얀 이마 위까지 드리웠고, 오뚝한 콧날에 장미 잎 같은 입술까지 화장한 양 고운데 여인 같다기보다는 말끔하고 준수했다.

브리지트는 그 계집애처럼 유려한 생김새마저 거슬렸다. 어쩌겠는가. 그녀는 여전히 미움이 더 컸다.

"인사조차 하지 않는구나. 우리, 오랜만에 보는 것 같은데."

완벽하게 그녀를 향해 돌아선 형제가 다소 서운한 티를 내었지만, 브리지트는 눈썹 하나 까딱하지 않았다. 뭐 하나 장막이라도 뒤집어쓴 듯 무심한 데다 몰이해와 희미한 성가심까지 엿보인다.

오베른은 씁쓸하게 웃었다.

"걱정 마. 나도 내 의지로 여기까지 온 게 아니니."

"그럼, 어머니가 보내셨다는 거야?"

오베른은 잠자코 고개를 끄덕였다.

"그래. 널 데리고 오라셨어."

"왜? 서신으로도 충분했을 텐데. 아니, 왜 야센이 아니라 네가 온 거지?"

그 점이 제일 이상했다. 브리지트의 소녀 시절부터 호위 기사로서 옆을 지켜 온 야센은 은연중에 그녀에 관한 거의 모든 임무와 일을 도맡아 했는데.

여태까지와 달리 바로 대답하지 않은 채 오베른은 물끄러미 누이를 응시했다.

"그는 잠시 다른 임무를 맡았어. 여기까지 올 여유가 되지 않아서 내가 대신 온 거야."

"무슨 임무?"

"여왕께서 직접 명령하신 거라 나도 정확히는 몰라."

브리지트는 눈썹을 올리며 침착한 오라비를 쏘아보다가 대충 건성으로 수긍했다.

"흐응, 뭐 좋아. 그럼 엄마가 왜 나를 부르는 거야? 정말 무슨 일이라도 있었어?"

"너도 느꼈겠지. 어머니의 불안을 말이야."

"그래. 못 느낄 수가 없잖아."

"그래서 지금 네가 필요해."

"이유가 뭔지는 너도 모른다는 거네."

아니면 설명할 수 없든가. 초록빛 눈이 꿰뚫듯이 응시해 온다. 과연 그녀는 여왕의 후계자였다. 나이는 어릴지라도 순간적인 통찰력과 판단력, 타인을 압도하는 기세는 형제 중 가장 뛰어났다.

찰나 시선을 피할 뻔한 오베론은 그녀를 마주보며 고개를 끄덕였다.

"그런 셈이야."

그의 호랑가시나무 잎새 같은 눈길이 저쪽에서 그들을 지켜보고 있는 벨벳 성의 집사 쪽으로 향했다가 돌아왔다.

"그러니 돌아가자. 우리 고향으로."

지금 당장.

브리지트는 살피듯이 오베론을 응시하며 잠시 입을 다물었다.

그 후 짧게 대꾸했다.

"알았어."

"좋아. 밤이 되기 전에 출발하려면 서두르는 게 좋겠어."

"바로 간다고는 안 했어. 인사는 하고 가야 할 것 아니야."

"브릿, 급하다고 했잖아."

"그러니까 이상하지. 엄마는 너랑 내가 껄끄러운 사이라는 걸 뻔히 알 텐데 왜 널 보냈을까? 하필이면."

서늘한 의문에 상대는 입을 다물었다. 둘은 고집스럽게 눈싸움을 했다. 결국, 항상 그렇듯 먼저 입을 연 건 오베론이었다.

"그래. 날 택하신 이유가 있어."

"그게 뭔지 참 궁금한데."

"널 제외하면 내가 가장 강하니까."

노을 내린 능선처럼 붉은 눈썹이 까딱 위로 올라간다. 여전히 납득가기 힘든 이유다. 그가 대륙에서도 손에 꼽는 봉인술사(封印術師)이기는 하지만, 브리지트가 괜히 여왕의 후계자인 게 아니었다. 자포자기하듯 그는 설명을 이어 갔다.

"불사의 마도사에게 보낼 사신으로는 당연히 여왕의 직계 혈족 정도는 되어야 하지 않겠니. 형제들 중에는 내가 빠지지 않은 편이기도 하고 말이야. 무엇보다 네 호위를 겸해서. 여왕께서는 널 무척 염려하고 계셔."

"대관절 왜?"

"그건 가 보면 알 거야. 네가 남부로 가는 게 모두에게 안전해."

"이상한 말이네. 서부랑 전쟁이라도 하겠다는 거야?"

시니컬한 빈정거림이 둘 사이를 울렸다. 오베론은 반사적으로 일정 거리 떨어진 곳에 서 있는 안티오크를 힐끗거렸다. 그는 낮은 음성으로 그녀를 질책했다.

목소리 낮춰. 브리지트는 코웃음 쳤다.

“그렇지 않아. 아직까지는.”

“필요에 따라 그럴 수도 있다는 건가. 엄마가 서부를 상대로 전쟁을 시작할 리가 없어. 그건 승산 없는 싸움이라고 본인이 말했으니까. 그리고 덧붙이자면 나도 그 말이 맞다고 보거든.”

“상황이 바뀌었다고 말하고 있는 거야, 난.”

“그러니까 무슨 상황? 경고하건대 말 똑바로 하는 게 좋을 거야. 현재 요정족의 수장은 어머니여도 난 그녀의 후계자야. 내가 그런 중요 사항을 모르는 게 말이 된다고 생각해?”

“브리지트. 여왕께서 너와 직접 대화 하고 싶어 하셔. 난 그 뜻을 거스를 수 없어.”

오베론이 전에 없이 단호하게 말했다. 타니아를 내세우자 브리지트도 입을 다물었다. 하지만 납득한 것은 아니었다. 이건 정말이지 어머니답지 않았다. 불만스러운 그녀에게 오베론이 한숨 섞어 덧붙였다.

“나도 그러시는 게 낫다고 생각해.”

“내가 알면 날뛰거나 반발할 만한 일이라서?”

아무거나 짚은 것이었지만 정곡이었다. 그녀다운 빠른 눈치에 골치 아파진 오베론이 미간을 문질렀다. 날카롭게 뜨인 브리지트의 녹색 눈이 활활 타듯 그를 노려보았다.

“눙치는 꼬락서니가 마음에 안 들지만 전부 그렇다 치자. 하지만 확실한 건 어머니는 지금 매우 멀쩡해. 어딘가 조금이라도 이상이 생겼다면 가장 먼저 내가 알았을 거야. 정의 내리자면 직접적인 위협이 아니라는 거고, 야센과 나를 떨어뜨려 놨다는 건…… 그 녀석의 능력이 필요하거나 나와 함께 있는 게 어머니가 원하시는 방향에 방해가 된다는 건데, 야센은 훌륭한 기사지만 유일무이한 실력자는 아니야. 그러므로 후자라는 거고…… 설마 어디 다른 데로 보내 버린 건 아니지?”

브리지트는 설마 야센이 여왕에게 불복종한다거나 제 모친이 그에게 징벌을 내렸다거나 하는 단계까지는 상상조차 하지 않았다. 그녀가 알고 있는 요정 혈족과 어머니의 세계관에서는 짐작이 불가능한 부류였다.

“그것도 네가 직접 가서 알아봐. 나도 정확한 상황은 알지 못하니까.”

“그걸 어떻게 믿어? 난 너처럼 거짓말 잘하는 요정을 본 적이 없는데.”

비릿한 이죽거림이었다. 한때 무척 따르고 의지하며 누구보다 친하게 지냈기에 더 잘 알았다.

오베론은 온화하고 화 한번 내지 않는 성격 좋은 요정으로 통했으나, 돌이켜 보면 돌려서 은연중에 표현하거나 은밀하게 상황을 몰아갈 뿐 대놓고 제 감정을 드러내지 않았다.

그처럼 자신이 손해 보기 싫어서 감추는 것이 진짜 배려일 리가 없다.

얼핏 선량해 보이는 자잘한 변명과 하얀 거짓말들. 브리지트는 그게 너무 싫었다. 야비하고 졸렬하며 비겁하다. 적당히 모른 척하고 있었던 것이 사이가 틀어지고 나니까 적나라하게 올라왔다.

그렇게 위장하고 사는 걸 좋아하는 그가 브리지트에게 가장 솔직했던 건 고백했을 때였다. 오베론을 형제 이상으로 보지 않았던 그녀이니 결과는 당연히 거절이었고, 그는 보기 좋게 피해자 껍질을 뒤집어썼다.

우울하고 슬퍼 보이는 그를 보고 전부 브릿 네가 너무 냉정한 것 아니냐고들 했었지. 허, 세상에. 그럼 거절하는 사람은 기쁘고 행복하기만 한 줄 아는가?

원하지도 않은 일방적인 감정 표현은 때로 그 자체로 강요이고 폭력이다. 이게 상식이 아니라는 것이 통탄스러울 뿐.

"난 너한테 언제나 진실한 편이었어, 브릿."

"다시 생각해 봐. 꼭 그런 것도 아닐걸."

브리지트가 쌀쌀맞게 대꾸했다.

"어쨌건 타라에게 작별 인사는 하고 가야 해. 신세 졌던 성주에게도 말은 해야지. 그게 예의야."

"하아, 알았어. 그렇게 하자."

오베론이 두 손을 올렸다. 대신 인사만 하면 바로 떠나는 거야.

* * *

그들이 귀환했을 때는 해가 제법 기울어 있었다. 타라가 쥬다의 손을 잡고 내려서자마자 첨탑 위에서 성주를 전전긍긍 기다리던 안티오크가 득달같이 달려왔다.

훌쩍 날렵하게 뛰어내려 온 고양이 집사는 삐뚤어진 외알 안경을 반듯하게 고쳐 쓰며 보고했다.

"요정 여왕의 아들 오베론이 왔습니다."

"타니아의 아들?"

쥬다가 반사적으로 타라를 향해 고개를 돌렸다. 영문 몰라 하는 그녀를 일별한 그가 턱짓했다.

"앞장서."

"네."

고개를 조아린 안티오크가 후다닥 꼬리를 세우며 소리 없이 주인과 함께 나갔다. 혼자 남겨진 타라는 왜 갑자기 요정 왕국에서 사람이 왔는지 고심하며 고개를 갸웃거렸다.

따님이 보고 싶어서 여왕님께서 사람을 보냈을까? 아니면 설마, 브릿의 말대로 뭔가 중대한 일이? 절로 심각해져서 고민하고 있는데 갑자기 닫혔던 문이 활짝 열렸다. 화들짝 놀랐는데 의외롭게도 그건 쥬다였다.

"어? 뭐 두고 가셨어요?"

방금 나갔던 사람이 재차 다시 들어오는 모양이 이상하지 않은가. 하지만 그는 대꾸 없이 빠르게 다가와 그대로 타라를 끌어안았다.

의외의 상황에 마주 안지도 못하고 어정쩡하게 팔을 휘젓는 그녀의 귓가에 가만히 고개를 기울인 그가 느리게 속삭였다. 약한 입

김이 훅 감미롭게 스며 와 솜털이 곤두선다.

"금방 오겠다."

아. 가슴에 붉은 꽃잎이 사박사박 떨어지는 듯했다. 아마도 그는 하루 종일 같이 있어 주겠다는 약속이 걸려서 가다 다시 돌아온 모양이다.

두 차례 가볍게 다투기도 했고, 슬쩍 낯빛을 살피는 게 혹 또 마음이 상했을까 염려하는 것 같았다. 이 차갑기 그지없는 사람이 타라 외에 세상 누구에게 이런 마음과 정성을 기울일까. 언제 너무 차분하다고 투덜거렸냐는 양 뭉클해진 타라가 마주 끌어안으며 중얼거렸다.

"괜찮아요. 이렇게 다시 와서 말해 주신 것만으로도 너무 기뻐요."

"타라."

쥬다는 그녀를 부르고 난 뒤 잠깐 지체했다. 뭔 말을 하려다 되삼킨 듯했다. 의아한 눈에 대고 그가 미간을 찡그리며 읊조렸다.

"사과는 싫다고 했지."

"그랬죠."

"그럼 사랑해."

당장 떠오른 대체어가 그것인 모양. 그는 실로 무덤덤하고 일상적인 인삿말처럼 그리 사랑한다 말했다. 평이한 얼굴로 너무 당연한 것을 입에 담듯 무감하고 진실하게.

미안하다는 말보다 훨씬 낫지만 이건 반칙이잖아. 얼굴을 붉히며 괜히 투덜거렸다.

"같은 사, 로 시작하니까 그랬죠?"

"좋아한다는 말보다는 덜 오그라들잖아."

"보통 반대 아닌가요."

"난 아니야."

내게 사랑이란 건 여전히 낯선 타자의 명제이며, 오직 네게 유일해서. 정말이라는 듯 사랑을 말하는 그 낯은 생전 처음 애정을 겪어 보는 소년의 생경함이 묻어 있었다. 그래서 흔한 사랑 이야기 속 열렬한 연인처럼 열정적이지 않아도 풋풋하고 솔직하여 외려 가슴을 푹 찌른다. 저렇듯 무해하고 무구한 눈으로.

정말이지 반칙이다. 타라는 제가 태어나기도 전부터 오랜 세월 무법자로서 대륙을 제패해 온 이 대단한 사내가 지나치게 사랑스럽게 느껴졌다.

아, 이 사람을 어떡하지. 일부러 투정 부리듯 말해 봤다.

"그럼 가지 마세요."

"그럴까."

고민도 안 하고 무심히 솔깃해하는 모양새에 웃음이 나오려는 걸 겨우 참았다. 입 안이 나비가 찬 듯 간질거린다.

나 정말 이상해졌다. 처음 그리 무섭게만 보였던 사람이 너무 귀여워 보여. 애써 고개를 저었다.

"아니에요. 중요한 손님인데 가 보셔야죠. 저도 브릿을 만나 볼게요. 성 식구들이랑 밤에 파티도 하기로 했고."

"그것들이 나보다 중요하나?"

표정 변화 없이 차가운데 콧김을 뿜는 성난 용처럼 보이는 건 왜일까.

"그건 아니죠."

"그럼 왜 나 안 잡아."

결국 몇 초 안 가 본색을 드러낸 쥬다가 딱딱거렸다. 다시 입속의 나비들이 팔랑거렸다. 타라는 꿋꿋이 입술을 힘주어 오므렸다. 조금이라도 힘이 풀리면 고운 날개들이 와스스 튀어나올 것만 같다.

"오늘 하루 나를 달라며. 아쉽지 않은가 보지."

"그럴 리가요."

"그런데 왜 그리 아무렇지 않아 보여?"

그야 오늘만 해도 여러 번 그의 마음을 적나라하게 확인해서 여전히 기분이 좋고, 객관적으로도 이해해야 할 상황이니까.

본격적으로 미간을 찡그린 그가 정말 이해가 안 가는지 눈을 가늘게 뜨고 그녀를 살폈다. 타라는 슬쩍 눈을 피한다. 잘못하면 빵 터져서 까르르 사방팔방 흩날릴 거다. 대답이 없자 쥬다가 결국 짜증을 냈다.

"다 크더니 변했어. 예전에는 내가 좋아서 어쩔 줄 모르더니. 때가 탔나?"

"풉! 때가 타다니요! 아니 무슨 그런……."

키득거리며 가슴팍에 뺨을 비비는 그녀의 정수리를 내려다보던 쥬다가 비스듬히 머리를 기울였다.

"웃어?"

"아니 그…… 하하하. 아, 어떡해요! 나 쥬다가 너무 좋아."

타라가 그를 올려다보며 개화하듯 눈웃음쳤다. 헛말이었다. 여전히 그녀는 제 애정을 감출 줄 몰랐다. 코앞에 드리워진 꽃 한 송이에 시선을 뺏긴 이처럼 쥬다는 그 향기를 맡듯이 짧게 입 맞췄다. 부드럽게 포개지며 맞물리고 혀끝으로 살살 핥는다.

얌전히 입술을 내주던 타라가 마주 고개를 들며 그의 목에 팔을 휘감았다. 살짝 뒤꿈치를 들어 올리자마자 그가 안듯이 받쳐 준다.

좀 더 허리를 숙여 말랑한 볼과 콧등, 이마에도 잔키스를 떨어뜨린 후 얕게 호흡하는 가는 얼굴을 두 손으로 감싸 쥐었다. 조가비 사이에 끼인 진주알 같았다.

"그럼 나 잡든가."

끈질기다. 그래서 좋았다. 타라는 키득 웃었다.

"곧 볼 텐데요 뭘. 나 정원에 데려다주기로 한 거 안 잊었죠?"

달큼하게 짓는 미소에 쥬다는 소위 '여우를 보는 표정'을 지었다. 그는 져 준다는 듯이 손을 풀었다.

"좋아. 하고 싶은 말은 그때 하도록."

약간 웃음기가 사그라진 타라는 그의 망토 자락이 보이지 않을 때까지 문을 열고 서서 배웅했다.

그러고는 아무것도 하지 않고 그 자리에 서 있었다. 이상하다. 이럴 줄 알았으면 그냥 하자는 대로 잡을 걸 그랬나.

곧 볼 텐데도 이런다. 고개를 흔들고 타라도 서둘러 움직였다. 우선 브리지트를 만날 생각이었는데 운 좋게 곧장 본관 앞에 서성이고 있던 그녀와 마주쳤다.

붉고 긴 머리카락을 자연스레 늘어뜨린 요정은 부산스러운 침묵을 두른 채 멍하니 서 있다가 타라를 보고 서둘러 다가왔다.

"타라."

"어떻게 된 일이에요? 형제분이 오셨다면서요."

"형제는 무슨."

이제 오라비라 하기에도 어중간한 인사야. 타라가 영문 모를 표정을 짓자 귀찮은 듯 설명을 덧붙인다.

"전번에 그치. 내가 찼던 남자."

"아!"

단박에 알아먹었다. 바로 걱정스러운 얼굴이 된 타라에게 브리지트는 손사래를 친다.

"걱정 마. 이제는 심란함은커녕 짜증만 나니까. 면상 보기도 성가셔 죽겠다."

건성으로 말한 브리지트가 고개를 저었다.

"지금 그게 문제가 아니야. 나 돌아가야 할 것 같아."

"네?"

예상한 것 중 하나였지만 전혀 의외의 소식을 들은 것처럼 놀랐다. 지금껏 너무 격 없이 가깝게 지내서 가족인 양 착각이라도 했었나. 서운함이 물씬 올라왔지만 애써 감추려 웃었다.

"아, 그럼 브릿을 데리러 왔던 거였군요."

"그래, 엄마가 왜 저 사람을 보냈는지 이해가 안 가지만."

브리지트가 고운 미간을 찡그린 채 팔짱을 꼈다. 계속 아까의 대화를 곱씹어 보았음에도 타니아가 브리지트를 급하게 소환하기에는 어딘가 부족했다.

군이 있다면 마룡 바바로사가 언제 잠에서 깨어날지 불안하다는 것 정도일까.

하지만 그것도 서부와 지금까지 정도의 화친만 잘 유지한다면 그리 수습 못 할 일은 아니었다. 어머니, 요정 여왕이 쥬다와 전쟁을 벌일 생각을 하고 있다면 문제가 되겠지만.

서부와 전쟁이라니. 브리지트가 지금껏 서부에 와서 아무 생각 없이 놀기만 한 건 아니었다.

첫 대면부터 그녀는 쥬다를 적으로 돌리는 건 골치 아픈 일이라고 단정 지었다.

상대의 강함이란 건 직접적으로 힘을 섞어 보지 않아도 짐작이 되곤 하는데 서부 영주는 측정 불가였다. 어머니와는 또 다른 차원의 강대함이었다.

승산이 적은 것도 물론이거니와 그리해서 얻을 것도 딱히 없었다. 자연과 벗 삼아 사는 요정에게는 서쪽 땅의 막대한 금광과 보석도 큰 장점이 되지 못했다. 이미 풍족하고 행복한데 뭐하러 피를 흘리며 다른 것을 탐하겠는가?

그래, 한 가지는 오베론의 말이 맞았다. 돌아가서 타니아와 직접 이야기해 봐야 했다.

브리지트는 묵직한 생각들을 떨쳐 내며 타라에게 씩 웃어 보였다.

"이렇게 갑자기 가게 될 줄은 몰랐는데. 그것도 네 생일에 말이야."

"아니에요. 바쁘시면 가셔야죠."

쥬다에게 그랬듯 맑게 대답한 타라가 뒤이어 작게 입을 열었다.

"돌아가시면 편지 많이 보내 주셔야 해요?"

"당연한 소리를 그렇게 진지하게 하면 어떡해?"

가늘고 긴 손가락이 타라의 푸른 머리카락을 헤집었다. 여전히 태양 빛을 머금은 것처럼 따뜻하고 충만한 온기였다. 매일매일 당연한 듯 누리던 이 따뜻함도 이제는 닿기 힘들어지겠지.

갑자기 끝없이 우울하고 허전해지는 기분이다. 꽉 차 있던 뜨뜻한 물이 세 바가지 정도 푸욱 퍼진 듯했다.

타라는 물끄러미 브리지트를 올려다보다가 홱 고개를 돌리고는 연신 부채질을 했다.

눈가가 따끔하니 먹구름이 낀 것처럼 금방이라도 물기가 배어 나올 것만 같았다. 목이 멘 양 코맹맹이 소리가 나왔다.

"아, 미안해요. 나 울 것 같아요."

"그런 걸로 뭘 사과까지. 사실 솔직히 말하면 나도 그래."

벌게진 눈을 드니까 다정하고 강한 그녀의 친구가 곤란한 듯 눈살을 찌푸리고 있었다. 매운기가 올라오는 걸 참으려는 듯 눈을 깜박이면서. 이럴 때는 한 가지밖에 할 행동이 없었다.

타라가 그녀를 꽉 안고 포옹하자 브리지트가 마주 안고 머리칼을 토닥거려 주었다. 친언니처럼 든든하고 편했다. 이는 역시 쥬다나 벨벳 성 식구들과는 다른 안온함이었다. 어쩌다 이런 소중한 친구를 가지게 됐을까.

그녀는 역시 과분하게 운이 좋다. 결국, 반쯤 울먹이며 훌쩍거렸다.

"나 잊으면 안 돼요?"

"너야말로. 나 홀랑 잊지 마."

넌 어리니까 금방 까먹을 수도 있고, 그럼 나 무척 서운할 거야. 브리지트가 툴툴거렸다. 그녀도 내심 아쉽고 서운했는지 약한 소리를 하니 더 마음이 찡했다.

타라는 단호하게 고개를 붕붕 저었다. 절대 안 그래요.

두 소녀들은 한참을 붙어 있다가 겨우 떨어져서는, 벌게진 상대방의 콧등과 눈매를 보고는 헛웃음을 지었다.

"우리 이렇게 친했는데 몸 떨어졌다고 나중에 서먹해지고 어색해지면 어떡하지?"

"안 돼요! 나, 난 브리지트밖에 친구가 없단 말이에요."

다급하게 소리친 타라가 창피해졌는지 눈을 데굴데굴 굴렸다.

"사실은…… 나도 그래."

내가 한 성격해서 그런지, 차기 여왕이라 그런지 마음 터놓는 친구는 잘 없어서. 머뭇거리며 머리를 긁적이는 어여쁜 요정은 민망하지만 그리 싫은 기색은 아니었다.

둘은 어색한 실웃음을 짓다가 종국에는 연이어 키득키득거렸다.

"우리 꼭 계속 친구 하기예요?"

"응. 우리 절교하면 둘 다 왕따 되는 거야."

새끼손가락 걸고 도장까지 찍는다. 브리지트가 아 참, 하며 손뼉을 쳤다.

"네 생일 선물 줄 게 있어."

손을 내밀어 보라는 말에 펼쳐진 손바닥 위에 조그만 은반지가 올려졌다. 실뱀이 똬리를 튼 것처럼 가느다란 몸체에 고문자가 촘촘히 새겨져 있었다.

조심스럽게 집어 들고 가까이 들여다본다. 적당히 농익은 햇빛이 세밀하게 파인 홈에 진주 가루처럼 엉겨 반짝였다. 저도 모르게 자연스레 입술이 오므려졌다.

"'간절하고 유일무이한 것.'"

"응, 그거 엄청 귀한 거라고. 근데 읽을 줄 알아?"

고왕국 어(語)인데…… 놀란 브리지트에게 타라가 머쓱하게 말했다.

"갑자기 읽을 수 있게 됐어요. 브릿의 말이 맞더라고요."

"그렇지? 그럼 넌 서부 영주에게 받은 건가?"

혈육은 아니지만…… 아마 그렇겠지. 브리지트가 대수롭지 않게 넘겼지만 타라는 왠지 처음 깨달았다기보다는 예전부터 알았던 것처럼 떠오른 감각을 되새기며 수긍도 부정도 하지 않았다. 본능적인 위화감이었다.

"아무튼, 그 반지, 딱 한 번만 사용할 수 있으니까 조심히 다뤄."

"딱 한 번요?"

"응. 네가 어디에 있든 무엇을 하건 딱 한 번 네가 원하는 모든 곳으로 갈 수 있는 반지야. 그곳이 대륙 끝이라고 해도 말이지."

"우와."

듣기만 해도 신기한 귀물이었다. 타라는 간소해 보이는 반지를 다시 보듯 손으로 굴리다가 걱정스레 물었다.

"이런 귀한 물건을 함부로 줘도 되는 거예요? 보통 보물이 아닌 것 같은데."

"그렇긴 하지. 엄마 보물 창고에서 가져왔거든."

"어…… 그거 도둑질, 아닌가?"

딸이라 괜찮은 건가? 헷갈린다. 걱정이 만무하게 브리지트는 손을 휘휘 저었다.

"이것 말고도 보물이야 굴러다닐 정도로 많은걸. 옛 고왕국 시대 물건인데 원래는 오고 갈 수 있게 왕복 마법이 걸려 있었다나 봐. 이건 한 번 갔다고 하더라도 돌아오는 게 없으니 불량품인 셈이지."

"아하. 신기하네요."

사실 타라는 몰랐지만 이동마법이 걸린 물품은 존재 자체가 희귀했다. 마법의 종족인 요정들에게 조차 말이다. 분명 어머니 타니아가 이 사실을 알면 대경하겠지만 브리지트는 내가 주고 싶으니 뭐 어떠랴, 쉽게 외면했다.

"그래도 급할 때는 유용하니까! 쓸 만할 거야."

"쓸 만하다니요. 나는 브리지트가 그냥 반지를 줬어도 기뻤을 거예요. 소중히 간직할게요."

브리지트는 행복하게 활짝 웃는 타라의 머리를 쓰다듬었다. 이 작은 친구와 보냈던 여름을 잊지 못할 것이다.

책을 읽으며 발장난을 치고 우스꽝스러운 표정을 짓던 나른한 오후, 단 간식을 먹으며 새벽까지 떠들던 파자마 파티, 단둘이 술을 처음 마셨던 날. 떠올리자면 소소하고 애틋한 단편들. 정말이지 한 여름 밤의 꿈과 같은 시간이었다.

명랑한 요정이 물기 어린 목소리로 소곤거렸다. 보고 싶을 거야. 타라는 그녀의 뺨에 입을 맞추며 웃었다. 나도요.

*　　*　　*

요정족의 감옥은 나무의 갈비뼈처럼 앙상하게 우거진 줄기들로 짜인 황량한 곳이었다. 바닥은 습한 이끼로 덮여 축축했고, 지네와 거미들이 기어다녔다.

화창하고 아름다운 남쪽 남원의 유일한 어둠, 오래된 숲의 악의와 음울함이 고인 웅덩이.

일족 전원이 열렬한 여왕의 숭배자이기에 요정의 감옥에 수감되는 이는 매우 극소수였지만 사람 사는 곳이 다 그렇듯 아예 없는 건 아니었다. 물론, 충실한 기사였던 야센이 여기에 갇힐 일이 있을 거라고는 아무도 예상하지 못했을 것이지만.

당사자는 겉보기에는 무덤덤한 낯으로 정갈할 만치 반듯하게 앉아 있었다.

썩은 가시나무 뿌리로 빼곡히 석회동굴을 감싼 지하 감옥에 갇히지 않은 것만 해도 다행이었다. 감히 요정 여왕의 기사가 명령 불복종이라니. 어처구니없는 불명예다.

하지만 야센은 기적적으로 다시 기회가 주어진다 해도 그 명에 따를 건지 확신이 서지 않았다. 타니아는 다른 이의 손을 빌려 위험을 제거할 거라고 했지만, 그것만 믿고 손을 놓을 정도로 낙천적인 인사는 아니었다.

—야센, 다시 벨벳 성으로 돌아가렴.

—공주님을 모시고 오란 뜻입니까.

—아니. 내 딸은 돌아오게 하고 너는 어떤 핑계를 대건 남아서 그 아이를 감시해. 만약 그들이 실패할 경우를 대비해서.

—그 말씀은…….

—네가 그 애를 죽이렴.

벼락 맞은 나무의 일그러진 나뭇결도 그처럼 참담하지는 않으리라. 야센은 저가 제대로 들은 게 맞는지 의심했다. 하지만 루비빛 머리카락을 비스듬히 땋아 늘어뜨린 신비로운 요정 여왕은 태연하게만 보였다.

어린 그 생명을 섬뜩할 만치 무가치하게 보는 시선. 더럭 숨이 막혔다.

—넌 그 성에 오래 머물렀으니 내부 사정도 잘 알 거야. 더더욱 쉽겠지.

—여왕님. 타라 님과 브리지트 공주님은 둘도 없이 절친한…….

—그러니 더 잘된 것 아니니? 그들이 넌 신뢰할 테니까.

매끄럽게 흘러나오는 목소리는 거리낌 없었다. 그녀는 찬찬히 제 기사의 질린 기색을 살피더니 안타깝게 혀를 찼다.

—이런, 내가 무정해 보이니? 너무하다 생각하겠지. 하지만 생각해 보려무나. 난 한 종족의 수장이자 위정자야. 그 아이의 사정은 물론 가엾지. 그렇다고 언제 괴물이 될지 모르는 불쌍한 아이 하나 때

문에 요정족 전체의 운명을, 이 세상을 전부 걸어야 할까?

야센은 말문이 막혔다. 일견 그녀의 말은 완벽하고 옳은 정의로 들렸다.

—이미 세계는 신계에 있어야 할 비정상적인 강력한 힘 때문에 몇 번이나 부서질 뻔했어. 그걸 내 대에서 마무리하는 게 무어 나쁘다는 거니. 그 애가 각성해서 세상을 난장판으로 만들고 우리 혈족을 학살하고 난 뒤에야 후회할 참이야? 정신 똑바로 차리렴. 감상과 동정심은 생존에 어떤 도움도 되지 않아.

물론 안다. 전쟁터에서 목숨을 걸었던 야센이 그것을 모를 리가 없다. 그러나 왜 망설이는가? 붉은 머리칼의 짓궂은 공주가 떠올랐다. 절망적인 순간 생을 구원받았던 대마법사의 뒷모습도.

유니콘을 쓰다듬던 타라의 무구한 미소를 떠올린 그는 미련하게 반박했다.

—그분이…… 그렇게 강대한 존재가 될 운명이라면…… 외려 동맹을 맺어 두는 건 어떠십니까.

—고집스럽구나.

여왕은 혀를 찼지만, 무릎 꿇은 기사를 바라보는 서늘한 눈 한편에는 동정심이 서려 있었다.

그녀라고 딸이 아끼는 소녀라는데 마음 편할 리 없었다. 그러나 그 사실이 앞으로의 행동에 영향을 주지 못할 뿐.

—그래, 백번 양보해서 그 아이가 언령을 제대로 사용한다 치자. 성품도 선량하다 했으니 어쩌면 반대로 세상은 태평성대를 이룰지도 몰라. 전성기의 고왕국처럼. 하지만 모르겠니? 그건 존재 자체가 자연과 비틀린 불균형한 이물질이야. 세상이 그 무게를 견디지 못하고 일그러지다 종국에는 찢어져 버릴 거다. 시간이 얼마나 걸리냐의 문제일 뿐. 그리고 묻고 싶구나. 너는 인간을 어디까지 믿을 수 있느냐. 과연 불완전한 그것에 전부를 걸 수 있니?

고목보다 오래 닳아 온 여왕의 눈에는 세상과 모래 한 알갱이를 다는 저울이 있었다.

그 애가 어려서 못 죽인다고? 그로 인해 앞으로 태어나지 못하게 될 수억 명의 어린 생명은? 딸아이가 마음 아파하니까? 당장의 생채기가 목숨보다 귀한가? 상실감은 시간이 흐르면 잊히고 후일 그 애도 이해할 것이다.

—힘에는 어떤 의지도 없지만 감당하기 힘들다면 재앙일 뿐. 거기에 서린 원혼들도 문제다. 마지막 주인이었던 여제는 요정족을 저주하며 죽었어. 그 원한이 후대에도 전승된다면 큰일이 아니냐.

—불사의 마도사가 가만있지 않을 겁니다.

—쥬다는 우리와 싸우지 않아. 어차피 그치들이 할 일이었으니

이후는 그들에게 덮어씌우면 무탈할 게야.

미리 앞질러 전부 계획해 놓은 듯 타니아의 말투는 정갈하니 굴곡 하나 없었다.

과연 요정족의 안위 하나만 본다면 여왕의 말이 옳았다. 대의를 위해 소의를 저버려야 하는 선택의 순간은 생과 함께 딸려 오는 저주였다. 지상의 모든 종족과 역사는 그렇게 반복되어 왔다.

그럼 오늘날의 제 행복과 평화도 과거 얼굴도 이름도 모르는 수많은 누군가의 희생 위에 피어난 무지한 꽃일까. 그리 생각하니 둔탁한 서늘함이 뱃속을 눌렀다.

참으로 비열하고 구역질나는 사실은, 그 소수라는 건 대부분 약자들이라는 거다. 무력한 어린아이, 힘없는 여자, 대다수와 달라서 틀린 것이 된 사람들. 그들 모두가 나서서 제 삶을 다수와 미래를 위해 갈아서 쓰라 말했을 리가 없다.

논리는 단단하고 간단해서 융통성 있는 인간성과 도덕은 가볍게 말살당한다. 한데 왜 이것은 모르는가. 자로 잰 듯 확고해 보이는 칼이라 진리로 보여도, 칼에는 눈이 없어서 칼머리만 틀어도 그게 자신을 향한다는 걸.

소수와 다수의 숫자놀음은 언제나 뒤바뀔 수 있다.

―나는 지금 착해 빠져서 이런 소리를 하고 있는 게 아니에요!

언젠가 님프들을 차별하고 노예로 부리는 땅의 요정족을 규탄하며, 브리지트가 여왕과 마찰을 빚은 적이 있었다.

대지의 요정은 누구보다 풍족한 곡물과 과일을 바쳐서 요정들의 식량을 해결했기에 여왕은 도를 넘는 그들의 행위를 적당히 묵과해 왔다. 그것에 최초로 반기를 든 유일한 요정이 브리지트였다.

—그들이 지금 당장 약하고 순종적이라고 언제까지 그럴 거라 보나요. 님프들의 수는 언젠가 요정족을 넘어설 거예요. 여왕의 날개도 없는 그들이 계속 통제될까요? 방관도 타살이고 어쩔 수 없다고 놔버리는 건 수용일 뿐이에요.

자기방어를 위해서라도 최후의 도덕은 필요하다. 어느 누구라도, 지금 당장 남 일에 불과한 방관자인 당신이라도 모두를 위한 강제적인 제물이 될 수도 있으니까. 그런 세상은 너무도 끔찍할 것이다.

야센은 그의 공주님이 여왕에게 무조건적으로 수긍하지는 않을 거라고 생각했다. 그러기를 바랐다. 그는 지독히 모자란 사람이고 저가 보는 정의밖에 알지 못한다.

타니아의 판단이 옳을 수도 있다. 그러나, 그렇다 해서 받아들일 수는 없었다. 그는 그럴 수 없는 사람이기 때문이다.

—하지 못할 일을 명받을 수는 없는 노릇입니다.

야센은 정중하게 고개를 조아렸다.

—죄송합니다. 저는 그럴 수 없습니다.

잠시 여왕은 아무 말도 하지 않았다. 목을 조르는 침묵이다. 그녀는 한숨을 쉬었다.

—네가 그러지 않기를 바랐는데.

—죄를 죽음으로 갚으라 하시면 달게 받겠습니다.

—널 죽이면 내 딸이 가만있을까?

타니아는 코웃음 치고는 손을 내저었다. 묵직하게 눌러 오는 공기에서 그는 여왕의 분노를 느꼈다. 제 머리카락 한 올에 불과할 자가 안 된다 빳빳이 거부하는데 고결한 절대자의 심기가 편할 리 없다.

독화의 꽃대 같은 검지가 기사를 찌를 듯 가리켰다. 붉은 손톱이 마치 핏방울 같다.

—대신 네 가장 귀한 걸 도려내야겠다.

화끈거리는 날갯죽지의 통증과 함께 실신했다.

정신을 차리고 나니 이 감옥이었다. 야센은 제 요정의 날개가 완벽하게 잘려 나갔음을 인지했다.

요정의 모든 것이라 할 수 있는 날개를 빼앗겼는데도 억울하지는 않았다. 여왕의 명에 반했으니 당연한 결과였다.

단지, 여왕, 남부, 서부, 타라…… 여러 문제들이 뒤죽박죽 엉키는 와중에 선명한 건 브리지트였다. 여왕께서 언제 본인 뜻을 그녀에게 전할까.

야센은 최소한 그녀가 선택권을 가졌으면 좋겠다고 생각했다. 괴롭고 고통스럽더라도 본인이 선택하고 책임지게끔…… 그는 둔중하게 지금 이 사고방식도 여왕의 기사라기에는 많이 어긋나고 벗어나 있다는 것을 자각했다.

어차피 타니아가 타라를 죽일 거라면, 안면이 있는 제 손으로 고통스럽지 않게 명예를 다해서 일을 처리하는 게 야센의 방식일 수도 있었다.

끝끝내 그러지 않고 거부한 건, 타라보다는 브리지트를 염려했기 때문이었다. 친구의 살해자가 하필 그라고 한다면 상처가 너무 클 것을 알아서. 이 또한 기사답지 않았다. 그의 군주는 타니아이지, 브리지트가 아니었다.

언젠가부터 야센의 중심은 그녀를 두고 빙글빙글 돌고 있었다. 조용하게, 나무가 그늘을 드리우듯 너무 자연스레.

그녀가 몰라도 상관없었다. 아니 모르기를 바랐다. 야센은 점점 온 사지를 덮어 오는 통증을 느끼며 눈을 감았다.

"이봐, 거기 누구지?"

나뭇등걸 같은 눈꺼풀이 다시 올라갔다. 야센이 경계하듯 주먹을 쥐는 사이 덩굴로 뒤덮인 형체가 부스럭 몸을 일으켰다.

어딘가 불안하고 쏘는 듯한 눈과 습관처럼 한쪽이 올라간 얇은 입술을 발견하고 나서야 누군지 알았다.

"세랑트?"

"이게 누구야. 브리지트의 개잖아."

그가 비틀거리며 털썩 근처에 앉았다. 잘생기고 자신만만했던 외양이 수척하고 볼품없어진 세랑트가 움푹 꺼진 눈으로 그를 이리저리 훑었다.

"뭐야. 병신이 됐구만. 왜 그 꼬락서니로 여기 들어온 거냐. 브리지트 그 계집애가 싫증나서 버렸나?"

요정 여왕의 사촌인 세랑트와 브리지트는 혈육이었지만 사이가 나빴다.

잔뜩 날이 서서 빈정거리는 그에게 야센이 되물었다.

"왜 여기 있소? 지하 감옥에 있을 줄 알았는데."

"꼴에 혈족이라는 거겠지."

이 모양 이 꼴이 됐지만. 흥 코웃음 치고는 앞에 털썩 주저앉는 폼이 휘청휘청 불안하다.

여왕의 문책이 아니더라도 쥬다의 고문은 그를 확실히 망가뜨렸다. 목숨을 취하는 대신 장기적으로 야금야금 육체를 갉아먹는 게 진드기처럼 달라붙은 보복 그 자체라도 되는 듯했다.

그는 오랜만에 대화 상대를 만나서 반가운지 제 신세 한탄을 빙자해 타니아의 잔혹함과 무자비함에 대해 험담을 주절주절 늘어놨다.

"네 날개가 없는 걸 보니 알겠다. 여왕님의 눈 밖에 난 모양이지?"

알 만하다는 듯 혀를 차는 것에 굳이 반박하지 않았다. 사실이 그러했으니.

"그녀는 잔인해. 다정하고 천진하지만 필요하다면 얼마든지 냉혈해질 수 있는 요정이야. 브리지트도 어머니랑 똑같지만 그런 면에서는 좀 더 나을지 모르지."

"의외군. 공주님을 싫어하는 것 아니었나."

"싫지 당연히. 너 같으면 널 한심하게 보는 계집애를 좋아할 수 있겠어? 소갈머리 없게."

어린 나이부터 동기들보다 도드라지게 뛰어나서인지 권태스럽고 방관적인 붉은 머리의 공주는 그러함에도 삶을 낭비하는 방탕함과 무의미한 나태함을 경멸했다.

당연하게도 종족 내 제일가는 망나니에 쾌락주의인 세랑트와 상극이었다.

"그냥 여기 들어와서 잡념이 많아지더라고. 남는 게 시간이니……."

세랑트는 잠시 말을 멈췄다. 잘 불이 안 붙는 젖은 심지에 애써 부싯돌을 헛발질하듯이 뜸을 들이다 어렵사리 말을 잇는다.

"사실 돌이켜 보면 여왕이 날 죽이거나 완전히 내치려 할 때마다 그 계집애가 얄밉게 던진 한마디들이 내 목숨줄을 붙여 놨더라고. 그래서 생각해 본 것뿐이야. ……왜 그런 눈으로 보지?"

"아니. 의외라서. 사람이 달라지기도 하는군."

"웃기지 마. 난 여전히 그녀가 싫으니까."

그는 콧방귀를 뀌며 쿨럭쿨럭 기침을 했다. 쇠약해진 게 눈으로 다 보였다. 발 많은 지네가 구불구불 발치를 기어갔다. 축축한 습기가 기분 나쁜 입김처럼 피부에 들러붙고 말을 할 때마다 찬 공기가 뿌예졌다. 병든 자가 있기에는 최악의 환경이다.

야센은 불이 있었으면 좋겠다고 생각했다. 그리고 자연히 이어 붙이듯 손짓 하나로 쉽게 불꽃을 부리는 그녀의 따뜻한 머리카락이 떠올랐다.

서쪽 땅에 있을 그녀는 오늘도 타라와 함께 있을까. 닥쳐오는 그들의 운명을 모르고. 떠밀리듯 입을 연다.

"당신, 벨벳 성에 몰래 숨어 들어갔었지. 날개를 되찾으려고."

"겸사겸사."

세랑트는 검지와 엄지를 붙이더니 히죽 웃었다.

"내가 워낙 예쁘고 반짝이는 걸 좋아하잖아."

얼핏 까마귀처럼 보석을 좋아한다는 소리로 들리지만 그가 진정 좋아하는 건 짐승을 비롯한 모든 생물의 아름다운 원색이었다. 문제라면 그는 수집가고 매우 탐욕스러우며 인간을 박제하는 데도 꺼리지 않는다는 것이다.

아, 브리지트가 그를 싫어했던 결정적인 것 중에 하나가 이거였던 것 같다. 야센은 느지막하게 떠올렸다.

"내 조부님은 요정 왕이셨지. 고모님도 그랬고. 타니아가 그런 것처럼 말이야. 아무래도 이런 내가 남보다 얻어듣고 배우는 게 많지 않겠어? 운 좋게 요정족의 수장들에게만 내려오는 중요한 사실을 알았지. 서쪽의 불모지에, 그 오래된 성에 말이야. 아주 옛날부터 내려오는 강력한 고대의 힘을 봉인한 보석이 있다는 거야."

낮게 깔린 목소리는 탐욕스럽다. 그리고 그가 하는 이야기는 야센이 타니아에게 들었던 비밀과 맞물리는 점이 있었다.

생각 없이 물었던 것이 현재의 복잡한 정세를 관통하는 것에 바늘에 찔린 것처럼 정신이 들었다. 무덤덤한 낯이 일변하자 세랑트는 손가락을 튕기며 킬킬거렸다.

"상상해 보라고. 그게 얼마나 아름답겠어? 세상에 단 하나뿐인 유일하고 강력한 봉인석! 대대로 해가 지는 땅의 주인들이 소유하는데 저주가 깃들어 있어서 갖는 자마다 전부 불행해졌다지. 서부의 전대 성주는 그것을 제 눈에 박았다더군. 그래서 강대한 마력을 손에 넣었대."

물론 그 저주 탓인지 그자에게 죽었지만.

16

붉은 것 1

"해가 지는 땅의 주인을 뵙습니다."

쥬다는 권태롭고 무감동한 낯으로 우아하게 절을 올리는 요정을 바라보았다. 낭창한 황금빛 수양버들이 인간의 형상으로 화한듯 섬세한 미형임에도 거슬리기만 했다. 그는 건성으로 손을 내저었다.

"그래, 어쩐 일이지."

타니아가 내 안부를 물으려고 제 혈육을 또 보냈을 리는 없을 텐데. 오베론은 지긋이 눌러 오는 대마법사의 기세에 얌전히 눈을 내리깔아 보였다.

"타니아가 내 안부나 물으려고 널 보낸 건 아닐 것 아닌가."

"섭섭한 말씀이십니다. 여왕께서는 언제나 동맹인 서부의 안위를 걱정하십니다."

"내 안위가 아니라 다른 것의 안위겠지."

쥬다는 심드렁하게 말을 정정했다. 오베론이 딱히 부정하지 않고 빙그레 웃자 그는 오만하게 턱을 괴었다.

가장 오랜 세월 남부를 지배해 온 타니아는 요주의 인물이었다. 이번에는 무슨 꿍꿍이일까. 요정 여왕의 아들을 경시하듯 내려다보는 눈빛이 서느랬다.

"지껄여 봐."

"예?"

처음으로 오베론이 웃음을 흐트러뜨리며 반문했다.

"그 길쭉한 귀가 있으니 들었을 것 아닌가. 준비한 말 해 보라고."

글이라도 읽듯 무심한 어투였다. 방자하나 비스듬히 기운 사내의 낯과 목소리는 한없이 매끄럽고 우아했다. 그 형형한 시선을 오래 마주하지 않기로 판단한 오베론은 다시 시선을 내리깔았다.

"동면에 든 바바로사의 움직임이 심상치 않습니다. 알고 계십니까?"

"알다마다."

뒷산의 메추라기가 운다는 듯이 쥬다가 대수롭지 않게 긍정했다. 오베론은 다시 웃었다.

"그럼 저희가 걱정하는 이유도 아시겠군요."

"그건 바로 안 깨어나. 그러니 지레 겁먹고 벌벌 떨며 일 벌이지나 말도록. 너희 겁쟁이 요정들이 항상 하는 꼬락서니 아니던가."

미간을 찡그린 그에게 오베론이 곤란한 듯 대답했다.
“안 깨어난다는 말씀은……?”
“말 그대로지.”
“확실합니까?”
“내가 너희를 위해 친히 달래 주기라도 해야 하나?”
“그렇군요. 알겠습니다.”
오베론이 고개를 끄덕였다. 어쨌건 이 위압적이고 위험한 사내는 거짓을 말하는 편은 아니었다. 굳이 그래야 할 이유가 없는 존재이니.
“그리고 사실 여왕께서는 다른 것을 염려하고 계십니다.”
그는 손깍지를 끼며 힐끗 쥬다의 무표정한 얼굴을 바라보았다.
“봉인은 안전합니까.”
이것이 본론이었다. 기실 요정들의 혈관에 태곳적부터 이어 내려온 공포의 근원이니까.
“안전하지 않으면? 벌써 난장판이 됐겠지.”
“‘그것’은 당신이 간직하고 있겠지요? 멀지 않은 곳에 말입니다.”
쥬다의 예리하게 갈린 눈길이 담담히 되묻는 그를 주시했다.
“왜 그걸 묻지?”
“그저 걱정되어.”
“쓸데없군.”
차갑게 뇌까린다. 신경 끄도록. 그건 아무도 찾기 힘든 곳에 있으니.
그 이상은 당연히도 말해 줄 기세가 아니다. 그는 정말 그저 물어

봤다는 듯 수긍하고 입을 열었다.

"당신이 수호자라고 들었습니다."

오베론은 왕도 아니었고, 종족의 다음 후계도 아니었기에 정확한 모든 사정을 다 아는 건 아니었지만 어쩌면 브리지트보다는 더 많은 걸 알고 있을지도 몰랐다.

그녀가 태어나기 전까지만 해도 다음 요정족의 우두머리는 오베론일 게 분명했었다. 모든 이들이, 심지어 어머니 타니아도 그리 여겼다. 그의 이름조차 요정의 왕이라는 뜻이니.

하지만 불꽃을 품은 브리지트가 태어나고 난 뒤 오베론의 운명은 뒤집혔다. 그녀 자체가 그에게는 그런 존재였던 거다. 태생적으로.

운명의 신은 잔인할 만치 얄궂다. 언제나. 항상.

오베론은 쓰게 웃으며 말했다.

"라 엔포르테의 수문장에게 봉인은 심장과 같지요. 조심하십시오."

당신의 운명이 곧 이 대륙의 운명일 테니. 타니아의 전언이 타인의 입술을 빌려 그대로 흘러나온다. 쥬다는 조소했다.

"누굴 자물쇠 취급하나."

내 심장의 주인은 내가 정해.

* * *

상다리가 휘어지게 차려진 긴 떡갈나무 테이블 앞에 앉은 타라는 입을 벌렸다.

훈제된 칠면조구이, 딸기와 블루베리, 아몬드 등의 견과류가 가득 얹어진 타르트와 맛 좋은 푸딩, 버터를 발라 구운 아스파라거스와 커다란 연어 요리, 사과를 입에 문 돼지 통구이, 바삭한 튀긴 감자, 향긋한 버섯 샐러드와 감미로운 열대 과일주까지.

무엇보다 벨벳 성을 그대로 본뜬 커다란 케이크는 정말이지 환상적이었다.

자잘한 요리들을 제외하고 당장 눈에 들어오는 것들만 이 정도인데 의기양양한 벨벳 성 식구들 등 뒤로는 포도주와 꿀술 통까지 쌓여 있었다.

쥰이 헥헥거리며 앞발을 테이블 위에 놓고 침을 질질 흘리고 있었다. 검은 꼬리가 팔랑개비처럼 뱅글뱅글 돌았다.

"아니 이건 너무 많은 거 아니에요?"

"무슨 소리랍니까. 밤새도록 놀고 먹으려면 이 정도는 되어야지요. 타라 님 생일인데!"

무려 건장한 성인 남자 스무 명은 먹고 남을 식사를 완성해 낸 이델이 뿌듯하게 검지를 까딱거렸다.

오늘도 어김없이 업무를 보고 온 후 인주가 묻은 앞발을 점잖게 그루밍하고 있던 안티오크도 안경을 추어올리며 긍정했다.

"이 정도 먹는다고 벨벳 성이 적자는 아닙니다. 그러니 타라 님은 아무 걱정하지 말고 많이 드시고 무럭무럭 크세요."

"맞아요. 타라 님은 너무 약해서 탈이야."

두더지 수인 게리가 팔짱을 끼고 고개를 주억거렸다. 그러자 옆에 앉은 게리 부인이 당신 간이나 챙기라며 면박을 주었다. 마부 엔케가 그 꼴을 보며 킬킬 웃다가 탁자 아래로 세게 걷어차이고는 끙끙거렸다.

모두 모여 앉아 고깔모자를 쓰고 저마다 떠들자 부엌 가득 왁자지껄해졌다.

"자, 자. 모두 차분하게 입 좀 다물어 주겠어? 타라 님! 촛불 부셔야죠!"

이델의 재촉에 고양이 집사의 고깔모자가 조금 큰 탓에 계속 뒤로 넘어가는 걸 잡아 묶어 주던 타라가 어, 말꼬리를 늘리더니 한 손을 세우고 속닥거렸다.

"아직 다 안 왔는걸요? 쥬다도 안 왔고, 갈랑 씨도, 비제도요."

"주인님이야 어차피 타라 님이랑 저희 없어도 내내 시간 보내실 테고, 비제 놈은 또 혼자 어슬렁어슬렁 다른 데로 가 버렸을지 어떻게 알겠어요? 그리고 제 아들 녀석은……."

"늦었습니다."

"저기 왔네요."

검은 가죽을 둘러쓴 갈랑이 성큼성큼 고개를 숙이고 들어왔다. 제 옆에 털썩 앉는 그에게 안티오크가 고깔 쓴 노란 머리를 기울이며 물었다.

"지금 서부의 기후는 북부에 비해 훨씬 따뜻할 텐데, 갈랑 군은 안 덥습니까? 갑갑하니 땀날 것 같은데."

"괜찮습니다."

"아니, 그쪽 말고 우리 눈이 덥다는 뜻이었습니다."

"아하."

상냥한 직구에 갈랑이 속도 없이 나직하게 감탄사를 터뜨리자 이델이 길게 한숨을 쉬었다.

저 멀쩡하게 생긴 팔푼이를 어이하여야 할꼬. 이델은 속 터질지 모르겠지만 구경하는 타라는 귀엽고 웃겨서 킥킥 웃음을 흘렸다. 그런 타라에게 불쑥 고개를 돌린 갈랑이 말했다.

"촛불, 안 부십니까?"

"으음, 비제 아저씨 오면요."

쥬다는 아무래도 생각보다 늦을 모양이었다. 그럼 남은 사람은 비제뿐이다.

그날 이후 마주친 적이 없어서 조금 어색하게 느껴졌지만 타라는 그가 당연히 제 생일에 올 것이라고 믿었다. 갈랑이 고개를 기울였다.

"그 기사는 성에 없는 것 같던데."

"네? 어디 갔는데요?"

타라가 눈을 화등잔만 하게 떴다. 이델도 오늘은 그가 자리를 비우지 않을 거라 생각했는지라 이상하다는 듯 물었다.

"비제가? 넌 그걸 어떻게 아니?"

"성벽 순찰을 하는데 밖으로 나가는 그의 뒷모습을 보았습니다."

산책하러 나갔나? 원래 그런 녀석이지만 아무리 그래도 그렇지. 이델의 눈이 힐끗 상심한 타라 쪽으로 돌아갔다. 우유를 홀짝대던 안티오크가 시큰둥하게 대꾸했다.

"원래 규율 없이 마음 가는 대로 행동하는 사람 아닙니까. 다시 돌아오겠지요."

뭐, 하긴 그놈 속을 누가 다 알겠는가. 있다면 쥬다 정도일까.

환기하듯이 짝 손뼉을 친 이델이 싱글벙글 외쳤다.

"자, 그럼 축하 노래부터 불러야지요?"

결론부터 말하자면 정제되지 않은 군가인지 전래 동요인지 모를 합창곡이었다. 거기에는 어느 멜로디건 장송곡으로 만드는 갈랑과 독보적인 카랑카랑한 음치 안티오크의 공이 매우 컸다.

쏟아지는 좌중의 질책과 경시의 시선에 타라는 얼른 촛불을 불어 꺼 버렸다. 와아, 기합이 잔뜩 들어간 박수갈채가 터진다. 이델이 입을 가리며 중얼거렸다.

"세상에. 여기에 쥬다 님까지 있었으면 정말 가관이었겠네."

"왜요? 쥬다 노래 못해요?"

쥬다 이름이 나오자 솔깃해져서 눈을 초롱초롱 빛내는 타라에게 충성심 깊은 집사가 즉각 부정했다.

"그럴 리가요! 주인님은 못하는 게 없으십니다!"

"노래하는 거 들어 봤어요?"

"아니요."

빠른 반박만큼 답도 성실하게 바로 나왔다. 타라는 조금 실망했다. 아 듣다 보니 궁금해졌다. 노래해 달라고 해 봐야지. 매달리면 조금 해 주지 않을까.

상상해 보았다가 절로 푸시식 웃음이 새어서 그만두었다. 생일 선물로 그 소원을 빌면 화낼 것 같은데.

"생일 축하합니다."

그사이 너 나 할 것 없이 하나둘 제각각 준비한 선물을 내놓았다.

이델은 예쁘고 편한 가죽 부츠를, 안티오크는 고양이가 그려진 머그컵을 주었다. 그 밖에 반짇고리와 북방의 식물 염료로 염색한 모자, 북해 조가비와 자개, 진주를 엮어 만든 목걸이 등이 있었다.

게리가 준 꽃다발을 안고 활짝 웃는 타라에게 갈랑이 작은 상자를 내밀었다. 이게 뭐냐는 뜻으로 돌아보니 열어 보라는 눈짓이 돌아왔다.

사실 그에게서 선물을 받을 거라고는 전혀 생각하지 못해서 조금 얼떨떨했다. 조심스럽게 투박한 끈을 풀자 잇따라 감탄이 나왔다. 나무로 깎은 조각상을 이리저리 훑은 타라가 우와 감탄사를 외쳤다.

"개군요!"

"모자란 솜씨이나…… 개요?"

"혹시 쥰인가요? 보면 정말 좋아할 텐데."

"……."

조용히 충격을 받은 갈랑의 얼굴을 미처 보지 못한 타라가 엎드려 있는 자세의 네발짐승을 이리저리 비춰 보며 빙그레 웃었다. 이런 재주가 있으신 줄은 몰랐어요.

갈랑이 뭐라 말하려다 말고 입을 다물자, 유일하게 이 상황을 이해한 이델이 별안간 폭소를 터뜨렸다.

푸하하하! 덩치가 산만 한 아들의 등짝을 찰싹찰싹 때리면서 낄낄거린다. 그 서슬에 느긋하게 우유를 할짝대던 안티오크가 컵을 쏟을 뻔하고는 날카롭고 짜증스럽게 울었다.

"경망스럽게 뭐하는 거냐옹!"

"하하하! 타라 님. 그거 아마 개 아닐걸요?"

찔끔 나온 눈물을 훔친 이델이 키득거리며 고개를 저었다. 조각상의 귀를 가만가만 만져 보고 있던 타라가 고개를 갸웃거렸다.

"그럼요?"

"개가 아니면 뭐겠어요. 여기에도 둘이나 있네. 아이고, 배야."

한차례 다시 폭소가 이어진다. 타라는 멍하니 투박한 조각상과 무표정하지만 묘하게 침울해 보이는 갈랑을 번갈아 보다가 뭔가를 깨달았다.

사실 말이 개지, 둥글둥글 멍멍이 같다. 암만 봐도 늑대는 영…… 하지만 이대로 침묵이 길어지다가는 갈랑 씨가 뒤에서 울지도 몰라.

"아아, 그렇구나. 하긴 개랑 늑대는 원래 비슷하잖아요. 어……."

"괜찮습니다."

"하하하…… 어, 이건 그럼 갈랑인가요?"

늑대로 밝혀진 짐승 형상을 괜히 부산스레 이리저리 만지작거리면서 타라가 밝게 웃었다. 갈랑은 무뚝뚝하게 대꾸했다.

"어머니입니다."

"그렇군요! 어쩐지 인상이 부드러운 게!"

"타라 님. 애쓰지 않으셔도 돼요."

어차피 티가 다 나서 저 녀석도 알 텐데 뭘. 타라도 그것을 알아차렸는지 울상을 지으며 중얼거렸다.

"죄송해요. 제가 눈치가 없었네요."

"아닙니다."

갈랑이 빠르게 고개를 흔들었다. 선물로 난처하게 해드릴 생각은 없었습니다. 진지하게 눈을 맞추는 갈랑을 보며 타라는 정말이지 다정한 사람이구나, 라고 생각했다.

괜히 뭉클해져서 뭐라 한마디 하려는 순간 이델이 아들의 머리를 쥐어박으며 선수 쳤다.

"또 진지병 돋았네. 그냥 웃으면서 가볍게 넘겨."

"네, 어머니."

생김새도 날카롭고 덩치가 산만 해 가지고는 또 고분고분 고개를 끄덕이는 갈랑은 정말 아무렇지도 않아 보였다.

이델이 아들 다루는 방식을 처음 본 타라는 신기하기도 하고, 조금 의기소침한 듯 무표정한 갈랑이 귀엽기도 해서 까르르 웃어 버렸다. 그런데 갑자기 시야가 그림자에 가려졌다. 어?

"기분 좋아 보이네."

고운 낙엽이 물 위에 떨어지듯 사근거리는 목소리에 타라는 위를 올려다보았다. 비제의 빙그레 웃는 얼굴이 불쑥 들어온다. 실내의 빛을 받아 가장자리가 불타는 것처럼 보였다.

"아저씨!"

"응. 늦어서 미안."

생일 축하해. 비제가 부드럽게 덧붙였다. 긴 손끝이 당연하다는 듯 그녀의 머리칼을 헝클어뜨렸다. 슬쩍 정수리를 짚은 손이 아프지 않게 갈랑에게서 타라를 제 쪽으로 끌어당겼다.

"어디 갔다 온 거예요?"

"바람 좀 쐬고 왔어. 생각할 게 있어서."

자, 생일 케이크 잘라야지? 쾌활하게 목소리를 높이자 모두 환호와 함께 잔을 높이 올렸다. 타라 님을 위하여!

타라도 엉겁결에 이델을 따라서 건배를 했다. 세상에, 나도 이들과 술을 마셔 보는구나. 나 정말 어른 된 거야!

잔을 비우고 있는 주변을 둘러보다가 한 박자 느리게 꿀꺽꿀꺽 술을 들이켰다. 차갑고 시원한 액체가 목을 타고 넘어가자 소름이 오소소 돋았다. 입술을 핥는 타라에게 모두가 오오 휘파람을 불었다.

"우리 타라 님도 벌써 어른이 되셨군요!"

"자, 마셔라, 마셔!"

"살살 부어! 취하면 어쩌려고!"

호탕하게 부어지는 맥주에 기겁한 이델이 바락 쏘아붙이며 그들을 부라렸다.

맛있다. 기분이 좋아진 타라가 헤헤 웃자 근처에 앉아 있던 비제가 피식 웃으며 그녀의 입에 닭튀김 하나를 집어넣었다.

"천천히 마셔."

"네."

오물오물 삼키느라 반쯤 뭉개진 발음으로 고개를 끄덕였다. 테이블 밑에서 끄응 소리가 났다. 발치에서 타라가 주는 음식들을 받아먹던 쥰이 쑥 고개를 내밀었다.

[맛있다, 주인아. 딴 것도 주라.]

"이거 먹을래요?"

[응.]

케이크를 가리키자 살랑살랑 꼬리를 흔든다. 비제는 턱을 괴고 신나게 먹어 대는 검은 개와 후루룩 흑맥주를 삼키는 타라를 구경했다.

"이제 보니 저 개 다리가 좀 특이하네."

"아, 사실 쥰의 한쪽 다리는 의족이에요. 예전에…… 다리를 잃은 적이 있어서."

너무 오래전 일이기도 하고 쥬다가 해 준 의족이 진짜처럼 감쪽같았기 때문에 타라와 쥰도 거의 잊고 살았었다. 비제가 고개를 기울였다.

"저것, 용의 뼈인 것 같은데."

"용의…… 뼈요?"

생각도 못 한 말이었다. 그는 단조롭게 고개를 끄덕였다.

"응. 그것도 그냥 용이 아니라 흑룡. 밤하늘처럼 검잖아?"

보기만 해도 강력하고 거무튀튀한 마력이 느껴지는걸.

"너는 모르겠지만 요정과 용은 상극이란다. 수족보다도 오래된 천적이지."

"아, 그렇군요."

근래의 역사에서도 요정은 마룡 때문에 멸망할 뻔했다. 흥미를 보이는 타라의 얼굴이 옅은 분홍빛으로 달아올라 있었다.

비제는 자기도 모르는 사이 손을 뻗어 그 뽀얀 뺨을 건드려 보았다.

그녀는 붉은 눈을 깜박거릴 뿐 제지하지 않았다. 무방비한 희끄무레함, 둥글고 작아 괜히 쥐고 싶은 어떤 것이 덩그러니 제 앞에 놓여 있는 듯하다.

그는 잠시 어떤 말도 하지 않고 있다가 그녀가 저를 봐 오자 금방 떠올랐던 표정을 지웠다.

"쥬다는 왜 안 와?"

"남쪽 요정 나라에서 손님이 오셨어요. 왕자님이라던가. 아, 브리지트 공주님이 고향으로 돌아가신 건 아시죠?"

"왕자? 그게 누군데."

비제는 브리지트에 대한 것보다 벨벳 성에 남아 있는 새 요정에 대해서 더 예민한 반응을 보였다.

그래도 오래 봤는데 저리 무관심한 태도라니. 무신경하고 냉정한 그 성정을 새삼 느낀 타라는 머쓱하게 입술을 오므리다가 대답했다.

"뭐더라. 오베로나? 오……."

"오베론?"

"아, 네! 그 사람."

타라가 손가락을 튕겼다. 하지만 그의 찌푸린 눈을 보고는 고개를 갸웃거렸다.

"왜 그래요?"

"아니."

오베론. 요정 여왕 타니아의 장자나 다름없는 요정으로 브리지트를 대체 할 만한 거의 유일무이한 자이기도 했다. 사실 그것보다도 비제가 그에 대해 잘 알고 있는 정보는 이거였다.

당대 가장 뛰어난 봉인술사. 유능한 치료사의 명성에 묻히긴 했지만, 고왕국의 지식에도 해박하며 대륙 곳곳의 고대 오염 지역들을 봉인하고 세계수의 가지를 심는 순례를 한 걸 보면 범상치 않은 인물인 건 맞았다.

골똘히 생각에 잠겨 있던 비제를 일깨운 건 타라의 가는 손가락이었다. 콕콕 참새처럼 찔러 오더니 헤실 웃는다.

"그런데 아저씨. 선물은요?"

비제는 찰나 멀뚱히 생글거리는 그녀를 보다가 아, 한 박자 늦게 소리를 냈다.

"뭐 갖고 싶은데?"

"음, 글쎄요."

타라는 볼을 두드리며 비제의 벽안과 마주했다. 소란하고 왁자한 가운데 한없이 푸르른 눈을 보고 있자니 돌연 적막해진 것 같은 착각이 든다.

그러고 보니 들떠서 잊었다. 그날, 그 방에서 보면 안 될 것을 본 이후 이리 보는 건 처음인데.

그녀의 미세하게 변하는 표정을 훑던 비제가 잔을 내려놓았다.

"생각났다, 네 선물."

“뭔데요?”

“따라와 봐.”

그가 의자에 걸어 두었던 겉옷을 팔에 걸치고는 고개를 기울였다. 타라는 잠시 머뭇거리다 남은 맥주를 꼴깍 삼키고는 그를 따라 나섰다.

그릇에 고개를 처박고 있던 쥰이 귀를 쫑긋 세웠지만 타라가 고개를 저었다. 쥰은 코를 벌름거리며 잠깐 낑낑거리더니 바닥에 궁둥이를 붙였다.

“어디 가는데요?”

어두운 검은 복도를 따라 걷던 타라가 물었다.

비제는 세 발자국 걸을 동안 대답을 지체하다가 복도 끝자락 숨죽은 초록 풀이 바스락 밟히는 후원에 다다르자 검지로 하늘을 가리켰다.

“식상할지 모르지만 제일 좋고 필요한 것.”

타라는 오늘도 당장 쏟아질 눈물방울처럼 별빛이 나는 밤하늘을 올려다보다 물었다.

“밤하늘이요?”

“아니. 기분 전환.”

비제는 싱긋 웃었다. 연하게 달과 별의 잔흔이 덧발린 투명한 얼굴이 흔흔하다.

“내가 너에게 가장 잘해 주는 게 그거잖니.”

“어쩐지 그냥 꽁으로 넘기는 것 같은데요.”

“어허, 섭섭한 소리를.”

어처구니없었지만 이내 피식 웃어 버렸다. 이제 타라도 그가 퍽 다정하고 어딘가 아슬할 만치 무르다는 걸 안다.

"나한테 하고 싶은 말 있잖니."

아마도 이런 면 때문일 것이다. 예민할 만큼 속내를 읽어내고 그걸 배려해 주는 것.

다 안다는 듯 웃는 눈을 물끄러미 올려다보았다.

비제는 어쩌면 타라가 아는 사람 중 가장 민감하고 섬세한 사람일 것이다. 그러니 제 예상보다 더 술술 이런 말이 나오는 거겠지.

"저기……. 아저씨, 사실 고백할 거 있어요."

언제부터 이리 가까워졌을까? 하기야 타라는 저를 아끼고 좋아해 주는 사람에게 벽을 세우기 어려운 이였다.

비제의 길게 누운 눈썹이 약하게 움직였다. 그가 진지하게 말했다.

"잘 생각하고 말해라. 난 주군한테 죽기는 싫거든."

"예? 무슨…… 아, 진짜."

시답지 않은 소리에 맥이 풀린 타라가 짜증을 냈다. 그걸 보며 또 나사 하나 풀린 듯이 낄낄거린다. 그녀는 세모눈을 떴다가 한숨을 쉬었다.

"진지한 얘기란 말이에요. 그러니까…… 사실은, 아저씨 방에서 뭘 좀 봤어요."

심장이 잔바람에 떨리는 나뭇잎처럼 달랑거렸다. 하얀 손가락들이 몇 번이나 쥐었다가 펴졌다.

"내가, 내 부모님이 사실은……."

"그만."

그가 손을 펴 그녀의 말을 가로막았다. 말문이 막혔음에도 안도감과 고마움이 드는 건 아직 아무렇지 않은 게 아니기 때문일 것이다. 정적이 흘렀다.

"있잖아요."

타라가 작게 중얼거렸다.

부모님이 밉고 꺼림칙할 때 어떻게 하죠?

"그들이 내 근원이 아니었으면 좋겠어요. 아니면 아예 존재도 모르고 고아로 죽을 때까지 살거나…… 그것도 아니면, 차라리……."

그 사람들이 모두 이미 죽어 완연한 과거라면. 그나마 덜 수치스럽고 모멸감이 들지 않을까. 차라리 그랬다면…… 제발. 사람으로 태어나서 어떻게 그럴 수가 있지.

어떤 방면으로 생각해도 타라는 저를 세상에 있게 한 그들을 이해할 수도, 받아들일 수도 없었다.

친남매가 아닌가. 한순간의 실수? 음탕한 어머니의 충동, 혹은 계략? 뭐든 상관없다.

결국, 숙부이자 아비라는 자도 누이에게 욕정한 무뢰배가 아닌가.

타라는 가쁘게 숨과 피를 토하듯 내뱉었다. 다짐한 것보다 더 많은 것들이 주룩주룩 나왔다. 생각보다 그녀는 괜찮지 않았다.

"차라리…… 그분들이 이 세상에 없었으면 좋겠어요."

하지만 그들은 이 율리아에서도 가장 존귀한 자들이다. 어쩌면 타라보다 오래 살지도 모른다. 힘과 수명은 비례하니까.

그리 부족할 것 없는 위대하고 아름다운 사람들이 대체 왜. 찰나 저 밑바닥에 파묻혀 있던 독기가 올라왔다. 흠칫할지언정 소스라치지는 않았다. 솔직히 마땅하게 느껴졌다. 그들의 죄로 상당 부분 고통을 겪은 타라는 이래도 된다.

저벅, 가까이 다가온 비제가 눈물이 열게 맺힌 타라의 뺨을 가만히 두 손으로 쥐었다. 손이 찼다. 그러나 금방 더워졌다.

"타라. 그런 말 함부로 하지 마."

"왜요? 나쁘니까요?"

반항처럼 물었다. 비제는 고개를 저었다.

"아니. 네가 왜. 단지, 후회할 수 있는 여지도 남기지 말란 뜻이었어."

넌 약하니까. 그는 실로 단조롭게 말했다.

"그들은 그들이고, 넌 너야. 연관 지을 필요도 없어. 현재 네게 주어진 것, 앞으로 해야 할 것만 생각하면 돼. 그리고 부모라는 건 사실 미워하는 게 용서하는 것보다 힘들거든. 나는 그랬어."

"아저씨는……."

숨이 찼다. 타라는 깊게 찬 공기를 들이쉬었다가 한꺼번에 뱉었다. 서늘한 호수에 잠수했다가 단번에 참은 숨을 토하는 것처럼 폐부가 아리다.

"대체 어떻게 버텼어요?"

비제의 인간 아버지는 모자를 내버리고 외도를 했고, 그의 어머니는 제 남편을 죽였다. 그다음에는 자신도 죽어 버렸다. 불가사의하고 모호한 죽음만이 비제에게 남았을 뿐이다.

그는 초연하고 담담한 눈빛으로 울먹이는 그녀를 응시했다.

"버티지 않았어. 내 모든 것을 걸고 미워하고 최선을 다해 도망치느라 바빴지."

그 결과 아무것도 안 남았고.

"하지만 도망치지 않고 이렇게 꿋꿋하게 이겨 내려 애쓰고 있잖니. 네가 나보다 낫단다."

"정말요?"

"그럼."

한동안 그의 손은 끊임없이 타라의 머리 위를 맴돌았다. 아이를 어르듯 쉬지 않고.

타라의 눈물이 그칠 무렵 그가 말했다. 내 얘기를 해 줄까? 나는 나보다 불행한 사람의 이야기를 들으면 기분이 좀 낫던데. 음, 그럼 어디서부터 시작해야 할까. 아, 그래. 이것부터 말해 주는 게 낫겠네.

"난 어머니를 죽이지 않았어."

타라는 제 상한 뿌리도 저리 아무렇지 않게 입에 담으려면 어느 정도의 시간과 마음을 도려내야 할지 감도 잡히지 않았다.

"나는 아무것도 하지 않았어. 타라, 그게 내 죄란다. 그래 놓고는 완전히 방관하지도 않았지. 어설프고 흐리멍덩하게. 그게 나야."

궁금하지 않니? 그 옛날에 무슨 일이 있었을지.

노곤하고 조용한 속살거림이 독 가루처럼 훅 퍼졌다. 사실 나는 다 알고 있었어.

"아버지가 다른 여인을 마음에 둔 것도, 덕분에 어머니가 미쳐 가는 것도. 다 아는데 모른 척했어. 무섭고 불안하고 골치 아픈 일은 외면하면 편하니까. 내가 얼마나 비겁한지 네가 알까."

어느 정도냐면 말이지, 어머니가 아버지를 죽이는 것도 못 본 척했단다. 그 찢어지는 비명과 구걸, 마지막 명이 끊어지는 것까지.

바닥까지 망가진 그녀가 가엾고 무서워서 그런 줄 알았는데, 사실 아버지의 배신에 미움을 품고 있었는지도 모른다. 죽어도 싸다고. 비제는 이미 창백해진 타라에게 그것까지 말하지는 않았다. 대신 희게 웃었다.

"그런데 제일 우스운 건 말이야, 그렇게 그 남자를 죽여 버릴 정도로 사랑하고 증오하던 그 여자가. 얼마 안 가 새로운 사랑을 시작했다는 거야. 하하하, 웃기지 않아? 그 전의 사랑 따위는 수면에 뜬 흠집이라도 되는 것처럼. 심지어 그와 열렬히 서로를 보던 순간보다 더 행복해 보이던걸. 나중에는 저가 죽인 남편의 이름도 헷갈려 하던데."

대체 그건 뭐였을까. 정말 사랑이 맞긴 했나? 제 물건을 뺏긴 집착과 어린애 같은 소유욕은 아닐까. 만약 조금만 더 인내심을 가지고 그를 봐 주었다면 어머니의 애정도 자연히 변심할 그런 건 아니었을까.

"그럼 아버지의 죽음은 뭐지? 결국, 둘 다 똑같은 것들이잖아. 유치하고 변덕스럽고, 제 고통만 부여잡고 징징거리다 무분별하게 행동하고, 나중에는 나 몰라라 하지. 타라. 그렇게 역겨운 인사들이었단다, 내 부모라는 작자들은."

신랄하고 경멸 어린 눈에는 그 이상의 분노나 애증 같은 것은 보이지 않았다.

그러나 마땅한 그것조차 없다는 게 마냥 좋은 일일까.

타라는 그 형체 없는 또렷함에 압도되었다. 그의 손을 꼭 쥐고 그것을 정면으로 들여다본다.

"그녀를…… 용서했나요?"

"아니. 죽이지 않았다고 했지, 용서했다고는 하지 않았어."

비제는 다정하게 밤바람에 흐트러진 푸른 머릿결을 정돈해 주었다. 온화해 보이는 그와 진지하다 못해 일그러진 타라는 매우 대조되었다.

"난 그 여자의 마력을 송두리째 빼앗았어. 참 괜찮은 재주지. 그렇지 않니? 마녀를 무능력하게 만드는 것만큼 큰 벌은 없거든. 아마 죽음보다 더 고통스러웠을걸."

"아저씨……."

"그래서인지 자살했더라. 원수인 아들에게 저주를 남기고."

보복은 언제나 확실하시지. 없던 정도 떨어지게 말이야.

—세상의 모든 마녀들은 자신을 억압하고 힘을 앗아 가는 원한을 절대 잊지 않거든.

비제가 아델하이트와 쥬다의 과거를 지나듯 이리 말한 적이 있다. 타라는 그게 자신의 경험을 말하는 것이었다는 걸 이제야 깨달았다.

갈피를 못 잡던 가는 손이 아플 만큼 천연덕스럽게 웃는 그를 와락 끌어안았다.

옅은 실소마저 뚝 그쳤다. 어쩐지 안은 몸이 유독 딱딱하다. 두 장의 잎새처럼 포개진 둘의 머리칼이 얕게 흔들렸다. 그의 잠긴 목소리가 탁하게 울렸다.

"이거, 뭐니."

"몰라요. 그냥 손 가는 대로 하는 거예요."

그를 안은 팔에 더 단단히 힘을 주며 종알거렸다. 한쪽 손으로 토닥토닥 등도 두드린다.

헛웃음이 나왔다. 위에서 내려다보니 푸른 머리칼 사이로 난 귀가 민망한 듯 붉어서 안 웃기도 힘들다. 타라가 경고하듯 앞질렀다.

"나 지금 위로 중이에요. 이상한 소리 하지 마세요."

웃음소리가 더 커진다. 타라가 옆구리를 꼬집었다. 비제는 순간 이상한 소리를 내며 흠칫했다가 알았다고 고개를 끄덕였다.

잠시 모든 것이 정체되었다. 타라가 한숨을 폭 내쉰다.

"아저씨나 나나 우린 대체 뭘까요. 둘 다 불쌍하잖아요."

"불쌍해?"

"네. 딱하죠. 적어도 행운아인 건 아니잖아요."

작고 가는 손이 툭툭 두드린다. 오래전부터 닫혀서 녹이 슨 문을 두드리는 노크처럼 일정하게. 비제는 눈을 감았다.

"……이러면 욕심나는데."

"네?"

"아니, 아무것도."

타라는 고개를 기울이다가 푸념하듯 말했다.

"그래서 지금은 괜찮나요?"

무엇이 괜찮으냐는 정확한 명제는 없었다. 그는 찰나의 침묵 후 대답했다.

"응."

적어도 지금은. 타라는 빙그레 웃고는 몸을 떼어 냈다. 느릿하게 물러나는 비제의 얼굴은 으스름에 가려 잘 보이지 않았다.

그들이 서 있는 후원에 한차례 바람이 분다. 이리저리 머리를 내민 가을꽃 향기가 그윽하게 섞여 들었다.

분홍 쌀알이 영근 것 같은 쪽꽃, 색 고운 베고니아, 줄기 군데군데 달콤하게 매달린 채송화, 향기로운 국화 무리와 자잘하게 하늘색 이슬처럼 모인 꽃마리까지 저마다 고운 색색깔이 은은한 달빛에 반짝였다.

그 모양을 가만히 취한 듯 보고 있던 타라가 중얼거렸다.

"사람들은 왜 그렇게 다들 이기적일까요."

"원래 모든 생명은 이기적이야."

그럴까요. 그녀는 잠시 생각에 잠겼다.

"예전에 브리지트가 거인과 꽃 이야기를 해 준 적이 있어요."

"거인과 꽃이라. 나도 아는 이야기인데."

"거기에 불쌍한 거인이 나오잖아요. 얼핏 듣기에는 동화의 정석대로 금기를 범하지 마라—라는 교훈일 테지만요. 예컨대 절대 뒤를 돌아봐서는 안 된다, 문을 열어서는 안 된다, 같은 그런 법칙 있잖아요. 하지만 제가 보기에 그건 순전히 책임진 한 사람에게 죄 떠넘기고 단꿈만 취하는 이기적인 사람들 풍자하는 얘기예요. 그렇게 안이하고 비겁하게 살다가는 전부 망한다는 거죠."

당시 퍽 감정 이입했던 타라가 진지하게 이야기 속 거의 등장하지도 않는 이들을 흉보았다.

"그러니까 내 말은, 모든 살아 있는 사람들이 이기적이라면 세상은 지옥일 거예요. 절대 당연하지 않아요."

이 순한 아가씨가 그렇게 열을 내는 건 처음이었기에 비제는 엷은 미소를 띤 채 그 붉어진 뺨과 콧잔등을 바라보았다. 안개 두른 듯 흐리고 은근한 시선이었다. 그는 나직하게 운을 띄웠다.

"글쎄. 내가 알기로 그 설화의 교훈은 그게 아닌데."

"그럼 뭔데요?"

"뒷이야기가 있어."

궁금증이 섞인 붉은 눈동자를 들여다보며 천천히 말을 잇는다.

"거인이 꽃을 살리려고 허리를 숙인 탓에 문이 열렸지만 사실 그 문 안에는 아무것도 없었어."

"어? 정말요? 그럼 해피 엔딩인가요."

금세 기쁘게 웃는 그녀에게 그가 고개를 저었다.

아니. 거기엔 간단하고 엄청난 비밀이 있었단다.

"세상을 망칠 거대한 악과 악마가 갇힌 문 따위는 처음부터 거짓말이었어. 진짜 악은 저 너머가 아니라 가까이에 있었지. 그 문 안에는 사실 다시없을 보물이 가득했단다. 가장 진귀한 악마의 황금뿔을 포함해서 말이야. 사람들이 그것을 서로 차지하려고 다투다가 결국 누구도 가질 수 없게 하기 위해 거기에 두고는, 시간이 흐르자 잊어버린 거야. 그렇다고 이 이야기에서 괴물이 없다는 건 아니야. 진짜 괴물은 따로 있었지."

"그게 뭔데요?"

"거인을 질투한 노파 말이야. 그녀는 실은 황금 뿔을 호시탐탐 노리는 강력한 악마였어. 인간들이 잠든 사이 제 뿔을 잘라 가는 바람에 오랜 시간 문이 열리기만을 기다렸지. 악마는 거인이 절대 의심할 수 없는 모습으로 변신해서 그의 시선을 분산시켰어. 그리고 제 분신이 그를 사로잡은 사이 열린 문 사이로 숨어들어 간 거야."

비제가 고개를 숙여 타라의 귓가에 몇 마디 소곤거렸다.

진실은 말이지…….

"그 꽃이 괴물이었어."

귓바퀴 모양의 미로를 미끄러지는 실타래처럼 간질간질한 감각이 오싹했다. 그는 허리를 펴고 타라의 표정을 보고는 피식 웃었다. 희극으로 위장한 비극을 지켜보는 방관자처럼.

가엾은 거인은 그다음에 어떻게 되었을까? 타라의 멍한 질문에 대한 답은 끔찍했다. 괜히 물었다고 후회하는 그녀에게 비제는 안타까운 눈으로 충고했다.

"때로 극의 결말은 모르는 게 나아."

타라는 비제의 말에 대꾸하려 입을 열었으나 어떤 말도 나오지 못했다. 단순히 말문이 막혔기 때문이 아니었다.

적안이 크게 떠졌다. 찢어져라 비명처럼 외쳤다.

"아, 아저씨! 저기!"

벨벳 성의 서쪽 탑이 불에 타오르고 있었다.

*　　*　　*

눈보라가 휘몰아치는 땅, 겨울 성에선 소리 없는 비명이 이어지고 있었다.

묵직한 소란은 어두운 성벽의 창들이 도미노처럼 불빛이 번져가는 흐름에 따라 점점 커졌다.

겨울 성의 주인 내외 모두 까다롭고 예민한 인사이기에 모두가 잠든 이 시각 성내의 이런 분란은 지금껏 비슷한 예가 없었다.

"귀족들을 홀로 모아 제압하라."

깨지듯 비명을 지르려던 하녀 하나를 베어 넘긴 기사가 낮게 윽박질렀다. 그의 하얀 갑주는 이미 피칠갑이었고, 등을 덮은 검은 망토는 시신들이 넘어진 바닥 위에서 펄럭였다.

겨울 성의 군주를 상징하는 얼음 관 문장을 짊어진 기사들은 검은 파도처럼 삽시간에 성을 장악해 갔다. 아래부터 차례차례, 쥐를 몰듯이.

갑작스러운 기습에 노곤히 잠에 빠졌던 고귀족들조차 당황해서 혼비백산하다 차례차례 목숨이 끊어지거나 포로로 잡혔다. 잠옷 차림으로 달아나던 백발이 성성한 고귀족 하나는 마법을 써서 기사들의 다리를 묶었다가 단칼에 팔이 잘렸다. 꺼억 꺽 비명을 삼키던 그는 노여워하며 윽박질렀다.

"이 무도한 놈들! 누구의 사주로 이러는 것이냐. 이 성이 어디인 줄 알고!"

"이곳이 어디인지는 아주 잘 알고 있소."

피가 뚝뚝 떨어지는 검을 치켜든 기사가 냉엄하게 말했다.

"우리가 주인의 허락도 없이 이러는 줄 아는가."

"뭐?!"

설마설마했던 것이 또렷하게 면전에 들이밀어지자 남는 건 노여움과 새카만 절망이다. 노인은 시뻘게진 눈으로 악다구니를 썼다.

"이런 미친놈들! 클레멤논이 정신이 나간 게로구나! 여왕께서 가만히 있지 않을……."

말이 채 끝나기도 전에 날아간 머리가 데구루루 찬 바닥을 구른다. 사방에 튄 핏자국으로 넝마가 된 카펫을 밟은 기사는 질척하게 묻은 핏덩이를 무심하게 문질러 닦았다.

건조한 눈이 핏방울이 맺힌 복도의 초상화 속 여인과 마주쳤다. 마치 피 울음을 토하는 통곡처럼도 보인다.

"3층 전원 제압 완료했습니다."

"좋다."

기사는 피눈물을 흘리는 초상화를 등지고 갑옷을 입은 살인자들에게 딱딱하게 명령했다.

"최종 목표는 여왕이다. 그녀를 포박하라."

저항이 거세다면 죽여도 좋다.

* * *

영원한 겨울에서 사는 건 어떤 기분이냐고 물은 적이 있다. 그 질문에 차를 우리던 그 사람은 비스듬히 꺾여 있던 고개를 들어 제 쪽을 돌아보았던 것 같다.

마침 그의 너머 반절을 차지하고 있던 창문에는 언 눈물 부스러기처럼 눈발이 날리고 있었다. 희게 뜬 잿빛 인영, 차디찬 눈보라를 망토처럼 두른 사내, 파랗고 비인간적인 시선.

—춥겠지.

지나치게 간결해서 무성의할 정도였다. 그녀는 못마땅함 대신 생글거리며 다른 것을 물었다.

—하긴 당신이야 모르겠지요. 사계절을 전부 가질 수 있는 땅에 사는 건 어떤 기분이냐고 물어야 했던가요?

—그리 크게 다르지는 않은데.

빤히 봐 오는 파란 시선이 나쁘지 않다. 몰이해한 듯 무감동해도 그는 기본적으로 친절하다.

—그곳에서 네가 무엇을 하고 무슨 생각을 하느냐에 따라 다르겠지?

—재미없어. 좀 다른 대답을 기대했는데.

—생의 질문은 여럿이어도 답은 항상 변변치 않단다.

역시나 성실한 대답. 하지만 성의는 없다. 그의 눈은 다시 더운 찻물과 두꺼운 서적으로 돌아갔다. 시계태엽처럼 아무 의미 없이 스쳐지나가는 그 시선, 무관심. 아마 그의 이름을 소리내어 불러도 꼭 같은 무심함만 돌아올 것이다.

—마레사.

하지만 또한 그가 반드시 저를 보아줄 것을 알았다.

안도일지 목마름일지 모를 환희를 느낀다. 아마도 그것의 이름은 평화. 생에 몇 없어 희미한 찰나였다.

이제 그녀는 오직 온전하고 평온한 광증만을 느낀다.

"여왕 폐하."

아델하이트는 변함없이 부는 눈보라를 겨울 해바라기처럼 주시하고 있었다. 그녀의 눈은 미치광이의 몸부림처럼 격정적으로 날뛰는 얼음 결정들을 좇았다.

"폐하."

초조한 부름이 다시 들려온다. 아델하이트는 하녀가 몇 번이나 다시 부르고 나서야 반응했다.

"왜 그러니. 마침 눈이 예쁘게 내리던 참인데."

"바, 밖에…… 큰일이 났습니다. 어서, 어서 가 보셔야……."

말을 더듬다 목이 메더니 흑흑 소리 내어 운다. 사실 그녀는 처음 헐레벌떡 여왕의 방에 들어섰을 때부터 사지를 덜덜 떨고 있었다.

피 묻은 앞치마, 바들거리는 손에서 아수라장의 냄새가 난다.

"사람들이, 기사들이 마구 죽이고 있습니다. 도, 도망을……."

"기사라면 내 남편의 개들일 텐데."

서리꽃이 핀 창문에 손장난을 치던 여왕은 얕게 입술만 움직여 웃었다. 거울처럼 유리에 비친 완벽한 대칭의 미녀가 따라서 웃는다.

"성의 주인인 왕이 작정하고 도적질을 하는데, 어디로 가란 말이니."

게다가 이렇게 눈이 많이 오는걸?

여왕이 자포자기했다고 여긴 탓일까? 아니면 그저 막막하고 절망스러워서일 수도 있다. 쥐어짜며 우는 하녀를, 그녀는 방치했다.

당장 아델하이트의 관심사는 그따위 게 아니었다. 저 밖에서 품위 없이 소란을 피우는 남편과 그의 애완견들도. 어디를 향하는지 모를 유성의 푸른빛을 닮은 눈이 슬쩍 찡그려졌다.

"역시, 겨울은 추워."

의미 모를 투정이었다. 눈물범벅이 된 채로 얼빠진 하녀의 뒤에서 요란하게 문이 열렸다. 마찬가지로 피 웅덩이를 지나온 듯 피와 먼지 범벅인 남자는 헐레벌떡 들어와 부복했다.

"여왕이시여! 지금, 지금 반란이 일어났습니다!"

반란이라. 기실 이것을 반란이라 칭할 수 있는지도 의문이었다. 지금 온 겨울 성을 헤집으며 도륙해 대는 건 성주인 클레멤논일 테니 말이다.

아델하이트는 제 남편의 속셈이 너무 또렷해서 웃음이 나왔다.

"그이는 어디 있니?"

저리 어지럽히며 난장을 부리는 걸 함께하고 있나?

기사들의 추격을 간신히 뿌리치고 여왕의 처소로 들이닥친 고귀족은 태연자약하다 못해 홍미진진해 보이는 여왕의 찬연한 얼굴을 망연하게 올려다보다가 다급히 외쳤다.

"폐하, 지금 이러실 때가……!"

"여왕이 여기에 있다! 샅샅이 뒤져라!"

왕의 기사들이 벌써 꼭대기 층에 다다른 게 분명했다. 비명과 위협의 불길이 삽시간에 번져 왔다.

새하얗게 질려 당장 달아나고 싶어 하는 게 역력한 이들을 훑던 아델하이트는 천천히 뒤돌아섰다. 눈보라 치는 하늘을 등진 청색 도자기처럼 아름다운 푸른 눈동자가 가늘게 휘었다. 쿵, 쿵, 땅이 울린다.

이윽고 문이 열렸다.

*　　*　　*

타라는 새파랗게 질려 있었다.

"어떡하죠? 별관 쪽인데 누가 있을지도 모르잖아요!"

불길을 발견하자마자 본능적으로 쥬다 생각으로 가득찼던 머리가, 가까스로 저 방향이 집무실과 멀다는 걸 확인하고 겨우 이성을 되찾았다. 그렇다고 얼음 덩어리를 억지로 집어삼킨 양 화끈거리는 속이 죄 가라앉은 것은 아니었다. 갑자기 화재라니?

당연한 듯 그쪽으로 달려가려는 타라의 손목을 누군가 잡아챘다. 비제였다.

"위험해, 타라. 아마 안티오크와 사람들이 먼저 저곳으로 가고 있을 거야."

"하, 하지만. 구경만 하고 있을 수는 없잖아요."

활활 타오르는 불길에서 눈을 떼지 못하며 그녀가 팔을 잡아 비틀었다. 하지만 얼마 못 가 다시 잡혔다. 갑갑한 마음에 뿌리치다 못해 화를 낼 뻔했던 타라는 상대의 낮고 직설적인 말에 멈칫했다.

"그래서. 네가 저기에 가서 뭘 할 수 있는데?"

잔인할 정도로 정확한 지적이었다. 타라가 꿀 먹은 벙어리가 되자 그녀의 창백하게 질린 뺨을 감싼 비제가 부드럽게 충고했다.

"안전하게 본관에 가 있도록 해. 알았지? 상황 판단이 끝나면 바로 갈 테니까. 응?"

나직한 명령이라도 되는 것처럼 홀린 듯 고개를 끄덕였다. 착하다. 비제는 빙긋 웃고는 그녀의 머리를 헝클어뜨리고 불길하게 번뜩이는 탑 쪽으로 내달렸다. 그의 신형이 그림자에 덮이더니 금세 멀어진다.

혼자 남은 그녀는 안절부절못하며 답답한 한숨을 쉬었지만, 할 수 있는 일은 없었다.

"나, 엄청 한심하잖아."

푹 한숨을 쉬고는 본관 쪽으로 몸을 틀었다.

그녀가 우울하게 발걸음을 내딛는 사이 선선히 불던 밤바람도 멎어 있었다. 사각사각 찬 잔디가 발치에 감겼다. 풀벌레 소리 하나 없이 고요했다. 근방에서 불이 난 게 남 일인 듯 서느런 적막감.

바스락. 풀숲이 밟히는 소리. 타라는 세 발자국 정도 더 걷고 나서야 그것이 제가 내는 소리가 아님을 알았다. 멈춰 선다. 다시 한 걸음. 사박사박. 그 후 정적.

돌연 소름이 오싹 끼쳤다. 밤의 벨벳 성이 위험하다고 경고하던 비제의 목소리가 돌연 떠올랐다. 휙 뒤돌아서서 어둠을 쏘아 본다. 하지만 아무것도 없었다.

"누구 있어요?"

잠시간의 고요 이후 누군가 다가왔다. 타라는 경계 태세로 주춤 뒤로 물러나다 눈을 가늘게 떴다.

긴 망토를 둘러쓴 모양이 잠들지 못한 유령 같았다.

알 수 없는 직감이 심장을 주무른다. 그자가 천천히 후드를 벗었다. 은은한 달빛 아래 화사한 금발이 눈물에 얼룩진 그림처럼 반짝거렸다.

아.

"오랜만이야, 타라."

눈이 크게 떠졌다. 그도 그녀도 너무 많이 자라 버렸지만 모를 수가 없었다.

타라의 어린 시절을 지배하던 작은 악마.

"아인츠."

* * *

오베론은 감탄했다.

"제가 이곳에 와 보게 될 줄은 몰랐군요."

세상 한 자락을 잘라 낸 그 틈 사이로 쏟아지는 다른 세상처럼 황홀하고 신비로운 정원이 눈앞에 펼쳐져 있었다.

이곳만 보자면 낙원이라는 고향의 남부조차 빛이 바랠 지경이었다.

"구경할 정도로 한가한가."

쥬다가 서늘하게 면박을 주자, 오베론은 어깨를 으쓱했다. 하긴 그렇지요.

"그래도 소문만 무성한 장소에 온 소감으로 여겨 주시지요. 이 '라 엔포르테'에 온 유일한 요정일 테니까요."

라 엔포르테. 지옥의 문이라는 뜻이다.

이 아름다운 정원은 과거 서부를 지배했던 자들의 무덤이기도 하고, 한때는 고왕국 시대의 찬양받는 위대한 왕성의 홀이었으며, 그 마지막 주인이 영면에 든 장소이기도 했다.

모든 것은 여기서 시작되었다. 광증, 폭주, 증오, 탐욕, 배신. 그 전부가 잠들어 있는 곳.

"유일하지는 않지."

확실히 그랬다. 이 거대한 봉인지를 만든 건 고왕국의 생존자인 현자 소락스의 동료들이었고, 개중에는 요정족의 초대 여왕 랑카도 속해 있었으니까. 엄밀히 말해서 최초의 요정 방문객은 아닌 셈이다.

쥬다의 지적에 오베론은 빙그레 웃었다.

"오래된 무덤이군요."

"세상에서 제일."

"고왕국 마지막 여제의 안식처라."

아주 오랜 옛날, 미친 여제를 제압하는 데는 성공했지만 이미 신이나 다름없는 그녀를 죽이는 건 불가능했다. 그래서 고왕국의 생존자들은 그녀의 혼을 이곳에 봉인했다. 긴 시간의 무게에 짓눌려 천천히 소멸할 수 있게.

다이아몬드 원석에 한 방울씩 떨어진 물방울이 바다만큼 되어 으깨는 것과 흡사했다. 그리하여 이 정원은 미지의 힘으로 뒤틀려 빛과 어둠, 시공간이 뒤엉켜 있었다.

시간마저 휘어지는 우주의 블랙홀처럼 이곳은 현재이되, 현재가 아니었다. 저 하늘 위에 휘영청 밝은 보름달이 내내 비정상적으로 찬연한 것처럼. 율리아 대륙의 기형적인 사계절도 강력한 봉인지의 막대한 힘 때문에 틀어진 기후다.

오베론은 왜 이때껏 동서남북, 중앙의 천차만별의 편향된 기후를 아무도 이상하게 여기지 않는지 오히려 기이하다고 생각했다.

만물은 순환하고, 자연은 범인이 읽기 힘든 촘촘하고 일정한 규칙에 의해 유지된다.

물은 위에서 아래로 흐르고, 해는 동쪽에서 떴다가 서쪽으로 지며, 비가 오면 강이 범람하고 가뭄이 들면 땅이 마른다. 당연한 이치다.

한데 지금의 율리아를 보라. 영원한 겨울만 반복되는 중부, 봄에 박제된 동부, 일정한 서늘함 외에는 눈 한번 내리지 않는 가을의 북부, 어린아이의 환상처럼 계속되는 남부의 여름.

누구도 이것이 정상적이지 않다는 것을 몰랐단 말인가? 물론 비정상이다. 이는 서부를 중심으로 이 율리아라는 세계가 일그러져 있다는 뜻이니까.

겉보기에는 강력한 마력이 뭉쳐 평화롭게 반짝인다 한들 아슬아슬하고 위험한 공간이란 건 확실했다. 꼼꼼히 곳곳을 살피는 오베론을 일별하며 쥬다가 입을 열었다.

"이미 여제의 영혼은 오랜 시간에 걸쳐 바스러졌다. 남은 건 주체 못 할 힘의 찌꺼기뿐이지."

"서부가 황폐한 것도 그 때문이라 들었습니다. 지금은 어쩐지 황무지라 하기에는 생기가 돌던데…… 2차 봉인까지 하셨습니까?"

묵묵부답은 긍정이었다. 오베론은 낮고 건조한 탄성을 질렀다. 이유는 말 그대로 그 고대 신의 잔재를 홀로 감당해 재봉인한 쥬다의 마법적 역량에 놀란 것이고, 두 번째는 그의 대담함이라고 해야 할지 무모함이라고 불러야 할지 모를 감탄 때문이었다.

한때 서부가 남부보다 기름진 낙원이었다는 건 오랜 옛날의 일이다. 여제의 힘을 오랜 기간 붙잡아 두는 대가로 서부 전체가 메말라 갔다.

즉, 그것을 감당하고 대륙 전체로 퍼지지 않게 하는 데 그 면적만큼의 대지를 통으로 바쳐야 겨우 균형이 맞았다는 이야기다.

그런데 그 삐져나오는 어쩔 수 없는 흐름마저 틀어막았다는 건 엄청난 부담이요, 대가가 필요할 터다.

"만약 봉인이 깨지면 여파가 상당할 겁니다."

"알고 있다."

"타격이 상상 이상이겠지요. 어쩌면……"

죽을 수도. 오베론은 인상을 찡그렸다.

"왜 그렇게까지 하십니까?"

그는 사실 어쩔 수 없이 질문하면서도 대답을 감히 바라지 않았다. 그러나 위대한 대마법사는 무덤덤하게 대꾸했다.

"조금이라도 시간을 벌고 싶으니까."

그 아이가 성장하고 버틸 수 있는 시간.

"그러는 너는 왜 나를 돕는 거지? 반항심인가? 네 어머니의 뜻에 따르지 않는다면 결국 요정족에서 내쳐질 텐데."

"각오하고 있습니다."

"그러니까 왜 그렇게까지 하냐는 거다. 넌 순수한 요정도 아니잖나."

굳이 입을 열어 말하지는 않았지만 둘 다 따로 직설적인 꼬집음에 반응하지 않았다. 쥬다는 고개를 기울였다.

"불사조의 화신. 남부 불사조의 심장을 요정 알에 심어서 태어난 게 너겠지. 그러니 여왕의 제약도 없을 테고."

결과적으로 오베론의 탄생 탓에 이제 대륙에 남은 불사조는 단 한 마리뿐이었다. 그는 개인적으로 그것이 전 인류와 미래에 매우 손해 보는 장사였다고 생각했다.

중립의 수호신이자, 전설적인 강력한 신수를 희생한 것치고는 결과물은 요정 왕도 되지 못한 어중간한 저 자신이다.

어쩌면 어머니는 눈앞의 쥬다를 위협할 만한 후계자를 원했는지도 모르지만, 심지어 정당한 후계인 브리지트나 오베론이나 이 남자에 비하면 턱없이 모자랐다.

"일종의……."

오베론은 무미건조하게 중얼거렸다.

"최소한의 도의적인 책임감…… 이라고 해 두지요."

그의 목숨과 재능, 힘은 그만한 빚이었다. 솔개에게 나는 이유가 있고, 꽃에게도 존재하는 이유가 있다면 오베론이 이러한 힘을 타고난 건 그만한 사명과 의무가 따를 것이다.

아주 어린 시절 당연하게 인지하고 있던 운명이 부정당한 이후 그는 끊임없이 자신의 존재 가치를 찾았다.

'사실 자위하는 것에 가깝지만.'

쓰게 웃은 그가 사람 좋은 얼굴로 말을 이었다.

"어쨌건 이것이 내가 내 종족을 위하는 최선의 길입니다."

"최선이라."

쥬다는 무표정하게 그 단어를 되뇌었다. 무엇이 최선이지? 한때는 세상 모든 문제가 너무도 간단해 손가락 하나만 구부리면 죄 먼지보다 못했었는데, 이제는 하나도 간단한 게 없어진 듯했다.

타라가 숨쉬는 세상과 그렇지 않은 세상, 공기 한 줌조차 그 의미와 무게가 너무 달랐다.

말없는 그를 바라보던 오베론이 나직하게 입을 열었다.

"저는 제가 이리 태어난 것이 나름의 뜻이 있을 거라고 생각합니다. 그 아가씨도 그렇지 않을까요?"

"무슨 말이냐."

"그녀가 수천 년 전의 언령을 깨우게 된 것은 그만한 이유가 있을지도 모른다는 겁니다. 운명이란 건, 해석하기 나름이니까요."

—난 너를 사랑하지 않아. 처음부터 지금까지 단 한 번도 너를 내 오라비 이상으로 여겨 본 적이 없어.

유일무이하게 반짝이던 그의 태양이 처음으로 싸늘하게 식었던 그 순간. 나서부터 당연한 듯 제 운명과 심장까지 빼앗아 간 그녀는 심지어 제 것도 아니었다.

땅에 디딘 듯 그를 연결해 주던 애정이 시시각각 미움과 원망으로 변해 가는 걸 목격하며 멍하게 깨달았다. 나는 대체 무엇을 한 거지? 아니, 무슨 짓을 저지른 걸까.

그리고 알아차린 순간 인정했다. 어쩌면 브리지트가 저를 거부하고 밀어내는 건 당연할지도 모른다는 걸.

"모든 것에게는 각자의 위치와 쓸모가 있습니다. 그것은 결국 본인이 결정하고 선택하며 걸어야 할 길일 뿐, 누군가가 대신 걸어 줄 수도, 그것을 타인에게 전가해서도 안 됩니다."

마지막 한 마디는 문질러 부서진 가루처럼 가벼우면서도 짙었다.

"그러니 성주님이나 나나, 그녀에게 조금의 도움을 주는 것 이상으로 할 수 있는 일이 없을 겁니다."

운명은 그녀의 몫이니까요.

쥬다는 코웃음 쳤다.

"그럴지도 모르지. 그렇다 해도 운명 따위가 멋대로 그 애를 흔들게 두지도 않을 거야."

"부디, 효과가 있기를 바라죠."

오베론은 얕게 한숨을 쉬며 주문을 읊조렸다. 제 조금쯤 특수한 능력으로 봉인을 강화할 생각이었다. 일렁이는 노을빛 불꽃이 사방으로 퍼져 가 달을 삼킨 해의 가장자리처럼 기이한 원을 그렸다.

상당한 집중과 시간이 필요했다. 제대로만 된다면 만약의 사태가 번졌다 한들 조금의 여유를 더 벌 수 있으리라. 그는 기이하게 빛나기 시작한 눈을 감으며 제 내면의 화기를 천천히 불러들였다.

그 시각, 심상치 않은 일이 일어나고 있었다.

*　　*　　*

왜 그가 여기 있는 걸까.

타라는 전혀 이해가 가지 않아서 눈을 깜박이다 세게 비비기까지 했지만, 그는 그대로였다. 정말 아인츠다. 그것도 그들이 보지 못한 시간 동안 훌쩍 커서 어른이 돼 버린 아인츠.

과거 유년기의 악연이 성인으로 마주한 것이다. 그녀는 눈을 가늘게 뜨고 의심스럽게 물었다.

"정말 아인츠니?"

"그래."

그는 순순히 대답했다. 기분이 더더욱 이상해졌다.

"네가 어떻게 여기 있어? 난 너의 방문에 대해 전혀 들은 바가 없어. 쥬다가 허락해 줬을 것 같지도 않고."

"널 만나러 왔어."

"나를?"

"그래."

따지고 보면 지금 이 순간이 그들이 서로를 안 이래, 가장 편하고 유하게 한 대화이리라. 타라가 더 이상 볼품없는 말더듬이에 천덕꾸러기가 아니기 때문이기도 했지만 가장 달라진 건 아인츠의 태도였다.

그에게서는 타라에 대한 어떤 경멸이나 혐오, 꺼림칙함이 보이지 않았다. 단지 피를 전부 흘려 버린 것처럼 창백하고 그늘진 피로가 뾰족해진 얼굴 위를 맴돌았다. 타라는 어쩐지 그가 불행해 보인다고 생각했다.

"나를 왜?"

그리 물으면서도 타라는 천천히 뒷걸음질쳤다. 아인츠가 그녀가 아는 모습과 달라졌다고 하나 역시나 믿을 이는 못 되었다. 게다가 갑자기 이리 등장하다니? 어떻게 이 성에 들어왔지?

침착하자. 침착해. 겁을 먹은 티를 내서도 안 된다. 지금의 잔금이 번진 듯한 불안정한 대치나마 유지하며 시간을 끄는 게 나았다. 누군가 한둘이라도 타라가 어디 있는지 파악하려 할 테니까.

아인츠의 눈이 슬금슬금 뒷걸음질 치는 그녀의 발끝으로 향했다가 다시 올라왔다. 그는 그녀를 붙잡지 않았다. 그 방관이 더 못 미더웠다. 타라에게 볼일이 있다고 말하며 이 삼엄한 성안까지 숨어들어 왔으면서 그에게서는 별다른 열의가 보이지 않았다.

"난 너를 죽이라는 명령을 받았어."

"……!"

솔직한 답변은 지독히 섬뜩한 것이었다. 대경실색해서 달아나려는 타라의 발목을 그의 빠른 뒷말이 붙잡았다.

“하지만 나는 그러지 않을 생각이야.”

타라는 뭐라 말이 안 나오는 얼굴로 물끄러미 초췌해 보이는 사촌을 바라보았다.

대체 누가 나를? 어머니가? 상식적으로 그걸 캐물어야 될 것 같은데, 가장 먼저 튀어나온 질문은 이거였다.

“왜?”

넌 나를 싫어할 텐데. 아벨라가 그리되고 나서는 아마도 더더욱.

“어릴 때 일이 다 기억나니?”

“뭐?”

뜬금없는 소리다. 타라가 절로 인상을 쓰자, 그가 찬찬히 그 위를 뜯어본다. 말라 비뚤어진 가죽이 얼굴 위를 스치듯 닭살이 돋았다.

“네가 ‘완전’한지 묻고 있는 거야.”

“무슨 소리인지 모르겠어.”

“내가 네 출생에 대해서 어릴 때 한 말 기억 안 나?”

파르라니 드러난 푸른 눈이 기시감이 들었다. 낯설고도 익숙한 표정이다. 살피듯, 비웃는 듯한 얼굴.

그 위로 언젠가 보았던 앳된 모습이 떠올랐다.

—뭐긴, 네가 더러운 태생이라는 소리지.

타라는 눈 하나 깜짝하지 않고 그를 마주보았다. 이상하다. 분명 무언가 이상했다…… 업신여겨지고 학대받던 시절, 그런 말을 들은 게 처음이 아니었던 것 같은데, 정말 기이한 기분이었다. 마치 그 폭언은 도입부이고 파괴적인 본론은 시작도 안 한 것처럼 가슴팍이 얼얼하게 달아오른다.

더러운 태생이라고. 설마…….

"네 아버지가 여왕과 한배에서 나온 자라고 말했었지."

―정말 모르니?

반항조차 못 하고 순식간에 얼어 죽은 이처럼 온몸에 핏기가 가셨다. 어렴풋한 목소리가 스멀스멀 떠올라 귓가에 연이어 속삭였다.

―저 동부의 고귀한 기사 왕이 제 누이인 여왕을 탐해서 낳은 아이가 너란다.

"알고, 있었어?"

자신은 얼마 전에 알았는데, 아인츠는 오래전부터 알고 있었나 보다.

그래서 그렇게 내가 싫었나.

타라의 반응을 가만히 살피던 아인츠가 눈을 가늘게 떴다. 의외라는 듯이. 기대했던 반응이 아닌 것이 돌아왔을 때의 석연찮은 기색이다.

"그건 내가 할 말인데. 다 기억이 난 거야?"

"정확히 설명해. 기억이라니? 아까부터 무슨 말을 하고 있는 거야?"

그는 살피듯 타라를 보고 나서야 그게 완벽한 진실이라는 걸 알았다. 그사이 타라는 혼탁한 머릿속을 정리하려 애썼다.

"내게 그런 말을 했다고?"

하지만 그런 기억이 없다. 정말이다. 미리 알고 체념이든 납득이든 했다면 그렇게 충격을 받지도 않았을 터다.

고귀족들의 근친상간 결과물들이 전부 푸른 머리를 갖고 태어났다고 했다. 마치 죄악의 주홍글씨처럼, 보자마자 한눈에 알 수 있게.

그런 탓인지 마력도 강하지 못하고 마법에도 뛰어난 재능이 없다. 그저…… 어? 갑자기, 그리고 정해진 것처럼 깨달았다. 그녀에게 아무것도 없는 것은 아니었다.

언령, 마법은 잘 다루지 못하더라도 타라에게는 언령을 부릴 수 있는 힘이 있었다.

—언어로써 모든 것을 통제했던 이는 고왕국에서도 단 한 사람만이 가능했지.

타라는 아름다운 잿빛의 유니콘이 해 주었던 말들을 기억했다. 그게 특별한 능력이라는 것 정도는 안다. 그러나 이때껏 큰 쓸모나 실감도 나지 않았기에 거의 잊고 살았다.

그리고 마력을 유지하고 힘을 대물림하는 가장 효과적인 방법은 혈통이다.

—그 여자는 항상 나를 부수고 싶어서 안달나 있으니.

—네가 내 약점이니까.

각성을 한 타라를 바라보던 기묘한 쥬다의 시선. 왜 지금 당시의 그 얼굴이 생각나는지 모르겠다.

귀에 대고 와락 비명이라도 지른 양 머리가 먹먹하다가 진공처럼 아무 소리도 들리지 않을 것만 같았다. 하지만 아인츠의 대답은 정확히 들려왔다. 지나치게 또렷하게.

"그래. 그 일이 있었던 후 동부에 갔다 오더니 아무 일도 없었던 것처럼 굴었잖아."

"동부?"

내가 동부에 갔었다고? 그럴 리가 없다. 겨울 성을 한 번도 벗어나 본 적이 없는걸.

차디찬 수정으로 된 바닥과 얼음 성벽, 초라한 뒷방과 억척스럽고 불친절한 하녀 델피가 어린 시절 주변을 이루던 풍경의 전부였다.

"변함없이 주변에서 기웃거리길래 네가 배알도 없는 줄 알았어."

"……."

"하긴 가끔 넌 엊그제 일도 잘 기억을 못 했지."

생각해 보니 '그곳'에 다녀오면 그랬던 것 같아. 넌 알지 모르겠지만.

타라는 멍하니 제가 알지 못하는 어린 자신에 대해 말하는 낯선 타자이자 목격자를 바라보았다. 그는 눈살을 찌푸리며 과거를 더듬었다.

외로움, 슬픔, 원망 따위의 감정을 걷어 내고 나니까 정말 남는 게 없었다. 그곳에서 그래도 16년을 살았는데.

괴롭힘도 제외하고 나니 대부분을 차지하는 건 사생아 공주를 돌봐 주는 하녀와 그녀가 함께 잠들곤 했던 그 춥고 삭막한 방. 타라는 오랜만에 델피를 떠올렸다.

아주 어렸을 때는 그래도 밥은 꼬박꼬박 챙겨 주었던 것 같은데, 타라가 걸어 다니기 시작하자 곧잘 죽지는 않을 거라 여겼는지 델피는 깜박깜박 식사를 내오는 것도 잊거나 치마 밑으로 다 자란 발목이 다 드러나도록 방치하곤 했다.

그러면서도 일을 끝마치고 온 후 제 방에서 저를 기다리는 꼬마 계집애를 보고 이따금 화들짝 놀라곤 했다. 마치 존재조차 까먹은 것처럼.

—아이, 성가셔. 바빠 죽겠는데 왜 자꾸 돌아오는 거야?

아예 완전히 가 버리지.

가 버리라고. 대체 어디로 가라고 했던 것일까. 어린 타라는 그녀가 방 밖에 나가서는 아주 안 들어오기를 바라나 보다, 하고 괜히 서럽기만 했다.

하지만 하녀의 종알거림은 다른 뜻을 내포하고 있었다. 그리 빨리 자라는 편이 아니었는데도 불과 몇 달 전 받은 옷이 작을 때가 더러 있었더랬다.

식사한 그릇도 언제는 있지도 않았던 듯 깔끔하게 치워져 있고, 어쩔 때는 남겨져 있어서 끼니도 매우 불규칙적이었다. 막연하게 그녀의 무책임한 방치라 여겼던 그것들이, 혹 다른 이유도 있다면?

이상하다. 모든 게 들쭉날쭉하였다. 마치 하루하루의 사이에 축약된 시간이 있었던 것처럼. 드문드문, 기억이 죄 얼룩덜룩이다. 그 약한 위화감을 고립되고 어렸던 타라는 느끼지 못했다.

겨울 성은 항상 겨울에 갇혀 있었고, 짧은 낮과 긴 밤만이 번갈아 교체되기만 했기에 시간의 흐름을 알기도 힘들었다. 그러니 제 기억에 무언가 잘린 부분이 있다 해서 불가능한 일만은 아니었다.

타라는 아까와는 비교할 수도 없이 숨죽인 공기를 맡는다. 정확히 정의할 수 없는 경고음이 내면에 짜랑짜랑 울리기 시작했음에도 타라는 뒤돌아 도망치지 않고 아인츠를 뚫어져라 바라보았다. 정확히는 그럴 수 없었다.

타는 목을 애써 축이며 속삭였다. 그렇다면 네 말은…….

"내가 내 아버지를 만난 적이 있단 말이야?"

"아마도."

퍽 끈질기게 설명한 것치고 아인츠는 건성으로 대꾸했다. 그는 다시 타라의 기색을 살폈다.

"이런 얘기를 왜 내게 해 주는 거야?"

"네가 충격받기를 바랐으니까."

"뭐?"

타라는 미간을 찡그렸다. 난데없이 나타나서 의뭉스럽게 구는 그에게 슬슬 불안 섞인 짜증이 나기 시작했다.

아니, 아니지. 내가 왜 저 말도 안 되는 얘기를 믿고 있는 거야? 아인츠가 거짓말을 하고 있는 걸 수도 있잖아?

"내 기억에 문제가 있다고? 거짓말하지 마. 도대체 무슨 속셈인지 모르겠지만……"

"아벨라는 이곳에서 죽었다지?"

돌연 튀어나온 밧줄처럼 입이 잠시 묶였다. 이곳은 후원이었다. 아벨라를 마지막으로 본 곳이기도 하다. 그때 그들은 심각하게 다투고 싸움을 벌였다. 사실 타라는 그녀를 거의 죽일 뻔했다.

타라는 입술을 축이고는 단호하게 말했다.

"오해하지 마. 내가 그녀를, 죽인 건 아니니까."

해친 건 맞지만. 어쨌건 그건 정당방위였다. 그때도 지금도 그녀는 조금의 죄스러움도 느끼지 못했다. 솔직히 그녀의 최후를 어느 정도 짐작했을 때도 꺼림칙하고 싱숭생숭했을지언정 거기에 동정은 없었다.

죽은 이의 가까운 혈육 앞에서도 이리 목소리가 매끄러운데다 눈도 피하지 않았다. 이따금 타라는 저 자신이 쥬다나 다른 이들이 말하는 대로 무조건적이고 완벽하게 착하고 순하기만 한 건지 확신이 안 섰다.

"알아."

"알아?"

의외로 아인츠가 단조롭게 대꾸하니 이번에는 타라가 놀랐다. 그러다 바짝 경계심이 곤두섰다.

"네가 아니라 서부 영주가 죽였지."

떠보는 게 아니었다. 그녀는 그가 이미 아는 사실을 말하는 거라는 걸 눈치챘다.

"아벨라가 여기서 죽었는지 네가 어떻게 알아?"

그녀의 죽음에 대해 아는 건 당시 현장에 있었던 벨벳 성의 사람들뿐이다. 그러니 유해만 받았던 겨울 성의 아인츠가 자세한 내막을 어찌 알겠는가.

그는 입을 다물었다. 타라는 뒷걸음질쳐야 할지 앞으로 다가서야 할지 혼동되는 충동을 느꼈다.

그녀는 참지 못하고 물었다.

"너 대체 여기에 뭐를 위해 온 거니?"

그 순간이었다.

"타라 님!"

검은 늑대 형상이 빠르게 튀어나와 아인츠를 공격했다. 새카맣게 번지는 벼락처럼 거침없고 날랬다. 찰나 아인츠가 두 동강 나는 줄 알았다. 그러나 그는 멀쩡했다.

챙, 챙 여기저기서 요란한 날붙이 소리가 청각을 찔렀다.

있는지도 몰랐던 검은 로브를 쓴 사내들이 검을 겨누고 있었다. 개중 둘이 아인츠의 앞을 가로막고 있었다. 아니, 하나였다. 순식간에 이델은 그들 중 한 명의 팔을 물어뜯고 앞발로 후려쳐 저멀리 날려 버렸다.

털썩, 죽은 몸뚱이가 떨어지기도 전에 그녀는 이미 다시 달려들고 있었다. 타라가 날카롭게 소리쳤다.

"이델!"

침입자의 검이 검은 털을 스쳤지만, 다행히 빗나갔다. 억센 주둥이가 목덜미를 쥐고 장난감처럼 흔들다 다른 이들의 발치에 위협적으로 내던진다.

피비린내가 났다. 뚝뚝 피가 흐르는 하얀 이를 드러내고 으르렁거린다.

"감히 불사의 마도사의 성에 숨어들다니 미친놈들이군."

저 탑의 불도 네놈들이 지른 것이렷다?

"그대는 누구지?"

"알아서 뭐하게?"

어차피 네놈들은 다 뒈질 텐데. 이델이 위협적으로 몸을 말았다. 순식간에 기사들을 절명시킨 가공할 공격력에 나머지는 쉽사리 그녀에게 달려들지 못하고 있었다.

잠깐의 대치 동안 아인츠는 눈살을 찌푸리더니 힐끗 타라를 보았다. 그 푸른 눈이 어쩐지 찬 겨울하늘이 묻은 유리 조각처럼 쨍하니 찔러 드는 듯했다. 아인츠는 입꼬리를 끌어 올렸다.

"아, 그래. 늑대 수족의 우두머리 이델. 맞나?"

"남의 집에 와서 신상 명세를 묻나? 그러는 네놈들은 어디의 멍청이들인데?"

늑대의 번뜩이는 이빨에 검들이 날카롭게 세워졌다. 이델이 강한 건 알지만 숫자상으로 밀린다. 손에 식은땀이 찼다. 불안에 가슴이 터질 것 같다.

무기까지 가지고 몰래 숨어든 자들이다. 작정하고 온 것이다. 역시 여기에 더 있어서는 이델의 발목만 잡을 테니 다른 이들을 불러와야 했다.

"타라."

난데없이 저를 부르는 사촌을 타라는 인상을 쓴 눈으로 보았다. 이 심각한 상황에 청년의 입술이 비스듬히 휘었다. 어떤 설명하기 힘든 감각에 뺨이 굳는다.

저 미소를 본 적이 있다. 옛날 황금 사과를 따 오라 꼬드길 때 별거 아니라며 안심시키던 그 교활함.

"그녀를 죽여."

"웃기지 마!"

이델이 전광석화처럼 달려드는 기사들을 막아섰다. 한데 그들이 노리는 건 타라가 아니었다.

이델! 찢어져라 비명이 나왔다. 일제히 합공하는 그들의 목을 물고 강철 같은 발톱으로 찍어 누르는 까만 몸 위에 피가 흘렀다.

그러나 이델은 수족 중에서도 최강의 전투 부족인 늑대족의 수장. 호락호락 밀리지는 않았다. 그럼에도 손발이 한심할 정도로 떨렸다.

사납게 눈을 번뜩이는 검은 등 뒤에서 멍청하게 빈 머리로 생각했다. 왜? 왜 이델을 공격하지? 그는 나를 노리고 온 게 아니었나? 아벨라의 복수라든가, 아니면 어머니의 명령으로…… 날카로운 검명과 늑대 울음이 뒤섞인 가운데 아인츠의 건조한 중얼거림이 덮였다.

"이 정도면 되겠지."

사실 전투에 있어 가장 강력한 적은 열댓 명의 기사들보다는 고귀족이었다. 그들의 마법은 분명 위험하니까.

돌연 바닥에 떨어져 있던 칼날들이 일제히 타라를 노리고 쏘아졌다. 빛을 등진 화살처럼 선연한 한기가 덮쳤다.

그것이 강력한 염동력이라는 것도, 어릴 적 이 힘으로 수없이 괴롭힘을 당했던 것도 아무것도 생각나지 않았다. 그저,

푸욱.

찰나 따뜻하다고 느꼈다. 붉고 따뜻한 무언가가 피부에 들러붙는다. 그리고 이건 제 피가 아니다. 타라는 인형처럼 표정 가신 눈으로 허공을 보다 저를 끌어안은 그녀의 등으로 시선을 내렸다.

붉다. 너무 붉었다.

아플 만큼 부둥켜안다가, 축 처진다. 천천히, 느리게. 이 모든 것이 미쳐 버릴 만큼 지독히 느렸다. 간신히 벌린 입에서 무어라 소리가 나오긴 했다. 짐승 소리처럼 쩍 갈라지고 으스러진 비명이.

"아. 아."

안 돼.

"이, 이."

어린 바보 타라로 되돌아온 것처럼 말을 더듬었다. 정신없이 손도 따라 더듬는다. 그때나 지금이나 그녀는 아무것도 할 줄 아는 게 없었다.

손가락이 점점 빨개졌다. 으, 어, 아. 저도 못 알아먹을 신음을 질질 흘리면서 점점 무거워지는 이델을 안아 올리려 애썼다.

이델.

"아, 안 돼. 안……."

타라 님. 이델의 둥근 미소가 쿵쾅쿵쾅 발광하는 심장의 혈관 하나하나를 자르고 후벼팠다. 너무 달고 아파서 차라리 머리가 돌아 버렸으면 했다.

피 웅덩이가 질척하게 고여 간다. 온몸이 그녀의 피다. 악랄하게 현실적인 감각이었다.

그래, 그냥 이게 불이라서 내 몸이 탔으면. 살이 녹는 고통에 울부짖어도 이보다는 나을 것 같은데.

그러니 그냥…… 그냥…… 날 죽이지.

이럴 리가 없어. 이건 꿈일 거야.

이건 악몽이야.

"이델."

뒤늦게 저가 울고 있다는 걸 알았다. 눈이 계속 흐리게 멍청해져서 이델이 잘 보이지 않았다. 그녀가 움직이지 않는다. 시체처럼.

이델이 죽었을 리가 없어. 이델은 내…….

—타라 님이 여자여서 저는 얼마나 좋은지 몰라요. 딸 키우는 기쁨을 이제야 처음 알게 됐다고나 할까.

조금은 기쁘고 멋쩍게 웃던 그 웃음. 상냥한 손길. 숨길 줄 모르고 닥쳐오던 애정.

당신이 내게 해 준 그 말이 기뻐서 되뇌고 되뇌다 전부 외워 버려서 가슴 한쪽에 감춰 두었다는 걸 아마 모를 거예요.

—저는 항상 딸아이가 있었으면 했거든요.

—타라 님!

"으으…… 으아……."

—이델은 좋은 어머니니까요.

—당신에게도 그러합니다.

"이델. 이델. 나는, 난……."

일생 나의 첫봄, 따뜻한 나무의 색을 가진 당신에게 애걸합니다.

날 두고 가지 마세요.

숨을 헐떡이고, 이델의 뺨에 제 뺨을 비비며 쉴 틈 없이 속삭였다. 만약, 당신이 잘못된다면 난…… 그녀의 흐리멍덩한 눈에 찰나 섬뜩한 빛이 감돈다.

일순 광포한 바람이 휘몰아쳤다. 온 대지가 울부짖는 듯했다.

새들이 기이하게 비명을 지르고 수풀이 절망하며 온 세상이 숨을 죽인다. 그 중심은 타라. 그녀였다.

타라는 천천히 딱딱하게 굳은 아인츠를 똑바로 주시했다. 금이 가고 바스러진 무언가가 그 순간—, 쨍그랑, 깨졌다. 완벽하게.

"죽여 버릴 거야."

전부.

*　　*　　*

울컥 올라온 각혈이 후두둑 바닥으로 떨어졌다.

온 내장이 조각조각 찢기는 듯했다. 그는 미간을 찡그리며 입을 틀어막은 손을 내렸다. 길고 창백한 손가락 사이로 핏덩이가 떨어져 내렸다.

"성주님!"

난데없는 피에 오베론이 사색이 되어 소리쳤으나 그가 날카롭게 손을 내저었다. 서늘한 눈이 지진 난 듯 진동하는 정원을 훑었다. 봉인이 비명을 지르고 있었다. 아니 이미…….

빌어먹을. 갑자기 왜?

쥬다가 휘청휘청 걸음을 옮기자 오베론이 다급하게 그 팔을 붙잡았다.

"내상을 입으셨습니다. 움직이시면……."

"놔라."

타라. 타라에게, 그 아이에게 가 보아야 했다. 너무 오래 그 애에게서 눈을 떼고 있었다. 제기랄, 너무 빠르다. 아직은 이르다. 아직은……

다시 핏물을 게워 냈다. 붉은 자국이 점점이 번져 갔다.

—진실은 말이지……

쥬다는 몇 발자국 더 내딛다가 휘청 무릎을 꿇었다. 허억, 헉. 일생 처음 느끼는 무력한 통증이 전신을 마비시킨다. 속의 모든 내장이 뒤틀리고 머리가 으깨지는 듯하다.

봉인이 깨지고 갇혀 있던 것이 튀어나와 낄낄거리는 웃음소리가 허공에 울렸다. 그는 제 영혼이 부서지는 것을 느꼈다.

라 엔포르테의 수문장은 여제가 남긴 대물림된 마력과 그것에 섞인 고왕국 군주들의 악의와 광증의 자아들을 억누르고 지키는 자들이다. 봉인과 그들은 한몸이었고, 운명을 함께했다.

봉인이 깨져서 강대한 힘이, 언령의 마법이 세상에 풀리는 순간 저 자신도 파멸을 면치 못했다.

—그 꽃이 괴물이었어.

그러니 그 힘의 주인인 작은 소녀를 사랑해서는 안 되었던 거다. 아마도 남은 결말은…….

—힘을 되찾은 악마는 가장 먼저 그 거인을 잡아먹었단다.

내내 갇혀서 굶주린 그것의 제물로 안성맞춤이잖니?

쥬다는 다시 피를 토하며 쓰러졌다.

〈다음 권에 계속〉